Penelope Lively

La sœur
de Cléopâtre

Traduit de l'anglais
par Raymond Las Vergnas

Denoël

Titre original :

CLEOPATRA'S SISTER

Penelope Lively est née au Caire en 1933 et y a passé son enfance. Elle se partage aujourd'hui entre Londres et la région d'Oxford. Auteur de nombreux romans, recueils de nouvelles et ouvrages pour les enfants, elle a reçu en 1987 le Booker Prize, le plus important prix littéraire anglais.

Pour Jack

PREMIÈRE PARTIE

Howard

Howard Beamish devint paléontologue à la suite d'une hausse des taux d'intérêt, alors qu'il avait six ans. Son père, en homme circonspect se trouvant avoir sur les bras une lourde hypothèque, annonça que le projet de vacances familiales sur la Costa Brava était désormais hors de question. À la place il allait falloir se contenter d'un bungalow sur la côte septentrionale du Somerset et c'est ainsi que, par un humide après-midi du mois d'août, Howard ramassa une ammonite sur la plage de Blue Anchor.

Il présenta l'objet à ses parents : « Qu'est-ce que c'est que ce truc-là ?

— C'est une pierre, dit son père, qui écoutait la retransmission d'un match de cricket.

— Non, ce n'est pas une pierre, répliqua Howard qui était un enfant attentif.

— C'est un fossile, mon chéri, dit sa mère. Une très vieille espèce de pierre.

— Mais pourquoi ? » insista Howard au bout d'un moment. Le mot en tant que tel recouvrait un vaste domaine d'investigation pour lequel il manquait de vocabulaire.

Sa mère, à son tour, marqua une pause pour réfléchir à la question et resta bouche cousue, mais pour d'autres raisons. Elle se tira finalement d'affaire en offrant à Howard un sandwich à la tomate qu'il accepta avec enthousiasme tout en continuant à se creuser la cervelle au sujet de l'ammonite. Pendant tout le reste de l'après-midi il ramassa cinq autres fragments de fossiles dont l'un était incrusté dans une dalle de pierre et pesait plusieurs livres.

Ses parents se récrièrent. Il y avait déjà à rapporter le panier du pique-nique, les pliants, la radio, la balle et les battes du jeu de cricket. « Tout ce que tu veux rapporter comme pierres, décréta son père, tu devras t'en charger en personne, tu m'as compris ?

— C'est pas des pierres », protesta l'enfant. Sur quoi il se mit en route, gravissant le sentier de la falaise avec les fruits de sa première expédition sur le terrain enfouis sous son chandail ou en bandoulière par-dessus son épaule. Trente ans plus tard, le gros fragment de *Psiloceras planorbis* serait appelé à maintenir ouverte la porte de son bureau du département de biologie à Tavistock College.

Il y avait naturellement beaucoup d'autres enfants sur la plage de Blue Anchor en cet après-midi du mois d'août, dont plusieurs ramassèrent aussi des fossiles mais dont aucun ne devait devenir paléontologue. Il convient, en effet, de noter qu'au cours de ce même après-midi Howard avait pris beaucoup de plaisir à faire une partie de cricket de plage avec son père, de même qu'il avait écouté avec grand intérêt un jeune homme gratter de sa guitare mais il ne devait, par la suite, montrer aucune disposition pas plus pour le sport que pour la musique. Les inclinations et les contingences forment une association délicate. Howard s'orienta vers la paléontologie parce qu'il était doté d'un penchant particulier et d'une curiosité d'esprit également particulière. Il n'en reste pas moins que l'on se doit de payer leur tribut tant à la conjoncture qu'à l'initiative du Chancelier de l'Échiquier.

Howard ne reprit pas le chemin de la plage de Blue Anchor avant d'avoir atteint sa trente-huitième année — retour qui, à vrai dire, avait toutes les allures d'un pèlerinage et d'une célébration quelque peu nostalgique. Il venait d'être nommé maître de conférences à Tavistock College et il avait, peu auparavant, publié un ouvrage qui avait suscité de nombreux échos favorables. Il était, cette fois, accompagné de la femme dont il ne cessait, à une allure de plus en plus précipitée, de se détacher affectivement, et l'après-midi de cette journée avait tourné au vinaigre. Vivian s'était plainte que la descente vers la plage fût à pic et glissante de surcroît et, une fois arrivée en bas, elle avait jeté à droite et à gauche un regard dégoûté. « Il n'y a pas de sable ! avait-elle dit. Et la mer est d'une couleur qui fait penser à de la *boue*. Je ne vois nulle part, qui plus est, un seul endroit où on puisse s'asseoir. Tout ça n'est qu'un tas de galets !

— Ce n'est pas le genre de plage où on vient pour s'asseoir, riposta Howard. C'est le genre de plage où on vient fureter dans les coins pour y faire des trouvailles. Et il y a du sable quand la mer se retire. La preuve, c'est que j'y ai joué au cricket. »

15

Vivian se rasséréna quelque peu lorsqu'il dénicha, pour le lui offrir, un morceau d'albâtre rose. Elle décida de le rapporter chez elle et de l'installer sur le dessus de la cheminée dans le petit salon. Howard en profita pour faire une allusion au *Psiloceras* dont il se servait pour bloquer la porte de son bureau — idée malencontreuse en ce sens qu'elle dégénéra inévitablement en une évocation catastrophique de la secrétaire du département de biologie, une jeune personne délurée avec laquelle Vivian suspectait Howard d'entretenir plus ou moins une liaison. Vivian, en fait, était d'une jalousie pathologique.

« Et pourrais-tu me dire pour quelle raison exacte tu as changé de place le classeur de Carol ? Elle n'aurait sûrement pas eu de peine à trouver un étudiant pour lui rendre ce petit service !

— Il n'y avait personne d'autre dans les environs à ce moment-là. Pour ne rien te cacher, je croyais avoir perdu le truc en question mais je l'ai retrouvé par la suite... Je ne pourrais pas en dire autant, sacrédié, des raisons pour lesquelles on avait déménagé le classeur. J'attache beaucoup de prix à cette ammonite et ça m'ennuyait qu'elle se soit égarée. Enfin, Vivian, tu ne comprends pas ça ? »

Mais, pour l'instant, les jeux étaient faits. Vivian se réfugia dans le silence et sur son visage se peignit l'expression de mécontentement qui lui était coutumière, une expression faite à la fois de peine et de colère et dont l'objet était de provoquer chez Howard un sentiment de culpabilité et de malaise. Elle commença à lambiner dans son sillage. Il entendait grincer sous les pieds de sa compagne les galets dont l'écho s'affaiblissait à mesure qu'il prenait de l'avance sur elle. Il continua à avancer à grandes enjambées le long de la plage et lorsque, enfin, il s'arrêta pour regarder derrière lui, il constata que Vivian s'était assise sur un affleurement de roche et qu'elle contemplait d'un air féroce les landes du canal de Bristol. Il s'assit à son tour et commença à examiner machinalement le décor qui l'entourait. Il découvrit une succession de couches superposées de galets que le passage du temps avait transformés en œufs, en sphères et en ovales gris pâle ou bleu marine, couturés et ligaturés. Derrière lui les falaises semblaient, elles aussi, être couturées d'albâtre et le front de mer se soulevait en strates délicates, teintées de bleu et de gris, qui imperceptiblement allaient se fondre dans le vaste dôme d'étain du ciel. Un paysage mélancolique parfaitement approprié à son humeur du moment.

Il fit basculer un galet en le poussant du bout de son pied et en retourna un autre où s'était gravée la volute bien nette d'une petite ammonite. Il envisagea de l'offrir à Vivian en guise de cadeau de réconciliation mais, finalement, y renonça. Il remit l'objet à sa place et cessa de penser à la jeune femme pour se reporter à cet autre après-midi dont le souvenir était, lui aussi, gravé en cet endroit — cette journée tout imprégnée de l'anarchique et fureteuse curiosité de son autre lui-même, alors âgé de six ans, et de la présence, ressuscitée, de son père et de sa mère s'affairant à sortir les sièges et les ingrédients du pique-nique — non plus éteints et vaguement chicaneurs comme ils l'étaient maintenant dans leur retraite à Deal, mais tout gonflés de la vigueur et de l'autorité de jeunes parents omniscients et omnipotents.

À ceci près qu'ils l'avaient déçu pour ce qui touchait à cette ammonite. Peut-être une autre révélation de ce jour-là avait-elle consisté en sa prise de conscience des lacunes des adultes et de l'impossibilité pour qui que ce fût d'interpréter correctement l'univers. Rien d'étonnant à ce que cet endroit fût chargé de résonances, lesquelles, à cet instant précis, l'intéressaient infiniment plus que sa chamaillerie avec Vivian qu'il faudrait bien — si possible — tirer au clair. Il restait là, plongé dans ses réflexions mélancoliques tandis qu'à deux cents mètres de lui Vivian répétait le petit discours qu'elle ne manquerait pas de lui infliger pendant le retour en voiture et qui n'aurait d'autre résultat que d'accélérer la désintégration de leurs rapports.

Howard, lui, ne répétait rien — semblable attitude aurait été inappropriée. Et puis il se complaisait trop à se remémorer cet autre après-midi du mois d'août. Il y discernait les sources de son identité présente, dissimulées dans le petit garçon qu'il était alors, et il se rendait soudainement compte (non sans alarme) que tout un amalgame de tendances et de similitudes enveloppait déjà, tel un mirage, le petit groupe familial encore innocent et dans l'ignorance de son propre avenir : l'arthrose de la hanche de sa mère, la détérioration de l'humeur de son père, le rhume des foins qu'il contracterait, lui, Howard, de même que son réalisme et son agnosticisme. Vivian elle aussi s'agitait dans cette lumière tremblotante. Il était depuis toujours prédestiné à Vivian ou à toute autre femme qui lui ressemblerait étroitement.

Quoi qu'il en fût, il se trouvait dès maintenant embarqué dans le processus qui le détacherait de

Vivian et il en avait pleinement conscience bien que la pensée des futures épreuves à subir lui fût extrêmement pénible. Vivian était en train de s'effacer de son esprit exactement comme elle venait de se réduire à la petite tache menaçante que constituait, plus en arrière sur le chemin, son anorak bleu roi. Ce qui absorbait maintenant l'esprit de Howard était le fait que l'orientation d'une vie entière est latente à tout instant, qu'elle est implicite dans le cours des événements et que tout se passe comme si l'avenir accompagnait d'un refrain silencieux le tissu de la narration pour peu, naturellement, que l'on soit capable d'en capter la fréquence.

Mais, Dieu merci, c'est là une impossibilité. Les arcanes de la prescience ne se dévoilent qu'au profit des diseuses de bonne aventure et des auteurs de fiction. Howard, qui n'avait que peu de sympathie pour les activités des représentants de ces deux catégories, se leva brusquement, se tourna sur sa gauche et fit un petit signe de la main en direction de Vivian, laquelle se garda de lui rendre la politesse, bien que le mouvement de ses épaules ait clairement laissé entendre qu'elle avait perçu le signal. Il poussa un soupir et s'achemina vers elle en longeant le bord de la plage.

Ces vacances enfantines dans un bungalow dépendant d'un lotissement pour campeurs tout en haut d'une falaise n'avaient pas connu de recommencements, pas plus là qu'ailleurs. Ça ne s'était pourtant pas trop mal passé, vu les circonstances, mais les parents de Howard avaient un goût prononcé pour les voyages et quand les taux d'intérêt eurent recouvré la santé et que le chef de famille eut été promu directeur de l'une des succursales de la banque où il travaillait, ils recommencèrent à se propulser vers l'Europe. Les après-midi à Blue Anchor cédèrent la place à bien d'autres après-midi en France, en Italie, en Espagne, en Grèce — dans des terrains de camping, sur de nouveaux bords de mer, des autocars d'où Howard contemplait des paysages mouvants, des hôtels ou des appartements pas chers où, affalé sur un lit, il s'occupait à lire ou à inventorier des listes de ceci et de cela.

Howard, à cette époque, s'était découvert une passion pour la classification. Il n'avait pratiquement pas accordé d'intérêt aux merveilles de Corfou, de l'Algarve ou de la côte d'Or, accaparé qu'il était par l'identification et la répartition des espèces naturelles : des plantes, des oiseaux, des coquillages, bref de tout ce qui se présentait devant lui. C'était l'ordre des choses qui l'attirait, leur symétrie, le fait que tout relève d'une localisation précise, que rien, jamais, n'est indéfinissable. C'était bizarre qu'il ne se fût pas orienté vers la taxonomie ! En fin de compte, toutefois, ce n'était pas tellement le processus de la classification qui le ravissait mais bien plutôt la perception de l'élégance du dessein qui se projetait au-delà. Il éprouvait une joie esthétique réitérée devant les figures et les structures des mathématiques dont il ne se lassait pas non plus. Il aimait les équations et il se plaisait intensément à couvrir des pages entières de cônes inversés lesquels, finalement, se réduisaient, de manière satisfaisante, à un simple binôme de chiffres complémentaires. Il menait le genre de vie intérieure des fils uniques — ce qui, tout ensemble, réconfortait et inquiétait ses parents. Ceux-ci constataient qu'il était intelligent mais ils redoutaient qu'il ne manquât de savoir-faire dans ses rapports avec autrui. Ils le poussaient à fraterniser avec d'autres enfants, allant jusqu'à lui indiquer des cibles propices : « Tu vois ce garçon-là, il est exactement de ton âge. J'ai comme une impression que... » Ou bien encore : « Écoute, Howard, voilà une véritable famille anglaise... » En Bretagne, une fois, ils l'avaient déposé, pour la durée de la matinée, dans un *Club des Enfants**, un vaste enclos entouré de fils de fer dans lequel une foule de gosses se voyaient initier à toutes sortes de compétitions sportives par de vaillants étudiants en short rouge, réquisitionnés à cet effet. Il avait passé tout son temps à bouder contre la barrière circulaire. De telle sorte que l'expérience était restée sans lendemain.

Howard, à dire vrai, ne nourrissait aucune réticence particulière à l'égard des autres enfants. Il était, bien au contraire, d'une nature fondamentalement grégaire. Simplement il souhaitait disposer de ses loisirs à d'autres fins. Ce n'était pas facile pour lui de se justifier aux yeux de ses parents de manière convaincante. Ceux-ci en venaient pratiquement toujours à la conclusion qu'il refusait de se montrer coopératif ou qu'alors il manquait de jugeote. Et voilà que maintenant, des années plus tard, il lui fallait se heurter à un problème identique dans ses rapports avec Vivian. Les gens, c'est un fait, ont beaucoup de mal à admettre que l'on préfère lire un livre plutôt que converser avec eux.

Howard ne lisait jamais de romans. Il s'était jadis cantonné dans les encyclopédies pour la jeunesse et les ouvrages rutilants vantant des merveilles de tous ordres avant d'en venir aux manuels scolaires, aux notices de marques d'automobiles ou aux instructions nettement spécifiques relatives à l'installation d'une cuisinière ou d'une machine à laver. Il attachait du prix à un vocabulaire technique complexe et (à ses yeux) novateur. Il aimait les mots qu'il ne comprenait pas mais dont, au bout du compte, il déduisait le sens en se reportant au contexte. Ses parents l'observaient avec un respect confinant à la vénération, avec aussi un brin d'inquiétude.

« Howard, tu n'as jamais pris la peine de feuilleter le *Livre de légendes* que ta grand-mère t'a offert pour Noël. Il est pourtant plein d'illustrations magnifiques !

— Si, je l'ai feuilleté. Mais je dois dire que ça ne m'a pas tellement plu.

— Et pourquoi donc, mon chéri ? Certaines de ces histoires sont on ne peut plus intéressantes !

— On ne peut pas y croire, hein, je ne me trompe pas ? demanda-t-il au bout d'un moment.

— Ma foi, tu n'as pas tort... Mais je ne vois pas en quoi ça a de l'importance ? »

Sa mère, courageusement, essaya d'aborder le problème sous un autre angle, convaincue qu'elle était d'avoir trouvé la bonne solution. Elle se rendit à la bibliothèque du coin et en revint avec une brassée de bon réalisme saignant sur tranche : de l'aventure, du crime, du casse-cou. Howard, en fils obéissant, se mit aussitôt à la besogne mais il ne fut, en aucune manière, impressionné.

« Tout ça est de la pure invention, hein, pas vrai ? Ça n'a pas la moindre réalité. Alors, quel intérêt ? »

Avec le passage des années Howard allait être amené à tempérer un jugement aussi sévère et à lire des romans bien qu'il ne dût jamais en tirer la moindre délectation. Il reconnaissait le pouvoir convaincant de l'allégorie et l'impact du déroulement du récit mais il continuait d'être attiré, de préférence, par des données de base d'un autre genre. Il lui arrivait parfois de lire de la poésie ou d'aller voir une exposition mais c'était simplement parce qu'il y trouvait le reflet de certains moments transcendants de son expérience personnelle et se sentait par là même dûment enrichi. Il se peut qu'il vous apparaisse sous les traits d'un enfant quelque peu assommant et terre à terre mais je crois que c'était plutôt quelqu'un que l'intensité de son engagement dans le monde contraignait à soumettre celui-ci à une analyse rigoureuse. Il lui était, à l'époque dont je parle, impossible de s'accommoder de la dimension superflue de l'imaginaire.

Il aboutit, d'assez bonne heure, au scepticisme. Ses parents n'étaient pas exagérément religieux. Son père, pour peu qu'on l'en pressât, aurait probablement fini par avouer la vérité et reconnaître que, tout compte fait, il ne croyait pas à grand-chose. Sa mère prenait un certain plaisir à fréquenter l'église à Noël et à Pâques et, plus furtivement, quand elle traversait une période de tension. Elle n'éprouvait pas de difficulté particulière à inscrire « Église anglicane » en réponse aux harcelantes questions que ne cessent de nous poser les formulaires administratifs et elle aurait sans doute reconnu qu'elle était effectivement chrétienne, bien que sans trop de zèle. Elle n'avait été que plus surprise quand Howard — il avait alors dix ans — lui déclara qu'il ne tenait nullement à l'accompagner à l'église, au coin de la rue, où allaient se dérouler les rites de la Nativité.

« Mais il y aura les cantiques, mon chéri ! Et la crèche et toutes les décorations ! »

Howard aimait sa mère et tenait à lui faire plaisir. Il ne savait comment lui expliquer qu'il se heurtait pour la première fois de sa vie à une question de principe, et ce pour la simple raison qu'il n'avait aucun moyen d'identifier le mélange d'embarras et de ressentiment que provoquait en lui toute cérémonie ecclésiastique. Il éprouvait exactement la même gêne avec la prière quotidienne à l'école et avec toute référence à Dieu, au Ciel et à des sujets tels que la Résurrection et la Vie éternelle. Il n'avait jamais encore exprimé de telles pensées. Les réserves et les doutes se confrontaient uniquement à l'intérieur de sa tête. Et le plus surprenant était qu'à l'instant même où il se rendait compte que sa position était celle d'un hérétique — bien qu'il n'eût, cela va de soi, aucune notion de la nature de l'hérésie —, il gardait une confiance sereine en ses propres suspicions. De telle manière que la crise du rituel de la Nativité n'avait fait que mener le processus à son terme. C'était un instant plein à craquer de résonances, comme celui de cet après-midi du mois d'août sur la plage de Blue Anchor où il lui avait semblé être pris en charge par un écho de son être à venir, où il avait perçu sa véritable nature et compris qu'elle l'orienterait vers des voies déjà implicites.

« *Croyez-vous en Dieu* ? lui demanda Lucy.

— *Bien sûr que non*, dit-il. *Et vous* ? »

Sa mère, en ce qui concernait le problème de la foi, commença par noyer le poisson. Elle se répandit en éloges dithyrambiques de la crèche, des cantiques et des mérites du conformisme.

« Les Richardson seront tous là. Tim et Kevin aussi. »

Les Richardson étaient les voisins d'à côté ; Tim et Kevin, les meilleurs copains de Howard à l'école.

Howard louvoya. Il n'avait que trop envie de se tirer d'un tel guêpier. « Ce qu'il y a, c'est que je n'ai vraiment pas envie d'y aller.

— Enfin, Howard, veux-tu me dire pourquoi ?

— Parce qu'on ne peut pas le prouver, finit-il par s'exclamer.

— Prouver *quoi* ?

— Tout ce qu'ils racontent sur Dieu et sur Jésus et puis que, si on prie pour les choses, elles arrivent. Tout ça, oui, tout ça ! »

Sa mère comprit qu'il s'agissait, cette fois, d'une affaire dépassant de loin de simples questions de festivités et de comportement avec autrui. Elle battit en retraite sagement, mue par le désir de ne pas provoquer de crise le troisième jour des vacances scolaires et dans la perspective imminente de Noël. Entendu, dit-elle, ils ne participeraient pas, cette année, au rituel des cantiques bien qu'elle pensât que c'était grand dommage. Howard en éprouva une sensation tout ensemble de récl réconfort et de vague culpabilité. Finalement il ressortit de tout cela que la question de sa présence à l'église ne fut jamais plus soulevée de même que le problème de fond connexe lequel fut, d'un commun accord, passé sous silence jusqu'au jour où — adolescent — Howard se sentit en mesure de définir clairement sa position, dont ses parents, d'ailleurs, ne souhaitaient plus faire un cheval de bataille.

« On ne peut pas le prouver !... » Un défi sportif qui, peut-être plus profondément que nous pourrions le penser, plonge ses racines dans des perceptions précoces de ce phénomène qu'on appelle la vérité. Et Howard n'était en rien un enfant anormal. Il était en fait, à cet égard, un archétype d'enfant en ce sens qu'il se comportait à la fois selon les caractéristiques de son âge et en vertu de l'unicité de sa personne : tout ensemble un spécimen entre mille autres et cependant radicalement individuel.

Quand Howard repensait à son enfance, il croyait voir cet aphorisme briller, telle une lueur vacillante, à travers le banal assortiment d'épisodes apparemment insignifiants qui tiennent lieu de souvenirs à la plupart d'entre nous. Il en avait déjà eu confusément conscience alors qu'âgé de six ans, il s'efforçait de trouver un sens à cette fameuse ammonite ou que, quatre ans plus tard, il s'ingéniait à équilibrer les exigences contradictoires et des principes et des accommodements. Mais, à la vérité, il ne s'embarrassait pas fréquemment de ce genre d'analyse subjective. Il n'était pas, par nature, enclin à l'introspection. Il répugnait à ces étalages de confessions dont se délectent tant d'adolescents et, une fois adulte, à ces accès d'autocritique et de mise à plat de la psychologie qui sont les fruits de rencontres émotionnelles. Tout cela lui avait valu une réputation d'aptitude à la réticence qui n'était pas entièrement justifiée. Il n'était pas, tout compte fait, tellement réticent. Simplement il ne s'adonnait pas au narcissisme. Il ne s'intéressait que médiocrement à la contemplation de son propre nombril. Quant à ceux des autres, ils l'alarmaient nettement. En conséquence de quoi il n'était que faiblement équipé pour se plier aux contraintes d'une étroite interdépendance. La première fille dont, à dix-huit ans, il était tombé amoureux s'attendait qu'il passât des heures entières à discuter de leurs moindres idiosyncrasies respectives et s'irritait de son peu d'enthousiasme à s'exécuter. Finalement ils se séparèrent, non sans avoir retenu de leur échec une manière de leçon.

Par la suite Howard s'employa de son mieux à se montrer digne des usages tout en préservant ce qu'il considérait comme étant le signe de son intégrité. Chaque fois qu'il tombait amoureux — ou que, du moins, il avait le sentiment de s'orienter dans cette direction — il essayait de se plier à une discipline de la coopération. Il écoutait attentivement un certain nombre de femmes en train de lui expliquer quel genre de personnes elles pensaient être et pour quelles raisons elles étaient devenues ce qu'elles étaient. Lorsqu'elles se tournaient vers lui dans l'attente expresse d'une révélation réciproque, il se dépêtrait comme il pouvait mais, invariablement, la tentative se soldait par un échec. Le pire s'était produit avec Vivian, sa plus récente et durable partenaire.

Vivian n'était pas seulement encline à l'introspection, elle s'y épanouissait littéralement. Il est probable que, la plupart du temps, elle s'y adonnait dans la solitude mais que, de toute évidence, elle avait une préférence quasiment exclusive pour ce que Howard qualifiait d'« introspection spectacle » : une opération au cours de laquelle, elle, Vivian, se chargeait de l'inventaire des éléments de discussion tandis que, lui, l'observait et l'écoutait avec beaucoup de signes de curiosité et d'intérêt. Les règles du jeu étaient des plus strictes. Howard ne devait pas rester trop longtemps silencieux, mais ses interventions étaient tenues de respecter certaines normes. Il avait pour rôle de parfaire les commentaires et les diagnostics de Vivian et non pas de les infirmer. Elle attendait de lui qu'il développât le thème en cours de discussion et suscitât ensuite une dérive vers un sujet connexe. Sans pour autant sortir, bien entendu, de la mouvance générale du passé de Vivian et de sa personnalité. Il était là non pour déranger mais pour corroborer.

De temps à autre on changeait de camp. Vivian décidait que le moment était venu de se livrer à une analyse minutieuse du comportement de Howard. Ce genre de situation se présentait souvent alors qu'ils étaient au lit — à titre, semblait-il, de caprice post-orgasmique. Vivian, sans aucun doute, aurait pu souscrire à une interprétation de cet ordre : une manière de fleur faite à Howard aussi bien qu'à elle-même. Les questions auxquelles elle soumettait Howard composaient un salmigondis de récompenses et de vertueuse inquisition.

« Qu'est-ce que ça t'a fait la première fois où tu as eu des rapports sexuels ? Et avec qui c'était ?

— Je ne m'en souviens plus.

— Ne fais pas l'idiot, Howard. Tout le monde se rappelle avec qui on fait ça la première fois.

— Je voulais dire que je ne me souviens plus de ce que j'ai éprouvé.

— Voilà qui me paraît très extraordinaire. Moi, je m'en souviens parfaitement. Je me demande vraiment pourquoi ça t'échappe. Il se pourrait que ce soit l'indice d'un problème. Allons, voyons, qui était-ce ?

— Oh, une étudiante en chirurgie dentaire, du nom d'Elizabeth.

— En *chirurgie dentaire* ? Mais je croyais que tu étais inscrit dans le département de biologie de l'université ?

— Effectivement mais, ce jour-là, je m'étais égaré dans une réception de fin de session.

— De ta première fin de session, à toi ? »

Au début de leur liaison Howard avait accepté de se plier à cette forme de catéchisme dans la mesure, du moins, où il en était capable. On doit reconnaître qu'il n'y réussissait pas très bien. Apparemment il était peu doué pour les réminiscences et pratiquement nul en matière de déballage introspectif. Et Vivian n'était que trop portée à intervenir et à se charger de la besogne.

« Voilà qui est extrêmement intéressant, Howard. Je commence nettement à apercevoir là des symptômes du complexe d'Œdipe. Voyons, quand te rappelles-tu *exactement* ne plus avoir été capable de supporter ton père ?

— Je n'ai pas dit que je ne pouvais plus supporter mon père ! J'ai simplement dit que je m'étais disputé avec lui, une fois, à propos de l'influence génétique. Il ne s'y connaissait pas beaucoup, le pauvre, en matière de gènes.

— Quel âge avais-tu ?

— Je ne sais trop. Dans les quinze ans, peut-être.

— Et toi, tu te faisais de la bile à propos des gènes, hein, tu vois !

— *Je ne me faisais pas de bile !* J'essayais simplement d'expliquer à mon père ce qu'on entend par des gènes dominants.

— Ah, et *pourquoi donc ?*

— Oh, Vivian, pour l'amour du ciel ! »

Il avait appris à éluder ou tout au moins à abréger ce genre de conversation. Quand il n'y parvenait pas, il se contentait de fournir à Vivian le strict minimum d'informations indispensables dans l'espoir qu'elle s'en satisferait plus ou moins et qu'il pourrait ainsi éviter l'une de ces crises d'exaspération mal contenue et gorgées de rancune dont elle abusait au point de lui infliger des journées entières de morosité taciturne assaisonnées d'œillades courroucées, à la suite desquelles il se voyait contraint de lui présenter des excuses pour une situation dont il ne se sentait, à ses propres yeux, en aucune façon responsable. Vivian, bien entendu, avait une opinion totalement opposée. Et pendant tout ce temps il lui était loisible de se rendre compte que, de même qu'il avait été prédestiné à Vivian, de même leur union était désormais terminée. Tôt ou tard, à présent, il lui faudrait se résoudre au geste inéluctable et entamer le processus de la séparation.

Mais, pour Vivian, l'échéance n'est pas encore venue à terme. Nous sommes toujours dans un récit qu'il convient de respecter, quelles que puissent être les ambiguïtés de la relation entre ce qui s'est produit, ce qui est en train de se produire et ce qui se produira. L'heure de Vivian sonnera sûrement ou, plus exactement, son heure en tant que corollaire de celle de Howard. Pour l'instant Vivian n'est qu'un épisode circonstanciel, une tendance, une simple parcelle d'une vue à vol d'oiseau de l'existence de Howard Beamish.

Quand cette heure sonnera-t-elle ? Un récit est un enchaînement de présents mais le présent n'existe pas. Ou plutôt il n'existe que sous la forme d'une masse ondoyante qui s'écoule de bout en bout au cœur même des événements, au centre d'une procession de vicissitudes contingentes et étroitement liées entre elles depuis la naissance jusqu'à la mort. La durée d'une vie est structurée avec beaucoup de pertinence. Elle a un commencement et elle a une fin. Il est possible de la considérer comme un tout, et aussi de la démanteler et de l'examiner de près, de façon à pouvoir prononcer un diagnostic d'équilibre plus ou moins instable entre les manifestations des astreintes extérieures et celles de la volonté personnelle, cependant que le héros vacille précairement sur le chemin qui le mène du berceau à la tombe. C'est là, bien entendu, l'étoffe même de l'Histoire, une conjonction si capricieuse qu'elle tolère à peine d'être observée par les infortunés qui s'y trouvent impliqués.

CHAPITRE DEUX

Histoire abrégée de la Callimbie

Les événements s'inscrivent selon un ordre chronologique. Ils se déroulent par séquences et sont, en une certaine mesure, interdépendants. Ôtez-en un, retirez une décade ou une décennie ou un siècle, et l'ensemble de l'édifice vacille sur ses fondations. Mais l'édifice lui-même n'est qu'une chimère, une simple construction de l'esprit humain. Il n'est pas constitué de briques et de pierres. Ce ne sont que des mots, des mots, des mots. Les faits, en tant que tels, se réduisent à des mythes et des fables, aux distorsions et aux élaborations d'un impondérable qui a existé ou n'a pas existé. Ils sont les arcs-en-ciel qui ont survécu à un grisâtre espace de réalités présentement évanouies. Mais la Callimbie elle-même, la Callimbie d'aujourd'hui alors que j'écris et que vous me lisez, la permanente et fluide Callimbie ne ressemble en rien à cela.

La Callimbie, c'est de la brique, de la pierre, du sable, de la mer, des vapeurs de pétrole et du crottin de bourricots, des bougainvillées, des palmiers et des figuiers de Barbarie. Ce sont des palissades sub-

mergées de réclames, des boîtes de Seven Up aban-
données, des fortifications turques et des dallages
romains et des spécimens d'architecture type Dis-
neyland du palais de Samara. Ce sont des trains et
des tours en béton et des villas édouardiennes de sa
capitale, Marsopolis. C'est un temple grec et un
ramassis informe de bidons d'essence entassés dans
les dunes. Ce sont des boulevards et la statue de la
sœur de Cléopâtre et l'école militaire et la prison de
Masrun et l'hôtel *Excelsior*. Ce sont les plages et le
port et la zone réservée à l'armée dont l'accès est
interdit au public et le champ de manœuvres loin,
très loin dans le désert. On aperçoit seulement de
curieuses installations en béton enfouies dans le
sable, une ceinture de fils de fer barbelés aux
pointes acérées, d'une hauteur et d'une épaisseur
stupéfiantes, et de très nombreuses sentinelles en
armes qui n'auraient aucun scrupule à juger du
moment et de la nature de la cible la plus indiquée
pour la mise en pratique de leur entraînement au tir
à vue.

La Callimbie, pour sa part, ne tient aucun compte
de la chronologie. Elle est à la fois le temps et tous
les temps. Elle est impénétrable et équivoque. Ses
ossements et ses pierres corroborent ou — qui sait ?
— ne corroborent pas les mythes et les fables. Peut-
être ont-ils valeur de témoignages, peut-être ne
constituent-ils seulement que des leurres subtils ?
Mais ils sont là, c'est un fait. Avec tout ce que cela
implique. Ils s'offrent à la vue, vous pouvez leur marcher dessus, les heurter du pied. Il est impossible de
les réfuter. Et c'est pourquoi ils engendrent l'Histoire. Ou la pure fantaisie...

La Callimbie est aujourd'hui située entre l'Égypte et la Libye, avec derrière elle le désert et devant elle la Méditerranée. Mais il n'en a pas toujours été ainsi.

Il était une fois un pays du nom de Gondwana. Un nom qui pourra sans doute vous paraître suspect et factice mais, après tout, pas plus que celui de Callimbie, bien qu'il soit permis de se demander comment les géologues avaient pu le découvrir. Quoi qu'il en soit, c'était un pays réel il y a de cela cent cinquante millions d'années. Une grande et massive plaque de terre embrassant ce que nous savons maintenant être l'Amérique du Sud, l'Afrique, l'Arabie, l'Inde, l'Antarctique, l'Australie et diverses autres régions ici et là. À cette époque, il va de soi qu'on ne pensait pas à l'appeler le pays de Gondwana pour la bonne raison qu'il n'y avait ni être humain ni quoi que ce soit d'autre susceptible de penser. Il n'y avait que l'incessant tournoiement de la planète, le flux et le reflux des marées, l'éclat torride du soleil et le regard glacé de la lune. La croissance et le dépérissement. La naissance et la mort. Des créatures rampantes se traînant à terre, se faufilant et pataugeant dans la boue, des grincements de mâchoires et des zébrures de griffes, des hurlements, des grognements, des barrissements. Manger ou être mangé. Une terreur incessante. La souffrance et le rut. Peut-être même, sait-on jamais ? une faible dose de bonheur : un repas revigorant, le soleil sur vos épaules par un matin glacial. Mais aucune pensée. Seulement le temps, le temps, le temps...

Et voici que, tout en haut du pays de Gondwana affleure une zone qui, finalement, va devenir la Callimbie. En un clin d'œil, en fait, *sub specie aeternitatis*.

Oui, dans le battement de cils de quelques dizaines de millions d'années. Des montagnes surgissent et s'effondrent, des océans changent de forme, des continents partent à la dérive et, en fin de compte, tenez-vous bien, voici qu'émerge l'Afrique, nettement découpée et parfaitement identifiable et, avec elle, la Callimbie, perchée sur le désert et tout équipée de terres fertiles propices à l'établissement d'une colonie humaine : une chaîne de montagnes peu élevées où se mettent à couler de nombreuses rivières obligeamment prolifiques et un beau port naturel complaisamment dessiné par l'incurvation éminemment favorable d'un promontoire s'enfonçant dans la Méditerranée. Pour ne rien dire des excellentes alluvions fournies par une plaine riveraine idéalement propice à la culture d'une foule de produits variés et — avec encore plus de pertinence — les antiques et immenses dépôts d'un pétrole somnolent, profondément enfoui quelque part dans le désert là où, à travers les dunes de sable, ce qui deviendra la Callimbie se fond dans ce qui deviendra la Libye.

La terre a tremblé. Elle s'est soulevée, elle est retombée, elle a changé pour le mieux. Si elle ne s'était pas comportée comme elle l'a fait — se haussant ici pour créer là une vallée —, eh bien, reconnaissons-le, les métamorphoses ne se seraient jamais produites. La Callimbie n'aurait pas vu le jour et les événements rapportés dans le présent récit seraient restés lettre morte.

Mais ça n'a pas été le cas. Et il convient d'accorder une pensée à cet important processus, à cette éternité de mutations infinitésimales, au spectacle grandiose de ce décor fait de tempêtes, de couchers de soleil, d'aurores stupéfiantes. Toute l'ultime manifestation d'une nature impénétrable. Et tout cela pour elle seule car personne n'est là pour prendre note, pour enregistrer. Pas de peintre soucieux de saisir la couleur avant que ne change la lumière ; pas de poète s'ingéniant à chanter la majesté du lieu et de son décor céleste.

Cette souveraineté, cette innocence, pourtant, ne sauraient durer. Les peintres et les poètes sont déjà en route et, avec eux et plus dangereusement, les historiens. La Callimbie accède à l'existence et les échos commencent à nous en parvenir. Nous percevons les voix qui vont se répercuter dans le futur. Les visiteurs arrivent et ils racontent ce qu'ils ont vu.

Hérodote... Il s'est arrêté en ces lieux après son séjour en Égypte et il observe ce qui l'entoure d'un regard clinique où font alliance la précision d'un inspecteur des travaux en cours et la loquacité du reporter d'un grand journal : « L'étendue de la côte, écrit-il*, est de cinquante *schoeni* et les montagnes qui dominent, plus loin, la plaine sont à une distance, approximativement, de dix *schoeni*. La terre est noire et extrêmement fertile. Les Callimbiens cultivent la vigne, les olives, le millet, le sésame, les dattes et une étrange espèce de fève comme je n'ai jamais eu l'occasion d'en voir en d'autres lieux. Les femmes sont extrêmement belles et elles agrémentent l'aspect de leur peau à l'aide d'une teinture

* La présente citation, comme, d'ailleurs, celles de Plutarque au chapitre 4, de Ibn Hawqal au chapitre 6, du général Bonaparte et de Gustave Flaubert au chapitre 10, est totalement fictive.

verte. Les pratiques religieuses sont très particulières. Quand arrive la pleine lune, les Callimbiens se rassemblent sur la plage et versent des libations de vin sur le sable. Après quoi ils plongent, entièrement nus, dans l'océan. Le bruit court que Rhodia, leur reine dans les temps anciens, avait eu des rapports amoureux avec une gazelle mâle. J'ai ouï dire que Ménélas avait abordé à Marsala, le principal port de la Callimbie, après avoir été chercher Hélène à Memphis où elle avait été conduite par Pâris avant d'être reprise à son ravisseur par Protée. Le Grec aurait passé quelques jours à festoyer et à se divertir dans cette agréable cité en attendant que se lève un vent favorable. C'est du moins ce qu'on m'a rapporté. »

CHAPITRE TROIS

Lucy

Lucy Faulkner était née à Luton parce que son père avait rencontré dans un pub un type à qui on avait refilé un tuyau sur une affaire de vestes en cuir à bon marché en provenance d'Espagne. Brian Faulkner, ayant pris la décision de s'associer avec lui, avait téléphoné à Maureen qui, enceinte de huit mois, séjournait tranquillement chez sa mère à Broadstairs pour lui dire de partir pour Luton tandis qu'il se préoccuperait, lui, d'y trouver un appartement. Mais, en fait, l'appartement ne se matérialisa pas car Brian découvrit que non seulement le fameux tuyau n'était pas si bon que ça, mais que le type en question avait eu maille à partir avec la justice. En conséquence de quoi la pauvre Maureen avait passé un certain nombre de mois inconfortables dans une chambre meublée, seule d'abord, puis avec une Lucy dont les braillements n'en finissaient pas, cependant que Brian se pointait de temps à autre en Espagne jusqu'au jour où il décréta que le mieux serait encore qu'ils aillent s'installer à Londres car il avait eu vent d'une possibilité intéressante — dans la capitale cette fois — sur le marché des tapis.

Une association aussi arbitraire avec un endroit qu'elle aurait tellement peu d'occasions de fréquenter par la suite frappait souvent Lucy par son étrangeté lorsqu'il lui arrivait d'inscrire le nom de cette ville sur un formulaire ou de l'apercevoir sur son passeport. Elle éprouvait toujours un certain *frisson** lorsqu'il lui apparaissait — gage suprêmement intime de références personnelles — sur un indicateur de chemin de fer ou sur un panneau de signalisation. Enfant, elle avait cru y déceler une sorte de paradis d'où on les avait chassées, sa mère et elle, et il n'était pas rare qu'elle interrogeât Maureen sur ce point.

« Je ne me rappelle pas, disait celle-ci en toute honnêteté. J'étais trop occupée à t'allaiter et à arracher à ton père l'argent de la location. »

La coexistence de Lucy avec son père ne devait durer que quatre ans et, rétrospectivement, elle lui apparaissait comme un lien aussi arbitraire que celui qui l'unissait à Luton. Elle lui resterait étroitement liée, bien entendu, ainsi qu'à Luton mais de la même manière, c'est-à-dire purement formelle et dénuée de signification. Elle inscrivait le nom de l'auteur de ses jours sur des papiers officiels et il allait jusqu'à se refléter dans sa personne : elle avait hérité de ses taches de rousseur et de son menton. Elle le revoyait dans son souvenir — confusément et sans ressentir le moindre émoi — sous les traits de quelqu'un d'avenant et d'alerte, d'où émanait une odeur de cigarette et qui, un jour, l'avait entraînée dans une foire où il lui avait acheté un bâton de réglisse. L'événement s'attardait dans son esprit sous la forme d'un geste adéquatement prétentieux. Son père, en fait (il n'était pas impossible en y réfléchissant qu'il existât quelque part en ce bas monde, vieilli, grisonnant, plus corpulent) était à tout jamais figé dans sa mémoire sous l'aspect d'un personnage imbu de lui-même dont le comportement associait malaisément le désir de plaire à la forfanterie.

Sa mère, en revanche, était toujours là. Elle évoluait avec lenteur, passant de sa condition de femme harassée, tendre et jovialement fataliste telle que l'avait connue Lucy tout au long de son enfance à sa condition actuelle de personne invariablement de bonne humeur, agressivement entêtée et à tout jamais infiniment plus jeune que sa fille — du moins à ce qu'il lui semblait en y repensant aujourd'hui.

Mais, en une certaine mesure, il en avait toujours été ainsi. Lucy ne ressemblait pas à sa mère. Elle n'était ni souple ni confiante. Elle observait les choses et les gens, les scrutait à l'occasion et s'informait sans cesse, posant des questions et se renseignant avec une extrême minutie.

« Où va le soleil quand il fait nuit ? demanda-t-elle avec insistance alors qu'elle pouvait avoir dans les quatre ans.

— Il va se coucher, répondit Maureen avec assurance. Il dit bonsoir, exactement comme tu le fais. Il reste là, bien bordé dans son lit. Et puis il se réveille le lendemain matin et il se lève pour venir briller à ta fenêtre. Voilà comment ça se passe. »

Lucy avait écouté en silence, la bouche crispée en un réflexe de désapprobation. Finalement elle avait explosé : « Non, ce n'est pas vrai. Il ne peut pas le faire parce que ce n'est pas une fille ! »

Ce que voulait dire Lucy, bien entendu, est que l'interprétation de sa mère n'était pas crédible parce que le soleil, de toute évidence, n'est pas doué de sensibilité. Quoi qu'il puisse être, où qu'il puisse être tout là-haut dans le ciel, ce n'est assurément pas une créature consciente et articulée comme vous et moi, capable de passer une chemise de nuit, d'aller se coucher et de s'endormir. Comme elle n'avait que quatre ans, le mieux qu'elle pût faire pour exprimer sa façon de voir était de s'en tenir à une grossière approximation et de piquer une crise de mauvaise humeur.

Maureen, à cette époque, avait deux enfants de moins de cinq ans, un troisième en route, et un mari qui avait commencé à louvoyer pour s'extraire sans trop de difficultés de leur existence. C'est pourquoi il est peut-être permis de l'excuser de s'être dérobée devant un tel problème. C'était une femme surmenée et abandonnée mais elle l'était depuis toujours. Pour ce qui touchait à Brian, elle n'était pas encore parvenue à prendre pleinement conscience de la situation. Le processus de séparation s'effectuait parallèlement à de nombreux témoignages de conciliation, à de multiples manifestations éphémères de tendresse conjugale. L'ennui, c'est que Brian n'était pas souvent là. À cause de son travail, bien sûr ! Il se déplaçait, à présent, en qualité de représentant en produits pharmaceutiques ou quelque chose dans ce goût-là. Maureen ne savait jamais très bien de quoi il s'agissait exactement. Son mari ne cessait de lui expliquer qu'elle n'avait aucun souci à se faire à ce sujet. C'était de son ressort à lui... Il disparaissait pendant une semaine — parfois une dizaine de jours — et puis il réapparaissait avec des cadeaux pour les enfants et des nuits d'amour pour Maureen. Après quoi il repartait de plus belle, après un baiser rapide et un petit geste hâtif de la main. Tout, dès lors, se réduisait à une série d'appels téléphoniques, en provenance immanquablement d'une cabine publique, et effectués avec une menue monnaie qui fondait au soleil. « Appelle-moi en P.C.V. ! » gémissait Maureen dans l'appareil où commençaient à résonner les *bips-bips*, mais le déclic était déjà là et Brian reparti on ne sait où. Il avait recommencé à cavaler, le pauvre chou, et oublié, cette fois encore, d'envoyer le chèque pour le loyer. Ah, Seigneur, que la peste l'emporte !

À l'époque où Lucy avait atteint sa sixième année, les semaines d'absence s'étaient muées en quinzaines puis en mois. Son père omettait maintenant de revenir pour les anniversaires et puis, finalement, pour Noël. Les appels téléphoniques se raréfiaient jusqu'au jour où ils cédèrent la place à des cartes postales démentiellement espacées et qui arrivaient d'endroits comme Scunthorpe ou Rhyl, des rectangles de paysages reluisants avec, au dos, un gribouillis de jovialités. Maureen les disposait sur le manteau de la cheminée et les contemplait sans faire de commentaires. Le jour où Keith, le second enfant, alors âgé de quatre ans et demi, demanda pour la énième fois : « Quand c'est-y que papa arrive ? » ce fut Lucy qui lui répondit sèchement : « Il ne reviendra plus jamais, espèce de petit bêta ! » sans même lever les yeux du livre qu'elle parvenait presque, à présent, à déchiffrer et qui avait pris à ses yeux infiniment plus d'importance que cet homme qu'elle ne connaissait pratiquement pas.

Et c'est ainsi que Maureen se trouva embarquée dans on ne sait combien de palabres interminables avec les employés de la Sécurité sociale et les avocats. Occupation qui ne tarda pas à devenir pour elle un véritable mode de vie. Elle restait là, assise (ou même debout) accompagnée d'un de ses gosses qu'elle serrait contre elle avec son sac à provisions, à raconter ce qui lui arrivait ; à essayer de comprendre ce que lui expliquait tel ou tel préposé et à se creuser la cervelle devant des questionnaires et des alignements de chiffres qui ne lui semblaient jamais correspondre à la réalité. Elle n'en tenait rigueur à personne — attitude qui, à mesure que Lucy prenait de l'âge, devait finir par l'exaspérer car elle s'apercevait, elle, qu'il y avait tout lieu, et ce dans tous les domaines, d'en vouloir à tout le monde.

« Que veux-tu, c'est la vie ! » répondait Maureen. Avec une espèce de satisfaction (ou, du moins, était-ce là l'impression qu'elle donnait à une Lucy de dix-sept ans tout bonnement indignée et qui, pour sa part, se refusait à admettre que la vie pût être ainsi et qui estimait que ceux qui contribuaient à la rendre telle — les maris amorphes, les bureaucrates intransigeants — auraient mérité de se voir mis en demeure de rendre compte de leurs faits et gestes). Mais Brian Faulkner s'était dans l'intervalle si efficacement volatilisé qu'il n'existait plus que sous la forme d'une kyrielle d'adresses d'où le courrier officiel refluait avec l'estampille : *inconnu*. Il s'était converti en une absence, un vide dans lesquels s'engloutissaient toutes les recherches, toutes les menaces, toutes les admonestations. « Croyez-vous qu'il pourrait être mort ? » avait fini par demander Maureen. « Non, ma chère, avait répondu l'employé de la Sécurité sociale, ces types-là ne meurent pas. »

Les filles de pères absents réagissent, cela va de soi, différemment. Lucy, ayant perdu tout intérêt pour le sien à l'âge de six ans, se mua en un petit être totalement combatif et entreprenant. Mais peut-être en eût-il été ainsi quelles que fussent les circonstances. Il est assurément très difficile de donner, en ce qui la concerne, la priorité à sa nature ou à son environnement — en dehors même de toute considération de la prédominance éventuelle de l'un ou l'autre de ces éléments. Il ne semble pas qu'elle ait hérité sa vibrante aptitude à la curiosité, sa capacité à se livrer à des travaux pénibles (ou sa robuste résistance à la défaite) de son père ou de sa mère. Pas plus que des désinvoltes et expédientes modalités de son éducation. La fataliste et docile Maureen était peut-être intellectuellement peu aventureuse et accablée par les enfants et par la pauvreté mais elle avait du ressort, des ressources dans les limites de ses disponibilités et un acharnement tenace dans son rôle de mère tutélaire. Elle s'acquittait des tâches qui incombent à toute créature en ce bas monde. Elle luttait pour sa survie et pour celle de sa progéniture.

La tactique de Maureen était de baisser la tête afin de pouvoir essuyer les tempêtes de son mieux. Elle traitait l'ensemble de ses problèmes comme s'il s'était agi d'un fléau naturel inévitable. La défection de son mari, le manque d'argent, la course d'obstacles organisée par l'État-providence, tout cela relevait simplement de la fatalité. Il n'y avait rien d'autre à faire que rire jaune et s'en accommoder comme on pouvait tout en avançant aussi loin que possible son pied le plus valide afin de marcher, de marcher... Elle était, pour la situer dans un contexte historique un peu moins mesquin, le genre de personne autour de laquelle un homme comme Brian Faulkner s'arrangera toujours pour graviter et elle incarnait, de surcroît, la victime de prédilection des systèmes bureaucratiques. Elle était, en d'autres termes, une cible idéale pour toute forme de patronage et de paternalisme : réservée, discrète, sincère et éperdue de gratitude pour tout ce qui se présentait de favorable sur son chemin. Elle était aussi, cela va de soi, le cauchemar des politiciens.

Maureen était incapable d'apercevoir le moindre rapport entre sa condition et le déroulement de l'Histoire ou la nature exacte de tel ou tel climat politique. Tout cela n'était pas du ressort des femmes dans sa situation et, de toute façon, elle était trop accablée de mille et une occupations à ce plus que modeste niveau qui était désormais le sien. Quand revenait la période des élections, elle se gardait bien de voter, soit qu'elle eût oublié la date, soit qu'elle se débattît dans les affres de la crise survenue à ce moment précis. La vérité, en fait, est que Maureen se trouvait placée au beau milieu de la ligne de feu, de même que Lucy et Keath et la petite Susan : ils étaient tous les quatre de la chair à canon prédestinée. L'enfance de Lucy avait été dominée par de mystérieux vocables incantatoires tels que « allocations familiales », « bonus supplémentaires », « État-providence », « municipalité », « encaissement des loyers », « assurances »…. Et, finalement, elle s'était aperçue, contrairement à sa mère laquelle ne se rendait jamais compte de rien, que c'étaient elles et leurs semblables qui constituaient la trame même de la politique : sa matière brute, ses briques et son mortier.

Vue sous cet angle, Lucy se situait très exactement à l'opposé de sa mère. Elle incarnait ce que redoutent les gouvernements : une dissidente innée, une sceptique, une non-conformiste. À peine avait-elle eu six ans qu'elle haussait déjà le ton pour poser des questions :

« Pourquoi qu'y a pas assez d'argent pour tout le monde ?

« Si y a pas assez d'argent pour le loyer, pourquoi que l'encaisseur il en a autant ?

« Si tu as pas pu comprendre ce que te disait la dame des allocations, pourquoi qu'elle te l'a pas dit de manière que tu la comprennes ? »

Elle s'intéressait davantage au calcul que Maureen et aimait s'occuper des comptes, arquant les sourcils devant un cahier rempli de colonnes de chiffres ou le livret de la poste ou bien encore le contenu du porte-monnaie de sa mère, qu'elle disposait sur la table de la cuisine en piles bien nettes et totalement inadéquates. Au lieu d'accepter la récurrence du déficit comme le signe d'une malédiction inévitable, elle jetait un regard glacé par-delà les murs de l'appartement ou de la chambre meublée ou de l'endroit, quel qu'il fût, où elles se trouvaient habiter provisoirement. Et elle mettait le doigt sur des anomalies qui avaient complètement échappé à sa mère. Elle découvrait non point une hiérarchie bien structurée mais l'inégalité ; non point un bienveillant paternalisme, mais une systématisation arbitraire. Elle se heurtait à des fonctionnaires inquisiteurs, à des entrepreneurs hostiles et à des réglementations absurdes. Quiconque interrogeait ou renseignait Maureen ne tardait pas à s'apercevoir qu'il y avait une source de tension dans la présence, à deux pas derrière sa mère, de la frêle silhouette de Lucy, toute raidie par une vertueuse indignation. L'inquisiteur se détournait du regard de Lucy et finissait par suggérer qu'il vaudrait peut-être mieux que les enfants aillent jouer à l'extérieur.

Tout cela donne à l'enfance de Lucy une allure de purgatoire à la Dickens. En fait il n'en était rien. La petite était à court de satisfactions matérielles mais elle avait une mère affectueuse, un frère et une sœur pleins d'admiration pour elle, des grands-parents dévoués qui faisaient vraiment tout ce qu'ils pouvaient pour leur venir en aide et d'inestimables avantages naturels. Elle avait une excellente santé et une intelligence qu'avivait une ardente curiosité. Et elle ne cessait d'élever un barrage de questions :

« Pourquoi est-ce que le feu me brûle ? Pourquoi il faut pas que je me penche à la fenêtre ? » Ou bien, élevant le niveau du débat : « C'est vrai qu'il y a des sorcières ? »

Maureen, pour une fois, s'était sentie à même de répondre. Cette question-là n'était pas trop embarrassante. « Non, ma chérie. Elles n'existent que dans les contes.

— Mais s'il y a des contes avec des sorcières, insista Lucy, il faut bien que les sorcières existent, autrement comment les gens qui écrivent les contes sauraient-ils qu'elles sont là ? »

Bien envoyé, hein ! À tel point que, des années plus tard, Lucy se rappelait encore ce moment plein de perplexité et de divination : sa mère, près de l'évier, enveloppée dans une brume de vapeur, elle-même penchée sur un livre illustré, confrontée à l'imprécise et peu sûre frontière séparant le possible de l'impossible. Et il lui avait semblé aussi avoir gardé quelque chose de cette subite intuition enfantine de toutes les sagesses successives accumulées dans l'espace d'une vie. De ce pressentiment, aussi, que l'heure viendrait où elle connaîtrait les réponses. De la certitude que le simple fait d'avoir posé une telle question était révélateur de sa propre orientation et de ses capacités personnelles. Et elle se rappelait d'autres moments semblables, cette fois en des lieux différents, où la fusion du jugement et de l'émotion projetait un trait de lumière sur une autre époque et un autre instant, et elle en venait alors à se considérer, elle, Lucy, comme totalement en contradiction — et, cependant, et surnaturellement, en parfaite identité — avec elle-même.

« *J'avais cru comprendre que vous étiez une pacifiste,* dit Howard.
— *S'il nous faut absolument jouer à ce jeu absurde,* dit Lucy, *alors je vous promets que nous allons gagner !* »

L'évolution de la personnalité est une affaire vraiment remarquable. Est-elle favorisée, ou contrecarrée, par le déroulement des événements ? Maureen, avec tendresse, affirmait que Lucy n'avait pas changé d'un iota depuis son berceau.

« Elle était là à observer ce que j'étais en train de faire et je me rendais parfaitement compte qu'elle se posait des questions bien que, naturellement, ça lui ait été impossible, vous voyez ce que je veux dire... »

La curiosité a tué le chat*. Maureen avait fait de cet

* Proverbe anglais correspondant à peu près à notre : « Qui s'y frotte s'y pique. » *(N.d.T.)*

axiome l'une de ses formules favorites. Et il n'y avait rien là d'invraisemblable — du moins pour certains chats et en telle ou telle circonstance particulière. Mais il n'en va pas aussi facilement avec les êtres humains. De telle sorte que Maureen, en la circonstance, commettait une grave erreur. Une tendance opportune à l'investigation a probablement plus de chances de se révéler salutaire et d'assurer (à défaut d'une réussite éclatante) au moins la survie et la prospérité. Elle est, par excellence, le signe de l'équilibre mental et c'est pourquoi il importe de ne jamais la décourager, y compris chez les chats. L'habitude qu'avait Lucy de poser des questions allait donner à son existence un tour éminemment différent de celui de sa mère. Et cependant — et concurremment — c'étaient sans doute les incidents propices aux interrogations survenus dans son enfance qui avaient aiguisé son esprit. Si Maureen n'avait pas eu à subir des épreuves aussi pénibles, il est probable que sa fille aurait évolué différemment.

Lucy adorait sa mère. Et pourtant celle-ci lui tapait sur les nerfs. À peine était-elle entrée dans l'adolescence qu'elle jugeait déjà l'interprétation donnée par Maureen à la condition humaine exaspérante, inconséquente et fondamentalement erronée. Maureen était persuadée que les individus reçoivent en partage ce qu'ils méritent mais en même temps elle accusait le destin d'être injuste. Elle était profondément fataliste mais elle n'en croyait pas moins que le Seigneur vient en aide à ceux qui commencent par s'aider — le Seigneur, en l'occurrence, se réduisant à un concept purement abstrait puisque, de manière assez surprenante pour quelqu'un d'aussi vague dans ses convictions, elle se proclamait athée. Elle lisait avidement les rubriques d'astrologie dans les journaux et elle avait, une fois, mis en fureur Lucy en économisant cinq livres pour aller consulter une diseuse de bonne aventure.

« Mais pourquoi ? avait gémi Lucy. Tu sais pourtant bien que *tu as besoin* de ces cinq livres !

— Parce que si elle me dit que je vais avoir une heureuse surprise, je me sentirai infiniment mieux », avait répondu Maureen.

Et la diseuse de bonne aventure ayant, comme faire se doit, prédit quelque vague aubaine, Maureen s'était effectivement rassérénée — ce qui prouvait, tout compte fait, qu'elle n'avait pas eu tort.

Le jour où le premier petit ami de Lucy fit son apparition sur la scène, Maureen insista pour connaître son signe astral particulier.

« Oh, maman, pour l'amour du ciel !

— Mais, chérie, c'est très important. Il faut que nous sachions si vous êtes faits l'un pour l'autre ! »

Lucy avait poussé un soupir théâtral. Elle avait quinze ans et n'était pas, à vrai dire, très attachée au garçon en question. Mais toutes les filles des environs avaient un petit ami et elle avait besoin, de toute manière, d'en savoir davantage sur le sexe. Le petit gars s'acquitta de sa mission un certain temps mais se vit congédier dès qu'il parut considérer la situation comme acquise. Les filles de pères indignes réagissent sans doute diversement, mais elles ont au moins en commun une certaine dose de supériorité lorsqu'il s'agit de juger les hommes avec pénétration et détachement.

Lucy pensait que les hommes, c'est très bien, mais

elle n'avait aucune envie de les fréquenter sauf à ses conditions à elle et aussi longtemps que ça lui chanterait. Il lui était arrivé, une fois ou deux, de tomber amoureuse mais très modestement et pour seulement quelques jours. À ce stade de son évolution elle avait vu et lu suffisamment de choses pour être capable de reconnaître les symptômes de la passion, mais également pour comprendre que ce qu'elle éprouvait était à mille lieues des infatuations dévorantes de la littérature et de la poésie. Elle espérait confusément y accéder un jour ou l'autre car elle était bien décidée à mener une existence tonique et variée mais n'était nullement pressée. De toute évidence cette forme d'éclipse de la raison ne pouvait que procéder d'une démarche hasardeuse et il convenait, pour pouvoir y faire face, d'être au mieux de sa condition. Le grand amour pouvait attendre. Et c'est ce qu'il fit. Et pour plus longtemps qu'elle ne l'avait prévu.

À l'époque du premier petit ami de Lucy, Maureen prit sur elle-même de donner quelques conseils à sa fille à propos des hommes. « Ce que tu dois te rappeler, Lucy, c'est qu'il y a hommes et hommes. Certains d'entre eux, si tu veux mon avis, sont à peu près corrects. Mais il y en a des tas qui ne le sont pas.

— Comment s'aperçoit-on de la différence ? » demanda Lucy. C'était là une question quelque peu insidieuse étant donné le passé de Maureen.

Celle-ci prit le temps de la réflexion. « C'est délicat, tu comprends. Ils peuvent se montrer si charmants !... Tiens, considère un peu ton père... » Elle nota l'expression de Lucy et battit en retraite précipitamment. « En fait, je ne prétends pas être moi-même experte en la matière mais ce qu'il y a de sûr, c'est qu'avec eux il faut rester sur ses gardes, compris ? Il y en a qui sont bien mais l'ennui c'est que ceux qui te plaisent, ceux qui — comment dire ? — t'inspirent de l'intérêt sont probablement ceux qui, finalement, s'arrangent pour prendre le dessus. C'est ça qu'ils font, tu saisis ? Ils prennent le dessus...

— Maman !... » dit Lucy qui considérait que, dans son cas particulier, une telle issue avait peu de chances de se produire.

« Ce qu'il faut, poursuivit Maureen d'un air rêveur, c'est que tu fasses attention à toi jusqu'à ce que le type idéal montre le bout de son nez. Amuse-toi, ça oui, prends un peu de bon temps mais, en fin de compte, ouvre l'œil, tu piges ? » Elle utilisait à présent le langage des magazines qu'il lui arrivait de lire et il est bon de noter que ce genre de discours et de réactions était déjà nettement désuet car on était dans les années 70 et la chasteté n'avait plus guère la cote depuis un bon bout de temps. Mais Maureen, qui avait trente-trois ans à l'époque de cette conversation et qui avait commis sa première erreur — question hommes — à un âge tendre, était déjà, à plus d'un égard, vieux jeu.

Lucy, qui ne lisait pas les mêmes magazines, écoutait sa mère avec un mélange d'incrédulité et de bienveillante mansuétude. Elle s'était, depuis belle lurette, aperçue que les conseils de Maureen étaient, dans la plupart des cas, pour le moins inconsidérés, voire entachés d'amateurisme, mais elle s'arrangeait pour ne pas froisser ses sentiments. Dans le cas présent, elle était convaincue que sa mère était à ce point en dehors du coup qu'elle risquait d'apparaître comme dangereusement excentrique.

« Tu n'as pas été faire de bêtises avec ce Michael, hein, je l'espère ? s'enquit Maureen, revenant subitement au côté pratique des choses.

— Bien sûr que non ! » se hâta de répondre Lucy. Ce qu'elle oublia de préciser, c'est qu'elle y était tout à fait décidée dans le courant des semaines à venir et était en train de se renseigner auprès d'un groupe d'amies sur les modalités d'inscription dans les services d'une clinique de planning familial.

Si Maureen avait été aussi astucieuse et aussi bien informée que sa fille en matière de sexualité, Lucy vraisemblablement n'aurait jamais vu le jour. C'est là une observation qui ne mène nulle part mais qui, avancée maladroitement, est susceptible de faire de la peine. Maureen elle-même, en un moment de désarroi, s'était laissée aller à dire : « Si votre papa n'était pas revenu passer le week-end à la maison parce qu'il avait la grippe et qu'il avait besoin d'un peu de réconfort familial, je n'aurais jamais eu Susie. » Susie, entendant cela, et en déduisant les virtualités rétrospectives de sa propre annihilation, s'était répandue en un torrent de larmes. Désespoir qui avait tellement abreuvé Maureen de remords qu'elle avait, à son tour, éclaté en sanglots. Une véritable crise qui, bizarrement, l'avait retapée, comme toujours finalement, de telle sorte que, comme à l'accoutumée aussi, ce moment de désarroi s'était dissipé sans laisser de traces.

Keith et Susie admiraient beaucoup leur sœur aînée. Ils se rendaient compte qu'elle possédait toutes les qualités qui faisaient cruellement défaut à leur mère, pour ne rien dire de celles, infiniment nombreuses, qu'elle tenait de sa propre nature et ils se tournaient vers elle en tant que chef de famille, sinon en titre, du moins en fait. Ils s'adressaient à Maureen pour tout ce qui touchait à leur bien-être et à leur subsistance mais c'est de Lucy qu'ils attendaient des conseils éclairés. Lucy les aidait à faire leurs devoirs (elle s'était notamment déchaînée contre Keith lorsque, traversant une mauvaise passe, il avait commencé à faire l'école buissonnière et elle avait mis au pas les matamores qui en faisaient voir de toutes les couleurs à Susie). Elle les avait en quelque sorte déniaisés, les initiant, l'un comme l'autre, à la meilleure façon d'aborder et de surmonter le maelström de la vie quotidienne dans une école surpeuplée, les familiarisant avec les mystérieuses normes d'un comportement adulte et les obligations qui en découlaient. Elle était à la fois, selon les nécessités de la conjoncture, le chef de clan, le dictateur, le confesseur et l'infirmière. La vérité est qu'ils n'avaient, ni l'un ni l'autre, un tempérament semblable au sien. Keith était un garçon brillant mais c'était un paquet de nerfs, trop enclin à sortir du droit chemin. Susie, pour sa part, se montrait flegmatique et encline à la paresse. Lucy, en conséquence, tarabustait sa sœur et exhortait son frère. Ajouterai-je que, si de telles considérations sont plutôt de nature à les dépeindre sous un jour franchement défavorable, il convient de préciser que la manière dont se comportait Lucy avec ses cadets était le fruit d'une pulsion quasiment parentale, d'une détermination instinctive et profondément enracinée en elle-même. Keith et Susie, en retour, ne manquaient jamais de lui assurer leur soutien, leur respect et une pâte à modeler parfaitement malléable. Un chef de clan, après tout, a besoin d'un clan ; une infirmière a besoin d'un patient.

Lucy avait grandi en sachant fort bien que rien ne nous sert davantage que nos propres efforts. Elle comprenait maintenant que la sagesse consiste à se contenter de peu ou même de rien et à concentrer son attention sur l'étude du système dont on dépend et à l'utiliser au mieux tout en continuant à garder ses facultés de critique intransigeante et de totale objectivité. Maureen, à sa manière, l'avait également compris et, comme à son habitude, avait adopté à cet effet une formule idoine : « Rien dans cette vie, affirmait-elle, ne nous est apporté sur un plateau. » Mais il lui manquait la capacité de rendre coup pour coup. Lucy, au fil des années qui l'avaient menée de la populeuse cour de récréation de l'école primaire à la jungle de l'école secondaire, avait appris à identifier ses objectifs et à éviter le désordre et l'obstruction. Elle aimait s'instruire et était fermement décidée à travailler pour réussir. Mais, dans un climat où ses deux inclinations de base se voyaient tournées en dérision, il lui avait fallu mettre au point la rédaction de ses propres lettres de créance, parvenir à donner d'elle l'image d'une jeune femme sans doute marginale mais digne de respect, en bref d'un être humain doué d'esprit, de courage et d'une personnalité dont il serait nécessaire de tenir compte. Elle était même parvenue à faire quelque peu évoluer le climat ambiant. Si Lucy Faulkner jugeait bon de se donner beaucoup de mal en classe au point de se casser la tête pour réussir tous ses examens de passage, peut-être après tout n'avait-elle pas tort ?

C'était éminemment une enfant du siècle, se conduisant et réagissant en fonction des errements de celui-ci. Elle en était issue, elle était conditionnée par lui. La faute en incombait à ce qu'elle avait grandi sans père et sans confort dans un quartier pauvre de Londres à un certain moment du XXᵉ siècle, mais elle avait conscience d'être également hors du temps. Elle était le produit d'une certaine conjonction de qualités, d'aptitudes et d'inclinations, lesquelles se reproduisaient indéfiniment quels que fussent le lieu et la période, et toujours identiques à elles-mêmes. Mais qui, aussi, s'additionnaient, quelle que fût l'occasion, de manière à créer un être humain unique en son genre : Lucy Faulkner, cette fois.

CHAPITRE QUATRE

Histoire abrégée de la Callimbie

Donc il se peut que Ménélas ait visité la Callimbie. Ou qu'il n'y soit pas venu — on ne sait jamais jusqu'à quel point on peut faire confiance à Hérodote. Mais cet endroit, aujourd'hui, figure sur la carte. Et il ne va pas tarder à y figurer davantage encore.

Franchissons quelques siècles. Au cours desquels les Callimbiens s'acquittent de leurs devoirs de procréation et de culture de la vigne, des olives, du millet et endurent le climat politique tortueux qui constitue l'un des traits marquants de l'Antiquité. *L'Antiquité!* Le mot évoque une scène tout à la fois lointaine et précise, tel un décor observé à l'aide de jumelles de théâtre, baigné d'une lumière dorée et peuplé de personnages héroïques. Eh bien, voyezvous, il n'en allait pas exactement de même, pour autant, bien entendu, que l'on peut en être sûr.

57 av. J.-C... Et voici maintenant qu'il nous faut tourner notre attention vers l'Égypte où régnait alors Ptolémée Aulète, un homme gratifié (si c'est là le terme qui convient) de six enfants : Cléopâtre Tryphaene, Cléopâtre, Bérénice, Arsinoé et deux fils,

tous deux nommés Ptolémée. Il serait bon de noter que la dynastie ptolémaïque était elle-même le produit d'une longue tradition d'inceste, ce qui explique peut-être la vision quelque peu élargie qu'on y avait des relations entre frères et sœurs — et *vice versa*. Il serait bon aussi de se rappeler qu'à cette époque la route du succès dans les sphères dirigeantes enjambait, normalement et de manière très officiellement acceptée, les cadavres des membres de la famille et, en conséquence, de ne pas être trop surpris par le comportement qu'allait avoir cette dynastie au cours des quelques années qui suivirent. Ptolémée (le père), s'étant vu contraint de se rendre à Rome pour affaires, fut promptement déposé par Cléopâtre Tryphaene laquelle, au demeurant, n'en tira d'autre bénéfice que de périr sous les coups de tueurs inconnus. Après quoi Bérénice, pour ne pas être dupe, s'installa à sa place. Mais Ptolémée, escorté de ses deux plus jeunes enfants, se précipita au logis où il s'employa à la déposer puis à la faire exécuter. Six années s'écoulèrent avant qu'il ne mourût, laissant le trône conjointement à Cléopâtre et à Ptolémée XIII, âgés respectivement de dix-huit et dix ans. La suite constitue ce qu'on appelle communément l'Histoire. Il serait bon de noter, enfin, que Cléopâtre, perpétuant en cela et avec un zèle louable la tradition en honneur dans sa famille, agença sans plus tarder le meurtre et de ses deux frères et de sa sœur Arsinoé.

Voilà ce que, généralement, on considère comme étant le reflet du cours véridique des événements. Mais, en réalité, il n'en avait pas été tout à fait ainsi. Il existe une version différente, fondée sur le charisme légendaire de la sœur de Cléopâtre et qui replace avec force le destin de la Callimbie dans le contexte de la politique méditerranéenne à l'âge classique. Bérénice n'avait pas été exécutée. C'était une femme d'un charme physique impressionnant, dotée d'une personnalité qui en imposait au point de la rendre irrésistible aux yeux de la plupart de ceux qui évoluaient autour d'elle et, en particulier, d'un certain Rhamadès, capitaine de la garde chargé par Ptolémée d'assurer la captivité de sa fille et, ultérieurement, son exécution. Rhamadès s'éprit de Bérénice et s'arrangea pour lui permettre de survivre en lui substituant une esclave qui, à peine avait-elle été sacrifiée, fut escamotée puis enterrée par des membres de la conspiration avant qu'on ait pu s'apercevoir de la supercherie. Il n'est pas sans intérêt de noter que Ptolémée avait omis de respecter l'une des règles fondamentales de l'assassinat juridique : ne jamais manquer de vérifier l'identité de ses victimes — et il est également permis de supposer que le meurtre de sa propre enfant était de nature à provoquer un certain trouble — et ce jusque dans le contexte ptolémaïque.

Rhamadès et Bérénice se précipitèrent vers la frontière callimbienne puis, de là, vers Marsopolis où Rhamadès se trouvait avoir des amis et où il projetait d'épouser sa compagne de manière à s'établir fastueusement en qualité de prince consort et de personnage de tout premier plan. Mais Bérénice avait d'autres idées en tête. La Callimbie était alors sous la férule d'Hippostrate, un parent des Ptolémée approchant de la soixantaine et sans enfants. Bérénice, à l'instant même, se mit en frais pour entrer dans les bonnes grâces du roi, dont la jeune épouse mourut peu après des suites d'un empoisonnement provoqué par des sucreries de provenance mystérieuse. Bérénice fit de la consolation d'Hippostrate sa tâche toute particulière et, le moment venu, devint sa femme. Rhamadès disparut de la scène. Hippostrate expira à l'âge — respectablement mûr selon les normes de l'époque — de soixante-deux ans et Bérénice, tout naturellement, devint reine de Callimbie.

Au cours des quelques années qui suivirent, sa sœur Cléopâtre et elle se regardèrent en chiens de faïence à travers le désert. César passa et repartit. Bérénice se tenait, sans aucun doute, au courant des moindres détails de la carrière clinquante et mouvementée de sa cadette et en était dûment affectée. Cléopâtre n'était pas seulement plus jeune qu'elle mais si l'on en croit les acolytes de Bérénice, moins belle, moins intelligente et moins prodigue de réceptions. Toutefois la chance était de son côté. Les Romains qui faisaient escale à Marsopolis ne se haussaient pas à la taille de César. Bérénice observait, prenait note et attendait son heure. Et son heure, au fond, ne serait peut-être pas tellement à la traîne. La capitale où elle trônait rivalisait avec Alexandrie par les charmes incontestables de sa civilisation, la docilité et l'industrie de sa population, l'empressement de ses courtisans, sa richesse, sa santé et ses amants.

C'est alors qu'Antoine fit son apparition. La vigilance de Bérénice dut, à cet instant, être portée à son comble. En dehors même de la question de la rivalité consanguine entre les deux sœurs se posaient celles de la paix et de la sécurité internationale avec ces hordes de Romains sur le sentier de la guerre, se démenant comme des forcenés d'un bout à l'autre de la Méditerranée, croisant le fer entre eux et s'appropriant des territoires chaque fois que l'envie leur en prenait. Bérénice dut nourrir les pires inquiétudes pour la souveraineté de la Callimbie. Elle avait jusquelà réussi à maintenir une attitude de non-ingérence mais, à présent, les choses s'envenimaient. Antoine ne cessait d'offrir à Cléopâtre des morceaux d'Asie Mineure en guise de cadeaux d'anniversaire. Quant à Octave César et consorts, ils n'avaient pas la réputation d'être particulièrement sensibles au respect des frontières nationales. Bérénice observait la situation, s'interrogeant sur le plus sûr moyen de se maintenir à flot.

Antoine et Cléopâtre affrontèrent l'armada d'Octave à Actium et se firent battre à plate couture. Cléopâtre se replia à l'intérieur des terres afin de rallier ses troupes et réfléchir aux mesures à prendre mais Antoine, émotif et impulsif, plongé de surcroît dans une crise de dépression et de honte, partit à la dérive le long de la côte, accompagné de deux de ses amis : Aristocrate et Lucilius. Leur navire, pris dans la tempête, erra de-ci de-là, pour finalement se réfugier dans le port de Marsopolis où l'arrivée de ces visiteurs inattendus fut immédiatement annoncée à Bérénice.

Quelle occasion mirifique ! Pour peu qu'elle sût mener sa barque, elle serait en mesure de chiper Antoine à sa sœur. Elle le savait désillusionné, abattu, éminemment instable. Sans plus tarder, elle se mit à la tâche.

C'est ici que les rares commentaires de Plutarque permettent d'accorder quelque créance à une autre interprétation des événements et nous fournissent même la toute première référence historique et officielle à l'existence de Bérénice. Il est probable que Plutarque, effectivement, s'était rendu en Callimbie — hypothèse qui se trouve confirmée par son soudain enthousiasme descriptif alors que, d'habitude, il se contente d'un récit plutôt terre à terre :

« Marc Antoine et ses compagnons, en raison des tempêtes, s'étaient vus obligés de chercher un refuge dans le port de Marsopolis, principale ville de la Callimbie. Ils y furent accueillis par la reine de ce pays : Bérénice, sœur de Cléopâtre. Bérénice réserva à Antoine un accueil fastueux et le pressa de prolonger son séjour auprès d'elle, à sa cour, jusqu'à ce qu'il fût complètement remis des épreuves et des déceptions qu'il avait essuyées au cours de sa récente campagne. Et, de fait, Antoine était tout près de se laisser tenter car la cité était très agréable avec de nombreux édifices des plus gracieux, des avenues bordées d'arbres en fleurs, des victuailles et du vin à profusion et un climat auquel donnaient infiniment de charme les brises fraîches qui, presque continûment, soufflaient du large. Aristocrate, toutefois, s'opposa à ce projet. Il réussit à persuader Antoine de reprendre la mer et d'aller rejoindre Cléopâtre à Alexandrie *. »

C'est là un témoignage qui pourra sembler très incomplet. Ou bien Plutarque n'en savait pas davantage ou bien il a choisi délibérément d'être parcimonieux avec la vérité. Ce qui arriva, en fait, est que Bérénice s'ingénia à organiser les festivités les plus grandioses dont Marsopolis ait jamais été le cadre. Il

---

* Citation fictive, bien entendu.

y a tout lieu de penser qu'elle avait, au cours des années, été informée des nombreux coups d'éclat de sa sœur : les illuminations, les encensoirs prodigues de parfums, les éphèbes déguisés en cupidons et cette fabuleuse barge !... Les flûtes, les pipeaux et les luths, les sangliers rôtis, les nuits de luxure...

Bérénice se lança dans un processus de tape-à-l'œil et d'excès. Les réjouissances qui s'ensuivirent se prolongèrent, à ce qu'on raconte, pendant trois semaines. Des retraites aux flambeaux, des phalanges de danseuses, des chaudrons entiers de colombes rissolées, des cuves de vins choisis parmi les plus capiteux de toute la Callimbie, des gazelles cuites au miel, des phénix accommodés aux herbes, des pantomimes et des tournois d'acrobatie, et une incessante sérénade modulée par des eunuques triés sur le volet. Bérénice elle-même fit son entrée sur un char d'onyx et de malachite traîné par des léopards. Elle offrit à Antoine une trirème avec à son bord des esclaves nubiens, plus un coffre en ivoire plein à craquer de pierres précieuses, un manteau du lin le plus fin que l'on pût trouver dans le pays, brodé d'une profusion de perles et, pour couronner le tout, un lit en cèdre du Liban entièrement incrusté d'or. Nul doute qu'Antoine ait compris à demi-mot. Ce qui est sûr, c'est qu'il se plongea dans les festivités avec délices. Il prolongea son séjour et le prolongea encore. Au point que ses compagnons finirent par s'inquiéter. Antoine n'était que trop connu pour sa sensibilité excessive et son manque de jugement. Octave César parcourait en tous sens la Macédoine, attendant son heure pour bondir. Cléopâtre ne tarderait pas à être à bout de nerfs, c'est le moins que l'on pût dire. Ses compagnons pressèrent donc Antoine de repartir pour l'Égypte. Mais celui-ci les envoya paître et se servit une autre portion de colombe rôtie. Si bien qu'en fin de compte ils se décidèrent à prendre les choses en main. Ils versèrent une forte dose de somnifère dans le vin d'Antoine, le transportèrent dans la trirème et le ramenèrent en toute hâte à Alexandrie pour qu'il y fasse la paix avec Cléopâtre et qu'il recommence à disputer l'hégémonie sur l'Empire romain.

À partir de là on ne sait plus rien de Bérénice. Plutarque est muet, tous les autres aussi. Elle s'évanouit pour se transformer en un mythe, une légende, une voluptueuse statue de marbre érigée sur la place centrale de la Marsopolis de la fin du XXe siècle et en une invite provocante à une interprétation différente de l'Histoire. Si seulement les compagnons d'Antoine avaient été moins déterminés ! S'il avait été seul ! Si Bérénice ne lui avait pas fait don de cette trirème ! Ah si... !

CHAPITRE CINQ

Howard

Au cours des premières années qui suivirent sa majorité, Howard prit conscience d'un étrange contraste entre le genre d'existence qu'il menait et les formes de vie qui constituaient l'objet central de ses recherches. Son travail l'amenait à passer des journées entières à examiner à la loupe des fragments de fossiles, à se pencher sur un microscope, à méditer longuement sur la constitution et les activités d'espèces à jamais disparues. Il se tracassait au sujet des appareils digestifs, des organes de reproduction et des modes de locomotion de mystérieuses et fuyantes créatures tout à la fois radicalement individuelles et parties intégrantes d'un réseau complexe fait d'interdépendances. Elles mangeaient et étaient mangées. Elles étaient conjointement des proies et des prédateurs. Howard s'efforçait d'identifier à travers elles des critères de réussite — ou d'échec — évolutionnaire. Sa réussite, à lui, sur le plan professionnel, dépendait de l'interprétation (laborieuse ou inspirée) qu'il parviendrait à donner d'une fonction ou d'une relation — servitude qui ne manquait pas d'imprimer une torsion supplémentaire et ironique à tout cet enchevêtrement d'obligations mutuelles.

Mais lorsqu'il lui arrivait de considérer, avec un détachement du même ordre, sa propre lutte pour la vie, il lui semblait entrevoir quelque chose de radicalement différent. Ou, pour mieux dire puisqu'un détachement total était impossible, il avait l'*impression* d'être confronté à quelque chose de radicalement différent. Ce qu'il découvrait était un champ de bataille d'émotivité, de personnalité et d'aptitude intellectuelle. Les attributs physiques n'y occupaient pratiquement aucune place. Enfin disons qu'ils n'y jouaient qu'un rôle de second plan. Il est bien évident que, si on a un physique avantageux, on dispose par là même d'un atout non négligeable, même s'il ne doit être que superficiel. Alors que le handicap est flagrant si on souffre de malformation ou si on est outrageusement grand, petit, gros ou maigre. Mais, pour l'essentiel, le succès vient d'ailleurs dès qu'on a affaire à un *Homo sapiens*. C'est seulement dans un domaine plus ésotérique tel que la boxe professionnelle, le lancer du javelot ou le maintien de l'ordre dans une boîte de nuit que la palme revient à la pure force musculaire ou à la dextérité. Howard avait eu l'occasion de se convaincre de ce truisme lors de sa première nomination à un poste d'enseignement en qualité d'assistant à Tavistock College. L'institution était alors en proie à une crise particulièrement féroce de guérilla interne entre deux professeurs rivaux et jaloux de prendre le pouvoir. Cette lutte pour l'hégémonie n'avait que des rapports lointains avec les controverses portant sur l'organisation des cours ou la répartition des crédits de fonctionnement de la maison. En fait, elle était entièrement due à un conflit de personnalités et aux ambitions totalement irréductibles de ces deux maîtres : l'un natif du Yorkshire, un géologue corpulent et colérique ; l'autre, un Gallois poids coq, actuellement chef du département de Howard. Les confrontations entre les deux hommes étaient le fruit d'incessantes manipulations d'ordre émotionnel : Idris Jones s'acharnait à provoquer son adversaire de manière à lui faire perdre le contrôle de lui-même si irrévocablement qu'il pût lui imposer ses desseins, alors que le géologue, lui, se concentrait sur une campagne de sous-entendus et de suggestions de malversation. Pour prendre une comparaison d'ordre biologique, tout se passait comme si on assistait à un combat entre des représentants d'espèces différentes, équipés, chacun, de ses propres moyens d'attaque et de défense : dents contre griffes, rapidité contre camouflage. Mais dans le cas présent, les lignes de force et de faiblesse n'étaient autres que les manifestations de tempéraments et de traits caractéristiques de l'intellect. En observant leurs altercations dans la salle des professeurs ou à la table d'une séance de commission, Howard en était venu à interpréter l'affaire comme un exemple du triomphe de l'esprit sur la matière.

Il avait vingt-six ans à l'époque et c'était sa première expérience de la brutalité des rapports humains. Il avait mené jusqu'alors une forme d'existence plus ou moins protégée. Sa condition de fils unique lui avait épargné (à moins qu'elle ne l'en eût frustré) l'état de guerre permanent entre frères et sœurs. Son enfance s'était déroulée à l'intérieur d'une zone urbaine on ne peut plus convenable de la banlieue nord de Londres. L'école pour laquelle il avait obtenu une bourse était, elle aussi, à l'abri des explosions les plus extrêmes des sauvageries de la rue et des cours de récréation. On n'y avait guère recours aux brimades et les violences qui auraient pu découler de l'exubérance de l'adolescence étaient rigoureusement réduites à néant par le personnel d'encadrement. L'intelligence et l'application au travail n'étaient ni méprisées ni pénalisées et le fait de ne pas être doué pour le sport n'avait pas une importance démesurée. Howard était un élève parfaitement heureux — ce qui, il devait s'en apercevoir par la suite, constituait un privilège, mais peut-être également un désavantage en ce sens qu'il n'était en rien préparé aux compétitions et aux confrontations de l'avenir. À l'époque de son entrée à l'université, il était tellement accaparé par la poursuite de ses intérêts propres qu'il n'accordait qu'une place infime aux activités extrascolaires. Il se contentait de mener une petite existence insipide et ne dépassait que rarement la surface des choses. Il ne se rendait que très rarement à une réunion enfumée autour de tasses de café ou de bouteilles de pinard de trente-sixième ordre lorsqu'il avait besoin de conversation ou de stimulant sexuel. Il était apprécié mais considéré comme quelque peu distant. Les femmes le trouvaient un brin mystérieux en raison, précisément, de l'ostentation de son quant-à-soi. L'une d'elles, à l'occasion, jetait carrément son dévolu sur lui et Howard ne manquait pas, alors, de réagir avec un enthousiasme poli lequel, généralement, ne durait pas plus de quelques semaines. Il ne restait pas insensible au plaisir sexuel mais s'inquiétait de plus en plus de constater que le côté sentimental de l'affaire ne transparaissait pratiquement qu'en filigrane. Il lui arrivait d'être attiré par une fille, d'avoir envie de coucher avec elle et de passer à l'acte — à condition qu'elle le souhaitât elle aussi — et puis de constater rapidement qu'elle ne lui inspirait aucune affection véritable. Et comme il estimait qu'il y avait quelque chose de minable dans le fait de s'esbaudir physiquement avec une jeune personne pour laquelle on n'éprouvait que de l'indifférence, il s'arrangeait pour se déprendre de sa liaison avec délicatesse et non sans remords. Le psychiatre du campus était sur la brèche du matin au soir, aux aguets de la moindre manifestation de malaises ou de désordres de nature émotionnelle. De nombreux condisciples de Howard en profitaient même pour trouver, à chaque session, une excuse officielle pour sécher les cours sous prétexte d'un désarroi d'ordre affectif. À de telles enseignes qu'il eût semblé nettement anormal de prétendre jouir d'un équilibre mental permanent et solide. Mais Howard était incapable de miser sur ce genre de symptômes pour s'offrir un peu de liberté. Il ne se voyait pas planté dans le cabinet du bonhomme en train de lui dire : « S'il vous plaît, pouvez-vous m'expliquer pourquoi je ne parviens pas à tomber amoureux ? » Il eût jugé moins embarrassant de se plaindre d'être impuissant ou même de pâtir d'une quelconque déviation sexuelle.

Howard, de toute manière, était de plus en plus accaparé par son travail. Il savait depuis fort longtemps qu'il souhaitait devenir paléontologue et, vers la fin de ses études à l'université, avait pris clairement conscience de la spécialité à laquelle il voulait se consacrer. Le centre de son intérêt avait progressivement remonté le cours des âges pour, finalement, venir se fixer sur des créatures de plus en plus infimes. Les secteurs d'exploration les plus spectaculaires de sa discipline de prédilection n'étaient pas, bizarrement, ceux qui le fascinaient le plus. Tournant le dos au jurassique, aux dinosaures et aux premiers mammifères, il se concentrait sur les commencements, sur l'antiquité la plus reculée, celle où tout encore était possible, où tout s'était décidé et de laquelle, contre toute attente, nous dérivons. La première fois où, à travers le microscope, son regard s'était posé sur l'un de ces bizarres animaux — invraisemblables et immaculés — du cambrien schisteux de Burgess, il avait senti qu'il était pris au piège. Voué à l'esclavage, captif d'un engagement inconditionnel. Il avait succombé non à l'amour, mais à un sortilège. Tout se passait comme s'il n'observait pas ces vestiges par le truchement d'un appareil mais à travers des mouvances infinies d'espace et de temps ; comme si sa vision s'envolait par-delà cinq cents millions d'années pour aller s'intégrer dans l'exotique univers de ces créatures délicates qui, lumineusement, se matérialisaient en visions, inaccessibles, inconcevables et pourtant éminemment précises. Il commença dès lors à prendre ses distances, à se concentrer intensément et sereinement comme si son être entier s'était réduit à son œil plongé dans cet autre monde inondé de clarté ; comme s'il avait fait corps avec la surface étincelante de ce rocher sur lequel s'épanouissaient en un relief subit les symétries d'êtres miraculeux, semblables à d'exquis griffonnages incrustés dans la grisaille du désert ; avec aussi les arêtes vives de tel ou tel organisme évocatrices de stries sur le sable argenté ; avec encore une tache de graphite miroitante comme la réminiscence de quelque créature disparue. Il regardait, à l'aide d'une chambre claire, l'image de son stylo vagabonder sur les rugosités d'une plaque de rocher, errer à travers les plateaux et les vallées telle une présence indiscrète et fantomatique s'efforçant de définir le contour de l'animal en l'arrachant à son cadre de lumière silencieuse pour le déposer sur une feuille de papier. Et il se rendait compte, alors, qu'il passerait le reste de ses jours au service des *Opabinia*, des *Wiwaxia*, des *Hallucigenia* et *tutti quanti*. Il avait devant lui un déploiement de spécimens dont la plupart n'avaient aucun rapport avec les espèces présentement survivantes et qui, tous, s'étaient évanouis. Une palette d'animaux ressemblant à des brosses à cheveux ou à des fleurs de lotus, agrémentés de buses, d'étrésillons et de jabots de dentelle et qui, d'aventure, faisaient songer à une faune encore de ce monde (mais toujours d'une manière fantastiquement différente) comme s'il avait eu sous les yeux la parade magique d'un univers de substitution. Et effectivement c'était bien de cela qu'il s'agissait : de géniteurs, condamnés d'avance, d'une horde de mondes de rechange, d'élégantes virtualités biologiques lesquelles auraient très bien pu donner naissance à un environnement contemporain peuplé d'impensables descendants des brosses à cheveux et des fleurs de lotus pour peu que les astreintes de l'évolution eussent opéré différemment. Telle est l'étrange conjonction de probabilités et de contingences qui, dans toutes les acceptions du terme, est à la racine même de la vie. L'accident de la réalité et de l'existence humaine !... Howard, invraisemblable héritier, lui-même, du plus insignifiant des animaux de l'époque des schistes de Burgess (cette modeste créature mollassonne dénommée *pikaia* et qui est l'ancêtre de tous les vertébrés), contemplait longuement ces images frissonnantes, réfléchissait à leurs implications et se persuadait de ce qu'il voulait devenir.

Les nécessités de la préparation de sa thèse de doctorat l'avaient amené à faire une bonne partie de ses recherches de l'autre côté de l'Atlantique, à concentrer notamment une partie de son travail sur les spécimens Burgess du smithsonien et à s'affairer autour des sacro-saints champs de fossiles qui recouvrent les pentes des montagnes Rocheuses du Canada. Ce fut une période où il lui sembla s'être détaché de la marche extérieure des choses. Comme si son existence avait, temporairement, été mise en suspens : elle était désormais faite d'un mélange d'idylle et de purgatoire et, bien qu'il eût la conviction d'avoir atteint les sommets du bonheur, il s'ouvrit peu à peu au pressentiment que cette phase de sa carrière tirerait bientôt à sa fin et que cette fin serait, pour autant qu'il en put juger, vraisemblablement amère. Parviendrait-il à trouver un emploi ? Un emploi dans le genre d'activité qui le passionnait, ou se verrait-il dans l'obligation d'accepter un compromis ou même de se voir exiler dans un dépotoir ouvert à tous les déchets ? Il avait la plus haute estime pour ses propres mérites. Il considérait qu'il faisait du très bon travail et que ses capacités étaient, somme toute, excellentes. Bien qu'il n'ait pas encore eu l'occasion de se colleter avec l'enseignement, il jugeait qu'il serait sans doute apte à y réussir. Mais il savait également que ce ne sont pas toujours les meilleurs qui gagnent et que, pour purs et intransigeants que soient les objectifs de la science, le processus de nomination à un poste universitaire, lui, ne l'est pas. Il termina sa thèse, les yeux anxieusement rivés sur les annonces d'emplois vacants et ne cessant d'écrire, à droite et à gauche, à tous les gens susceptibles de lui offrir un appui ou de lui donner un conseil. De telle sorte que, le jour où le poste de Tavistock College se profila à l'horizon, il ne perdit pas une seule seconde pour le briguer bien que ses espoirs fussent des plus minces. Une situation à Londres représentait quelque chose de hautement désirable : elle serait indubitablement l'objet de mille convoitises.

Le matin de son entretien probatoire avec le professeur de géologie, ce natif du Yorkshire au tempérament irascible s'était disputé avec son épouse — à la suite de quoi il était parti en voiture, littéralement furieux et n'ayant plus sa tête à lui, si bien qu'il avait embouti un camion et s'était retrouvé au service des urgences de l'hôpital le plus proche. L'entretien se déroula donc sans lui et, par voie de conséquence, sans le soutien qu'il avait eu l'intention d'accorder à l'un des postulants qui, jadis, avait été son élève. Le professeur Idris Jones qui présidait le comité de sélection et dont l'objectif, dans cette affaire, était d'éliminer le protégé de son rival, n'eut que peu de peine à manœuvrer pour que ce fût Howard qui décrochât la timbale. Ce dernier, surpris d'un aussi flagrant favoritisme de la part d'un homme qu'il ne connaissait pas et qui, à coup sûr, ne savait rien, ou presque, de lui, conçut une gratitude fervente à l'égard d'Idris Jones jusqu'au jour où, des mois plus tard, un de ses collègues se fit un plaisir de l'éclairer sur l'interprétation qu'il convenait de donner à l'événement. Howard en avait été quelque peu chagriné : c'eût été agréable de se dire qu'il avait été le candidat évident ou qu'il avait captivé son auditoire par ses talents et sa personnalité. Mais, après tout, l'essentiel était d'avoir obtenu le poste. Il était maintenant lancé dans la carrière qu'il avait choisie et il allait pouvoir gagner sa vie en exerçant le métier de ses rêves — résultat qui, à ses yeux, constituait un extraordinaire privilège.

Il dénicha une mansarde, aimablement qualifiée de « studio sous les toits », pas très loin de Tavistock College, et louée à un tarif exorbitant. Deux ans plus tard, il l'échangea contre un appartement en sous-sol dont l'hypothèque dévora en versements mensuels la quasi-totalité de ses émoluments. Il serait, quant à lui, volontiers resté dans sa mansarde mais son père ne cessait de le pousser à devenir propriétaire sous prétexte que sans appartement à lui et même avec hypothèque par-dessus le marché, il risquait de se retrouver un jour à la rue. Howard ne se serait pas spécialement fait de souci à ce sujet mais il ne tenait nullement à chagriner son père qui, de toute évidence, se tourmentait beaucoup et il accepta donc de se laisser propulser dans le sous-sol et alla même jusqu'à permettre à sa mère de l'enjoliver avec des tas de rideaux et de coussins.

Le sous-sol en question, baptisé de la réconfortante appellation d'« appartement avec jardin », était situé dans une rue minable à proximité de King's Cross et que Howard s'était trouvé arpenter tout à fait fortuitement. Il était à la recherche d'une boutique où quelqu'un lui avait dit qu'on vendait des machines à écrire à prix réduit mais il ne l'avait pas trouvée et, finalement, il avait abouti à un alignement de « terraces* » — de miteuses pensions de famille converties en maisonnettes coincées les unes contre les autres — et remarqué dans une encoignure un écriteau offrant, non sans duperie, un charmant appartement de deux pièces donnant sur un jardin. Ses parents, à l'époque, le pressaient avec une espèce d'acharnement de régler enfin ses problèmes d'habitat. Il leur avait promis de se mettre en quête d'un logis — entreprise qu'il avait en sainte horreur. Il nota le numéro de téléphone de l'agent immobilier, visita l'appartement le soir même et emménagea deux mois plus tard, s'engageant ainsi dans trois années de litiges et une liaison amoureuse.

Le sous-sol consistait très exactement en ceci : c'était l'étage inférieur d'une « terrace » du XIXᵉ siècle auquel on accédait par un escalier en fer plongeant dans un espace en béton agrémenté d'un tuyau d'écoulement des eaux et d'un mur frontal de brique sur lequel donnait la pièce de devant. Celles donnant sur l'arrière bénéficiaient d'une vue verticale sur le jardin du dessus, sur un autre espace en béton bordé par un parterre de fleurs empli d'une terre noire cendreuse et sur des morceaux de brique au travers desquels poussait un lilas anémique mais

* *Terrace House.* Élément d'une rangée de maisons strictement identiques. *(N.d.T.)*

résolu. Le lilas se débrouillait pour exhiber, chaque printemps, quelques fleurs fanées et il allait, en mainte occasion, offrir à Howard, au cours des années suivantes, une curieuse sorte de réconfort.

Les deux étages surplombant le sous-sol se présentaient sous forme de maisonnettes alors que la partie supérieure de l'immeuble s'était muée en appentis. On ne pouvait qu'éprouver un certain respect à l'égard de cet opportun recyclage d'un immeuble conçu à l'origine en vue d'une occupation totalement différente. Il avait au moins le mérite de témoigner d'un effort pour apporter une solution aux problèmes de l'habitat dans les grandes villes, ne fût-ce qu'en entassant un maximum de citoyens dans le minimum d'espace disponible — bien que l'entreprise ne manquât point de se traduire par un inconfort considérable et des crises financières chroniques pour tous les ressortissants. Les locaux changeaient de mains très fréquemment — ce qui, pour Howard, avait au moins l'avantage de se manifester par une altération de la nature des bruits au-dessus de sa tête. Le staccato des chamailleries du couple en passe de dissolution cédait la place au battement rythmique d'une chaîne stéréo lequel, à son tour, abandonnait le terrain au profit du tendre tonnerre d'un marmot en train de folâtrer.

En moins de deux ans l'immeuble commença à se désagréger. Une fissure apparut dans le toit, les murs extérieurs se craquelèrent, on diagnostiqua une fente au-dessus de la porte d'entrée et une fuite détériora la cloison de la salle de séjour de Howard. Les locataires des trois appartements se plaignirent au propriétaire auquel ils avaient versé des sommes substantielles à titre de charges locatives. Le propriétaire s'abstint de répondre aux lettres et resta inaccessible au téléphone. Les locataires consultèrent des solicitors dont les honoraires dépassaient leurs moyens et qui écrivirent de nouvelles lettres au propriétaire, lequel ne répondit pas davantage, et lui passèrent sans plus de succès de nouveaux coups de téléphone.

Tout cela avait fini par créer un certain sentiment de communauté entre les occupants de l'immeuble. Howard prit l'initiative de fonder une association des résidents et invita ses voisins à une spaghetti-partie afin de discuter de la tactique à adopter. La maisonnette était, à cette époque, occupée par un couple d'homosexuels — un revendeur de bouquins d'occasion et son ami — tandis que l'appartement du dernier étage se trouvait être le fief d'une flûtiste nommée Celia. C'était une jeune femme pâle et mince aux longs cheveux blonds retenus par un bandeau et qui donnait l'impression d'être extrêmement fragile. Trois jours après la spaghetti-partie, elle frappa à la porte de Howard et lui demanda s'il pouvait monter jusque chez elle pour l'aider à rafistoler une tringle à rideau qui lui donnait du fil à retordre. Il se surprit à regarder avec tendresse les enfantines mèches couleur de lin éparpillées sur sa nuque et, la semaine suivante, il se rendit à un concert où elle se produisait. Peu de temps après, il prit l'habitude, en rentrant le soir, de lever les yeux pour voir s'il y avait de la lumière chez elle ou, alors, d'attendre le *bang* de la porte d'entrée. Il analysa attentivement ses sentiments et, dès qu'il eut constaté qu'il pensait à elle pendant ses cours ou même pendant les précieuses heures qu'il parvenait, de-ci de-là, à consacrer à ses recherches personnelles, il se demanda, au comble de la surexcitation, si ce n'était pas là ce qu'on appelle l'amour.

Avec ses yeux bleus et sa peau semblable à un pétale de rose, Celia avait le charme délicat d'une figurine de porcelaine. Elle était — Howard ne tarda pas à s'en apercevoir — dotée d'une trompeuse faculté de rebondissement et aussi, parfois, de repliement sur elle-même. Elle gagnait sa vie en travaillant (quand l'occasion s'en présentait) comme pigiste dans les journaux — ce qui l'amenait, de temps à autre, à disparaître deux ou trois jours d'affilée, prise qu'elle était par des tâches au sujet desquelles, quand par hasard Howard lui posait des questions, elle restait extrêmement vague. C'était la personne la plus réticente qu'il eût jamais rencontrée — ce qui ne manquait pas de renforcer considérablement son pouvoir de séduction. Elle ne le soumettait jamais à un interrogatoire d'ordre psychologique, de telle sorte que le début de leur association s'était, pour une large part, déroulé en silence. Celia observait rêveusement le plancher ou cheminait passivement aux côtés de Howard. En haut, dans sa chambre à elle, ils écoutaient de la musique, à moins que Howard ne se plongeât dans la lecture du journal ou d'un livre. Cette tranquillité n'était troublée que par le degré d'agitation sexuelle de Howard et par sa crainte qu'une telle combinaison de mariage et de célibat n'en vînt à se figer en un *modus vivendi* permanent. Il se rendait compte, à présent, que *ça*, c'était vraiment de l'amour. Il pensait à elle constamment. Ses mains avaient les plus grandes difficultés à ne pas aller s'égarer sur elle et il éprouvait un sentiment de perte chaque fois qu'elle s'éloignait de lui. Il lui était, en revanche, extrêmement difficile de savoir ce qu'elle ressentait, elle. De toute évidence elle se plaisait en sa compagnie et elle ne repoussait pas ses avances. Mais il s'écoulerait sans doute un temps fou avant qu'il n'eût la possibilité de coucher avec elle. Chaque fois que Howard se disait que ce n'était plus qu'une question de secondes, le baiser s'interrompait ou bien alors Celia, par un regard ou un geste, lui faisait comprendre que ce n'était pas le moment. Il arrivait fréquemment qu'elle disparût pendant des heures sans lui fournir la moindre explication et, lorsqu'elle reparaissait, elle avait une expression où se mêlaient le contentement de soi et une curieuse et confuse surexcitation. Il se demandait, envahi par la jalousie, s'il se pouvait qu'il y eût un autre homme.

Et puis subitement, un soir, alors que Howard lui caressait la main, assis près d'elle sur le lit là-haut sous les toits, en compagnie de Monteverdi et d'un fond de bouteille de *soave*, Celia tout à coup se redressa, le regarda et puis enleva son pull. Elle ne portait rien en dessous. La vue de ses seins plongea Howard dans un état de trépidante frénésie. Il n'avait jamais, de sa vie entière, contemplé quelque chose de plus exquis : petits, crémeux, couronnés de mamelons roses et chauds, et d'une forme parfaite. Le regard de Celia était manifestement plein d'attente. Il posa son verre sur la table de chevet et se mit à la besogne.

Elle n'était pas — il se l'était souvent demandé — vierge. Mais alors pas du tout ! En fait, elle était singulièrement experte et coopérative. Il n'y avait aucun rapport entre la Celia habituelle et la Celia dans les bras de laquelle il se contorsionnait, haletait, enveloppé dans le crépuscule de la chambre avant — finalement — de basculer dans le sommeil, allongé à coté d'elle. Elle était à la fois méthodique et enthousiaste. Howard connut là un moment merveilleux et, quand il se réveilla le lendemain matin, il éprouva une sensation d'orgueilleuse plénitude. Enfin, c'était arrivé ! C'était donc cela, l'amour : sexuel, spirituel, et tout et tout !

Ils passèrent désormais la plupart de leurs nuits ensemble, tantôt dans le lit de Celia, tantôt dans celui de Howard. Étant donné le nouveau rythme que connaissait à présent leur existence, Howard s'était attendu que Celia se montrât moins discrète avec lui et qu'elle lui permît de l'escorter dans ses nombreuses sorties. Mais non ! Son attitude, sans doute, avait subi un changement des plus subtils mais, en aucune façon, dans le sens que Howard avait escompté. Elle était devenue plus réaliste et, à vrai dire, quelque peu possessive mais elle ne se livrait pas davantage et continuait à s'évanouir dans le brouillard pendant des heures et des heures et même des jours entiers pour s'occuper d'affaires dont elle ne soufflait mot. « J'ai dû aller quelque part », expliquait-elle. Ou encore : « J'ai été voir des gens. » Howard se consumait en soupçons pleins de jalousie mais il avait appris à ne pas insister. La seule fois où il s'y était risqué, Celia était entrée en fureur et l'avait chassé de son lit.

Celia, en revanche, comptait absolument sur l'attention de Howard chaque fois qu'elle le désirait. Il trouvait, passées sous sa porte, des petites notes concises : « Suis descendue te voir mais, pour une raison ou pour une autre, tu n'étais pas là. Préviens-moi, s'il te plaît, dès que tu seras de retour. » Il ne se formalisait pas trop de ce genre d'intervention car il croyait y voir une marque d'affection. Elle ne montrait, au total, qu'un intérêt de surface pour tout ce qui touchait à son mode d'existence à lui comme, d'ailleurs, pour son travail — indifférence qui le blessait un peu — et, un jour où il lui avait demandé de l'accompagner à une réception de fin de session donnée par son département, elle avait décliné son offre : « Si tu le permets, Howard, je ne pense pas que ces gens-là soient mon genre » ; « Mais, moi, je suis bien ton genre ! s'était récrié Howard. Du moins, je l'espère ! Ce sont tous des savants et des professeurs !... » Celia avait eu un sourire énigmatique et elle avait secoué la tête négativement.

Howard se rendait parfaitement compte que tout n'allait pas entre eux pour le mieux dans le meilleur des mondes mais il manquait trop d'expérience de ce type d'hiatus pour mettre le doigt sur ce qui clochait. Il sentait simplement que Celia et lui, en tant que couple, ne ressemblaient apparemment à aucun autre de sa connaissance. Mais, à vrai dire, comment pouvait-on jamais être à même de connaître convenablement la vie intime d'autrui ? Leur réussite, sur le plan sexuel, ne faisait aucun doute et, en ce qui le concernait, lui, il était assez clair qu'il la désirait ardemment, qu'il avait envie d'être avec elle et qu'il se faisait un sang d'encre quand c'était impossible. Sans doute n'était-il pas pleinement heureux mais l'amour, après tout, n'était-il pas censé vous causer du tourment ? Il pensait que les choses finiraient par s'arranger et il commençait même vaguement à envisager le mariage.

Et puis voilà qu'un certain dimanche matin, Celia s'assit dans le lit, jeta un coup d'œil à sa montre et dit : « Je voudrais que tu viennes à l'église avec moi. Je leur ai annoncé que je t'amènerais. Ils t'attendent. »

Howard se raidit. Puis il pensa qu'il avait dû mal entendre. « À l'église ? demanda-t-il précautionneusement.

— Oui, à l'église, dit Celia avec vivacité. Nous célébrons une messe spéciale à Finchley. »

Howard demeura silencieux. Il lui semblait tout à coup que la chambre était devenue glaciale. Celia s'était levée et elle était déjà en train de se brosser les cheveux — opération que, d'habitude, il observait avec délectation.

Finalement : « Je ne savais pas, dit-il, que tu étais croyante.

— Je pensais que tu l'aurais remarqué. Nous ne tenons pas, vois-tu, à discuter de ce genre de sujet avec les gens qui ne sont pas, nous disons "régénérés". Mais je leur ai parlé de toi et ils désirent te voir.

— Est-ce là que tu vas quand tu t'absentes ? demanda Howard avec lenteur.

— Naturellement, dit Celia. Qu'est-ce que tu avais été imaginer ?

— Je me demandais si tu n'allais pas rejoindre un autre homme », dit Howard d'un ton lugubre.

Elle se mit à rire. Elle riait rarement et, à l'entendre, Howard se sentit encore plus désorienté.

« Tu ferais mieux de te lever. Il faut qu'on soit là-bas à dix heures.

— Je ne peux pas y aller, dit Howard. Je ne suis pas chrétien. »

Celia se tourna vers lui avec, sur le visage, une expression de bienveillante condescendance. « Aucune importance. Autrefois je ne l'étais pas, moi non plus. Ça viendra.

— Tu ne comprends pas, Celia, insista Howard. Il me sera toujours impossible de devenir chrétien. Tu comprends, je suis agnostique. C'est là un problème qui me préoccupe depuis toujours.

— Mais tu changeras d'avis après avoir entendu notre pasteur, dit Celia avec assurance. C'est l'être le plus merveilleux que j'aie jamais rencontré. » Elle avait fini de se brosser les cheveux et mettait son soutien-gorge — autre opération que, dans des circonstances normales, Howard trouvait, sur le plan esthétique, des plus satisfaisantes. Il resta couché à la regarder. Il éprouvait une sensation de poids au creux de l'estomac comme si quelqu'un y avait introduit un morceau de plomb. Celia lui semblait être infiniment loin et totalement étrangère. On eût dit qu'il la connaissait à peine, comme s'il l'avait aperçue furtivement dans une rue encombrée.

Elle continuait à parler avec ferveur du pasteur et de ses acolytes. Ils appartenaient, à ce que Howard crut comprendre, à une secte fondamentaliste un tantinet idiosyncratique en ce qu'elle répudiait les activités évangéliques trop ostensibles au profit d'une intense et exclusive activité de groupe.

« Ce qui se passe, expliqua Celia, c'est que si l'un d'entre nous s'embarque dans une liaison sérieuse, alors il est invité à introduire l'autre personne pour que le groupe puisse faire sa connaissance. Le pasteur, d'habitude, a, avec elle, un entretien privé et sans façon après la messe. C'est une expérience merveilleuse... C'est comme ça que, moi-même, j'ai eu l'occasion de me joindre à eux. Je sortais, en ce temps-là, avec un violoniste et, comme il était affilié, il m'a présentée. »

C'était l'un des discours les plus longs et les plus révélateurs qu'elle ait jamais prononcés.

« Il y est toujours ?

— Toujours quoi ?

— Affilié ? Ce type-là...

— Bien sûr que non. Il est parti. Ça n'a d'ailleurs vraiment aucune importance. Ce que je veux dire c'est que, si ça n'était pas arrivé, je n'aurais pas pu être régénérée, je n'aurais pas connu le pasteur ni aucun des autres. » Elle frissonna délicatement. « Allons, lève-toi, ils n'aiment pas qu'on soit en retard. »

Au cours des journées qui suivirent, Howard s'efforça d'analyser le processus démoralisant de la mort de l'amour. Ce n'était pas vraiment une mort, décida-t-il, mais bien plutôt une hideuse mutilation, une fatale contamination. Il avait encore terriblement envie d'elle et il appréciait toujours énormément sa compagnie. Il lui arrivait souvent d'épier ses allées et venues mais il savait aussi que leur vie commune n'avait plus aucun sens.

Finalement c'est Celia qui vendit son appartement et déménagea. Non point qu'elle s'offusquât de la proximité de Howard mais parce qu'on lui avait signalé un appartement à vendre plus proche du centre d'opérations de la secte. Elle vint faire ses adieux avec grâce et affection, exprima l'espoir qu'il leur serait donné de se revoir un jour et lui laissa en garde ses plantes en pots. Le couple d'homosexuels de la maisonnette, qui avait suivi avec intérêt les déambulations de Howard dans l'escalier, finit par l'inviter fort aimablement à des déjeuners le dimanche ; une hôtesse de l'air peu séduisante emménagea dans l'appartement de Celia et Howard entra dans une phase, lente et pénible, de récupération. Il se remit à la tâche avec encore plus d'intensité qu'à l'habitude. Ses étudiants subirent l'impact de sa concentration à un degré positivement déconcertant. Il passait de longues heures au laboratoire mais, s'étant aperçu que l'image de Celia continuait à flotter au-dessus du spécimen qu'il était en train d'examiner, il comprit qu'il avait besoin d'un dérivatif un peu plus énergique. Il puisa dans toutes les disponibilités à sa portée et, quand il eut rassemblé de quoi se payer un petit voyage, dès la fin de la session, il s'empressa de quitter Londres.

Au cours des semaines qui suivirent Celia, peu à peu, s'estompa. Howard, jour après jour, la laissait libre de s'éloigner de plus en plus de lui, absorbé qu'il était par un rituel exigeant et cicatrisant d'efforts physiques et d'alacrité mentale. Il transpirait, il bronzait, il s'éreintait. Il ne voyait rien d'autre que les rochers qu'il escaladait et leurs trésors ambigus. Il ne percevait rien d'autre que le vent et la pluie et le soleil. Chaque fois qu'il s'appropriait un fossile de quelque importance la surexcitation et le contentement de soi éclipsaient tout le reste et Celia, alors, s'éloignait de lui à un tel point que, même quand il faisait un effort particulier pour la rejoindre, il parvenait seulement à revoir son visage mais non plus les sensations qu'une telle image provoquait immanquablement chez lui. Il se souvenait de la griserie sexuelle — oh, pour ça, oui ! — mais il ne se rappelait plus l'amour ou, du moins, ce qu'il avait pris pour de l'amour. De temps à autre il éprouvait encore un élancement ; il se pouvait, quand il s'installait à flanc de coteau, qu'il se sentît abandonné, mais il ne tardait pas à se concentrer sur son travail et à bénéficier de la silencieuse présence, revigorante et apaisante, des univers lointains avec lesquels il cherchait à établir une communication. Il n'était plus qu'un intellect aux aguets, s'évertuant à identifier des branchies, des intestins et des yeux, un intellect dévoré par l'ardente poursuite de ces énervants embryons d'existence. Après plusieurs semaines de cette intensité, il regagna Londres aminci, aguerri et bien décidé à se trouver un *modus vivendi*, quelque diminué qu'il pût être par comparaison avec le passé. Il se disait, en outre, qu'il avait de nombreuses années de travail devant lui.

Il y avait aussi l'énorme problème des réparations de l'immeuble dont, en raison de sa toquade pour Celia, il avait quelque peu négligé de s'occuper. Il se lança, cette fois-ci, dans la gestion de ses difficultés d'affermataire comme dans une forme de thérapie. Il soumit l'invisible propriétaire à une guerre éclair de lettres et de coups de téléphone. Il finit par le débusquer pour s'apercevoir qu'il n'avait pas affaire à un individu isolé mais à une famille nombreuse dont chacun des membres déclinait toute propriété ou même toute responsabilité. Howard en perdait sa tranquillité d'esprit. Il devait découvrir aussi que la famille possédait des immeubles un peu partout dans chacun desquels les occupants affolés moisissaient dans l'humidité, la pourriture et une dégringolade d'ardoises. Il décida alors d'entamer des poursuites légales. Sur ces entrefaites le couple d'homosexuels avait déménagé, laissant la place à des jeunes mariés, des conseillers en analyse de systèmes qu'il avait dû convaincre de la gravité de la situation. L'hôtesse de l'air avait vendu son appartement à un expert-comptable, un bonhomme tenace et combatif en qui Howard allait découvrir un allié incomparable pour la poursuite du litige en cours. Si bien qu'il se retrouva pieds et poings liés dans ses rapports avec ces associés et ces adversaires fortuitement acquis. La totalité du temps qu'il passait en dehors de Tavistock College était désormais consacrée à la correspondance relative à l'affaire, aux entretiens à propos de l'affaire, aux réflexions concernant l'affaire. Il observait les manœuvres et les accointances de la famille des propriétaires avec un intérêt presque aussi passionné que celui qu'il prodiguait à une faune éteinte. À la fin de toutes ces tribulations il constata qu'il avait dépensé beaucoup d'argent, acquis un titre de propriété et non plus de simple occupant, accru considérablement le cercle de ses relations et amélioré sa connaissance de la nature humaine. Il avait aussi, et en de nombreux domaines, perdu son innocence — tout cela parce qu'un certain matin il avait emprunté une rue, et non telle ou telle autre.

Quand il lui arrivait de repenser à des contingences de cet ordre, il s'étonnait de voir avec quelle sérénité nous acceptons un tel état de fait. Nous sommes bel et bien réduits à envisager le déroule-

ment d'un destin individuel sous l'aspect d'un verti-
gineux parcours à travers un labyrinthe où se
déroule un certain fil de réalité ; d'un itinéraire peu
assuré se frayant un chemin par ici et non par là et
exclusivement orienté par la présence d'un éventail
d'options. Bien entendu il peut se faire qu'il y ait
une absence d'options et une intrusion de forces
extérieures mais, même dans un tel cas, la perspective est telle qu'elle devrait nous interdire — ou
presque — d'envisager chaque jour qui passe avec
un beau sang-froid — ce que, pourtant, réussissent à
faire la plupart d'entre nous.

« *En fait, j'ai bien failli prendre l'avion la semaine dernière. J'étais en train de réserver mon billet quand je me suis
rappelé l'anniversaire de maman et qu'il faudrait que je
sois rentrée à temps.*
— *Dans ce cas, mille mercis à votre mère !* »

Et c'est une histoire sans fin que ce périlleux
enchaînement de circonstances et de projets précaires. Howard savait à présent ce qu'il attendait de
la vie. Il voulait accomplir une œuvre utile et, si possible, novatrice dans le domaine qu'il s'était délibérément choisi. Il voulait, également, être heureux. Il
ne savait pas exactement en quoi pouvait bien consister le bonheur si ce n'est qu'il devait sans doute permettre une union satisfaisante du travail et des émotions. Eh bien, ma foi, il avait déjà une part
raisonnable de labeur, mais sa vie émotive, elle, semblait être un échec. Il avait fini par se remettre de
l'épisode Celia dans la mesure, du moins, où il lui
était maintenant possible de penser à elle et de pleu-

rer uniquement la perte de quelque chose que, de toute façon, il n'avait jamais eu. Il constatait qu'il est beaucoup plus facile d'imprimer une manière d'orientation à la vie de l'intellect plutôt qu'à celle de l'esprit. Ses pensées relatives aux *Opabinia*, aux *Wiwaxia* et aux *Hallucigenia* suivaient un cours dénué d'obstacles. Il savait ce qu'il voulait faire et le seul facteur de désordre tenait au fonctionnement de son propre cerveau. Mais il n'en allait pas de même avec le reste. Il découvrait dans les rapports humains une suite de conjonctions illogiques et sans force, et il en concluait mélancoliquement que le plus sûr garant de sa sauvegarde personnelle était probablement une discipline de la solitude et du célibat. Mais il craignait de n'avoir de disposition naturelle ni pour la première ni pour le second.

Pour se réconforter il décida de redécorer son sous-sol. À cette fin il s'acheta de la peinture et des pinceaux et emprunta un escabeau aux spécialistes en organisation de systèmes de l'étage au-dessus. L'escabeau avait un échelon pourri, que le couple omit de signaler, et dont Howard ne prit conscience qu'après y avoir déjà posé le pied.

CHAPITRE SIX

Histoire abrégée de la Callimbie

La sœur de Cléopâtre, donc, devient un mythe, une statue, une image pour l'Histoire de rechange. Et naturellement, aux yeux de la plupart des Callimbiens, elle n'existait pas. Les dirigeants, en fait, existent rarement — à moins qu'ils ne se mettent à faire violence à leurs sujets, à leur trancher la tête, à les pendre haut et court, à les enrôler de force dans l'armée ou à les écrabouiller sous les impôts ! Sans doute Bérénice ne se privait-elle pas d'avoir recours à ce genre de pratiques qui, après tout, étaient monnaie courante à l'époque et ne provoquaient pas trop de froncements de sourcils. Mais la plupart de ses sujets n'avaient jamais eu l'occasion de la voir et ils étaient, de toute manière, trop préoccupés par le désir de survivre pour lui accorder autre chose qu'une pensée furtive. En admettant même qu'un certain nombre d'entre eux aient considéré l'accueil réservé à Antoine comme un gaspillage éhonté des deniers publics, l'écho lointain des roucoulements des eunuques, l'arôme des gazelles cuites au miel, la vue d'un léopard ou d'une bayadère avaient dû apparaître à la quasi-totalité comme une heureuse diversion — à une époque où l'industrie du spectacle n'avait pas encore véritablement démarré.

Pour la majorité des individus le premier siècle n'a pas dû être une période facile. Mais c'est là une appréciation qui porte le poids des absurdes erreurs de jugement de l'Histoire. Les gens dont nous parlons ne pouvaient pas savoir que c'était le premier siècle ni que l'avenir leur apporterait un progrès social. En admettant que, çà et là, des chrétiens, comme c'est sûrement le cas, aient fait surface en Callimbie, leurs préoccupations devaient être celles de n'importe quels excentriques inféodés à une secte — disons, par exemple, des cérémonies raffinées ou une présentation de leur singularité plutôt que le souci de la signification du calendrier. Il aurait fallu être un génie ou un prophète pour pressentir la démocratie, les antibiotiques et les aménagements sanitaires. Pour chacun de nous le présent n'est rien d'autre que le présent, et il en a toujours été ainsi. Bien peu nombreux sont ceux qui s'intéressent à ce qui se passait il y a un mois ou un siècle, pour ne rien dire des merveilles que nous ne connaîtrons pas.

Le premier siècle allait céder la place au deuxième, au troisième, au quatrième. Le temps ralentissait sa marche, ne fût-ce qu'en raison de sa charge de plus en plus lourde d'informations. Les périodes infinies qui s'étaient traînées en rampant, et où rien ne s'était passé, hormis l'évolution, tout à coup prenaient le mors aux dents. Car tout avait changé avec l'invention du langage. Les papyrus, les parchemins, les tablettes de pierre. Tout ce qu'on avait enregistré, et affirmé, et réfuté, et inventé. Et ça ne faisait qu'empirer. Un jour viendrait où le temps ne pourrait même plus progresser en rampant, écrasé qu'il serait sous son fardeau de nouvelles et l'Histoire alors se transformerait en usine, dans l'impossibilité où elle serait de rester un agréable passe-temps à l'usage des oisifs et des curieux.

Les rivages de la Méditerranée ne cessaient de se compliquer. Il y avait des Grecs et des Romains, des Perses, des Arméniens, des Byzantins et des Arabes, des Coptes et des Musulmans. Les gens, désormais, devaient savoir ce qu'ils représentaient, se mettre au garde-à-vous et se faire dénombrer. Ou se plier à une commode flexibilité. Car, bien entendu, l'identification est dans le regard de celui qui vous voit. Je suis grec, tu es romain, celui-là est un barbare. Le chrétien pour celui-ci est l'infidèle pour celui-là. Et les Callimbiens, comme tout un chacun et en quelque lieu que ce fût, étaient obligés de se tenir sur le qui-vive. Tout citoyen quelque peu éclairé, loin de se contenter de suivre les événements, observait avec perspicacité le climat idéologique prédominant. À moins d'être perversement attaché à tel ou tel groupe de divinités il estimait plus judicieux de se montrer souple et pragmatique dans le domaine des croyances religieuses. Il eût été très dommageable de se laisser considérer comme intransigeant. De la même manière il n'eût pas été sage de se lier sentimentalement à un régime politique particulier. Mieux valait — et de loin ! — se persuader, par un acte de raison, du caractère inéluctable du changement qui s'était produit. On pouvait se débrouiller infiniment mieux et être assuré d'une vie beaucoup plus longue si on ne se cramponnait pas trop farouchement à sa culture ou à sa foi ou au dirigeant de son pays.

Aussi longtemps du moins, qu'on était à même de choisir. Or la possibilité de choisir ne peut que se restreindre avec l'évolution du statut social. Les passagers de première classe d'un paquebot gardent une chance d'atteindre les canots de sauvetage mais, si on voyage dans l'entrepont, on coule avec le navire. On trouve aujourd'hui, dans le centre de Marsopolis, un assemblage de murs et de colonnes en ruine avec un agglomérat de pavés usés. C'est tout ce qui reste de l'édifice gréco-romain qui, selon toute vraisemblance, devait être le palais de Bérénice et qui, sous une forme ou sous une autre, a survécu environ deux siècles au-delà de son règne. La vue dont on jouit à cet endroit (et elle est ravissante : un paysage marin, l'incurvation d'une plage dorée) est à coup sûr très différente de celle qui devait s'offrir aux regards de l'un des êtres humains figurant au marché des esclaves — autre composante (et combien appréciée !) de la Marsopolis des premiers âges.

Tout se ramène, en fin de compte, au langage. Tout dépend de la manière dont on voit les choses et dont on se plaît à les appeler. La Callimbie faisait désormais partie de l'histoire centrale de la Méditerranée et, en conséquence, était en route pour un millier d'années de négociations mémorables et de tout ce qui pouvait en découler. Ses habitants allaient devoir grincer des dents et se préparer à subir leur lot de mises à sac, de dévastations, de ravages et de pillages — plus, pour faire bonne mesure, un petit supplément de viols et de réductions en esclavage. Mais cela, bien entendu, est le langage partisan de l'Histoire lequel, de toute manière, est caractéristique d'un parti pris outrageusement favorable aux Callimbiens. Ceux qui se rendaient dans leur pays pour y négocier les aménagements indispensables au *statu quo* constataient qu'il en allait tout autrement. Les Callimbiens se bornaient à résoudre, jour après jour, les problèmes afférents à une campagne offensive bien conçue et — compte tenu de la terminologie appropriée en grec, en latin, en arabe, en persan — à réquisitionner les avoirs de l'ennemi, à mener des opérations prophylactiques d'extermination, à cantonner les réfugiés et à reloger les personnes déplacées.

Car, de toute façon, qu'était-ce que la Callimbie ? La frontière callimbienne, de nos jours, plonge, droite comme un I, depuis la côte jusqu'au fin fond du désert, traçant sur la carte une ligne parfaitement géométrique. Jadis, tout au long de siècles et de siècles de négociations, la Callimbie consistait en un port bien situé stratégiquement, une plaine fertile, un nœud de voies de communication, une cité bien équipée et des habitants susceptibles de rendre de grands services en qualité d'employés, de mercenaires ou d'alliés. Pour un Callimbien c'était tout simplement son « chez-soi », le cœur même des choses. Au-delà il n'y avait que des étendues sauvages inimaginables d'où surgissaient, périodiquement, des cohortes hurlantes d'inconnus dont le langage était incompréhensible et dont l'irruption, inévitablement, provoquait le désordre. C'est ainsi que prend naissance le patriotisme. Avec, de concert, l'insularité, la xénophobie, le racisme et tout ce qui s'ensuit.

Mais pour la plupart des Callimbiens on peut dire que, d'une manière très générale, tout cela n'avait qu'une importance mineure. La vie est sujette à de perpétuelles compromissions et l'Histoire est très capable de se tirer d'affaire toute seule. Le Callimbien moyen se donnait beaucoup de mal, quel que pût être le contexte politique, pour tout ce qui touchait à son travail et à sa survie. Et le soleil brillait, et les récoltes poussaient, et le temps passait sans qu'il s'en souciât.

Les voyageurs arrivent et repartent. Au Xe siècle le pays reçut la visite du redoutable Abu'l-Oasim Muhammad al-Nusaubi, connu sous le nom de Ibn Hawkal dont le récit, quelque peu laconique, a une résonance familière. Un brin prosaïque pour ce qui est du style, il apporte, comme pourrait le faire n'importe quel guide un peu terre à terre, d'utiles renseignements sur l'état des lieux, les ressources touristiques et les courses dans les magasins :

« L'Égypte est à une distance de trente merhileh du royaume de Callimbie. On y trouve des champs de blé et des vergers fort plaisants et une brise dominante en provenance de l'océan. Au sud s'étend un désert de sable qu'on ne peut traverser qu'en hiver. La ville de Marsopolis dispose d'un port fort vaste. C'est un endroit bien habité, remarquable pour ses esclaves de race blanche du quartier andalou, parmi lesquelles on trouve de jeunes demoiselles d'une valeur considérable — elles se vendent jusqu'à mille dinars pièce et même davantage. Il y a aussi des esclaves noirs d'une grande qualité, et du corail et de l'ambre gris et des paons et des peaux ocellées et des chameaux et des mulets et autres marchandises. Il y a aussi une très importante mosquée, construite jadis par les Grecs à des fins religieuses et qui est passée depuis entre les mains des juifs puis des chrétiens lesquels en ont fait, eux aussi, un objet du culte, pour finalement échoir aux vrais croyants. Elle a de beaux dallages de marbre et ses piliers sont décorés d'or et de pierres précieuses. »

CHAPITRE SEPT

Lucy

À l'époque où Lucy atteignit sa quinzième année, elle avait déjà compris qu'il n'y avait aucune raison pour qu'elle imitât sa mère. Non point parce qu'elle était assoiffée de biens matériels : vêtements, voitures, maisons on ne peut plus élégantes, mais simplement parce qu'elle savait, de toute évidence, qu'elle n'accepterait, en aucun cas, de se résigner, de se soumettre, de s'accommoder du train du monde. Et elle s'apercevait que tout, finalement, se ramène à un problème de connaissances. Savoir ce qu'il faut savoir. Savoir comment le savoir. Et Lucy brûlait du désir de savoir. Elle voulait savoir les choses parce qu'elle les jugeait intéressantes en tant que telles, mais également parce qu'elle ambitionnait d'acquérir une autre forme de science : la science qui donne de la mobilité et qui procure l'aptitude à négocier. Elle avait à cœur d'ajuster le fléau de la balance. Elle n'éprouvait aucun désir de devenir l'un de ces personnages officiels, ces espèces de mandarins qui avaient persécuté sa mère tout au long des années, mais elle tenait à être en mesure de les dénoncer. Elle se disait qu'elle pourrait, à la rigueur, faire de la politique. Et, comme tout enfant avide de jouer à la bonne fée, elle achèterait, un jour, à sa mère une petite maison de campagne.

Lucy parvint, ainsi d'ailleurs que son frère qu'elle aidait de son mieux, à vaincre les obstacles du *steeple chase* de l'entrée à l'université. Les difficultés, en ce qui la concernait, elle, n'étaient pas trop redoutables : il lui fallait simplement décrocher d'assez bonnes notes aux examens, se dépêtrer de l'imbroglio des formalités d'inscription et puis parvenir à se comporter convenablement lors de l'entretien probatoire. Ultime étape qui, dans son cas, pouvait être considérée comme franchie d'avance (ou presque) car Lucy — bien qu'elle n'en eût pas conscience — était le genre de fille qui arrache des larmes de gratitude aux yeux des examinateurs harassés. Pour Keith c'était plus difficile. Il paniquait à l'idée des examens et des entretiens, et Lucy était obligée de le traîner littéralement à l'endroit désigné, le jour convenu. Mais, finalement, la détermination de sa sœur, jointe à ses propres efforts, lui avait permis d'entrer à l'Institut polytechnique du nord de Londres.

Susie était une autre paire de manches. Lucy avait été obligée de se jeter à l'eau et de se donner un mal de chien pour lui obtenir son transfert dans une autre école où elle aurait plus de chances de résister à sa fatale propension à la léthargie et de porter à son crédit au moins quelques examens.

« Elle est comme moi, disait Maureen avec tendresse. Elle est dans les nuages. Ça ne veut pas dire qu'elle soit stupide, c'est seulement qu'elle n'arrive pas à se concentrer. Elle n'est pas comme vous deux, elle ne s'applique pas. Je crois qu'elle devrait devenir danseuse de ballet. Elle a toujours un si joli maintien et, au moins pour ça, il n'y a pas besoin d'examens. »

Lucy avait fait remarquer à Maureen que la léthargie de Susie était tout à la fois physique et mentale et que l'apprentissage de la danse est quelque chose d'exigeant, d'épuisant et qui demande des années de formation. Elle avait accusé sa mère de complicité avec Susie dans le respect de son apparente absence d'ambition et énergiquement orienté sa sœur vers ce nouvel établissement où elle avait glané un certain nombre de succès scolaires, lesquels lui avaient permis d'avoir accès à une école technique et d'y suivre un cours de formation hôtelière.

Lucy, à cette époque, était sur le point de sortir de l'université de York, avec en poche un diplôme de sciences politiques et économiques. Elle s'était épanouie dans cette institution du jour où elle avait, à sa grande surprise, découvert que des hommes et des femmes deux fois plus âgés qu'elle l'écoutaient parler avec intérêt ; que ce qu'elle disait était, à l'évidence, aussi prometteur que ce que pouvait bien raconter n'importe qui d'autre, et qu'un goût prononcé pour la discussion représentait, en fin de compte, un gros atout et non point un sérieux défaut de caractère. Ces trois années universitaires lui semblaient, rétrospectivement, avoir passé comme un éclair dans une espèce d'éternel présent, interminable et âprement bref. Sur le moment tout s'était égrené, égrené... Et puis, subitement, les choses avaient pris fin et elle s'était retrouvée dans le monde, réel et rude, d'où elle s'était extraite à l'âge de dix-huit ans. Sans doute ce monde-là avait-il continué d'exister — après tout, elle s'y replongeait à chaque période de vacances — mais elle avait alors l'impression d'y être admise à titre de prêt, comme quelqu'un qui s'éveillerait dans son sommeil l'espace d'un instant, avant de replonger dans l'élément qui lui est propre. À présent elle avait vingt et un ans et elle ne se sentait plus en transit. Elle faisait, à nouveau, partie intégrante d'une inflexible réalité.

À ceci près qu'il ne s'agissait plus de la même réalité. Lucy avait rejoint le même monde mais elle était, elle, différente. Ce qu'elle avait appris durant ces trois années avait confirmé, les uns après les autres, tous les soupçons qu'elle avait pu concevoir en examinant à la loupe l'origine des souffrances de sa mère. Il y avait des codes, des mots de passe et des billets de première classe. De toute évidence elle n'avait pas de billet de première classe et elle n'en aurait jamais. Mais elle connaissait désormais les codes et les mots de passe. Elle était dans le coup, comme peut l'être un chauffeur de taxi londonien, mais il lui incombait de faire un bon usage de ses capacités. Elle n'ignorait plus, à présent, comment fonctionne l'infernal système qui nous broie.

Elle n'avait plus envie de faire de la politique. Les livres qu'elle avait lus, les discussions qu'elle avait alimentées, pour ne rien dire de son énergique participation aux revendications estudiantines et d'une lecture assidue de la presse étalée sur trois ans n'avaient pas manqué de susciter en elle un certain cynisme. C'eût été différent si elle avait vécu à une époque, ou dans un endroit, où l'invite à dresser des barricades avait jailli d'un appel irrésistible ; où les conflits et les issues étaient d'une telle importance qu'aucune personne sensée et ayant un peu de sang dans les veines n'aurait pu faire autrement que s'enrôler dans les troupes combattantes. Mais le sobre et prosaïque climat dans lequel vaque à ses occupations une société politiquement stable et bénéficiant d'une prospérité raisonnable est une tout autre affaire. Lucy voyait bien que des tas de choses n'allaient pas — oh, pour ça oui ! — mais elle se rendait compte que ses intérêts et ses capacités s'orientaient dans une autre direction.

Elle voulait être journaliste. Mais, dès qu'elle eut fait part de ses intentions, elle s'aperçut des ambiguïtés et des contradictions de son choix.

« Écrire dans les journaux ! s'écria Maureen saisie d'épouvante.

— Pas dans ces journaux-là, M'man ! Il y a d'autres espèces de journaux ! »

Elle savait exactement ce qui consternait sa mère. Maureen ne lisait pas les journaux, pas plus d'ailleurs qu'elle n'exerçait son droit de vote. Pour elle un journal était un exemplaire du *Sun* ou du *Mirror* appartenant à un étranger et tout juste bon à permettre d'envelopper des détritus — opération qui, d'aventure, permettait de lire les articles les plus salaces — ou bien alors la *Haringay Gazette* qui vous tombait du ciel par les soins de la poste et *gratis pro Deo* par-dessus le marché, et qui pouvait être très utile en raison de ses petites annonces. Elle devait se représenter Lucy en train de concocter des titres à sensation au sujet de maniaques sexuels ou bien encore de rassembler des informations sur les ventes au rabais.

« Après tout le mal que tu t'es donné, j'aurais pensé que tu viserais un bon emploi dans un bureau, ce genre de truc, tu vois...

— Tu ne comprends pas, M'man. Il ne s'agit pas du tout de journaux comme ceux auxquels tu penses.

— Ah, tu veux dire des magazines ! s'écria Maureen, rassérénée. Ça oui, alors, ça serait bien ! Un de ceux qui ont de belles couvertures brillantes. Dans le genre mode et tout ce qui s'ensuit ! » Un doute, soudain, lui traversa l'esprit. « Mais tu n'as jamais été portée sur les trucs chics. Est-ce qu'il ne faudrait pas que tu songes à t'arranger un peu mieux ? »

Lucy poussa un soupir. Puis elle alla chercher un exemplaire du *Guardian* que Maureen, poussée par le sens du devoir, s'appliqua à lire tout au long de la matinée. Perplexe, elle regarda sa fille avec une espèce d'émerveillement comme si, de manière confuse, elle percevait les codes et les mots de passe. « Serais-tu vraiment capable d'écrire des trucs comme ça, ma chérie ?

— Je ne sais pas, dit Lucy. Mais j'ai fichtrement l'intention d'essayer. »

Le style *Guardian* n'était pas, à vrai dire, ce qu'elle ambitionnait par-dessus tout. Elle avait simplement voulu montrer à sa mère que le journalisme est en quelque sorte polarisé. C'est peut-être une activité quelque peu dégradée mais elle n'en joue pas moins un rôle crucial et fondamental dans toute société civilisée. Si les gens ne disposent pas d'informations exactes sur ce qui se passe dans le monde, ils courent un grand danger. Et elle savait à présent que son désir le plus cher était de faire partie des pourvoyeurs d'informations exactes. C'était la suite logique du rôle que, déjà enfant, elle avait assumé en examinant à la loupe les bureaucrates qui persécutaient sa mère. L'entrée dans la maturité avait fortifié encore son scepticisme et son iconoclastie. Elle se sentait capable de mettre en œuvre ses appréciables dispositions naturelles. Un champ d'action s'offrait à elle, qu'elle entendait bien exploiter au maximum.

Mais, bien entendu, il en alla tout autrement. C'est très bien d'avoir appris la langue du pays et étudié soigneusement la carte, mais cela ne signifie nullement qu'on arrivera à bon port. Lucy passa l'été à écrire des lettres où elle sollicitait un emploi. Quand vint l'automne elle avait par-devers elle une douzaine de fins de non-recevoir, une demi-douzaine de réponses plus aimables où on lui expliquait qu'on manquait, pour l'instant, de disponibilités mais que si, par extraordinaire, il s'en produisait une, on ne manquerait pas de lui faire signe, et également trois entretiens au cours desquels elle s'était vite aperçue qu'elle était trop inexpérimentée, trop ignorante et trop optimiste. Il allait falloir viser moins haut et recommencer à apprendre. En novembre elle finit par décrocher son premier emploi payé à plein temps. Il s'agissait de relire des épreuves pour une firme qui publiait des catalogues de produits horticoles. Elle cessa de composer dans sa tête des éditoriaux polémiques pour se concentrer farouchement sur la vérification de fiches vantant les mérites d'hybrides à grandes fleurs et de variétés rustiques bisannuelles.

Il ne saurait y avoir d'activité plus atone, plus apte à servir de fourre-tout que celle de la presse. Le rôle d'un journaliste (homme ou femme) est de châtier les maîtres de l'heure et de mettre au pilori les corrupteurs mais cela peut consister aussi en une incursion du côté des logiciels, de l'élevage des porcs, des marques de motocyclettes ou en une rédaction de légendes pour des images en couleurs dans des magazines pornographiques. En tant que label professionnel, c'est un terme à la fois follement imprécis et commodément évasif. « Je suis journaliste ! » se répéta Lucy lorsque le sort voulut qu'elle quittât son emploi chez l'éditeur de catalogues d'horticulture pour grimper jusqu'à un poste de rédacteur adjoint du journal de bord d'une importante société de produits pharmaceutiques. Elle inséra des virgules et corrigea des fautes d'orthographe pendant encore une bonne année, attendant son heure et acquérant des tours de main qui pouvaient paraître mesquins à coté de ceux qu'elle avait déjà acquis mais qui, il lui fallait bien le reconnaître, étaient indispensables. Il se pouvait qu'elle n'exerçât pas le genre de métier qui lui aurait convenu mais, du moins, gagnait-elle son pain quotidien, sans compter qu'elle s'était enfin introduite dans l'engrenage de l'avancement.

Elle quitta l'appartement de Maureen pour s'installer dans un studio — ce qui ressemblait fort à une manière de gaspillage pervers — mais une jeune personne de vingt-deux ans ayant un peu de respect pour elle-même ne peut pas — c'est l'évidence même — continuer à habiter chez sa mère. Et puis il y avait les soirées et les week-ends et Maureen n'avait que trop tendance à se mêler des affaires de Lucy.

« Ce garçon, il a vraiment le béguin. Il en pince drôlement pour toi, si tu veux mon avis. Il me plaît énormément. Franchement, tu pourrais tomber plus mal.

— Mais, M'man, ce n'est rien d'autre qu'un *ami* ! » Maureen s'esclaffa.

« Tu as une conception singulièrement stéréotypée des rapports entre les hommes et les femmes, dit

Lucy avec hauteur. Et une vision du monde complètement dépassée, si tu tiens vraiment à savoir ce que
je pense.

— Et toi, tu planes au pays de Cocagne ! répliqua
Maureen. Mais, moi, je vois venir les orages quand
ils montent à l'horizon. Tout ça finira dans les
larmes. »

Et c'est effectivement ce qui arriva. Les soupirants
de Lucy, à cette époque, tendaient à n'être que des
survivants de ses années d'étudiante, du temps où
elle se montrait allégrement éclectique dans le choix
de ses prétendants et mettait tout en œuvre pour éviter la moindre dépendance susceptible, par la suite,
de devenir laborieuse ou astreignante. Il lui était
arrivé, de temps à autre, de s'étonner de sa propre
aptitude à ne pas s'attacher sentimentalement et se
persuader que son heure n'avait pas encore sonné.
Quand les garçons paraissaient avoir des velléités de
se montrer autoritaires ou pleurnicheurs, elle les
laissait choir aussi gentiment que possible, éprouvant
de la sympathie à leur égard mais déjà saisie d'une
certaine impatience. Elle ne comprenait pas du tout
pourquoi il leur était si difficile de trouver une com-
pensation ailleurs. Mais apparemment il y avait des
tas de gens, dans les environs, qui n'auraient pas
mieux demandé que s'emprisonner dans un irrévocable compagnonnage.

« Un jour, ce sera ton tour, avait lancé avec amertume le garçon dont Lucy venait, très précisément,
de diagnostiquer le cas, et alors tu verras ce que ça
fait ! » Et Lucy avait opiné du bonnet avec la plus
grande humilité, tout en formant le vœu de le voir
s'en aller au plus vite — et qu'on n'en parle plus !

Elle se considérait, à cette époque, comme quelqu'un qui s'avance sur un chemin inéluctable. Elle savait exactement ce qu'elle ambitionnait de réaliser et s'était fixé une série d'objectifs déterminés. Elle avait, en fait, mis au point un plan d'action rudimentaire mais susceptible de souplesse : à vingt-cinq ans elle serait ici ; à trente ans, là. Elle n'était pas assez dogmatique pour exclure la possibilité de se voir contrariée par une invincible intrusion des événements mais elle estimait avec rigueur qu'il ne convient pas de se laisser détourner, ou égarer, et elle était, de surcroît, assurée qu'en définitive la volonté a toujours le dernier mot.

Tout cela esquisse l'image d'une jeune femme témérairement obsédée par une idée fixe — ce qui, à vrai dire, n'était pas du tout le cas. Lucy était parfaitement capable, à l'occasion, de se montrer aussi frivole, indécise, ombrageuse et emportée qu'on l'est fréquemment à cet âge. Mais voilà : derrière toutes ces propensions se dissimulait un sens de l'orientation et de l'opportunité né de ce qu'elle avait appris au cours des deux dernières décennies et dont l'essentiel provenait de ses réactions à l'expérience et aux convictions de sa chère maman.

Maureen, elle aussi, croyait en un dessein central, mais elle le voyait sous un autre angle. À un moment donné, elle s'était vue confrontée à la doctrine de la prédestination, laquelle avait laissé dans son esprit une marque indélébile. Cette expérience devait, sans le moindre doute, dater d'une période, particulièrement désastreuse, de la série d'infortunes qu'elle avait subies. Et la pensée qu'on ne pouvait rien tenter pour améliorer les choses quand le destin avait choisi de s'acharner contre vous avait dû, obscurément, lui apporter quelque consolation. Quoi qu'il en fût, elle avait pris l'habitude de revenir sur ce thème chaque fois que l'un des membres de la famille traversait une nouvelle crise — ce qui avait le don, inévitablement, d'exaspérer Lucy.

« Le plus rageant est qu'il y a peut-être un job du tonnerre qui t'attend au coin de la rue, mais, toi, tu n'en sais rien. Que veux-tu, ça arrivera quand ça doit arriver et on ne peut rien faire pour accélérer le mouvement. »

Maureen s'était exprimée de la sorte alors que sa fille commençait à être de plus en plus désenchantée par son travail de mise au net du journal de bord de la société de produits pharmaceutiques.

« À moins que ce ne soit le contraire, répliqua Lucy, furieuse. En vertu même de ta théorie !

— Effectivement, concéda Maureen. Auquel cas, ça vaut encore moins la peine de te décarcasser comme tu le fais et de t'esquinter les yeux à éplucher les petites annonces et à aller taper à la porte des gens !

— Je comprends ce que tu veux dire, déclara Lucy. Le résultat, si on adopte l'hypothèse optimiste, c'est qu'à un moment encore imprévisible quelqu'un de totalement inconnu va prendre son téléphone et m'appeler pour me dire : "Lucy Faulkner, il nous est impossible d'attendre une seconde de plus que vous nous accordiez vos services. Voulez-vous, s'il vous plaît, passer me voir sans tarder de manière que nous puissions faire paraître le journal, disons mardi... "

— Peut-être pas exactement dans ces termes, riposta Maureen, apparemment très à l'aise. Mais quelque chose, oui, dans ce goût-là. »

Lucy trouvait les idées de sa mère simplistes. Ou naïves. Ou les deux. La vérité est que nous disposons d'une certaine marge d'initiative dans la conduite de notre propre destin et que, si nous renonçons à nous en servir par apathie ou par indécision ou encore par peur, eh bien, ma foi, ça nous regarde. En ce qui la concernait, elle était bien résolue à s'engager à fond. Ou, du moins, c'est ce qu'elle prétendait. Mais, dans son for intérieur, elle aurait probablement reconnu qu'à certains moments l'ensemble de ces inexorables concours d'événements lui donnait bel et bien l'impression d'être menée par le bout du nez, comme si le destin s'était arrogé le droit de la pousser à sa guise vers les personnes et vers les lieux qui l'attendaient quelque part par là, invisibles, impensables et inéluctables.

« J'ai essayé de me rappeler ce que je savais de ce pays, mais ça ne va pas très loin. Quelque chose à voir avec la sœur de Cléopâtre, mais c'est à peu près tout. »

Lucy, finalement, trouva un nouvel emploi, simplement parce qu'un jour, ayant sauté trop précipitamment en descendant de l'autobus, elle avait fait une chute et s'était écorché la jambe, de telle sorte qu'elle dut se rendre à la pharmacie la plus proche pour qu'on lui mette un pansement et qu'elle puisse s'acheter un collant. Or, elle rencontra là une de ses amies qui lui proposa d'aller boire un remontant et en profita pour lui signaler qu'une de leurs relations communes était sur le point de quitter son poste de rédactrice en chef adjointe d'un hebdomadaire haut de gamme — départ qui, bien entendu, créerait une vacance. Lucy rentra précipitamment chez elle, rédigea une lettre de candidature et, un mois plus tard, se retrouva installée dans un bureau plutôt miteux mais débordant de vie où les discussions, enfin, tournaient davantage autour des grands problèmes contemporains qu'autour de ceux de la technique en art vétérinaire ou des progrès accomplis dans le domaine des vaccins contre la grippe. Et ce, avec dans sa poche cinq livres de plus par semaine et une tête bouillonnante de projets.

« Qu'est-ce que je t'avais dit ! triompha Maureen. Hein, tu vois ! »

Lucy renifla et garda le silence. Il n'y avait pas grand-chose à dire. C'était, en effet, très difficile de revendiquer une écorchure à la jambe et une rencontre fortuite avec une amie comme des preuves à l'appui d'une victoire calculée et longuement méditée dans la course à l'emploi. Pour ne rien dire de l'interaction de la vie de quelqu'un d'autre : cette soudaine décision d'une providentielle copine de planter là son job et d'aller se propulser à New York !

« Tu devrais remercier ta bonne étoile, continua Maureen. Ce serait la moindre des choses !

— Jusqu'à un certain point », riposta Lucy avec froideur. On ne pouvait quand même pas prétendre que seize années de diligente application à l'école et à l'université relèvent de ce qu'on appelle la chance !

Maureen s'aperçut de son erreur et se hâta de rectifier ce qu'elle venait d'énoncer. « Je n'ai pas voulu dire que tu ne le méritais pas. Mais simplement que c'était forcément arrivé *parce que* tu le méritais. Tu t'es donné tant de mal que tu méritais justement un peu de chance, pas vrai ? Comment s'appelle ton magazine ? »

Lucy bougonna. La conception qu'avait sa mère des rapports entre la vie telle qu'elle est vécue et la vie telle qu'elle devrait l'être lui semblait parfois aussi peu réaliste que la morale des contes de fées : ceux qui se donnent de la peine seront récompensés. Ceux qui pratiquent la vertu seront bénis. Les méchants périront. Alors que l'existence de Maureen, depuis toujours, témoignait du contraire !

« Tu ferais bien de te méfier, dit Lucy, car j'ai la ferme intention de t'en apporter un numéro toutes les semaines et de t'obliger à le lire. »

Quoi qu'il en fût, l'imprudent bond de Lucy hors de l'autobus 73 avait vraiment marqué un tournant décisif dans sa carrière. Les bureaux chaotiques de l'hebdomadaire haut de gamme étaient riches de possibilités et Lucy s'y épanouit. Elle rencontrait des tas de gens — ce qui, découvrit-elle, était un processus indispensable à l'exercice de la « communication ». Elle gravit quelques échelons, se haussant même parfois jusqu'à la rédaction de quelques lignes « bouche-trou » et — exploit encore plus significatif — elle parvint à utiliser ses moments de loisir à des initiatives de son cru. Elle réussit à placer quelques articles, par-ci par-là, sur des sujets aussi hétéroclites que l'acupuncture, l'apiculture et les perspectives d'avenir du tunnel sous la Manche. Sa mère les lut avec révérence.

« Je ne me doutais pas que tu étais capable d'écrire des trucs comme ça !

— Je me suis renseignée, M'man. C'est l'A.B.C. du métier, tu comprends.

— Remarque, poursuivit Maureen pensivement, une fois qu'on a saisi ce qui compte pour écrire dans les journaux et quels sont les gens qui s'en chargent, on est moins porté, si tu vois ce que je veux dire, à prendre ce qu'ils racontent pour parole d'évangile. »

Lucy n'écrivait pas exactement ce qu'il lui aurait plu d'écrire. Elle se bornait à effleurer les problèmes alors qu'elle aurait souhaité traiter franchement de questions fondamentales. Il est beaucoup plus facile pour une débutante pratiquement inconnue de caser quelques lignes sur un sujet ésotérique et amusant que de trouver un débouché pour une véritable polémique autour d'un événement saillant du jour. Mais, quoi qu'elle en pût penser, il lui fallait bien s'en accommoder. Même si c'était la pire des choses, c'était, en fin de compte, la meilleure. Lucy s'apercevait, avec satisfaction, qu'elle était en désaccord complet avec la note dominante de la décennie. Car elle avait une fibre dissidente et on était alors dans les années 80 — l'âge des entrepreneurs et des opportunistes, celui où les très jeunes pouvaient devenir très riches et où les maîtres de l'heure étaient les architectes et les empereurs du négoce. Elle éprouvait une énorme satisfaction à aller et venir dans un état de perpétuelle et méprisante indignation, ne se rendant pas compte, en fait, de l'ironie de la situation car, en y réfléchissant, on ne pouvait vraiment pas dire qu'elle manquât elle-même d'esprit d'entreprise ou d'opportunisme. Mais elle aurait sans doute pu riposter à juste titre que son opportunisme, à elle, ne s'orientait en rien vers l'enrichissement matériel et ne paraissait guère, au surplus, susceptible de l'y mener — pas au-delà, en tout cas, d'un satisfaisant équilibre entre ce qu'elle eût souhaité faire et la manière dont elle était contrainte de joindre les deux bouts.

L'hebdomadaire pour lequel elle travaillait se trouvait un peu dans la même situation. Évoluant dans le domaine d'une étude et d'une appréciation sans faiblesse des maux qui frappaient la société contemporaine, il trébuchait d'une crise à l'autre à mesure que déclinait le nombre de ses lecteurs, séduits par l'esprit des temps nouveaux. Il passait d'une phase de lugubres prévisions d'effondrement et de mises en chômage à une arrivée inattendue de secours surgis on ne savait trop d'où, et tout, alors, repartait de plus belle. C'était une aventure assez troublante mais, au total, chacun en retirait une impression mélancoliquement tonique de vertu revigorée. La nation, sans doute, s'en allait à vau-l'eau mais il restait encore quelques enclaves de sagesse et d'intégrité. C'était, semblait-il, dans la conjoncture du moment, le tout dernier recours avant les barricades.

Aux yeux de Lucy, ses années d'étudiante avaient en quelque sorte symbolisé l'âge des lumières. À présent elle vivait l'âge de l'exubérance ; celui où elle se trouvait fréquemment stupéfaite et enthousiasmée par le climat ambiant, par le fait d'exister, oui par le simple fait d'*être*. Il lui arrivait de se promener dans une rue et, soudainement, de ressentir un tressaillement, un intense frissonnement, face à la diversité du spectacle qui s'offrait à elle, à ses vibrations, à ses résonances, à ces myriades de visages inconnus, à cette pile d'oranges luisantes sur l'étal d'une boutique, à tous ces autobus détalant en direction de Leyton, de Highgate, de Lambeth. Elle se réveillait de bonne heure et restait là, allongée dans son lit, à regarder les traits de lumière se poser en éventail sur le plafond, à écouter le claquement sec des pas sur le trottoir, à jouir du plaisir capiteux qui s'emparait d'elle à la pensée du dessein inexorable de son cadre de vie, du profond mystère de la journée qui se préparait, de sa présence à elle au milieu de tout cet imbroglio, accrochée qu'elle était aux vicissitudes de l'instant comme un amateur de surf perché en équilibre précaire sur la crête d'une lame en train de se briser. Elle savourait intensément le déploiement des faits marquants de l'actualité, le déchaînement des mille et une nouvelles qui déferlaient sur l'univers sans le moindre égard, comme si l'Histoire avait une force d'impulsion bien à elle, entièrement indépendante de l'action des hommes. Mais, au même instant, elle était sans cesse surprise par l'univers physique, interdite par la vue des flèches d'argent de la pluie cinglant le macadam, de la tour de cristal d'un building flottant au milieu des nuages, de l'étincelante comète d'un avion filant à travers le ciel de Londres. On n'était pas censé éprouver de telles sensations. On était censé vilipender la sordide misère des bas-fonds de la ville et — c'est vrai — il y avait énormément de choses à dénoncer, elle s'en apercevait chaque jour davantage. Mais il lui semblait aussi qu'on ne pouvait faire fi de la présence continue de cette autre qualité transcendante, cette dimension miraculeuse, inconsciente et anarchique, ce cosmos de rechange, insouciant et adorable. Elle l'avait découvert — elle s'en souvenait fort bien — étant encore enfant, mais alors sous un jour différent. Désormais il lui semblait remarquable pour des motifs nouveaux — non plus comme source de curiosité, mais d'étourdissement.

C'est bizarre, se disait-elle parfois, de connaître un tel bonheur. Elle était gênée financièrement et elle travaillait, pratiquement, toute la journée. Le magazine, par contrecoup d'une stratégie de la survie, rétribuait insuffisamment ses employés et, une fois payé son loyer hebdomadaire, il ne lui restait véritablement pas grand-chose. Les piges supplémentaires qu'elle décrochait ici et là en écrivant à son compte constituaient une incontestable aubaine. Et pourtant elle s'estimait riche. Elle avait tout ce qu'elle désirait et, principalement, une abondance quotidienne d'expectatives. Tout pouvait arriver. Et à tout instant.

Lorsque Will Lewkowska fit son entrée dans sa vie, elle n'en conçut guère de surprise. Le fait est qu'elle l'attendait. Lui ou quelqu'un dans son genre. Elle était assise devant son bureau, un beau matin, et, comme elle levait les yeux, elle aperçut ce type efflanqué, avec ses cheveux lui retombant dans l'œil et qui, tout en l'observant d'un air placide, lui tendait un paquet de cigarettes.

« Merci, je ne fume pas. »

Il s'alluma une cigarette : « Oui, je sais. Les gens ne fument plus. Mais je m'étais dit que, vous, peut-être, vous ne vous conformeriez pas aux usages établis. »

Le véritable nom de Will était encore beaucoup plus compliqué qu'il n'y paraissait. « Une espèce de patronyme polonais un brin ridicule — tout en *c* et en *z*, disait-il lui-même. Personne n'arrive à le prononcer. » Apparemment, lui-même n'échappait pas à la règle car il était né à Battersea. C'était un fils d'immigrants. Il vivotait chichement d'articles de critique d'art qu'il essayait de caser par ses propres moyens et il considérait les bureaux du magazine comme une espèce de club où il venait, en coup de vent, chercher un livre pour en faire l'analyse ou une commande de quelques lignes sur tel ou tel metteur en scène de cinéma plus ou moins hermétique, ou tout simplement pour prendre une tasse de café et tailler une petite bavette. Il commença à faire la cour à Lucy en lui offrant des billets de théâtre, ou de concert, gratuits puis marqua des points en l'entraînant dans quelques escapades dans son crasseux appartement de Kentish Town et ne tarda pas à se transformer en amant possessif et fréquemment querelleur dès que Lucy, intriguée et vaguement attirée, eut consenti à coucher avec lui.

Will était deux personnages à la fois. Tantôt plus ou moins un Londonien des quartiers sud, tantôt — intensément, lugubrement et profondément — un natif de l'Europe centrale. Il jonglait avec ces deux entités du mieux qu'il pouvait pour s'adapter aux circonstances. Il était surtout européen quand il faisait l'amour, discutait d'art ou se chamaillait avec les gens. Il était fils de Battersea quand il entrait dans un pub, regardait un match de football à la télé et ergotait avec ses parents, à présent septuagénaires et qui continuaient de tenir une petite boutique de tapisserie au sud du fleuve. Ils parlaient, à l'en croire, un anglais absolument minable mais il n'en estimait pas moins indispensable de les empêcher de persévérer dans l'usage de leur langue d'origine. Lucy s'était, pendant des mois et des mois, demandé si Will était, lui-même, capable de parler polonais jusqu'au jour où elle l'avait entendu s'entretenir dans cette langue (et avec la plus grande volubilité) avec un peintre de passage dans une galerie, ce qui l'avait déconcertée. On ne savait jamais trop où on en était avec Will.

L'ex-femme de Will, Sandra, était installée à Camberwell en compagnie de leur fils, âgé de dix ans. Leurs rapports étaient tendus et acrimonieux. Il arrivait à Lucy de se trouver dans le lit de Will alors que Sandra et lui rivalisaient de hurlements au téléphone pendant une bonne demi-heure — empoignade qui laissait le malheureux tremblant de rage et marmonnant en sourdine une bordée d'invectives. Lucy avait infiniment de sympathie pour Sandra et elle aurait aimé pouvoir lui en donner des témoignages mais elle n'en avait jamais l'occasion. Will s'arrangeait toujours pour qu'il leur fût impossible de se rencontrer et il passait un temps fou à lui répéter que Sandra était déraisonnable et vindicative — ce que Lucy se refusait à croire. Elle avait l'intime conviction que Will avait dû se montrer inférieur à sa tâche, et de mari et de père.

Elle avait le sentiment confus de ne pas réellement l'aimer mais les relations sexuelles n'en étaient pas moins extrêmement agréables avec lui et il ajoutait un piment indéniable à son existence. Elle refusait d'aller s'installer dans son appartement mais elle se tourmentait lorsqu'il disparaissait pour une période indéterminée, ce qui lui arrivait souvent — la plupart du temps à la suite d'une crise d'*angst* qui le précipitait dans d'interminables pèlerinages, en quête de consolation et de compagnonnage, d'où il revenait avec une formidable gueule de bois.

Will, visiblement, eût souhaité consolider sa position. Il s'accoudait dans le lit et la regardait longuement. « Est-ce que tu m'aimes ?

— Eh bien... oui...

— Qu'est-ce que ça signifie : eh bien ?

— Et toi, est-ce que tu m'aimes ? » rétorquait Lucy avec un brin d'irritation car elle ne voyait pas pourquoi elle serait la seule à étaler ses cartes sur la table.

Will retombait sur le dos et se laissait aller à gémir : « Mon aptitude à l'amour a été pervertie... rabougrie... mutilée... »

À d'autres moments il la regardait avec insistance : « Je me demande, disait-il, rêveur, si nous ne devrions pas nous marier ? »

Lucy changeait immédiatement de sujet car elle n'avait pas l'impression qu'il s'agissait là d'une proposition sérieuse. Ou bien alors, si elle se sentait d'humeur belliqueuse, elle répondait sur un ton de défi : « Je me le demande aussi. Qu'en penses-tu, Will ? » Sur quoi Will, immanquablement, se lançait dans un discours plein d'amertume sur les effets destructeurs du mariage dans le domaine de l'esprit créateur et les effroyables contraintes de la vie domestique.

Will, en fait et depuis de nombreuses années, écrivait un roman. Les pages jaunissantes du texte tapé à la machine s'amoncelaient en piles désordonnées sur la table en bois blanc de sa cuisine, auréolées de taches de soucoupes et noyées dans de la cendre de cigarettes. De temps à autre Lucy était invitée à en lire un extrait, exercice auquel elle se livrait avec empressement. Elle n'aurait su dire, en toute franchise, si elle trouvait ça bon, ou pas. Elle se voyait confrontée à une ample et confuse distribution de personnages qui, tous, avaient tendance à s'abandonner à des séances d'introspection pouvant durer des pages et des pages. Will, l'air accablé, la suivait du regard pendant qu'elle poursuivait sa lecture. « Alors, Lucy, ai-je enfin écrit le grand roman de l'Europe centrale que tout le monde attend ? » Elle en était venue à redouter ce genre d'occasions, de telle sorte qu'elle s'ingéniait à les faire avorter chaque fois qu'elle croyait en voir une se pointer à l'horizon.

Bien après que Will se fut enfoui dans le passé, se réduisant à un enchaînement de scènes de cet ordre et à l'arôme nostalgique d'un certain hiver suivi d'un printemps et d'un été, elle se rendit compte qu'il avait tenu à un rien qu'elle ne se vît soumise à une inextinguible condamnation ; qu'elle ne prît, en fait, la suite de Sandra — prisonnière d'une situation sans issue où elle n'aurait pu, dans sa servitude, que s'épuiser en récriminations indignées. Will était fondamentalement intolérable mais il savait aussi se montrer généreux, empressé, intéressant et séduisant. Plus on vivait en sa compagnie, plus il devenait difficile de se passer de lui. Lucy prenait grand soin de ne jamais permettre à Maureen de l'approcher car son instinct lui disait que sa mère tomberait sûrement sous le charme sans même subodorer l'étrange affinité avec son propre époux, laquelle ne manquait pas de la frapper, elle, Lucy.

Quand vint l'été, ils étaient entrés, elle et lui, dans une espèce de routine, une forme de vie à deux d'où il devenait difficile de s'échapper. Lucy, d'ailleurs, n'était pas du tout sûre de le souhaiter, bien qu'elle éprouvât une certaine gêne à prolonger un tel état de choses. Quant à Will, il était parfaitement heureux pour autant qu'il put jamais l'être. Cette situation aurait pu durer encore longtemps si, un beau jour, Lucy n'avait oublié accidentellement un carnet de notes de la plus haute importance dans l'appartement de Will.

Elle y revint dans la soirée et entra grâce à la clef qu'à la demande expresse de Will elle possédait en propre. L'appartement aurait dû normalement être désert : Will avait annoncé qu'il assisterait à la première d'un film. Au lieu de cela elle ouvrit la porte pour tomber sur une scène archifamilière : une table jonchée d'assiettes et de verres sales et un lit en désordre avec un Will ébaubi, mais avec en plus cette fois, à côté de lui et l'air complètement effarée, l'une des meilleures amies de Lucy. Une scène classique, se dit-elle avec amertume, refermant la porte et descendant au galop les escaliers.

Elle eut, par la suite, l'occasion de constater la légèreté et l'impéritie caractéristiques de Will. Il était sincèrement effondré et il la supplia de lui pardonner. Lucy garda glacialement ses distances afin de se protéger contre une rechute. La moindre concession l'eût fatalement condamnée.

En fait il s'écoula une année avant qu'elle ne le revît. Il traversa de guingois une salle où il y avait foule pour venir l'accueillir comme si elle avait été une nièce favorite qu'il n'avait pas vue depuis un certain temps. Dans l'intervalle le magazine haut de gamme avait plié bagage, laissant sur le carreau une avalanche de dettes et d'employés superflus. Les pensées de Lucy n'étaient point absorbées par l'amour et les souvenirs mais par le souci du pain quotidien. Elle le salua machinalement et s'écarta de son chemin.

CHAPITRE HUIT

Histoire abrégée de la Callimbie

L'arrière-port de Marsopolis est, de nos jours, ceinturé par la massive muraille fortifiée construite au début du Moyen Âge. À l'extrémité, se dresse un petit — mais solide — fortin parfaitement au point avec ses remparts et son unique canon rongé par la rouille. Le fortin aujourd'hui est pratiquement déserté, exception faite d'un misérable petit café (la Callimbie n'a jamais très bien su mettre en valeur ses ressources touristiques). Le café, où l'on trouve du Coca-Cola, des cacahuètes et des chips s'appelle L'*Antre de Dragut* par référence au célèbre pirate turc (ou amiral selon l'opinion du commentateur) lequel, au XVIe siècle, marauda, pilla et ravagea la Callimbie pour, finalement, l'annexer à l'Empire ottoman. Ceux qui sirotent aujourd'hui leur Coca-Cola sur les remparts, observant les bateaux de pêche, la patache des gardecôtes et, d'aventure, la silhouette grisâtre d'un navire de guerre américain à l'horizon, ont tout loisir de méditer sur les menaces, la mort et la destruction que représentaient alors ces eaux.

Le Moyen-Orient a, de nouveau, changé d'aspect.

Le Moyen-Orient? L'Orient par rapport à quoi? Nous retrouvons ici cette vision congelée et égocentrique de l'Histoire! Tout dépend du point de vue. Et les points de vue, à l'heure actuelle, n'ont jamais été aussi empreints de fanatisme et de férocité. On a tué, pendant des siècles et des siècles, des milliers et des milliers de gens au nom des intérêts de tel ou tel credo. Les Croisés sont venus et sont repartis. Les Callimbiens, comme tous les autres peuples de la région, ont appris à leurs dépens que les individus se définissent en fonction de leurs allégeances doctrinales et qu'il n'est pas seulement permis, mais salué comme admirable, de tuer, de mutiler et de torturer ceux qui ne souscrivent pas aux préceptes supérieurs de votre religion à vous. Dieu récolte ainsi une splendide moisson! Davantage d'hommes mourront en son nom dans cette partie du monde que jamais auparavant ou depuis lors. À l'époque où le fortin de Marsopolis a été érigé, on peut dire que le paroxysme du tumulte était déjà dépassé. L'enthousiasme a fléchi, même si des groupes isolés de dévots comme les chevaliers de Saint-Jean, ou Dragut en personne, s'emploient de leur mieux à perpétuer une si belle tradition. Mais le goût de la commercialisation a troublé les eaux comme, à vrai dire, il le fait toujours. C'est très bien, n'est-ce pas, d'épuiser les énergies nationales et culturelles au bénéfice de la ferveur religieuse, mais le commerce est le commerce. Les chrétiens et les musulmans ont beau continuer à se regarder en chiens de faïence, ils n'en sont pas moins tacitement d'accord pour estimer qu'une certaine dose de tolérance est avantageuse pour l'import-export. Il serait intéressant de savoir ce qu'en pense Dieu.

La Callimbie, à présent, est donc turque. Ou, pour mieux dire, ceux qui la gouvernent sont des Turcs alors que toutes les autres personnes dans le pays restent à peu près identiques à ce qu'elles étaient auparavant. Elles n'en doivent pas moins — fort opportunément — s'employer à reconnaître la supériorité de la culture et des coutumes ottomanes et se conformer aux exigences du nouveau régime. Là encore c'est une question de choix mais, dans le cas qui nous occupe, il n'y en a guère. La Callimbie est un petit pays — en vérité, c'est à peine un pays. Des conglomérats de ce type ne peuvent se permettre de discuter avec des empires. Et puis il faut reconnaître qu'il y a des bons côtés. Le diktat des beys de Turquie est peut-être dispendieux mais, par maints aspects, il demeure préférable aux menaces brandies, de-ci de-là, par des conquérants voraces que tentent la côte fertile de la Callimbie et les charmes de Marsopolis.

La Callimbie a les yeux accaparés par la Méditerranée d'où vient à peu près tout ce qui compte, et elle tourne le dos au continent dont elle fait partie. Les Callimbiens, comme d'ailleurs tout un chacun à cette époque, savent très peu de chose sur leur continent, si ce n'est qu'il se trouve être la source de divers produits négociables intéressants s'échelonnant d'un certain nombre de créatures humaines à des pièces détachées de gros animaux inconnus. Le désert, pour la plupart des Callimbiens, se ramène à une monotone étendue impraticable d'où émergent des nomades au langage bizarre avec lesquels on peut parfois conclure de bonnes affaires. L'endroit d'où ils viennent, celui où ils vont, n'ont au fond pas grande importance. Le Callimbien de la côte, absorbé par la

122

culture de la vigne, des olives, des oranges et de tout le reste, adepte convaincu des avantages de la vie métropolitaine et pris au cœur d'un réseau commercial compliqué, ne porte que peu d'intérêt au monde extérieur. Une carte, pour lui, se ramène à la question de la durée du voyage pour aller d'un point A à un point B, étant donné un vent favorable et des conditions de transport décentes. Les Callimbiens ont un sens remarquable de l'orientation et de la distance et un œil acéré pour tout ce qui relève des détails topographiques. Ils se perdent rarement mais ils ne savent jamais trop où ils sont. Ils sont ici mais il y a un ailleurs, de nature et de proportions inimaginables, d'où arrivent des étrangers parlant des langues particulières, bizarrement vêtus et qui, selon leurs intentions apparentes, vous inspirent une peur panique ou une curiosité éminemment circonspecte. Il serait peut-être bon de les tuer avant qu'ils ne vous tuent ou bien essayer, dès le début, d'entrer dans leurs bonnes grâces, ou bien, tout simplement, de se lancer dans une négociation commerciale susceptible d'être féconde. Quel que soit le cas, vous n'avez ni le temps ni le désir d'enquêter longuement sur leur mode de vie privée pas plus que sur la manière dont ils sont venus en Callimbie. Ceux des Callimbiens à qui il arrive de voyager ne manquent pas, il est vrai, de rapporter des descriptions pittoresques des autres parties du monde, mais elles tendent à se concentrer sur le climat et les croyances, sur le contexte politique et sur l'inévitable et sempiternel problème de la conjoncture économique. Ces voyageurs-là ne contribuent pas à répandre une meilleure compréhension des affaires du globe. Le globe, quel globe ?

Le globe est une réalité. Mais c'est également un concept, lequel n'est pas encore parvenu en Callimbie. Par-delà la frange côtière l'Afrique s'étend à perte de vue, attendant son heure. Sur l'autre rive de la Méditerranée l'Europe mijote déjà à qui mieux mieux. Les Callimbiens, empêtrés dans leurs rapports avec leurs maîtres turcs, s'accommodent comme ils peuvent du statut de colonie. Et, après tout, qu'est-ce qu'un Callim — bien ? Un Callimbien est un pot-pourri de races, une soupe génétique ambulante dont l'origine se situe dans une toile d'araignée de rapports compliqués dont le résultat est une peau tantôt couleur de miel, tantôt pourpre foncé comme une prune, des yeux comme on en voit sur les icônes byzantines ou bleus comme l'océan, des cheveux crépus ou souples et fluides comme la mer. Un Callimbien est l'incarnation vivante de tout ce qui s'est produit à cet endroit, un témoin de l'Histoire, la preuve d'un passé — exactement comme le fortin et les remparts du port et les ruines du palais de Bérénice. Un Callimbien est, en fait, un miracle. Mais personne ne s'en aperçoit, à commencer par ceux qui, bien qu'ils en soient l'illustration, continuent de pêcher, de moissonner, de travailler, d'acheter et de vendre et de se comporter — pour l'instant du moins — en citoyens soumis à l'Empire ottoman.

CHAPITRE NEUF

Howard

Howard fit la connaissance de Vivian parce qu'il était tombé d'un escabeau emprunté à des voisins et s'était cassé la rotule. Quand il eut recouvré suffisamment de mobilité, son médecin l'adressa à l'hôpital le plus proche où il se trouva procéder à des exercices de gymnastique rééducative juste après Vivian laquelle avait connu une mésaventure identique en faisant une chute dans l'escalier. Quoi de plus naturel que d'offrir à cette malheureuse une tasse de café à la cantine de l'hôpital et de récidiver la semaine suivante et puis encore la semaine d'après ? Howard était flatté de la manière très réaliste dont Vivian l'avait en quelque sorte annexé — initiative qu'il interprétait comme étant le signe d'une attirance sexuelle ou d'une affinité intellectuelle ou, par chance, qui sait ? des deux. Vivian était une brune filiforme un peu plus âgée que lui. Elle avait de grands yeux bruns pleins de douceur dont le regard, au début, avait eu sur lui un effet proprement dévastateur. La considération et la douceur, à vrai dire, étaient trompeuses — il ne tarderait pas à s'en apercevoir — mais, dans cette phase initiale il la trouvait tout ensemble tonique et susceptible de le mettre en valeur. Quelqu'un, enfin, s'intéressait à lui ; quelqu'un cherchait à le comprendre. Elle travaillait comme bibliothécaire dans une institution plus ou moins en rapport avec le monde universitaire — occupation dont elle ne manquait jamais de faire grand cas au début de leur liaison (« Si je comprends bien, nous exerçons des activités voisines... »). Howard, cependant, n'avait pas tardé à se rendre compte qu'elle n'éprouvait à l'égard de son cadre de vie à lui et de ses occupations professionnelles qu'une indifférence proche du dédain. Mais, dans les premiers temps, le parallélisme de leurs occupations avait établi entre eux une manière de passerelle : elle l'emmenait à une réception en l'honneur d'un romancier africain de passage à Londres ; il la conviait à une conférence suivie d'un cocktail à Tavistock College. Howard avait à peine eu le temps de se faire une idée de ce qui lui arrivait qu'ils se voyaient plusieurs fois par semaine et faisaient l'amour ensemble (pour autant que ce fut là de l'amour). Quelque temps après, Vivian était venue s'installer dans l'appartement de Howard que celui-ci avait, quelques mois plus tard, vendu pour qu'ils puissent acheter de concert un local plus vaste, cela grâce à une hypothèque en indivis. Il ne savait trop comment il en était arrivé là. Il n'avait aucun souvenir de discussions préalables ou de décisions prises en commun. L'ensemble du processus s'était soldé par une imperceptible dérive vers une situation apparemment irrévocable.

Aucun rapport, donc, avec l'épisode Celia. D'abord parce que ce n'était pas, cette fois, un épisode, bien que personne n'ait pu prévoir que l'événement

126

serait de longue durée. Dans la mesure où Howard pouvait en juger, il ne s'agissait guère que d'une amitié fortuite et expérimentale. Il était très épris de Vivian mais il n'éprouvait pas pour elle véritablement de l'amour. Vivian, de son côté, évitait soigneusement (il s'en aperçut par la suite) de définir leurs rapports et d'en discuter. Elle se bornait à aller de l'avant à la faveur de présomptions implicites dont le résultat était de comprimer les suites normales d'une bonne association. Tout se passait comme s'ils avaient franchi d'un seul bond l'espace compris entre les phases initiales où l'on fait sa cour et la conjonction quelque peu défraîchie d'un mariage depuis longtemps avorté. Vivian parlait de lui comme de son « partenaire », expression que Howard avait en horreur. Il ne trouvait, quant à lui, aucune expression adéquate pour la qualifier. « Ma petite amie » n'eût guère convenu à quelqu'un approchant de la quarantaine. Il en était réduit à la circonlocution : « la personne avec qui je partage un appartement » — ce qui entretenait une ambiguïté sur la nature de ses rapports sexuels ; mais, d'un autre côté, s'il avait dit « la femme », le terme aurait pu paraître un brin condescendant. C'était là, il s'en rendait compte, un mot pipé, volatil, et qu'il convenait de manier avec prudence. Il estimait cette ambiguïté des plus intéressantes et il aurait souhaité en discuter à loisir avec Vivian. Mais elle lui avait dit, non sans impatience, qu'elle ne voyait pas de quoi il voulait parler. Elle lui disait souvent cela.

Vivian aimait bavarder mais uniquement à propos de certains sujets. Elle s'épanouissait principalement dans l'analyse introspective de ses antécédents et des composantes de sa personnalité, mais également dans l'approfondissement et la critique du comportement et des motivations de Howard. Elle détestait par-dessus tout les discussions abstraites et manquait totalement de curiosité. Rien ne semblait vraiment susciter chez elle de l'intérêt. Sauf lorsque, de temps à autre, elle témoignait d'un parcimonieux enthousiasme pour ce qui touchait aux problèmes de santé et à l'entretien d'une excellente forme physique : elle occupait, en fait, ses loisirs à fréquenter les clubs de remise en forme et les piscines. Au début elle avait demandé à Howard de l'accompagner et avait paru éberluée de son refus. Par la suite elle avait cessé brusquement de l'importuner, se contentant de lui lancer, à l'occasion, des remarques désobligeantes sur son allure de plus en plus flasque. Il devait ultérieurement constater que ç'avait été là sa seule victoire personnelle, la seule partie de son existence où il avait réussi à demeurer intact. Car cela signifiait — et de manière croissante — que, tandis que Vivian s'adonnait à son jogging et à sa gymnastique et nageait à tour de bras, lui, Howard, pouvait enfin travailler à sa guise.

Il travailla comme un forçat tout au long de leur liaison. Il est probable que, de toute manière, il n'aurait pas agi autrement, tant étaient lourdes les charges inhérentes à son enseignement. S'il voulait poursuivre ses recherches personnelles, il lui fallait y consacrer non seulement ses week-ends mais la totalité de ses vacances. Or, s'il se plongeait avec tant d'ardeur dans ses préoccupations subjectives, c'est qu'il y voyait l'occasion de s'extraire du marécage croupissant auquel, à l'évidence, il se sentait condamné.

Il avait très nettement l'impression qu'il lui faudrait, finalement, se résoudre à prendre une décision, mais il reportait indéfiniment la date de la confrontation. En attendant il se réfugiait dans le climat impartial des schistes de Burgess et dépensait son surplus d'énergie en une méditative communion avec l'univers très personnel d'une faune de substitution. Il chérissait cette forme de consolation — le détachement absolu que lui procurait la pratique de la dissection où il n'était plus qu'un œil et une main, indifférent à tout ce qui ne relevait pas directement des problèmes posés par les organismes qu'il traitait, couche après couche, l'esprit totalement absorbé par l'intrigante structure d'un animal congelé en une masse confuse d'éléments divers. Il tirait aussi un grand plaisir du processus descriptif — cette recherche du langage le plus précis, le plus concis, qui lui permettrait de retrouver sur le papier la créature qu'il avait reconstruite. À de tels moments il se confondait avec le mécanisme qui lui avait permis d'arracher l'animal à l'oubli, avec cette machine, faite d'intelligence et de curiosité, qui avait rendu la chose possible. Tout ce labeur, à son immense satisfaction, éclipsait finalement les tourments de sa vie privée.

Vivian réagissait à ce phénomène avec une irritation non dénuée d'amusement. Howard lui avait décrit certains des fossiles de Burgess et même montré des dessins qui provoquaient chez elle une réaction positive mais de nature à déplaire à Howard. Elle trouvait tout cela « drolatique ». « Je n'avais jamais vu quelque chose d'aussi marrant », lui avait-elle déclaré. Les implications afférentes à tant de diversité lui échappaient, semblait-il, totalement malgré les efforts qu'il déployait pour clarifier la situation. « Howard, racontait-elle à qui voulait l'entendre, passe son temps à piocher dans les rochers pour en extraire des insectes bizarroïdes dignes d'une bande dessinée. » Il se rendait compte qu'en plus de son manque de curiosité elle souffrait d'une inaptitude foncière à l'étonnement, à l'émerveillement. Il lui était impossible, de surcroît, de concevoir un travail qui fût en même temps une source de plaisir irrésistible. Pour elle, comme pour la plupart d'entre nous, une ligne de démarcation infranchissable séparait le temps obligatoirement consacré à assurer sa subsistance et celui réservé aux loisirs. Il était donc impossible, à ses yeux, de travailler de son plein gré. Si on faisait quelque chose de son plein gré, alors ça ne pouvait pas être du travail. C'est pourquoi la tendance de Howard à travailler en dehors des heures officiellement ouvrables lui posait un problème conceptuel fondamental. Était-ce vraiment du travail, ou seulement une modalité excentrique d'une espèce de jeu ? Finalement il réussit à lui inculquer la notion que ses efforts tendaient essentiellement à lui procurer de l'avancement (ce qui, d'ailleurs, était en partie vrai). Elle accepta son explication et le laissa désormais tranquille, non sans une espèce de bienveillante condescendance.

De temps à autre il essayait de se montrer à la hauteur de la situation. Il n'éprouvait pas d'amour pour elle, pas plus qu'à en juger par son attitude elle n'en éprouvait pour lui. Elle le traitait presque constamment avec une brusquerie pleine d'irritation. Leur conversation s'était détériorée au point de ne plus consister qu'en une série d'appréciations hâtives à propos de factures, de courses dans les magasins et autres arrangements indispensables. Ils ne faisaient que très rarement une excursion ensemble et recevaient, la plupart du temps, leurs amis séparément. Dans le cas contraire Vivian ne tardait pas à donner des signes d'impatience. S'ils étaient dehors, elle ne cessait de regarder sa montre et, s'ils étaient chez elle, elle commençait à entrechoquer la vaisselle dans la cuisine. Elle nourrissait une détestation particulière pour les échanges de vue d'une certaine coloration sociale. Un jour où une discussion assez animée s'était engagée, au cours du dîner, à propos du développement inéluctable des données de base de caractère historique, elle était restée littéralement bouche cousue jusqu'au moment où, en proie à une crise de rage, elle s'était exclamée : « Quelle conversation ridicule !

— Et pourquoi cela, Vivian ? avait demandé l'un des convives après un silence gêné.

— Parce que ça n'a aucun sens. Ce que je veux dire c'est que, ou bien les choses arrivent, ou elles n'arrivent pas. Si elles arrivent, on n'y peut rien et, si elles n'arrivent pas, alors à quoi bon ?...

— Mais c'est important de savoir pourquoi, justement, elles arrivent ou n'arrivent pas, s'exclama Howard. Et il est tout à fait normal de se demander ce qui est le fruit du déterminisme et ce qui dépend de la conjoncture. Ça a au moins le mérite de pousser à s'interroger.

— Eh bien, ma foi, interroge-toi si tu en as envie, mais moi pas ! dit Vivian sèchement. Honnêtement je ne puis que vous redire à quel point tout ça me paraît idiot ! » Elle se leva et commença à mettre bruyamment les assiettes en pile. Les invités, embarrassés, se remuèrent sur leur siège, se lancèrent dans un bavardage désordonné et prirent rapidement congé. Plus tard Vivian fit quand même amende honorable :

« Je regrette pour tout à l'heure. C'est simplement que ces gens-là me tapaient sur les nerfs. Ergoter comme ça à propos de l'*Histoire* ! On se serait crus revenus sur les bancs de l'école !

— Un sujet qui ne manquait pas d'intérêt, remarqua Howard avec froideur.

— Et cette blonde, là, qui se croyait tellement astucieuse et originale ! Et toi qui, visiblement, avais l'air de le penser aussi !

— Écoute, dit Howard, tu as commencé par exprimer des regrets. Alors, franchement, tu ne trouves pas que tu es en train de tout gâcher ? »

Cette dispute comme, à vrai dire, la plupart des autres passa aux profits et pertes plus par l'effet de l'inertie que de quoi que ce fût d'autre. Howard et Vivian évitèrent soigneusement de se heurter de front. Lui, parce qu'il n'avait jamais eu de goût pour les bisbilles ; elle, en raison sans doute d'un pressentiment instinctif que, ce coup-ci, l'erreur pourrait être fatale. Il était clair qu'en ce qui la concernait rien ne s'opposait à une continuation sans fin de l'état des choses. Dans ses moments les plus sombres Howard se demandait si elle considérait vraiment que leur union était normale et féconde ou si elle s'en souciait comme d'une guigne.

Vivian ne voulait pas d'enfant. Les bébés, à ce qu'elle prétendait, la rendaient littéralement malade. Et, effectivement, Howard n'avait pas de peine à le constater : lorsqu'ils entraient en contact avec la toute jeune progéniture de leurs amis, Vivian détournait les yeux des traces de vomissure de lait, des éclaboussures de morve, des filets de bave luisant sur les mentons des tout-petits. De tels spectacles n'enthousiasmaient pas non plus Howard mais ils ne l'affectaient pas de manière aussi déplaisante et il se disait parfois qu'il devait sans doute manquer de sensibilité. L'idée ne lui venait pas à l'esprit de se demander comment les parents pouvaient accepter ce genre de choses. En fait il n'aurait su dire si, oui ou non, il souhaitait avoir des enfants. Ç'avait toujours été le cadet de ses soucis. Peut-être était-il quelque peu à la traîne en matière de pulsions génétiques — détail intéressant sans doute mais qui ne le perturbait pas outre mesure.

Il avait à présent la conviction qu'il devenait urgent d'en finir. Qu'il lui fallait clarifier la situation avec Vivian. Lui faire comprendre que, plus ils tarderaient, plus il leur serait difficile de rompre. L'amener à reconnaître que leur mode d'existence actuel n'était pas une solution, que ni elle ni lui n'étaient heureux mais qu'ils pouvaient, lui comme elle, espérer encore aboutir à un arrangement convenable. Il savait tout cela mais il n'en persistait pas moins à ne pas lever le petit doigt.

Une grande partie de son temps et de son énergie émotionnelle était désormais consacrée à la recherche des fonds nécessaires à l'organisation d'excursions d'ordre scientifique. Il avait eu, tout au long de ces récentes années, l'impression que, privé de cette sorte de recherches, il aurait sombré dans un état d'esprit voisin de l'apathie et du désespoir. Il plaignait sincèrement ceux de ses collègues enfermés dans des disciplines qui les rivaient à une salle de cours, à la bibliothèque et à leur pupitre. Sa vie à lui n'avait de piment qu'au cours de ces entractes capiteux où il lui était permis de retourner aux sources vitales de ses préoccupations, c'est-à-dire aux roches elles-mêmes. C'était une chose d'examiner en détail la complexité d'un organisme dans le paysage inondé de lumière d'un microscope, mais c'en était une autre d'aller s'asseoir au flanc d'une colline et de mettre à découvert une créature dans les strates exactes où elle avait péri en une union parfaite du temps et de l'espace. L'émoi et la joie triomphale de tels instants demeuraient toujours aussi vifs dans sa mémoire, de même que le *frisson** de regret avec lequel il lui fallait interrompre une si précieuse harmonie. Un fossile, c'est vrai, n'a de valeur scientifique que s'il a été observé et annoté au vu des résultats de l'examen en laboratoire, mais il a perdu alors sa charge de virtualités et de connotations. Il n'est plus enchâssé dans la stupéfiante, émotive et exquise fusion de son berceau de pierre, de vent et d'eau : une vie a disparu mais elle continue d'être à tout jamais présente parce qu'elle est l'ultime preuve du passé et que sa révélation unifie l'instant de sa découverte et l'éternité de l'univers — un univers confusément perçu et inconcevablement lointain mais emprisonné dans le roc. À de tels moments Howard serrait dans sa main la plaque de pierre où reposait la *Marrella* ou l'*Ayshaia* et se sentait à la fois exultant et placide. Il se penchait sur le spécimen, scrutant le vent, le soleil, l'étendue de sol sous ses pieds, et il s'apercevait alors que ses problèmes et ses soucis personnels avaient fondu comme par miracle. Rien ne comptait plus que cet instant et cet instant lui-même était d'une telle perfection et d'une telle clarté qu'il devenait, à l'instar de l'animalcule mis au jour, impérissable. Dans la tête de Howard s'agitait une myriade étincelante de moments semblables, lustrés par l'opération du souvenir, précaires mais indestructibles.

« Quelque chose de très étrange, dit-elle, vient de se produire. Je n'ai pas l'impression que nous sommes à l'endroit où nous étions. J'ai l'impression que nous nous en sommes échappés. Que nous sommes à un autre niveau. »

De retour à Londres et, à nouveau, emberlificoté dans un méli-mélo de collègues et d'étudiants, pour ne rien dire de Vivian, Howard ne pouvait se défaire du sentiment que les instants ineffables qu'il venait de connaître commençaient à s'évaporer et à devenir aussi irréels et inaccessibles que n'importe quels éléments d'un écosystème. Seuls les animaux étaient encore capables d'établir un lien car ils étaient le témoignage tangible de leur coexistence en un autre endroit. Cette association leur conférait une signification nouvelle. Ils étaient tout ensemble des totems privés et des objets chargés d'une importance scientifique générale.

Vivian considérait les excursions de Howard comme de menus plaisirs qu'il avait tendance à s'offrir égoïstement. « Bon, bon, amuse-toi bien !... », lui disait-elle en le quittant à l'aéroport exactement comme s'il était parti, pour une quinzaine de jours, faire la bringue aux Caraïbes. « Pense un peu à moi, en train de croupir à l'Institut ! » Il aurait pu, bien entendu, lui proposer de l'accompagner mais il s'en gardait comme du feu et, Dieu merci, elle n'avait jamais paru se rendre compte qu'après tout rien n'empêchait un voyage à deux. Ou peut-être était-elle, elle aussi, persuadée qu'une irruption de cet ordre dans la vie de son partenaire aurait été catastrophique. Quoi qu'il en fût, elle ne se mêlait jamais de ses projets pas plus qu'elle ne cherchait à contre-carrer ses préparatifs de départ. Elle s'arrangeait simplement pour dénigrer en tapinois la nature de ses entreprises, de telle sorte qu'il montait dans l'avion avec un vague sentiment de honte comme s'il avait été un directeur commercial s'offrant une petite bamboche à la faveur d'un voyage d'affaires bidon.

Curieusement ce ne fut pas après l'une de ces excursions qu'il comprit que, décidément, il ne pouvait plus continuer à vivre ainsi. Ce fut, de manière imprévisible, après l'une de ses absences à elle. Elle était partie pour quelques jours et il était resté seul dans l'appartement. Il y connut une véritable ivresse. C'était comme si l'espace habitable avait enflé, était devenu plus léger, comme si, miraculeusement, il flottait au-dessus de la cité. Howard avait l'impression de s'être arraché à un puits de ténèbres et d'avoir recouvré la liberté en nageant dans un océan translucide. Jamais la solitude ne lui avait paru aussi délectable. Il avait le sentiment de ne l'avoir jamais encore appréciée à sa juste valeur : la liberté et la paix. Il passa quatre jours dans cet état de félicité et, à la fin du quatrième, alors que le retour de Vivian commençait à poindre à l'horizon, il comprit définitivement qu'il ne devait pas, qu'il ne pouvait pas, ne pas rompre avec elle.

Il commença par lui dire qu'il pensait que ce serait une bonne chose s'ils avaient, elle et lui, une petite conversation.

« À propos de quoi ? » demanda avec brusquerie Vivian qui virevoltait dans l'appartement, rangeait ses affaires, vérifiait le contenu du réfrigérateur, remettait à sa place un siège dont il s'était servi.

« À propos de l'avenir », dit-il. Pour voir où ils en étaient.

« Je ne comprends pas », dit Vivian, lui tournant le dos, penchée sur une pile de courrier.

Il expliqua qu'il avait réfléchi. À leur sujet. Au sujet de leur engagement. Il s'était posé des questions.

« Quelles questions ? » demanda Vivian, se tournant vers lui et posant le courrier.

Il s'était demandé, insista-t-il, s'ils étaient pleinement heureux ensemble.

C'est alors qu'elle avait explosé : « Tu veux rompre, hein, c'est ça !... Allons, avoue-le, c'est bien ça ? » Et, à l'instant même, ils s'étaient lancés à corps perdu dans la controverse — pas du tout le genre de discussion raisonnable, mesurée et en quelque sorte miséricordieuse qu'il avait appelée de ses vœux, mais une prise en compte effrénée de points de non-retour. Il sentit que ça allait encore être pire que tout ce qu'il avait pu imaginer.

« Vivian, dit-il, ce n'est pas de l'amour que tu éprouves pour moi. » Elle lui adressa un regard furibond. « Allons, ne me dis pas le contraire. Et j'ai bien peur que ce ne soit réciproque. Il est possible que je t'aie aimée autrefois mais c'est du passé. Nous n'avons pas d'enfants. Et, de toute manière, tu n'en veux pas. Il n'y a vraiment aucune raison pour que nous continuions à vivre ensemble et à nous rendre malheureux. Enfin, tu ne crois pas ? »

Elle le regarda fixement. Impossible de dire si elle était choquée et furieuse, peinée et furieuse, ou simplement furieuse. Puis, d'un ton cassant : « Tu es, s'écria-t-elle, l'un des êtres les plus stupides que j'aie jamais rencontrés. » Sur quoi elle se précipita dans la chambre en claquant la porte.

Howard alla s'installer dans une maison meublée où, pendant les semaines et les mois qui suivirent, il essuya presque chaque jour le feu roulant des récriminations de Vivian. Des coups de téléphone d'abord, quasiment quotidiens et accompagnés de doléances et d'insultes. Puis un bombardement de missives brèves et sèches : « J'ai reçu la feuille d'imposition pour les taxes locales. Ta quote-part est de 112 livres 60. » La chambre qu'il louait était coûteuse et désagréable. Il se faisait souvent la réflexion que, pour ce qui était du logement, il en était revenu à la situation exacte où il se trouvait dix ans plus tôt ou presque, à ses débuts à Tavistock College — et cela bien qu'il eût, depuis, gravi plusieurs échelons et se fût acquis dans sa spécialité un début de réputation internationale. Ses parents, qui avaient tendance à juger des résultats en se plaçant sur un terrain réaliste, en concevaient beaucoup de chagrin. Mais ils avaient rencontré Vivian en deux ou trois occasions et ils comprenaient tout à fait la réaction de leur fils. Sa mère lui avait avoué qu'elle s'était parfois demandé si quelque chose ne clochait pas entre eux deux.

Vivian annonça qu'elle allait vendre l'appartement et qu'elle lui remettrait sa part de la transaction, déduction faite d'un certain nombre de redevances minutieusement calculées, par exemple, une contribution jugée insuffisante aux frais de redécoration et une prime de gestion correspondant, en fait, à une ristourne pour le temps passé par Vivian à vendre l'appartement et à s'acquitter de correspondances diverses. Howard ne souleva pas d'objections. Il savait maintenant que, pour ce qui regardait les questions de propriété, il était depuis toujours victime d'une espèce de malédiction. Et il tremblait à la pensée de récupérer sa misérable portion de capital dont il craignait qu'elle ne dût à tout jamais lui rappeler sa mésaventure.

Mais, au moins, il était seul ! La guerre d'usure avec Vivian n'était pas parvenue, en dépit de son cortège de culpabilité, à gâcher totalement la profonde paix de son retour à la solitude. Et c'est alors qu'il commença à se poser des questions sur un système social fondé sur l'existence du couple. Peut-être, après tout, s'agissait-il d'une convention pure et simple, et non point de la satisfaction d'un instinct ? Il se rendait compte, en réfléchissant à la conduite de Vivian, que ce qui avait vraiment compté aux yeux de sa compagne était la cohabitation et le partenariat. Il aurait pu, en un certain sens, être n'importe qui d'autre. Elle ambitionnait simplement d'être l'un des éléments constitutifs d'un couple parce que c'était là l'arrangement estampillé par la société. Leur combinaison s'était fondée non point sur l'amour, ou la procréation, mais sur des signes extérieurs de la respectabilité comme, par exemple, une hypothèque en indivis, une adresse commune et un fréquent brassage de ce redoutable mot : *partenaire*. Il avait atteint un stade où il lui était possible (sauf quand il était encore sous le coup d'une récidive particulièrement inflammatoire) de lui vouloir du bien, d'avoir de la compassion pour elle et d'espérer qu'avec le passage du temps elle finirait par trouver quelqu'un de mieux adapté à ses exigences. Quant à lui, il envisageait un avenir où il resterait strictement seul sauf, peut-être, quand il éprouverait le besoin de s'offrir une petite escapade sexuelle, le jour où, par hasard, il tomberait sur quelqu'un qui partagerait son désenchantement et comprendrait qu'il s'agissait là d'une commodité mutuelle et de rien d'autre. La perspective ne paraissait pas tellement enchanteresse mais il n'y voyait pas de solution de rechange.

Il avait trente-six ans. Et, chaque fois qu'il pensait à son âge, il éprouvait un léger sentiment d'incrédulité. Il devait sûrement y avoir une erreur. Comment se pouvait-il qu'il en fût arrivé là ? Le résultat est que, l'espace de quelques minutes, il paniquait littéralement à la pensée d'une telle accélération du temps ; de cette fuite à travers l'écoulement des années ; et tout ce qui s'était produit : la jeunesse, la mise au point de ses capacités, les promesses d'avenir, tout cela pour en arriver à quoi ?... Et puis il reprenait ses esprits, dressait un bilan et jetait un regard froidement rationnel sur une carrière, somme toute utile et profitable, et sur une suite de comportements dans l'adoption desquels il ne décelait aucune tare majeure. Il n'avait jamais tué ni blessé qui que ce fût. Il ne s'était rendu coupable ni de méchanceté, ni de malhonnêteté, ni de fausseté. Il travaillait dur, il payait ses impôts et traitait ses semblables avec considération. Sans doute lui était-il arrivé de se chamailler avec un collègue, de punir un étudiant égaré et de perdre son sang-froid avec des gens totalement inconnus, mais ce genre de chose lui semblait normal et radicalement sain. Il était plus près de quarante ans que de trente et c'était là une constatation qui le remplissait de crainte, mais pas tellement à cause de la fuite du temps que d'une faiblesse sur laquelle il préférait ne pas s'appesantir.

Il prenait de plus en plus conscience d'un contraste accusé entre la nature méthodique de sa vie professionnelle et l'anarchie de ses préoccupations personnelles. Tavistock College n'était pas, il est vrai, à l'abri d'une certaine forme d'anarchie : les rivalités entre les professeurs, les étudiants récalcitrants, etc., mais, dans le domaine de la recherche scientifique pure, il lui était loisible de se proposer un plan d'action et de l'exécuter, de se fixer certains objectifs et de les atteindre, de faire face à certains impondérables comme la possibilité, ou non, de se réserver suffisamment de temps pour parvenir à ses fins ou d'être, ou non, en assez bonne forme pour s'en tirer à son honneur... Il disposait, en fait, d'une certaine marge de manœuvre. Mais les rapports avec le monde extérieur se présentaient différemment. Ils relevaient d'une poursuite épuisante de l'harmonie. Si vous étiez en rapport intime avec la personne concernée il vous fallait sans cesse vous efforcer de contrebalancer ses paroles et ses émotions. S'il s'agissait d'amis, de collègues ou de connaissances fortuites, vous dépendiez de rapprochements hasardeux arbitrairement infligés à ceux que vous aimiez comme à ceux que vous détestiez. Votre bonheur, ou votre détresse, dépendait, jour après jour et au plus haut point, de ce processus éminemment capricieux. Le monde fourmillait d'individus, mais un nombre infime d'entre eux, surgis par magie pour ainsi dire, suffisait à déterminer votre qualité de vie.

Or il arrive parfois que quelqu'un de totalement inconnu réussisse à s'introduire dans le récit et à le manipuler de fond en comble — ainsi que Howard n'allait pas tarder à s'en apercevoir le jour où on lui vola sa serviette à la station de métro de Russell Square. Il l'avait posée à côté de lui alors qu'il cherchait dans sa poche de la petite monnaie pour l'introduire dans le distributeur de billets. Quelqu'un le heurta dans le dos, le précipitant contre une femme qui se trouvait en face de lui et qui laissa tomber son sac à provisions. Howard le lui rendit en s'excusant et, quand il se retourna pour ramasser sa serviette, elle avait disparu. Avec de nombreux ouvrages de la bibliothèque de l'université, un paquet de lettres, la dernière tirade de Vivian, une pomme, un parapluie neuf et les notes et les diapositives dont il comptait se servir pour la conférence qu'il devait donner à l'Imperial College. Furieux, il déambula, l'espace de quelques instants, dans le hall de la station, descendit au sous-sol par l'escalier mécanique et inspecta les quais. Rien, absolument rien. Sa serviette, de toute évidence, s'était volatilisée de même que le quidam dont le chemin avait si malencontreusement croisé le sien et qui devait, à ce moment précis, inspecter les possessions de Howard avec dédain et une intense désillusion.

En rage, il regagna Tavistock College d'où il téléphona pour expliquer la situation et ajourner sa conférence. Il déclara le vol aux autorités compétentes et se hâta de rejoindre la cafétéria de l'établissement pour y boire un remontant. Et c'est là qu'il tomba sur un collègue lequel était en grande conversation avec un scientifique étranger, de passage à Londres et qui se trouvait être le conservateur du Muséum d'histoire naturelle de Nairobi. C'est ainsi que Howard apprit que ce muséum abritait une collection, récemment acquise, de fossiles, non encore catalogués et identifiés, et qui devaient certainement appartenir à la faune des schistes de Burgess. Le conservateur terminait, ce même jour, son voyage à Londres. Il avait son billet de retour en avion et il se préparait à partir pour l'aéroport de Heathrow. Dire que sans ce larcin, sans ce bienveillant visiteur étranger... ! Howard fit un saut jusqu'à son bureau, en revint chargé de dessins et de photographies. Des *Marrella*, des *Opabinia*, des *Wiwaxia*. Le conservateur se pencha sur les images et opina du bonnet. Oui, sûrement, il y avait toutes chances pour que... Une demi-heure plus tard Howard avait bouleversé ses plans pour le futur immédiat. Il n'assisterait pas à la conférence de Stockholm, il ne mènerait pas ses étudiants en Écosse pour une excursion de quinze jours. Au lieu de cela, il remuerait ciel et terre (sans oublier le rassemblement des fonds nécessaires) pour aller faire une brève visite au Muséum d'histoire naturelle de Nairobi.

CHAPITRE DIX

Histoire abrégée de la Callimbie

La Callimbie est maintenant prête à faire son entrée dans le XIXᵉ siècle avec tout ce que cela représente : une politique à l'échelle du globe, la soif européenne de territoires extérieurs, l'expansion colonialiste, le tourisme avisé. La Callimbie va se trouver au cœur des problèmes — balayée par les vents venus d'Europe, visitée par tous les voyageurs un peu vaniteux et disposant de quelques jours à perdre après leur passage en Égypte et sur les rives du Nil supérieur.

À commencer par Napoléon. L'attention du général Bonaparte avait, après les premiers mois de l'occupation de l'Égypte, été attirée sur l'existence de ce territoire adjacent, également placé sous la domination des Mamelouks et sur le fait qu'il serait sans doute judicieux d'y envoyer une expédition pour se faire une idée de ses attraits et vérifier si la suprématie française y était reconnue. Au Caire les Mamelouks avaient pris la fuite mais une certaine forme d'insubordination persistait (« Je suis, tous les jours, écrivait le général, obligé de faire trancher cinq ou six têtes dans la rue »). Ce ne serait assurément pas une mauvaise idée de faire sentir en Callimbie la présence napoléonienne.

L'expédition en Callimbie s'étira sur plusieurs semaines. Les choses s'envenimèrent lorsqu'un des zoologistes attachés à la commission scientifique et archéologique se trouva éloigné de ses compagnons en observant les oiseaux, à la campagne, dans les environs de Marsopolis. Certains villageois, interprétant à tort l'intérêt qu'il portait à un vol de petites aigrettes comme le signe d'une curiosité salace à l'égard de leurs femmes qui travaillaient dans les champs, lui tombèrent dessus à grands coups de bâton, lui infligeant de sérieuses blessures. Ce manque d'hospitalité reçut, bien entendu, le traitement qui convenait : le village fut brûlé, le bétail et la récolte de grains mis en réserve au profit de la République, et le cheikh se vit infliger cinquante coups de fouet.

En tant qu'introduction aux avantages du paternalisme européen cet incident ne pouvait être que regrettable. Il n'est pas interdit de penser qu'il ait incité la paysannerie locale à se méfier des conclusions hâtives, mais il ne dut guère encourager le Callimbien moyen à se persuader que Bonaparte et son armée étaient là, ainsi que le général le répétait avec insistance, pour libérer les natifs de l'oppression des Mamelouks et les initier aux bienfaits d'un gouvernement éclairé. Les choses, d'ailleurs, ne se passaient pas mieux dans la cité de Marsopolis, si l'on en croit la laconique prose de l'ordre du jour suivant :

« Le commandant en chef, mécontent de la conduite des habitants de Marsopolis, décrète qu'ils devront tous, quelle que soit leur nationalité, déposer leurs armes auprès du commandement militaire. Ceux qui ne se seront pas conformés à cet ordre dans un délai de quarante-huit heures seront décapités. Cinquante otages, pris parmi les plus rebelles d'entre eux, seront arrêtés et devront rester en prison jusqu'à ce que tous les habitants de Marsopolis aient changé d'attitude. Tous les chevaux de la ville seront remis au commandement militaire dans les vingt-quatre heures qui suivront la publication du présent communiqué. Ceux qui ne s'y conformeraient pas seront passibles de cent coups de canne et paieront une amende de cinquante talaris. »

Et ainsi de suite, et de la même encre, pendant plusieurs pages. On a véritablement l'impression que l'expédition sur le territoire callimbien avait pris un tour plus conséquent que celui d'une simple excursion tout bonnement montée en vue de se faire une idée de la topographie des lieux et de divertir la populace.

Bonaparte, finalement, se retira. Il est permis de supposer que les Callimbiens poussèrent un soupir de soulagement, haussèrent les épaules et se réajustèrent aux systèmes de répression auxquels ils s'étaient antérieurement accoutumés. Il n'empêche qu'un nouveau schéma avait vu le jour. La Callimbie, pour tout voyageur un peu curieux, était devenue un *must*. Si, d'aventure, vous vous promeniez au Moyen-Orient, fût-ce à titre de conquérant ou simplement d'amateur éclairé d'antiquités et de mœurs pittoresques, il vous fallait désormais, et de manière impérative, faire halte à Marsopolis.

Et les Callimbiens, fort astucieusement, apprirent à répondre aux incitations du marché et à exploiter au mieux leurs ressources naturelles. Certains d'entre eux le firent même avec trop peu de discernement, ce qui explique pourquoi la magnifique sculpture d'Aphrodite arrachée à la terre dans les parages du temple grec honore, de nos jours, le British Museum et non point le musée des Antiquités de Marsopolis. Les Turcs qui, jusque-là, ne s'étaient pas spéciale-ment distingués par leurs marques d'intérêt pour les trésors du passé, commencèrent à fouiller le sol avec enthousiasme et mirent tout en œuvre pour vendre des tonnes et des tonnes de marchandises avant que l'archéologie, en tant qu'entreprise rentable comme telle, ait pris son essor, plus tard, dans le courant du siècle. Sur un plan différent les citoyens ordinaires découvrirent que les visiteurs étrangers se laissaient assez naïvement fasciner par les aspects les moins ori-ginaux de la vie quotidienne dans leur pays, qu'ils avaient une propension nettement excessive à faire des achats et qu'ils étaient, de manière inconcevable, dénués de l'habileté indispensable pour mener une transaction financière satisfaisante. On pouvait leur vendre n'importe quoi, à pratiquement n'importe quel prix.

À l'époque — c'était au milieu du siècle — où Gus-tave Flaubert arriva à Marsopolis, la capitale callim-bienne s'était habituée à répondre aux besoins des touristes particulièrement distingués. Flaubert et son compagnon, Maxime du Camp, firent le tour des curiosités : le temple grec, les bains romains. Ils visi-tèrent la grande mosquée et grimpèrent en haut du minaret à la tombée de la nuit :

« Un effet de lumière tombant sur la mer comme une plaque de cuivre qui se fond en

147

l'espace de quelques minutes pour n'être plus qu'une couche de pourpre uniforme d'une indicible profondeur. Un scintillement de vagues qui se brisent sur la grève. Dans l'avant-cour de la mosquée le cadavre d'un chien que picorent les corbeaux, les yeux réduits à ne plus être que des cavernes inondées de sang. Nous nous frayons un chemin pour revenir sur nos pas à travers un souk malodorant où nous sommes harcelés par des mendiants. Une bande d'esclaves importés du Sud par des trafiquants : des nègres dont la peau fait penser à la chair d'une prune mûre, avec le splendide frissonnement de leurs muscles lorsqu'ils se déplacent, entièrement nus à l'exception de leurs franges de cuir et de leurs colliers de perles. »

Flaubert ne manqua pas non plus de profiter des agréments plus intimes de Marsopolis en honorant de sa sollicitude le bordel bien connu sur la place principale :

« Deux femmes assises, les jambes croisées, sur un divan : l'une, à la peau très pâle, avec des yeux translucides ; l'autre couleur de bronze, scintillante, vêtue d'une robe diaphane avec en guise de pendeloques des piastres en or. Elles ont dansé en notre honneur. Après quoi, tiré un coup avec chacune d'elles. L'odeur de leur peau : huile d'olive et jasmin. Un domestique nous a servi du café turc et apporté un narguilé. La plus jeune des deux femmes a joué de la flûte. Il faisait très chaud dans la pièce et on entendait pépier des poussins de l'autre côté de la fenêtre. On avait vue sur la statue de la sœur de Cléopâtre, au milieu de la place, et qui date d'une vingtaine d'années — une véritable monstruosité en marbre. »

Pauvre Bérénice ! Traitée de la sorte, à la va-vite et sans égard ! Il est vrai que tel est le sort des puissants déchus... Mais il y a belle lurette que le premier siècle est passé. La Callimbie, à présent, galope vers le XXe et ambitionne de se hausser au sommet d'un État moderne, avec tous les périls que cela comporte. Bérénice n'est plus qu'une légende et une silhouette sur une plinthe mais la Callimbie, elle, doit faire face à la dure réalité.

CHAPITRE ONZE

Lucy

Lucy avait vingt-neuf ans quand sa mère se remaria. Administrativement, en effet, elle se remaria — après avoir, quelques années auparavant, liquidé les démarches harassantes nécessitées par l'obtention d'un divorce avec un mari absent. Mais, aux yeux de Lucy, elle se maria, en fait, pour la première fois. Le jour où Maureen lui annonça la nouvelle, en un mélange chafoin d'exultation et d'embarras, Lucy en resta ébahie. Mais, dès qu'elle eut rencontré Bruce, elle comprit que les longues années où elle avait dû s'occuper de sa mère étaient révolues. Bruce était le directeur de la succursale de Tesco où Maureen, à la surprise de sa fille, avait fini par se hausser à un poste de contrôle. Bruce avait, pour des raisons non spécifiées, été trahi par une épouse qui l'avait laissé en plan avec un fils de huit ans et une maison féeriquement équipée à Cheam. Lucy l'avait trouvé totalement digne de confiance et éperdument amoureux de sa mère. Maureen et lui, assis dans le salon de Cheam dans un décor d'épais capitonnages, de cartels égrenant leurs secondes et de tapis aussi drus qu'un gazon estival, se dévoraient des yeux, des yeux luisants et exorbités. Le petit garçon, médusé, s'appuyait sur le genou de Maureen. Il y avait une voiture neuve dans le garage et un appartement en multipropriété dans l'Algarve. Maureen n'était absolument pas à sa place mais — Lucy s'en rendit parfaitement compte — elle était divinement heureuse et elle ne tarderait pas, de toute manière, à s'adapter aux circonstances comme elle avait toujours su le faire par le passé. Lucy, pour sa part, éprouvait les sentiments que pourrait avoir une mère de famille d'un certain âge dont la progéniture vient de prendre son vol : une libération et un abandon.

Son propre destin traversait alors une mauvaise passe. Le magazine de haute gamme avait dû fermer ses portes et elle était au chômage depuis six mois. Sa feuille de paye lui avait paru dérisoirement modique mais il lui semblait, à présent, avoir perdu une fortune. Elle s'obstinait à écrire des lettres à droite et à gauche, donnait de multiples coups de téléphone, criblait les rédacteurs en chef d'articles sur tout et le reste et de suggestions qu'ils n'avaient jamais songé à solliciter. Il arrivait parfois qu'elle eût un peu de chance et qu'on lui confiât un travail. C'est ainsi qu'ayant tracé le profil d'une femme en vue dans les sphères politiques, elle bénéficia de l'appui de cette dernière qui, ayant apprécié son objectivité, lui refila un tuyau à propos d'une bisbille locale laquelle mettait aux prises les dirigeants d'une ville de province confite dans la gloriole de sa cathédrale. Lucy se rendit sur place, enquêta, parla avec les gens et écrivit un article d'où ressortait l'existence d'un vaste chaudron de corruption — article sur lequel se jeta un grand quotidien lu dans tout le pays. À la suite de cette affaire Lucy se vit confier une autre enquête sur l'emplacement controversé d'un futur parc à thème dans les Midlands. Son reportage fut remarqué par un responsable de rubrique en quête de commentaires incisifs et vivifiants sur l'exploitation touristique du patrimoine national considérée dans son ensemble. À partir de là Lucy commença à se faire un nom grâce à ses analyses décapantes, à son instinct des problèmes à soulever et à son habileté à fondre sur eux comme sur une proie. Anxieusement elle scrutait la presse pour y trouver des signes avant-coureurs de questions à étudier. Dans ce genre d'activités, constatait-elle, il ne s'agissait pas tellement de se tenir au courant des événements que de les devancer, d'être à l'affût de l'opportunité et de rester immédiatement disponible pour se lancer à l'assaut.

Mais placer un article une ou deux fois par mois ne suffisait pas à payer les factures. Elle se prit mélancoliquement à envisager un retour à ses occupations d'autrefois, lorsqu'elle corrigeait des épreuves et épluchait des manuscrits. Et puis, un beau jour, elle entra dans les bureaux du quotidien national qui avait pris son article sur le chaudron de la corruption et dont, depuis lors, le rédacteur en chef l'avait à la bonne. Ayant remis à qui de droit ses considérations quelque peu spéculatives sur la conception *in vitro*, elle bavarda avec une connaissance et apprit que l'un des collaborateurs attitrés du journal s'était engueulé avec le rédacteur en chef et avait détalé dans un nuage de poussière. La rubrique, traditionnellement consacrée à des questions d'actualité et conçue pour piquer la curiosité et susciter la contro-verse, se trouvait, pour ainsi dire, sans amarre. Lucy se précipita dans la rue et, avant que ses nerfs aient eu le temps de craquer, se mit en quête d'une cabine téléphonique.

On lui accorda en principe une période d'essai. Entendu, lui dit-on. On vous fera signe, lui dit-on. Bientôt, oui, c'est promis. Oui, oui, très bientôt. Elle rongea son frein pendant une quinzaine de jours puis lut la prose du nègre de service qui assurait l'in-térim et dont la contribution lui parut — voyons un peu — être succincte, originale... à moins, qui sait ? qu'elle ne fût banale et finalement laborieuse.

Et puis — ô merveille ! — le téléphone sonna. Une colonne hebdomadaire, pour elle toute seule, de A à Z. Sa photographie, format timbre-poste. Un salaire. Un chèque !

Le succès. La célébrité. L'immortalité !

« C'est un début, dit-elle à Maureen et à Bruce. Sur tous les plans, oui c'est un début.

— Je pense que tu serais mieux avec des cheveux un peu plus courts, dit Maureen. À moins que ce ne soit cette photo qui ne te met pas en valeur. » Bruce, en fidèle lecteur du *Daily Express,* s'effara à l'idée de devoir, dorénavant, lire un autre journal, mais il fit bonne contenance et proposa même de fournir des informations puisées à bonne source sur le fonction-nement des ventes au détail.

Elle avait la sécurité. Elle avait l'opportunité.

« Oui mais, attention, on peut me flanquer à la porte sans me demander mon reste !...

— Ça alors, qu'ils essayent ! » s'écria Maureen d'un ton belliqueux. Sur quoi Bruce proposa de mettre

Lucy en rapport avec un de ses amis qui s'occupait d'assurances et qui serait sûrement au courant des tout derniers développements en matière de pensions.

« Rendez-vous compte qu'il va falloir que je trouve quelque chose d'époustouflant toutes les semaines, ou bien on me saque !

— Elle faisait des rédactions formidables à l'école, dit Maureen à Bruce. Je me demande si je ne pourrais pas en retrouver deux ou trois ? »

Lucy avait pleinement conscience d'avoir tiré le bon numéro. Elle refusait pourtant d'admettre le mot « chance ». Elle était encore jeune et il est évident que, cette fois-ci, elle avait été vernie. Mais elle le devait à ses mérites, ne cessait-elle de se répéter, et aussi peut-être, pour une part, à la médiocrité des autres postulants ou même à une absence de candidatures. Ce qu'elle ne saurait jamais, c'est que le rédacteur en chef avait, en fait, pris la décision d'offrir le poste au nègre de service qui assurait l'intérim. Il se préparait même à décrocher son téléphone pour le lui annoncer lorsque celui de ses collaborateurs qu'il détestait le plus était entré dans son bureau pour lui exprimer sa satisfaction à l'idée de travailler en liaison plus étroite avec ce bon vieux copain à lui qui venait d'être promu. Le rédacteur en chef avait écouté ses propos avec une indignation croissante en raison d'abord du toupet qu'il y avait à préjuger de sa décision et ensuite de la situation déplaisante que ne manqueraient pas de créer ces deux larrons en fricotant sous son nez. À peine le bonhomme était-il sorti de son bureau qu'il avait empoigné son téléphone et appelé Lucy.

Ainsi s'ouvrit une période de sa vie au cours de laquelle elle se trouva si fiévreusement embringuée dans le déroulement des événements qu'en les repassant dans sa mémoire elle avait l'impression d'avoir été, jour après jour, houspillée par le charivari de tout ce qui se précipitait autour d'elle, au point d'échapper totalement à l'espèce d'apathie inhérente à toute forme d'existence personnelle. Il est bien vrai que la vie publique, elle, ne s'arrête jamais. Et la plupart des thèmes de controverse filaient d'un trait hors de son champ de vision dès qu'elle tournait la tête, obligée qu'elle était de sauter d'un sujet à un autre. À peine avait-elle amené à ébullition un témoignage sur l'injustice des procédures d'immigration que celui-ci s'évaporait pour céder la place à un angle de prise de vue lui permettant de mettre en lumière l'abus de pouvoir d'un ministre du cabinet restreint. Il ne se passait pas de jour où la curiosité de la nation ne fût incitée à changer d'orientation. Un peu de patience ! avait-elle envie de s'écrier. Nous n'en avons pas encore terminé avec cette affaire-ci ! Allons, voyons, nous venons à peine de commencer !... Mais rien n'y faisait. Il lui fallait, sans trêve, continuer à plonger de l'avant, à s'engouffrer dans les scandales, les révélations, les nouveaux noms, les nouvelles voix, le sournois amalgame des drames publics ct privés : tout ce que — à bout de souffle — elle avait pour mission expresse de commenter. Elle était au cœur des choses et, pourtant, elle se sentait totalement impuissante. Mais « au cœur des choses » est encore trop peu dire. Elle était partie intégrante de leur texture, ballottée comme une épave par la rage des flots. Elle avait parfois l'impression d'être devenue son propre et ténébreux *alter ego* poussé ici et là par d'inconcevables événements.

> *« Il y a cette sensation d'irréalité. Une partie de moi-même se refuse à admettre ce qui m'arrive mais l'autre moitié sait pertinemment qu'il en va ainsi. »*

Elle vivait dans un bric-à-brac de nouvelles à sensation, un bruissement continu de « au fait, saviez-vous que... ? ». Elle s'emparait d'un sujet encore à l'état neuf ou non encore terni par l'usure des discussions, avant même que les gens aient pu se rendre compte qu'ils dépendaient pour une grande part des processus d'installation du tout-à-l'égout, qu'ils s'indignent de voir les sommes absurdes empochées par un champion de football de vingt ans ou qu'ils partagent la révolte de Lucy devant les irrégularités financières commises dans la gestion d'une association charitable des plus connues. Mais à l'instant même où elle recevait des lettres de soutien ou de désapprobation, ces problèmes avaient déjà perdu de leur actualité, éclipsés par quelque chose de plus neuf, de plus astreignant, de plus urgent. Et tout cela, ou presque, demeurait imprévisible, emporté dans un mascaret continu de surprises, de rebondissements inimaginables, de déroutes et de débâcles, d'initiatives téméraires, de triomphes et d'humiliations. Et derrière tout cet imbroglio elle avait le sentiment que se déchaînait une force invisible et irrésistible perpétuellement lancée à l'assaut.

Lucy avait beau être dopée par son métier, ses nerfs parfois flanchaient. Elle regrettait l'entassement croissant de ses reportages et n'y apercevait rien d'autre qu'une accumulation d'opinions désuètes. Rien ne venait jamais à son terme, ce n'était plus qu'une suite sans fin de témoignages interrompus.

« Et moi, je pense que tu es drôlement astucieuse, dit Maureen. Dénicher trois nouveaux trucs par semaine, hein, faut le faire !

— Tu crois ? demanda Lucy. Peut-être, après tout, as-tu raison. Mais, à moi, ça me donne l'impression d'être devenue un personnage de roman. De m'agiter à droite et à gauche sans savoir comment ça finira.

— Eh bien, moi, je voudrais être dans un bouquin de Catherine Cookson, dit Maureen. Une de ses histoires du temps passé. Ou plutôt non, j'aurais aimé être celle qui est dans *Autant en emporte le vent*. Comment s'appelait-elle donc ? »

Bruce fit remarquer qu'il n'y a qu'une seule façon d'en finir vraiment et que cela nous concerne tous. Lucy le regarda, étonnée. C'était un homme apparemment débonnaire mais capable, à l'occasion, de vérités décapantes.

« Ne sois donc pas morbide ! dit Maureen. En ce qui me concerne personnellement je tourne le dos à l'avenir. Je redeviens de plus en plus jeune. »

Et il semblait bien, effectivement, que ce fût le cas. Elle s'était incroyablement épanouie dans ce nouveau climat d'amour et de prospérité qu'il eût paru jadis presque impossible de concevoir — bien que ce fût, à l'évidence et de beaucoup, l'amour qui prédominait. Maureen évoluait alertement dans ce décor fastueux avec sa chaîne hi-fi, son micro-ondes et les reflets de marbre de la salle de bains et de ses annexes mais, pour ce qui était de Bruce, elle le traitait avec la totale et simple aisance de la pure affection. Elle avait perdu pas mal de poids et donnait l'impression d'être absolument aux anges.

« Tu comprends, avait-elle, un jour, confié à sa fille, je n'avais pas la moindre idée qu'il puisse y avoir sur terre des hommes comme ça. Et encore autre chose, je sais maintenant pourquoi je mangeais sans arrêt du chocolat. C'était pour compenser le manque de tu sais quoi, hein, si tu vois ce que je veux dire... »

Lucy, à présent, avait trente ans. Quand elle se regardait dans une glace, elle apercevait la fragile empreinte d'un autre visage se détachant sur les contours familiers du sien. Elle contemplait ce spectacle non point avec les pruderies propres à la satisfaction de la vanité mais avec un certain sentiment de perplexité. C'était comme si elle avait cohabité avec une mystérieuse inconnue et mené contre l'intruse une lutte tacite et secrète pour conserver son espace vital. Elle était curieusement moins perturbée par la pensée du vieillissement en marche que par la contemplation de cette passive métamorphose. En quoi était-il donc possible de se transformer ? Elle gardait le souvenir d'un effarement quelque peu comparable lorsque, encore enfant, elle s'alarmait de se sentir impliquée dans un processus bizarre et inexorable au cours duquel ses membres à elle s'allongeaient alors que les arbres et les maisons paraissaient, à l'inverse, se rapetisser à mesure que, dans une confusion totale, elle-même ne cessait de s'agrandir.

Sa sœur Susie, perpétuant avec robustesse la tradition familiale, était devenue mère à vingt et un ans. Elle vivait avec ses deux gosses et son mari, un joyeux luron à peu près de son âge qui travaillait sur un chantier de construction et jouait du saxophone, pendant les week-ends, dans un petit ensemble de jazz — tout cela dans des conditions qui ne pouvaient éveiller chez Lucy qu'une impression de nostalgique résurrection de sa prime jeunesse. Maureen faisait semblant de ne pas remarquer ce phénomène de résurgence, à moins que, tout bonnement, elle ne s'en rendît pas compte. De temps à autre elle se risquait à faire en tapinois quelques allusions à l'état civil de sa fille aînée.

Ce à quoi Lucy répondait vertement par un : « M'man, les enfants ne figurent pas sur mon agenda. »

Il faut dire aussi qu'elle ne disposait pas des loisirs indispensables pour procéder à un examen approfondi de son état d'esprit. Le surmenage, on le sait, est l'ennemi de l'introspection et il va de soi que Lucy, galopant sans cesse à droite et à gauche, se préoccupait moins d'elle-même que des événements sur lesquels il lui fallait épiloguer. Le résultat est qu'il lui arrivait de passer, en moins de vingt-quatre heures, de la plus franche gaieté à un état de choc, du divertissement à la consternation. Elle observait attentivement l'extraordinaire mélange de détresse et de prospérité dans lequel nous nous débattons tous : cette combinaison de vices et de mérites, de rationalité et de frustrations, et elle se demandait comment on pouvait supporter un tel capharnaüm. Elle bavardait, en l'espace de quelques heures, avec des gens dont les espoirs et les règles de conduite étaient aussi disparates que s'ils avaient hanté des siècles différents. Et tout cela dans les limites d'une petite nation dont une large majorité des habitants bénéficiait de conditions de vie au total acceptables et d'un système éducatif plutôt bien adapté. Mais que penser du reste du monde ? Cette idée la mettait de mauvaise humeur. Elle débordait de commandes, à présent. Elle recevait de plus en plus d'offres et constatait qu'elle avait atteint le stade où il lui était possible de faire un choix, de s'attarder sur un sujet qui l'intéressait et même de dire non si tel était son bon plaisir. Il se trouvait parfois qu'une enquête proposée de l'extérieur la passionnât au point de lui faire oublier la date limite de sa chronique régulière et elle éprouvait alors un sentiment de culpabilité à devoir bâcler son travail. Elle prit la décision, un beau jour, de dresser le bilan de ses activités et de tenir compte du fait qu'il y avait deux ans déjà qu'elle s'acquittait de sa rubrique hebdomadaire. Comment était-ce possible ? Comment tant et tant de semaines avaient-elles pu s'effeuiller et disparaître ? Compulsant ses vieux articles, elle fut stupéfaite par le ton véhément de ses critiques et par la vétusté des problèmes. Comment avait-elle pu réagir de la sorte, se tromper à ce point dans tel ou tel cas sensible ? Ce qui la frappait surtout, c'était ici et là une touche de délirante insincérité. Mais, après tout, quoi d'étonnant ? N'était-elle pas obligée — et chaque jour davantage — de recourir non sans mélancolie à la presse, à la radio, à la télévision pour y débusquer sa proie hebdomadaire ? Ce qui, jadis, l'avait enthousiasmée était devenu mécanique. Sans doute abordait-elle fréquemment des sujets d'importance majeure ; elle n'était plus contrainte à des questions marginales, mais elle les traitait d'une manière si spasmodique que le cœur n'y était plus : elle était, disons-le, en train de perdre sa capacité d'indignation, d'incrédulité et même d'étonnement. Elle dressa le bilan avec sang-froid et parvint à une conclusion. Il lui était possible, apparemment, de survivre à titre de journaliste indépendante. Il était donc temps d'arrêter.

« Et pourquoi cela ? demanda le rédacteur en chef.

— Parce que je m'encroûte.

— C'est à moi d'en juger. Pas à vous.

— Je pense que je souffre d'une commotion consécutive à l'éclatement de trop d'obus. »

Ce à quoi le rédacteur en chef, avec froideur, répondit que Londres n'était quand même pas Belfast ou Beyrouth. Ce que Lucy, en fait, avait voulu dire — mais elle n'y était pas parvenue — était qu'elle craignait de cesser de croire à la réalité, ou de ne plus la prendre au sérieux. Attitude quelque peu cabotine, sans doute, mais les sentiments de Lucy étaient, eux, au-dessus de tout soupçon. Ce n'était point qu'elle doutât de sa vocation mais elle n'avait plus envie de tenir le rôle d'une sibylle ou d'une devineresse.

« Eh bien, dit le rédacteur en chef, la décision est entre vos mains. On vous regrettera. Tous mes vœux de réussite. Au fait, gardez le contact. »

Maureen fut épouvantée. « Que vas-tu devenir sans ce beau petit salaire si régulier ? Quand je pense qu'on ne verra plus ta photo dans le journal ! »

Bruce qui, en son for intérieur, exultait à l'idée de pouvoir enfin retrouver son *Daily Express,* lui demanda quels étaient ses projets.

« J'ai très envie de voyager, dit Lucy qui, effectivement, venait tout juste de découvrir que c'était là sa plus pressante ambition. Voilà trop longtemps que je souffre d'être un fort mauvais exemple d'insularité sans compter ma propension à l'autosatisfaction culturelle. »

Et c'est exactement ça, se dit-elle en son âme et conscience. Toute ma vie je me suis cantonnée dans un petit pays perché en haut de l'hémisphère Nord. Je ne parle pratiquement qu'une seule langue et je ne me sens vraiment de plain-pied qu'avec les gens du même milieu que moi — et encore je n'en suis pas tellement sûre. Or nous vivons à une époque de globalité, c'est du moins ce qu'on nous répète à tout bout de champ. Là-bas, oui quelque part là-bas, il y a d'autres univers et d'autres façons d'agir qui me restent aussi étrangers que pourrait l'être un siècle datant d'une ère totalement différente.

« Si tu me permets de te donner mon avis, dit Maureen, tu as drôlement envie de te dégourdir les pattes ! Mais je suppose qu'à ton âge il n'y a pas de mal à ça. D'autant plus que tu n'as personne avec toi ! » Bruce fit remarquer que le fin du fin, de nos jours, était d'aller faire un tour en Europe. C'était dans cette direction que, selon lui, Lucy devait s'orienter. Chez Tesco à présent, il y avait des tas de plats préparés avec des recettes françaises et italiennes et une promotion spéciale sur les vins grecs.

Et c'est ainsi que Lucy s'embarqua dans l'étape suivante, l'esprit libre et n'ayant à rendre de comptes à qui que ce fût. Dans une indépendance absolue quoique dépendant absolument de sa propre énergie et de la nécessité de ne pas se laisser manquer de travail. Elle se lança dans une ronde systématique de visites et de coups de téléphone. Elle dressa une liste de sujets potentiels dont elle estimait qu'ils seraient de nature à retenir l'attention de ses divers contacts. Elle était fermement décidée à aller n'importe où et à discuter de n'importe quoi. Et elle avait l'avantage de pouvoir, désormais, compter sur sa modeste réputation. Elle s'était fait un nom dans le registre de l'éclectisme et de l'astringence. On la savait capable d'écrire un article bien enlevé, bien informé et bien pensé ; de combiner la véracité avec une approche quelque peu libertaire. Elle était à la fois raisonnablement optimiste et, par instants, terrifiée.

Elle démarra lentement. Un magazine lui confia une enquête sur les vignobles d'Alsace. Puis elle reçut la mission de tracer le profil d'un homme de lettres italien. Peu à peu les choses se mettaient en place. Elle s'alarmait parfois de la modicité de son compte en banque ; à d'autres moments une avalanche de commandes venait témoigner d'une réussite qui lui tournait la tête. Au bout de quelque dix-huit mois elle se sentit en mesure de faire le point avec une certaine objectivité et finit par conclure que les choses allaient bien, qu'elle disposait d'un fonds assez important et qui s'accroissait régulièrement, bref qu'elle pouvait continuer dans la voie qu'elle s'était tracée.

Elle écrivit des articles sur les réfugiés chinois à Hong Kong, sur les mormons de Salt Lake City, sur les aborigènes d'Alice Springs. On ne voyait qu'elle dans les avions. Elle sautait d'un continent à l'autre et elle commença même à se demander si sa perception du temps et de l'espace ne s'était pas pervertie.

Elle passait d'aujourd'hui à demain, assise au beau milieu du ciel en train de se restaurer, ou d'aujourd'hui à hier en regardant un film. Elle bondissait à travers les océans et même les montagnes, insouciante et passive, s'indignant de retards de peu de durée. Ses bonds inconsidérés d'un hémisphère à l'autre lui semblaient tourner en dérision les pénibles et angoissants voyages de la longue et lente conquête du globe. Elle descendait les échelons de la passerelle d'un jumbo à huit mille kilomètres de chez elle et pénétrait dans un décor exotique étouffant avec la complaisance d'une romanesque héroïne de machine à remonter le temps. Lorsqu'elle se surprenait à déplorer avec un compagnon de route qu'il fallût encore vingt-quatre heures pour atteindre l'Australie, elle se sentait radicalement désorientée.

Nous vivons effectivement, se disait-elle, à une époque de globalité. C'est là le hic. Le globe a perdu son mystère et ses terreurs. Il n'a plus d'océans, ni de déserts, ni de forêts. Il se réduit à des zones d'horaires, à des numéros de vols et à des logos de compagnies aériennes. Nous sommes devenus des itinérants. Dans les salles d'attente des aéroports elle contemplait l'expression d'ennui et la tranquillité de tous ces errants qui sillonnent aujourd'hui la planète, vêtus de survêtements et d'anoraks, avec en bandoulière des appareils électroniques et de l'alcool à bon marché, apparemment à l'abri des surprises et comme maîtres de l'univers. Car voilà où nous en sommes. Un étranger, jadis, était un objet d'étonnement. On le questionnait, on l'attaquait parfois, mais on ne l'aurait jamais, pour l'amour du ciel! considéré avec un bâillement d'indifférence.

Dans la Babel linguistique des arrivées et des départs, les hordes migrantes sont à peine conscientes les unes des autres. Elles se déplacent entre des destinations aussi mystérieuses que leurs bagages tournoyant sur les tapis roulants.

À Los Angeles Lucy s'éprit d'un Suédois. C'était un cinéaste spécialisé dans les films documentaires qui parcourait le monde en tous sens, passant d'un hôtel à l'autre sans avoir même le temps d'ouvrir ses valises, et pendant toute la période où sa passion fit rage Lucy eut l'impression de partager avec son amant une sphère secrète flottant en marge de toutes les contingences, quelles qu'elles fussent. Elle s'éveillait, frémissante, au petit matin, à l'appel du téléphone et de la voix de Lennart surgissant de Bangkok, de Sydney ou de Rio. Ils conversèrent ainsi, pendant des semaines et des mois, avec l'intensité propre à une forme d'obsession qu'attisait encore un mépris aussi grandiose des lois de la nature. L'amour est le maître du monde et Lucy prenait plus de plaisir à vivre dans l'attente des appels de Lennart et d'écouter le son de sa voix bourrée à craquer d'implications érotiques qu'à le retrouver quand il atterrissait à Londres ou qu'ils s'arrangeaient pour se retrouver ailleurs. Finalement elle se rendit compte que les joies de l'attente dépassaient depuis longtemps celles de la réalité. Elle continuait à avoir beaucoup d'affection pour Lennart, mais le grand amour n'était plus qu'un souvenir et elle n'était plus assez éprise de lui pour réorganiser son existence de manière à aller passer une nuit avec lui à Paris ou à le regarder dans le blanc des yeux par-dessus une table de restaurant à Milan. Ils se perdirent peu à peu de vue mais Lucy devait, longtemps encore, regretter ces conversations ardentes, ces magiques retransmissions du désir à travers la planète.

Elle avait fait la connaissance de Lennart parce qu'ils s'étaient trouvés côte à côte en train de réserver une chambre dans un hôtel, avaient échangé un regard et s'étaient revus par la suite pour boire un verre ensemble... Il y avait, dans la coïncidence de ces deux arrivées au même moment et au même endroit, quelque chose de si capricieux et de si improbable que, dans la sagesse du souvenir, Lucy ne s'étonnait pas qu'à la fin des fins tout se fût terminé par l'annihilation de la distance et de la tyrannie des pendules. Elle commençait à oublier le visage de Lennart, mais la sonnerie du téléphone, la nuit, continuait toujours à lui mettre le cœur en émoi.

Les choses, au total, allaient plutôt bien. Elle se sentit même suffisamment en sécurité pour changer ses économies en un acompte sur un contrat d'accès à la propriété immobilière et pour prendre une hypothèque. Les sommes d'argent afférentes à ce genre d'opération l'avaient frappée de stupeur. Quel rapport pouvait-il y avoir entre une femme comme elle et un débours de 64 000 livres ? Elle qui avait grandi dans des chambres meublées et des H.L.M., et qui mettait en piles sur la table de la cuisine les quelques picaillons sortis du porte-monnaie de sa mère ! Elle qui avait appris à faire des additions et des soustractions en s'échinant à contrebalancer grâce aux allocations familiales, à la Sécurité sociale et au bonus supplémentaire l'argent du loyer et l'ardoise de Maureen chez les Indiens qui tenaient la boutique du coin de la rue ! Ah, on pouvait dire qu'elle avait drôlement tenu la barre en ce temps-là, et à l'âge de neuf ans ! Et voici qu'à présent, si elle comprenait bien, elle se trouvait devoir des sommes astronomiques à des individus sans visage détenteurs de véritables empires financiers ! Et c'était cela qu'on osait qualifier de garantie de la propriété immobilière ! Alors qu'au bout de quelques mois il fallait renoncer à une partie importante de ce que l'on gagnait ! Et, à la moindre défaillance, on risquait d'avoir de gros ennuis !

Et c'est ainsi qu'une augmentation de 60 livres du remboursement mensuel de son hypothèque allait avoir pour effet de provoquer l'embarquement de Lucy sur un CAP 500*. Ayant lu et relu la lettre de la société immobilière et déplorant les duretés de la conjoncture économique, elle avait fait de rapides calculs. Rien de bien fameux ! Non, vraiment, rien de rien ! Deux mois de rentrées modestes par suite de l'annulation d'une commande, une grosse facture de réparation de plomberie et, pour couronner le tout, cette catastrophe !...

C'est pourquoi elle fut tout ouïe quand, un peu plus tard dans la journée, elle reçut un coup de téléphone du responsable des grandes enquêtes d'un magazine du dimanche. Oui, effectivement, un reportage à l'étranger serait susceptible de l'intéresser. En fait, précisa-t-elle, ça lui serait extrêmement agréable. Et son programme pouvait lui permettre, oui ça tombait bien, de partir rapidement. Les magazines du dimanche ont la réputation de payer largement... Hantée par la perspective de l'aggravation de

---

* Le vol 500 de la Capricorn Air Lines. *(N.d.T.)*

son hypothèque couvant sous la cendre, Lucy annula les engagements dont elle comptait s'acquitter dans le futur immédiat, décrocha son téléphone et appela une agence de voyages pour se renseigner sur les vols à destination de Nairobi.

CHAPITRE DOUZE

Histoire abrégée de la Callimbie

Les limites à l'intérieur desquelles un individu se trouve en mesure de manipuler le cours de l'Histoire se prêtent à un débat extrêmement serré. La théorie de l'Histoire — version « le nez de Cléopâtre » — nous renvoie aux effets d'une opération de la contingence mais elle sous-entend aussi que tout se ramène, en fin de compte, à une question de personnalité. Bon, admettons. Il est clair qu'un dictateur fou furieux et, à l'occasion, un dictateur relativement sensé constituent un facteur déterminant de l'évolution des choses lequel, au surplus, a atteint, dans le courant du XXᵉ siècle, des cimes vertigineuses. La Callimbie devient, désormais, un cas historique, et cela à un point tel qu'il nous faut, inéluctablement, nous pencher maintenant sur la vie d'une certaine Doreen Winterton, née à Bexhill en 1918.

Peu avant le déclenchement de la Seconde Guerre mondiale Doreen Winterton, alors âgée de vingt et un ans, était partie pour l'Égypte en qualité de nurse dans la famille d'un diplomate britannique en poste au Caire. Tandis que la campagne faisait rage en

Libye, elle tricotait tout en bavardant avec les autres bonnes d'enfants sur le gazon émeraude du Sporting Club de Gezira. La guerre se passait bien pour elle et, au cours des hostilités, elle décida de quitter la famille du diplomate pour aller s'installer chez un riche couple libanais dont le mode de vie était plus exotique et qui payait davantage. La mère de famille, au surplus, n'intervenait jamais dans les affaires domestiques, si bien que Doreen régnait en maîtresse absolue dans la nursery et avait à sa disposition une foule de serviteurs. C'était une jeune femme accommodante et aimable et d'un penchant plus cosmopolite que la plupart de ses congénères. Elle avait appris quelques rudiments d'arabe, plus des bribes de français et d'italien. L'Angleterre commençait à s'estomper dans les lointains et n'avait plus, à ses yeux, de grands attraits. Quand, en 1945, ses patrons libanais quittèrent Le Caire pour Marsopolis, où ils avaient de gros intérêts, elle n'hésita pas à les suivre.

Marsopolis se remettait difficilement des déprédations entraînées par la campagne du désert pendant laquelle elle était, à plusieurs reprises, passée des mains des Italiens à celles des Allemands ou des Anglais, pour ne rien dire des bombardements que lui avaient infligés les trois forces navales et des deux sièges qu'elle avait subis. La guerre, vraiment, n'avait pas été tendre pour la capitale de la Callimbie, de telle sorte que la plupart de ses habitants en étaient arrivés à concevoir un dégoût profond et bien compréhensible à l'égard des Européens. D'un autre côté beaucoup d'entre eux avaient tiré grand profit des besoins en ravitaillement des forces armées des trois nations belligérantes. L'argent circulait en abondance et la période de l'après-guerre s'annonçait fort prometteuse. On avait pu réparer et agrandir le port, enlever les décombres, et des blocs d'immeubles en béton commençaient à remplacer les façades du XIXᵉ siècle et les villas edwardiennes.

Doreen se plaisait infiniment à Marsopolis. Avant même que l'année se fût écoulée, elle avait rencontré et épousé Yussuf, un officier de l'armée callimbienne. Elle fit ses adieux à la famille libanaise avec force témoignages d'affection réciproque et s'implanta dans une existence heureuse et de maîtresse de maison et de maman. Elle donna à Yussuf trois filles consécutives et, enfin, le fils tant attendu, Omar !... Événement par la grâce duquel ses beaux-parents qui s'étaient jusque-là montrés rétifs lui pardonnèrent les trois filles et la couvrirent de cadeaux et de mille et une attentions. Ses propres parents l'avaient reniée au moment de son mariage — rupture qui, avec le passage des années, la perturbait de moins en moins. Elle vivait sur un pied incomparablement supérieur à celui qui aurait été le sien à Bexhill. Elle disposait d'une villa confortable, d'une cohorte de domestiques et elle n'avait pas grand-chose à faire sinon assurer la bonne marche de la maisonnée, tâche à laquelle l'avait bien préparée son apprentissage au réputé Norland Institute. Elle parlait à présent l'arabe très couramment. Elle s'était, au début, entretenue avec ses enfants en anglais mais, par la suite, s'était irritée de leur difficulté à assimiler sa langue maternelle et elle y avait renoncé. La réserve et le décorum qui vont de pair avec la condition d'une femme musulmane trouvaient un écho favorable dans une disposition de sa nature à la pruderie. Elle portait le tchador avec enthousiasme et s'épanouissait dans une claustration pleine de commérages et d'intrigues avec les éléments féminins de la très nombreuse famille de Yussuf. Ce *modus vivendi* n'était pas tellement différent de celui qu'elle avait connu avec ses copines de Gezira. Pour ne rien dire de l'avantage supplémentaire d'avoir à son service toute une cour de favoris qui vous débarrassaient des gosses à point nommé et de se contenter de frapper dans ses mains pour qu'on vous apportât une tasse de café ou un plateau débordant de sucreries.

Marsopolis connaissait un nouvel essor. On avait reconstruit la corniche, et les hôtels et les restaurants avaient rouvert leurs portes. Des tours surgissaient en plein centre de la ville, rapetissant la statue de la sœur de Cléopâtre à Tahriya Square (précédemment Piazza Benito Mussolini ; précédemment encore place Napoléon). Dans les faubourgs et tout au long de la côte les villas faisaient leur réapparition, enrobées de stuc rose et luisantes de blancheur, drapées dans leurs bougainvilliers et dans la gloire du matin. Des yachts et des canots à vapeur circulaient entre les bateaux de pêche au-delà du port. Les plages scintillaient des brillances de la chair huilée de la *jeunesse dorée** de la Callimbie.

Omar avait six ans quand Doreen se trouva, une fois de plus, enceinte. Et ce fut le drame. Le bébé (un garçon, pour comble de malheur) était mort-né et Doreen décéda des suites de son accouchement. Yussuf était anéanti. Son mariage avait été des plus heureux et il s'était comporté en époux fervent. Pendant six mois il fut inconsolable puis, finalement, il céda à la pression familiale Il s'était, jusque-là, abs-

172

tenu de prendre la seconde femme à laquelle lui donnait droit la loi musulmane, en partie par respect pour les susceptibilités culturelles de Doreen et également parce qu'il n'en avait pas envie. Cette fois il se procura rapidement deux nouvelles épouses : une matrone pour s'occuper des enfants et de la maison ; et une autre, plus jeune, pour satisfaire d'autres besoins. Les trois filles et le petit Omar s'adaptèrent du mieux qu'ils purent au nouveau régime. De telle manière qu'au bout de quelques années les échos de Bexhill et du Sporting Club de Gezira, réduits à ne plus être que des souvenirs, s'attardèrent seulement dans les réminiscences du folklore familial et dans quelques clichés typiques revenant sur les lèvres des enfants qui, après tout, étaient à demi anglais. À peine les filles étaient-elles entrées dans l'adolescence — Omar avait alors dix ans — que leur mère n'était plus qu'un assemblage de photographies dans un album, un résidu de divertissements dans la nursery et quelques accessoires démantibulés : des hochets, des tables de jeu, et parfois une expression revêche sur le visage d'Amina et de Nadia, les deux épouses qui lui avaient succédé et qui savaient parfaitement, l'une comme l'autre, ce en quoi elles lui étaient — et lui seraient toujours — inférieures. Yussuf, pour sa part, se laissait glisser, avant l'âge, dans une prévieillesse. Il passait désormais le plus clair de son temps à la caserne avec ses copains. La maisonnée effaçait peu à peu le souvenir de Doreen en s'employant de toutes ses forces à devenir aussi callimbienne que possible.

La Callimbie elle-même avait cessé de dépendre de la domination d'une puissance étrangère en matière d'assistance, de protection, d'avis éclairés, appelez ça comme vous voudrez... Les Callimbiens, dorénavant, avaient tout loisir de gouverner eux-mêmes les Callimbiens — ou, le cas échéant, de les exploiter, de les opprimer ou de les abuser et de s'atteler à ce genre de tâche avec infiniment d'entrain. Une période initialement chargée de promesses placée sous l'autorité d'un gouvernement relativement stable qui s'efforçait de promouvoir une politique éclairée de réforme de l'enseignement et d'expansion économique céda la place à une décennie d'incertitudes vacillantes où se succédaient des régimes on ne peut plus précaires et où la nation passa du boom de l'après-guerre à l'endettement et à l'insolvabilité. La corruption devint la règle. Ici et là des fortunes s'édifiaient qui, sans tarder, étaient planquées dans des banques suisses. Le citoyen moyen s'enfonçait chaque jour davantage dans la pauvreté et, amèrement désillusionné, regardait avec effarement des bandes rivales se lancer des invectives à la tête cependant qu'un tout nouveau sauveur, tout juste proclamé, se voyait chasser du pouvoir ou disparaissait dans des circonstances on ne peut plus mystérieuses.

Les Américains, les yeux fixés sur les virtualités de développements stratégiques, s'immiscèrent, bien entendu, dans les affaires du pays. Les Russes et les Chinois, de leur côté, s'infiltrèrent par tous les interstices possibles et imaginables. Les grandes puissances ne cessaient de rivaliser en propositions d'envoi de conseillers et d'experts en matière de technologie et d'approvisionnement en produits de consommation divers s'étageant du lait en poudre à la fourniture en gros de matériel électronique destiné aux établissements — farouchement protégés — de recherche et de développement installés en plein désert. Les prospecteurs de pétrole qui, depuis pas mal d'années, continuaient placidement à forer le sol, finirent un jour par tomber juste. Le précieux liquide commença à jaillir — modestement selon les standards du Moyen-Orient — mais assez quand même pour être une source d'or. Moyennant quoi l'attention de ceux qui portaient impartialement intérêt à l'avenir de la Callimbie redoubla naturellement de vigueur, de même que la frénétique course au pouvoir de ceux des Callimbiens qui estimaient être les seuls capables de mener à bien le pays. Au début des années 90, on en était déjà à compter huit changements de régime au cours de la précédente décennie, quatre coups d'État — avec, ou sans, effusion de sang —, sept ministres assassinés et une petite révolution. Ceux des Callimbiens qui avaient une bonne mémoire durent se poser des questions quant à la nature de ce qu'on appelle le progrès.

Le jeune Omar, suivant en cela son père, était entré dans les forces armées de son pays. Mais la similitude se bornait là. Yussuf était un officier pointilleux et d'une conscience exemplaire. Il manquait peut-être d'imagination et il était sans doute trop enclin à attribuer une place excessive au côté bureaucratique et disciplinaire de la vie sous les armes, mais il faut bien reconnaître qu'il n'avait jamais eu l'occasion de passer à l'action et qu'il avait principalement opté pour ce genre de carrière parce qu'il souhaitait mener une existence respectable et relativement peu astreignante. La vocation d'Omar allait prendre, elle, une tournure très différente. Il n'avait pas tardé, en effet, à se créer une réputation d'officier insubordonné, tortueux et capable de violence, dispositions qui n'allaient pas sans inquiéter ses supérieurs, lesquels avaient, eux, pour mission de former des combattants. Il passait également pour être doté d'un certain charisme. Beaucoup de ses pairs le redoutaient ; d'autres gravitaient autour de lui. Les hauts gradés restaient méfiants et inclinaient à détourner de lui leurs regards, essayant sans doute de se persuader qu'un phénomène fâcheux et un tantinet préoccupant finit par disparaître si on fait mine de ne pas le voir. Erreur grossière, bien entendu. À mesure que le temps s'écoulait, l'intraitable et irascible Omar accentuait son emprise sur une clique d'esprits subversifs : il était devenu le pôle d'attraction des éléments destructeurs et forcenés d'une société instable. Bien qu'il fût impossible de comprendre avec netteté ce qu'il proposait, ou ce qu'il représentait, et de mettre au clair ses idées et ses objectifs politiques, il est certain que sa puissance et le succès de ses méthodes tenaient uniquement à la fureur de sa détermination et à une concentration d'ambitions proche de la mégalomanie qui magnétisaient et enflammaient la cohorte toujours plus serrée de ses partisans. Ceux qui observaient et jaugeaient la situation en étaient pétrifiés.

Comment l'union d'une Anglaise élevée dans une tradition scrupuleuse et d'un Callimbien policé et respectueux des lois avait-elle pu produire un tel renégat de l'ordre établi demeure un mystère. Qu'il nous suffise de dire qu'à l'âge de quarante et un ans, Omar, en pleine forme et entièrement dénué de sens moral, éperdument fasciné par un destin national promis à son talent, se trouva surgir de l'ombre en rugissant, à l'heure ponctuelle et prédestinée. Le gouvernement d'alors, un bric-à-brac fissuré prêt à l'effondrement, ne se rendit pas compte de ce qui avait bien pu l'anéantir. En moins de vingt-quatre heures la prison de Masrun était pleine à craquer, plusieurs personnes portées disparues, le palais de Samara, le Centre national de la radio, l'aéroport, les casernes et, à vrai dire, tous les points vitaux de la capitale occupés par les amis d'Omar. Quant à lui il s'était, de son propre chef, proclamé président, chef de la police et commandant suprême des forces armées.

DEUXIÈME PARTIE

Un

« Et à quelle date souhaiteriez-vous faire ce voyage ?

— Oh, dans le courant de la seconde semaine de septembre, dit Howard. Avec le retour une quinzaine de jours plus tard. »

Ce qui, se dit-il, lui permettrait de rentrer largement à temps pour le début du trimestre. À présent qu'il en avait fini avec la corvée de la collecte des fonds, qu'il avait en poche son autorisation de congé et que la perspective du départ était nettement en vue, il éprouvait une espèce de puérile surexcitation.

La jeune fille assise derrière le comptoir de l'agence de voyages examina attentivement l'écran de son ordinateur. « Vous dites le mardi 9 ?... Oui, il y a un vol à 10 h 30. Et pour le retour Nairobi-Londres, oui, il y a un vol le 23 à midi.

— Ça me va tout à fait.

— Un instant. Je vérifie les disponibilités. »

Des posters reluisants étaient disposés derrière la tête de la jeune employée. Un coucher de soleil aux Seychelles. La plage de Miami. L'automne dans le

Vermont. Tous ces endroits dont j'ignore tout ! se dit Howard. Un assortiment de strates géologiques, voilà à peu près tout ce que je connais. « Je n'ai jamais été en Afrique, avoua-t-il.

— Ah vraiment ? dit la jeune fille. Une seconde, on me confirme qu'il y a des disponibilités. Voulez-vous que j'établisse dès maintenant les réservations ?

— Oui, s'il vous plaît.

— J'aurai les billets au début de la semaine prochaine. Comment souhaitez-vous régler ?

— Avec une carte de crédit, dit Howard. Je passerai les prendre. Merci mille fois.

— Eh bien, il me reste à vous souhaiter un excellent voyage. »

« Te voilà encore en route ! dit l'amie de Lucy qui travaillait dans une agence de voyages. Et Nairobi, ce coup-ci ! Je croyais pourtant que tu m'avais juré que tu ne remettrais plus les pieds en Afrique après ta balade à Ibadan !

— Oui, mais les mendiants n'ont pas le choix. Je suis fauchée et la paie est bonne.

— Et il te faudrait quelque chose vers le milieu du mois ? Attends une minute, je regarde... Oui, il y aurait une possibilité vers le 15 — ça t'irait ?

— Ça m'irait très bien.

— Et, par-dessus le marché, il y a des places libres. Bon, alors, entendu ! Au fait, où en es-tu de tes vaccins ? Il en faut une tonne pour ces pays-là, hein, tu te rappelles ? La typhoïde, le tétanos, qu'est-ce que je sais encore ! Tu n'as qu'à dire ce qu'il te faut, ils sont à tes pieds !

182

— J'ai l'impression d'être en deçà des dates limites, mais je vérifierai.

— Ma mère, figure-toi, a attrapé la typhoïde à Singapour, dit l'amie de Lucy et, vraiment, elle n'avait pas besoin de ça ! Et elle a été malade pendant trois jours ! Tu sais ce que tu devrais faire, demander...

— Oh, bon sang, c'est toi qui m'y fais penser ! Eh oui, ma mère... J'avais oublié que son anniversaire tombe le 18 ! Écoute, tu n'aurais pas par hasard un vol un petit peu plus tôt ? De manière, tu comprends, que je puisse être rentrée à temps...

— Attends que je regarde... Le mardi 9, qu'est-ce que tu en dis ? 10 h 30. Départ de Heathrow.

— Ça me va tout à fait », dit Lucy.

Howard fit ses bagages pendant le week-end. Il s'y attela à plusieurs reprises, arrangeant et réarrangeant les moindres détails dans le vain espoir de n'avoir à transporter qu'une seule valise. Il avait devant lui un assortiment de chemises à manches courtes en coton, de même qu'une provision de caleçons également en coton — cela en prévision de l'extrême chaleur contre laquelle n'avait cessé de le mettre en garde, avec la plus vive insistance, son nouvel ami du Muséum d'histoire naturelle de Nairobi, John Olumbo. Également des chaussures d'escalade, pour le cas où il pourrait faire une excursion. Quelques tirés à part et des livres qu'avait demandés Olumbo. Il enveloppa les chaussures dans deux ou trois pages de *The Independent* qui, un instant, retinrent son attention parce qu'on voyait sur l'une d'elles une photo de la sœur de Cléopâtre à Marsopolis. Il ignorait, pour sa part, que Cléopâtre ait eu une sœur. L'article en question traitait de l'instabilité politique en Callimbie, mais Howard ne prit pas le temps de le lire. Il se demanda ce qu'il pourrait bien apporter à Olumbo à titre de cadeau personnel et finalement se décida, sans enthousiasme particulier, pour une bouteille d'alcool qu'il n'aurait sûrement pas de peine à se procurer, hors taxe, à l'aéroport.

Divers carnets de notes et autres documents de base trouvèrent aisément leur place dans un petit havresac qu'il s'arrangerait pour présenter comme bagage à main. Il y entassa aussi une chemise de rechange, un sweater et ses affaires de toilette, plus un bouquin, œuvre de l'un de ses collègues. Il achèterait quelque chose de plus facile à lire à Heathrow. De la crème à bronzer et quelques bâtonnets de produits insecticides seraient sans doute aussi une bonne idée. Il vérifia, pour la centième fois, son passeport et son visa. Il attendait avec une impatience tout à fait inhabituelle cette incursion lointaine ! Et, effectivement, il avait hâte de voir ce qui l'attendait au Muséum d'histoire naturelle de Nairobi. Il y trouverait sûrement des spécimens des schistes de Burgess, bien qu'il lui fût difficile d'en prévoir exactement l'importance. C'était, de toute manière, une singulière aubaine d'avoir eu cette occasion de se rendre dans un pays totalement étranger et d'y rencontrer des inconnus. Olumbo, en tout cas, était une personne infiniment agréable. Ce voyage, véritablement, lui fournissait l'échappée idéale avant les *longueurs* de la nouvelle année universitaire et l'hiver londonien.

Il vérifia une fois encore le contenu de sa valise et y ajouta un compas et des jumelles, attiré qu'il était par l'éventualité d'une excursion sur le terrain.

Lucy passa toute la journée du lundi à écrire un article. Elle en vit le bout vers les six heures du soir, le transmit à destination par fax et put enfin aller rejoindre quelques amis pour le dîner. Il était plus de 10 heures quand elle revint chez elle, mais elle ne mit que vingt minutes à boucler sa valise. Elle n'en emportait jamais qu'une seule quand il lui arrivait de partir en voyage, et encore de telles dimensions qu'il lui fût possible de la faire accepter comme bagage à main sur n'importe quelle ligne aérienne. Elle y mettait en priorité ses articles de toilette, une robe de chambre et un séchoir à cheveux. Après quoi il ne s'agissait plus que d'ajouter une petite garde-robe indispensable et ce, naturellement, en fonction des exigences du climat lesquelles, dans le cas présent, étaient d'une simplicité enfantine : une jupe de coton et quelques chemisiers. Plus une robe en prévision, sait-on jamais ? d'une cérémonie où il y aurait lieu d'afficher un peu plus d'élégance vestimentaire et deux paires de sandales. Elle voyagerait, comme toujours, en pantalon avec un T-shirt, un sweater et une veste.

À 22 h 30 elle téléphona à sa mère.

« On peut dire qu'il y en a qui ne s'en font pas ! s'exclama Maureen. Alors, comme ça, tu t'en vas te prélasser dans une île des Tropiques !

— Il s'agit de *boulot* ! M'man. Comme toujours d'ailleurs et ce n'est pas du tout dans une île des Tropiques. »

Après quoi elles discutèrent de choses et d'autres jusqu'à ce que Bruce, qui était le contraire d'un couche-tard, donnât des signes d'irritation à l'arrière-plan. « Je te reverrai le 18, dit Lucy. Et je t'apporterai une noix de coco pour ton anniversaire. »

Elle raccrocha et jeta un ultime coup d'œil à sa valise. Elle y enfourna un costume de bain et un exemplaire de *Anna Karénine*. Il est toujours recommandé d'avoir avec soi un long et passionnant roman. On ne sait jamais ce qu'il pourra y avoir comme délai...

Howard arriva au terminal 3 de l'aéroport de Heathrow dix minutes avant l'heure prescrite pour les formalités d'enregistrement. Il se sentait plutôt mal fichu. Il s'était trouvé dans un métro archicomble et il avait été obligé de rester debout, avec son havresac en bandoulière sur l'épaule et chevauchant tant bien que mal ses deux valises. Mais, au moins, il était en avance et le vol qu'il devait prendre figurait bel et bien sur le tableau des départs sans la moindre indication de retard ou de contretemps. Il se dirigea sans délai vers le plus proche comptoir de la British Capricorn.

« Fumeur ou non-fumeur ?

— Non-fumeur, je vous prie. Un coin fenêtre, si possible. »

Le préposé lui tendit sa carte d'embarquement. « Place 39 K. Coin fenêtre. Porte 19. On vous appellera vers 9 h 45. »

Howard se dirigea vers les boutiques hors taxe et passa dix bonnes minutes à se demander si Olumbo aimerait mieux du whisky ou du cognac. Il acheta ensuite un journal et deux livres de poche. Il fit également l'emplette d'un tube de crème à bronzer et d'une petite provision de produits destinés à éloigner les insectes. Les aiguilles de la pendule étaient maintenant sur le point d'atteindre les 9 h 35, ce qui lui laissait juste assez de temps pour avaler une tasse de café. Il empila ses bagages à la seule table encore libre de la cafétéria et alla faire la queue devant le bar, non sans jeter de temps à autre un regard vigilant sur son havresac — un truc en nylon d'un bleu criard qu'il avait acheté lors d'un de ses voyages d'études au Canada après avoir délibérément choisi cette couleur tape-à-l'œil en se persuadant que, s'il dégringolait d'une falaise rocheuse, son cadavre, au moins, serait plus facile à repérer par les membres de l'équipe de secours.

Ayant bu son café, il enleva son anorak et commença à lire son journal tout en décochant de fréquentes œillades au tableau de signalisation. C'était un voyageur pétri de scrupules, hérités peut-être des habitudes familiales contractées au cours de son enfance, période où, pratiquement toujours, on arrivait si longtemps à l'avance pour être sûrs de ne pas manquer le train qu'on prenait le précédent. Il s'aperçut aussi que la ligne du CAP 500 était montée tout en haut du panneau, notifiant l'embarquement avant même que le haut-parleur l'ait annoncé. Il se leva sur-le-champ et se dirigea vers les portes donnant accès aux avions.

« Fumeur ou non-fumeur ?

— Non-fumeur. Un coin fenêtre, s'il vous plaît.

— Attendez... non, malheureusement, plus de fenêtre.

« — Tant pis, dit Lucy. L'avion est-il à l'heure ?

— Oui, oui. Pas de bagages à enregistrer ?

— Aucun. Je n'ai qu'un bagage à main.

— Ça alors, remarqua l'employée, on peut dire que vous élevez le style de vos déplacements à la hauteur d'un des beaux-arts, hein, vous ne trouvez pas ?... Tenez, voilà votre billet — 39 J. Porte 19.

— Oh, au fait, vous m'avez bien donné une place côté couloir ?

— Non, vous êtes dans la partie centrale... Vous préférez côté couloir ?

— Oui, j'aimerais mieux, si possible... Excusez-moi, j'aurai dû le préciser.

— Aucun problème. Je vais vous donner une autre carte d'embarquement ; voici, cette fois vous avez le 36 H. Je vous souhaite à nouveau un excellent voyage. »

Juste le temps de prendre un café. Elle fit main basse sur une poignée de journaux à la boutique *ad hoc* et prit le chemin de la cafétéria. Elle attendit son tour devant le comptoir et puis, tenant sa tasse, jeta un coup d'œil aux alentours pour voir s'il y avait une place libre. La table la plus proche était occupée par un homme en train de lire *The Independent* qu'il appuyait contre son sac. Lucy s'avança pour aller s'asseoir sur la chaise en face de lui mais, s'apercevant qu'un peu plus loin une famille indienne se levait pour partir, elle changea d'avis et s'installa à leur place.

Elle ne tint aucun compte du premier appel, absorbée qu'elle était dans la lecture de ses journaux. Elle avait vraiment le chic pour dépouiller d'un trait une page entière de nouvelles, pour isoler ce qui valait la peine d'être lu et se contenter d'un simple coup d'œil sur les sujets qui méritaient simplement d'être notés. Dans cette catégorie elle remarqua, dans une rubrique intitulée *En bref*, quelques lignes signalant des troubles à Marsopolis, la capitale de la Callimbie. Elle laissa les journaux sur la table à l'exception de deux qu'elle tassa comme elle put dans son sac. Le haut-parleur, à présent, lançait son dernier appel et elle pressa le pas en direction de la porte d'embarquement pour, aussitôt, s'en éloigner à toutes jambes, s'étant rendu compte qu'elle avait laissé à la cafétéria sa bien-aimée veste en cuir noir. Par la miséricorde des dieux elle était toujours là.

Deux heures après le décollage, on servit le déjeuner et Howard cessa de se concentrer sur son livre. Il n'avait rien fait d'autre, bien entendu, que tirer à la courte paille pour ce qui était de sa place d'avion et, par malchance, il se trouvait assis à côté de deux représentants en ordinateurs qui en étaient à leur troisième Bloody Mary et se racontaient d'interminables anecdotes que, hélas, il était bien forcé d'écouter. Le seul espoir qui lui restât était que le mélange de boisson et de nourriture les plongeât dans un profond sommeil pendant le reste du voyage. Il mangea sans entrain sa salade de fruits de mer et son bœuf Stroganoff avec une sensation de mal à la tête imminent. La joyeuse humeur dans laquelle l'avaient mis ses anticipations africaines avait beaucoup perdu de sa vivacité mais il continuait à espérer que les choses s'arrangeraient dès l'arrivée à Nairobi. À peine l'hôtesse l'avait-elle débarrassé de son plateau qu'il se leva, histoire de se dégourdir les jambes et d'aller se rafraîchir.

Une file d'attente s'étirait devant les toilettes. Il resta debout à regarder par le hublot le tapis de nuages capitonnés qui s'étendait à perte de vue. Devant lui se tenait une jeune femme aux cheveux noirs bouclés coupés court. Elle prenait appui sur la cloison et lisait — il s'en aperçut — *Anna Karénine*. Elle leva les yeux et croisa son regard. Howard, aussitôt, concentra de nouveau son attention sur le hublot, gêné d'avoir pu paraître indiscret.

L'avion, apparemment, était presque complet. Avec, de surcroît, une cargaison très cosmopolite : un ensemble de visages japonais, une enclave indienne fourmillant de jeunes enfants dont les petites têtes montaient et descendaient dans les intervalles entre les sièges et une grande quantité d'Africains. Un pan entier de l'appareil semblait être le fief d'un groupe d'Américains — tous de sexe masculin, et les cheveux coupés ras à l'ancienne mode — que Howard, leur prêtant astucieusement l'oreille, finit par identifier. Ils constituaient l'état-major d'une école tenue par des missionnaires qu'ils rejoignaient, de retour de vacances. Il s'amusa aussi à repérer les différentes langues. Il catalogua ainsi de l'anglais, de l'arabe, du japonais, de l'allemand, hésita en présence de quelque chose de scandinave qui aurait pu être du suédois ou du norvégien, ou à la rigueur du danois, crut reconnaître du swahili et finalement renonça à son décompte. On commençait à préparer l'écran pour le film — spectacle qui, avec un peu de chance, ferait peut-être taire ses voisins. Les Japonais se prenaient en photo à tour de rôle. Il décida de regagner son fauteuil.

« Ah merde ! dit la jeune femme assise à côté de Lucy. C'est encore ce film où il y a trois types qui essaient de se débrouiller avec un bébé. Je l'ai déjà vu. Si j'avais su qu'ils allaient nous ressortir ce machin-là, j'aurais pris le vol de jeudi ! »

Lucy se borna à esquisser un sourire peu compromettant. Elle n'ignorait plus rien des activités professionnelles de sa compagne de voyage à l'ambassade des États-Unis à Nairobi, de ses vacances en Floride, de son petit ami qui travaillait dans le bâtiment. Ah oui, vraiment, Anna Karénine s'était mal acquittée de son rôle protecteur !

« Et vous, vous l'avez vu ?

— Non, dit Lucy avec fermeté. Mais, de toute façon, je crois que je vais essayer de dormir un peu. » Sur quoi la jeune femme se tourna mélancoliquement vers le magazine de la compagnie aérienne niché devant elle dans la case réservée à cet effet. On commençait à tirer les rideaux. Lucy jeta un regard en biais à sa voisine et constata qu'elle avait mis ses écouteurs et dardait ses regards vers l'écran. Elle se demanda, un instant, si elle allait rallumer sa lampe de chevet et poursuivre sa lecture d'*Anna Karénine*.

Howard somnolait. Ses voisins, terrassés par l'alcool, ronflaient ainsi qu'il l'avait espéré. L'avion bourdonnait et vrombissait tout autour de lui. Des bribes de conversation s'infiltraient dans son sommeil et il continuait à avoir mal à la tête. Un début de turbulence le ramena confusément à une prise de conscience passagère. Il ouvrit les yeux et perçut des lueurs qui scintillaient sur l'écran, des silhouettes qui parlaient et gesticulaient. Il referma ses paupières et retomba dans un état de semi-torpeur bruissante et palpitante. Il rêva qu'il tenait dans ses mains un spécimen d'*Hallucigenia* en plastique, de toute évidence promis à un rôle de jouet. Il eut l'impression que de lointaines hordes psalmodiaient un refrain, comme les supporters pendant un match de football.

Et puis, subitement, quelqu'un dit à haute voix : « Et alors, où est passée la fin du film ? » Howard, cette fois, s'éveilla en sursaut. Les lumières étaient revenues de toutes parts et l'écran était vide. D'un bout à l'autre de l'avion les gens s'ébrouaient et s'agitaient. Le signal ATTACHEZ VOS CEINTURES était allumé. Un membre de l'équipage galopait le long d'un des couloirs de l'appareil. Les représentants en ordinateurs avaient fini par se réveiller et contemplaient la scène d'un œil encore ensommeillé. « Sacrédié, s'exclama l'un d'entre eux, nous voilà déjà arrivés ? J'avoue que je serais volontiers resté encore un peu au plumard ! »

Howard remonta le store du hublot et regarda à l'extérieur. La nuit n'était pas encore tombée et le manteau blanchâtre des nuages s'étendait toujours à perte de vue... Il était délicatement teinté de gris et plus loin vers les confins de l'horizon, irisé d'abricot par les reflets d'un soleil invisible. Il consulta sa montre. Il y avait quatre heures et demie qu'ils s'étaient mis en route.

Les passagers donnaient de plus en plus de signes d'agitation. Certains qui se dirigeaient en hâte vers les toilettes se voyaient refoulés par des membres de l'équipage. D'autres se haussaient inconfortablement au-dessus de leur siège. L'un des Indiens s'était levé et vociférait quelque chose à l'adresse d'un steward, lequel ne lui prêta aucune attention et disparut dans la section « affaires ». L'avion semblait perdre de la hauteur. Et le désordre et l'émotion ne cessaient de s'amplifier.

Le haut-parleur, subitement, se mit à crépiter : « Votre attention, s'il vous plaît. Ici, le commandant Soames. Nous avons des problèmes de réacteurs et allons devoir nous poser sur l'aéroport de Marsopolis. Nous avons reçu l'autorisation d'atterrir et commencerons notre descente dans quelques minutes. Nous vous prions de nous excuser de ce contretemps et espérons être à même de vous informer dès que possible de la durée probable de cette escale forcée. »

Le plus proche voisin de Howard commença à se répandre en gémissements : « Ah, merde et merde et merde ! Il y a toutes chances maintenant pour qu'on passe la nuit au *Holiday Inn* de cette foutue Marsomachinchose ! Hein, vous ne croyez pas que ça nous pend au bout du nez ?

— Au fait, vous savez, vous, où se trouve ce sacré bon Dieu de patelin ?

— Je crois que ça se trouve quelque part sur la côte nord-africaine, sauf erreur de ma part, bien entendu... »

L'homme se tourna vers Howard : « Et vous, par hasard, vous le connaissez, ce bled ?

« — C'est la capitale de la Callimbie, dit Howard. C'est tout ce que j'en sais. »

Les membres de l'équipage distribuaient à droite et à gauche une profusion de sourires rassurants. Les stores des hublots, dans un crépitement de crécelles, remontaient les uns après les autres. Il y eut une zone de turbulence à traverser tandis que l'appareil perdait de la hauteur. Un bébé commença à pleurer.

« Seigneur Dieu, s'écria la jeune femme de l'ambassade des États-Unis à Nairobi, croyez-moi si vous voulez, mais Larry avait réservé tout exprès une table dans le meilleur restaurant de la ville pour célébrer nos retrouvailles, vous comprenez. Eh bien, je crois que cette petite fête va me passer sous le nez ! » Elle jeta un coup d'œil à l'extérieur et changea d'expression. « Ou alors, s'agirait-il par hasard de ce qu'ils ont l'habitude de raconter quand on va s'écrabouiller par terre et qu'ils préfèrent parler d'autre chose ?

— Je n'en sais rien, dit Lucy, mais je ne le pense pas. Je me suis déjà trouvée dans un avion qui avait des problèmes de réacteurs comme celui-ci et tout ce qu'il y a eu, c'est qu'on a atterri et qu'on en a pris un autre. C'est comme ça que ça s'est terminé.

— Eh oui : que ça s'est *terminé*! C'est justement de ça que j'ai peur. Enfin, bon, tant pis !... La ville où on doit aller, elle est sur la côte, si j'ai bien compris ?... Peut-être qu'on pourra aller faire un tour sur la plage pendant qu'ils répareront ?... »

Ils ont aussi des problèmes d'ordre politique, se dit Lucy. Le bruit a couru, si je ne me trompe, qu'il y

194

avait des accrochages au quartier général de l'armée. Je devrais en savoir davantage sur la Callimbie ! Le pétrole... Les boîtes de dattes qu'on achète à Noël... Les changements de gouvernement tous les six mois !

Ils étaient de retour dans la masse de nuages à présent. Une brume laiteuse collait aux hublots et l'appareil tanguait de plus en plus. Le bébé pleurnichait toujours et quelqu'un, soudain, se mit à vomir.

Howard aperçut à l'horizon un ensemble d'installations aéroportuaires. L'appareil se dirigeait vers elles, lentement, pour finalement s'arrêter sur un vaste terre-plein de béton. Il y avait là beaucoup de monde, surtout des soldats en armes, le fusil en bandoulière. Un spectacle qui l'emplit de stupéfaction. Comme, également, le fait que presque tous les véhicules qui circulaient de-ci de-là étaient des voitures de l'armée. L'unique avion visible à terre portait le logo de la ligne aérienne locale. Il y avait, en outre, plusieurs hélicoptères dépourvus de signe distinctif.

L'équipage, à présent, s'affairait autour de la porte de sortie. Cinq minutes s'écoulèrent. Puis dix. Les passagers s'énervaient. Les enfants s'étaient échappés et gambadaient à droite et à gauche. Le signal ATTACHEZ VOS CEINTURES était toujours allumé mais plusieurs voyageurs ne s'en étaient pas moins levés et fourrageaient dans les compartiments à bagages placés au-dessus de leurs têtes pour récupérer leurs affaires.

« Flûte alors, dit le représentant en ordinateurs. Il faut absolument que je passe un coup de téléphone à ma boîte ! »

Plusieurs véhicules étaient venus, dans l'intervalle, s'agglutiner autour du nez de l'appareil. Des gens hissaient une passerelle, essayant de la mettre en position. Une grande activité se déployait maintenant à terre, on voyait courir des silhouettes dans tous les sens. Puis un minibus fit son apparition. L'équipage de l'avion surgit subitement sur le tarmac avant de s'y regrouper en bon ordre. Howard eut l'impression qu'une discussion assez tumultueuse venait de s'engager. Il pouvait voir le commandant de bord s'en prendre énergiquement à un bonhomme vêtu de noir. Et puis voilà que des soldats encadrèrent les membres de l'équipage et les entraînèrent vers le minibus. Une hôtesse de l'air qui, apparemment, refusait d'y monter se vit, sans ménagement, enfournée à l'intérieur.

Le voisin de Howard était, lui aussi, en train d'écarquiller les yeux. « Sacré bon Dieu, demanda-t-il, qu'est-ce que tout ça peut bien signifier ?

— Je ne sais pas, dit Howard. J'ai l'impression qu'ils évacuent l'équipage en priorité. »

Une effervescence d'un autre ordre semblait tout à coup s'être déclenchée à l'intérieur de l'appareil. Howard se leva de son siège pour regarder ce qui se passait à l'avant et constata que plusieurs silhouettes se déplaçaient le long des couloirs latéraux.

« C'est sûrement une formalité d'immigration, dit le représentant en ordinateurs. Une simple question de vérification de passeports. Mais, sacré bon Dieu, pourquoi ne nous emmènent-ils pas dans les bâtiments de l'aéroport pour régler ça tranquillement ? »

Quand le personnage chargé de l'opération fut arrivé à leur hauteur, ils se rendirent compte qu'il engloutissait les passeports dans un grand sac en toile. Un petit groupe de soldats marchait sur ses talons.

« Qu'est-ce que tout ça peut bien signifier ? dit le représentant. Non, ah ça non ! Voilà mon passeport, vous pouvez le vérifier, mais surtout n'oubliez pas de me le rendre !

— Remettre tous les passeports, compris ?

— Je vous ai déjà dit que non. O.K. ? Vous le vérifiez sur place. Un point c'est tout. »

L'un des soldats fit un pas en avant, baissa la tête et se mit à pousser des hurlements incompréhensibles.

Le représentant perdit pied : « Pour l'amour du ciel ! Bon, bon... Tenez, le voilà ! »

Howard, à son tour, alla chercher son passeport dans sa poche et le remit au chef de l'opération. La cavalcade passa à la rangée suivante.

« Dieu tout-puissant, qu'est-ce que c'est qu'un endroit pareil ? Ils feraient pas mal de prendre quelques leçons de relations publiques !

— Ils ignorent probablement ce que l'on entend par industrie du tourisme », remarqua l'autre représentant.

Tous les passagers s'étaient mis à jacasser. Des têtes apparaissaient au-dessus des sièges, les yeux accompagnant la progression des collecteurs de documents et des militaires qui leur servaient d'escorte. Un des Américains se leva et commença à s'inscrire dans leur sillage. Howard l'entendit dire : « Excusez-moi... Eh là, s'il vous plaît, excusez-moi... »

L'un des soldats se retourna et s'avança vers lui précipitamment tout en braillant une injonction.

« Écoutez, insista l'Américain, certains d'entre nous se demandent vraiment... »

Le soldat lui flanqua un coup de crosse dans l'estomac et le malheureux s'écroula lourdement.

Le représentant pivota sur lui-même : « Et alors, vous avez vu ça ? dit-il à Howard. Non mais c'est de la folie ! Eh bien, je vais vous dire une bonne chose : je déposerai une plainte dès mon retour au Royaume-Uni ! »

« Savez-vous qu'on est coincés là depuis exactement vingt-cinq minutes ? dit la jeune femme de l'ambassade. Enfin, vraiment, c'est complètement ridicule ! Et pourquoi donc ont-ils emporté nos passeports ? Ça, franchement, ça me dépasse.

— Et moi aussi », dit Lucy. De l'endroit où elle était assise, elle ne pouvait pas voir grand-chose — assez cependant pour se rendre compte que, de temps à autre, une camionnette, ou un fourgon, s'aventurait sur le tarmac et qu'il y avait sur la piste un certain nombre de gens qui, pour la plupart, semblaient avoir les yeux rivés sur l'avion.

Les collecteurs de passeports et les militaires remontaient à présent vers l'avant de l'appareil. Les civils disparurent mais un soldat continua à se tenir en faction devant le rideau donnant accès à la « classe affaires ».

« Qu'est-ce qu'il peut bien foutre là ? »

Lucy essaya de porter ses regards au-delà de la sentinelle pour voir ce qui se passait dans la section suivante de l'appareil. À l'évidence une altercation assez vive venait d'éclater... « Ils avaient déjà assez fait le pied de grue comme ça... tous ces délais dépassaient l'entendement... il exigeait d'être mis en rapport immédiatement avec le directeur de l'aéroport... » Puis on entendit quelqu'un d'autre dont la voix était si basse qu'elle en devenait inaudible. Et voici qu'à nouveau les braillements redoublèrent et que le soldat de faction à la ligne de démarcation fit demi-tour et disparut. Une seconde plus tard le silence se rétablit.

Le militaire revint sans tarder et reprit sa faction au centre du couloir latéral. Puis, soudainement, le haut-parleur se mit à grésiller. Quelqu'un disait quelque chose de totalement incompréhensible jusqu'au moment, du moins, où une autre voix s'exprima, cette fois dans un anglais clair et précis, avec un léger accent. « Tous les passagers sont priés de descendre par la sortie prévue à l'avant de l'appareil et de se rendre dans les bâtiments de l'aéroport conformément aux instructions qui leur seront alors données. Vous êtes priés de prendre avec vous vos bagages à main. » Ce discours fut réitéré par la même personne en français et en arabe.

« Eh bien, ce n'est pas trop tôt ! s'exclama la jeune Américaine de l'ambassade. Un bon bain chaud et un Martini, voilà ce qu'il me faut ! »

Qui donc vient de nous haranguer ? se demanda Lucy. Mais, enfin, où peuvent donc bien être passés les membres de l'équipage ?

L'avion, soudainement, revenait à la vie. Les passagers récupéraient leurs affaires, s'étiraient, se répandaient en commentaires. Les couloirs se remplissaient d'ondulations successives qui en étaient bientôt réduites à faire du surplace. Pendant que le flot s'écoulait lentement à travers la section « classe affaires », Lucy reçut un choc en apercevant un homme essuyant avec un kleenex le sang qui lui coulait de la bouche. La femme qui se tenait près de lui avait posé sa main sur le bras de son compagnon et Lucy remarqua que ses yeux étaient pleins de larmes.

« Vous avez vu ce pauvre malheureux ? demanda la jeune femme de l'ambassade. Ça, par exemple, qu'est-ce qui a bien pu lui arriver ?

— Je ne sais pas, dit Lucy.

— Peut-être que, dans la bousculade, une valise lui sera tombée sur la tête ?

— Oui, c'est possible. »

Depuis le haut de la passerelle où elles se tenaient à présent, elles pouvaient voir avancer précautionneusement sur le tarmac la longue ligne sinueuse des passagers qui les précédaient. De chaque côté de la file, à une distance régulière d'à peu près dix mètres, était postée une sentinelle en armes. Il y avait aussi des soldats au pied de la passerelle. Lucy leva les yeux pour essayer de voir ce qui se passait dans le bâtiment central de l'aéroport. Elle apercevait des objets malheureusement plus ou moins indistincts qui dépassaient du rebord du toit, entièrement plat, de l'édifice. À y regarder plus intensément l'idée finit par traverser son esprit que c'étaient peut-être des mitrailleuses. Comme pour parachever le côté sinistre du paysage, un hélicoptère tournoyait au-dessus de l'ensemble.

« C'est l'aéroport le plus farfelu que j'aie jamais vu de ma vie, s'écria la compagne de Lucy. Qu'est-ce qui a bien pu leur passer par la tête, bon Dieu ?... Il n'y a quand même pas besoin de la moitié de l'armée pour aider des gens à sortir de leur avion ! »

Voilà qui ne me plaît guère, pensa Lucy. Non, tout compte fait, ça ne me plaît pas du tout !

Deux

Howard, tout en cheminant vers le bâtiment central de l'aéroport, concentra son attention sur les soldats qui escortaient la procession. Ils portaient un uniforme bariolé et nettement mal ajusté mais leurs fusils, en revanche, avaient l'air singulièrement efficaces. Non point d'ailleurs, qu'il fût expert en la matière. Leur aspect physique, remarqua-t-il, témoignait d'un intéressant mélange de races. Certains d'entre eux avaient une configuration spécifiquement négroïde ; d'autres avaient une peau claire et faisaient penser à des Grecs. Il y avait aussi des faciès sémites et des visages nettement arabes, minces et basanés.

On fit entrer les passagers dans ce qui paraissait être le hall des arrivées. Les plus rebelles d'entre eux ne tardèrent pas à aller explorer les lieux. Howard rejoignit le groupe des professeurs américains, dont le chef virtuel, celui qui avait apostrophé le soldat à bord de l'avion, rentrait d'une tournée d'inspection.

« Vous me croirez si vous voulez mais il n'y a pas un seul comptoir de ligne aérienne ouvert au public ! La

PANAM, la BRITISH AIRWAYS, la TWA... tout est bouclé. Il n'y en a pas une qui marche !

— C'est peut-être leur dimanche à eux ? suggéra quelqu'un.

— Allons, voyons, ne dites pas de bêtises !... Les avions circulent dans le monde entier le jour du shabbat, vous le savez très bien ! Je crois que nous ferions bien d'appeler notre ambassade. Je n'apprécie pas du tout la façon dont ces gens-là nous traitent. » Celui qui parlait était un grand gaillard élancé et mince, aux yeux bleus pénétrants et doté d'une voix puissante. On l'imaginait aisément se prodiguant en aller et retour au triple galop pendant une partie de cricket ou s'époumonant à donner des coups de sifflet à une équipe de gamins.

Howard fit remarquer que le commandant Soames et son équipage étaient toujours invisibles.

« Oui, c'est exact. » Le professeur américain réfléchit. « Il est clair qu'ils devraient être en train de nous donner des informations sur la suite de notre voyage. Ça alors, c'est bien la dernière fois que je prendrai la British Capricorn, ça je vous le garantis ! Au fait, je m'appelle Chuck Newland, de l'école de garçons de Naivasha.

— Et moi, Howard Beamish.

— Bien... Ah enfin, voilà que ça bouge... Ils vont nous faire une annonce. »

La voix qui leur parvint par le haut-parleur était la même que celle qui leur avait donné des instructions quand ils étaient encore à bord de l'avion. « Il est demandé aux passagers du vol CAP 500 de bien vouloir se répartir en groupes nationaux. Les ressortissants des États-Unis devant la sortie A, les citoyens

202

britanniques devant la sortie B, les Japonais sortie C, les membres de la Communauté européenne, sortie D, ceux en provenance d'Afrique et d'Asie, sortie E. Les autres restent ici. Cette procédure est rendue nécessaire par les formalités administratives. » La communication fut répétée en français puis en arabe.

Des commentaires fusèrent immédiatement dans tous les coins. Les gens commencèrent à s'agiter et à se diriger vers les différentes issues.

« Pour l'amour du ciel », s'écria Chuck Newland tandis que l'un des membres de son groupe suggérait que le but de la manœuvre était peut-être tout simplement de permettre la restitution des passeports.

« Je pense, en effet, que ça doit être ça. N'empêche que c'est là une bien curieuse façon de régler les problèmes. » Il remonta son barda par-dessus son épaule et se tourna vers Howard : « Alors, à bientôt. J'espère que, cette fois, le départ sera pour Nairobi ! »

Les passagers britanniques, emmenés par un petit détachement de soldats, aboutirent, après avoir suivi un long corridor, à une vaste pièce garnie de rangées de sièges en plastique couvert de moisissures et isolée du couloir par une cloison de verre. Le mur opposé était tout en fenêtres mais on avait baissé les stores de telle sorte qu'il était impossible de voir ce qui se passait à l'extérieur. Les passagers — il y en avait une quarantaine — commencèrent à s'égailler en direction des sièges et à s'y installer.

« Nous voilà partis pour une nouvelle séance de deux heures, dit le représentant en ordinateurs. C'est vraiment le pire incident de voyage que j'aie connu depuis un bon bout de temps ! » Howard opina poli-

203

ment du bonnet puis se dirigea vers une autre partie de la pièce.

Il constata alors que la jeune femme qui lisait *Anna Karénine* dans l'avion était seule à l'extrémité d'une rangée de fauteuils. Il alla s'asseoir à côté d'elle et posa son sac par terre, le bloquant contre ses pieds. Elle avait cessé de lire, à présent, et elle regardait avec beaucoup d'attention tout ce qui se passait, essayant visiblement de se faire une opinion de la situation. Howard, sans trop en avoir l'air, l'examina de son mieux. Elle était petite et soignée, avec un pantalon marron, un sweater vert d'eau et une veste en cuir noir. Elle était jolie sans être véritablement fascinante : une masse de cheveux noirs, des traits nets et artistiquement modelés, une courbe du nez particulièrement délectable, un dessin des lèvres tout à fait séduisant. Pas de maquillage. Un nuage de taches de rousseur.

Elle s'aperçut de l'intérêt que lui portait son voisin et commença à l'examiner à son tour. Ce que voyant, il s'empressa d'intervenir : « Eh bien, ma foi, dit-il, j'ai l'impression qu'ils nous baladent drôlement à droite et à gauche !

— Ça, c'est sûr », dit Lucy.

Elle venait de reconnaître le sac aux couleurs criardes et le souvenir, en même temps, lui revenait d'avoir déjà remarqué cet homme à bord de l'avion, attendant son tour, lui aussi, devant les toilettes. Il était de taille moyenne et plutôt mince. Une épaisse chevelure brune, un visage allongé et un soupçon de barbe. Un visage alerte, un sourire plaisant. Des yeux marron-vert et des cils bien fournis. Une tenue, en revanche, quelque peu négligée : un pantalon de cotonnade kaki tout fripé, un anorak datant de Mathusalem.

« C'est un aéroport on ne peut plus bizarre, poursuivit-elle.

— Ah oui, alors. Tous les comptoirs sont fermés.

— Oui, j'ai remarqué. Mais ce n'est pas seulement ça. Il y a autre chose, on ne voit pas un seul avion. Écoutez... aucun n'arrive, aucun ne décolle. Il y a seulement ces hélicoptères. »

Ils restèrent silencieux un petit moment.

« Je ne sais vraiment pas comment interpréter tout cela, finit par dire Howard. Franchement, je commence à trouver que c'est plutôt inquiétant.

— J'imagine qu'il a dû y avoir un putsch. Je me rappelle vaguement avoir lu quelque chose, récemment, à propos de troubles qui se seraient produits dans ce pays. Ce que je crois, c'est qu'il a dû se produire une espèce de coup d'État et qu'ils ont décidé de fermer l'aéroport. Et nous sommes tombés en plein milieu de ce gâchis ! »

Howard réfléchit. « Oui, au moins ça aurait un sens. Auquel cas on pourrait peut-être espérer qu'ils ont seulement l'intention de nous passer au peigne fin et qu'ensuite on pourra repartir.

— Je le crois aussi, dit Lucy. En tout cas je veux l'espérer.

— Enfin, à quoi cela peut-il bien rimer de nous faire poireauter comme ça ?

— Je ne vois pas », dit Lucy au bout d'un moment. Et, effectivement, elle ne voyait pas.

« Mais, de toute manière, pourquoi nous ont-ils permis d'atterrir ? C'est très bizarre...

— Oui sûrement. Et pourquoi, aussi, notre commandant de bord n'a-t-il pas décidé d'aller se poser sur un autre aéroport ?

— La seule explication, dit Howard, est qu'il ignorait qu'il y avait des troubles ici, ou alors que ses problèmes de réacteurs étaient si graves qu'il lui fallait se poser immédiatement... et n'importe où ! Quoi qu'il en soit, il serait grand temps qu'on nous communique un minimum d'informations. »

Lucy et Howard n'étaient visiblement pas les seuls à s'interroger anxieusement. Plusieurs de leurs compagnons essayaient, à travers l'écran de verre, de voir ce qui se passait dans le corridor. Les plus entreprenants allaient même jusqu'à accoster les soldats de faction à l'entrée mais ceux-ci, impassibles, détournaient systématiquement le regard.

« Il va bien falloir qu'ils nous trouvent un autre avion, dit Lucy. À moins que le nôtre ne soit réparable et, de toute manière, " problèmes de réacteurs " qu'est-ce que ça veut dire ? Est-ce que c'est comme quand votre voiture se met à cafouiller sur l'autoroute et que les dépanneurs arrivent et, *illico presto*, remettent les choses en ordre d'un seul coup de tournevis ? Ou bien comme quand ils hochent la tête d'un air sinistre et vous hissent sur la plate-forme d'une dépanneuse ? Quoi qu'il en soit, je donnerais ma tête à couper qu'on est là pour la nuit. Et je me sentirais infiniment plus à l'aise si on consentait à nous fournir quelques renseignements. Poliment, par l'intermédiaire de quelqu'un d'officiel et avec un peu moins de déploiement militaire tout autour de nous. Au fait, je m'appelle Lucy Faulkner. Et vous ? »

Howard se présenta. Le plus curieux de toute l'histoire était qu'il ne se sentait pas tellement malheureux. Le commencement de migraine dont il avait souffert dans l'avion s'était dissipé et il n'éprouvait plus, tout compte fait, une hâte outrancière à rejoindre Nairobi. Le présent retard, il est vrai, n'allait pas sans susciter de sérieuses inquiétudes mais il y avait quand même tout lieu de supposer que les choses finiraient par retrouver un cours normal et en attendant... Eh bien, ma foi, en attendant il avait fait la connaissance d'une jeune personne plutôt sympathique. Si seulement il avait pu prendre sur lui de ne pas la regarder avec autant d'insistance !

Tout à coup un brouhaha se manifesta à l'entrée de la salle et un chariot fit son apparition. Il était, à l'évidence, chargé de bouteilles de rafraîchissement et de sandwiches empaquetés dans de la cellophane. Les passagers commencèrent à se lever et à se précipiter à sa rencontre.

« Vous désirez manger un peu ? demanda Howard. Il n'a pas l'air d'y avoir beaucoup de choix mais je suis très capable de farfouiller dans le tas.

— Merci mille fois. Juste quelque chose de frais à boire. »

Il revint chargé de deux boissons et d'un petit assortiment de chips et de biscuits au chocolat. « Je vous ai rapporté un peu plus que ce que vous n'aviez demandé, expliqua-t-il, parce que je me suis dit que nous vivons nettement au ralenti et qu'il est sans doute sage de faire quelques provisions. Si vous ne voulez pas de tout ça maintenant, vous pourrez toujours le mettre de côté pour les épreuves qui nous attendent. »

Lucy s'esclaffa. Elle le regarda bien en face puis, tout de suite, détourna les yeux. La sensation de nausée qui s'était emparée d'elle se dissipait lentement et, à présent, elle éprouvait plutôt une vague allégresse. Quand même, se dit-elle en son for intérieur, cette aventure ne me paraît présager rien de bon. Pourquoi donc s'abstiennent-ils de nous *parler* ?

« Le fait qu'on nous apporte à manger, remarquat-elle, est en soi un très mauvais signe. On cherche visiblement à nous amadouer.

— Vous le pensez vraiment ? » demanda Howard. Il mordit dans un sandwich et le reposa aussitôt. « Eh bien, si c'est le cas, ils ne s'y prennent vraiment pas de manière convaincante. Ce truc-là est immangeable !... J'ai essayé de me rappeler le peu que je sais de ce pays mais, en fait, ça se résume à pas grand-chose. Un vague rapport avec la sœur de Cléopâtre — un point c'est tout.

— Il me semble qu'il y a eu une succession de gouvernements plus instables les uns que les autres. Avant la guerre, le pays devait dépendre de l'administration italienne. Mais, avant ça, je crois qu'il était sous la férule des Turcs. Il exporte des dattes et, vers les années 60, l'industrie du tourisme s'y était quelque peu développée. On y avait organisé des voyages tous frais compris mais ça n'a duré qu'un temps en raison, précisément, de l'instabilité des gouvernements et de leur économie à vau-l'eau. Ils ont quand même du pétrole mais, sur une échelle relativement réduite.

— Vous êtes beaucoup mieux informée que je ne le suis, dit Howard.

— C'est parce que je suis journaliste. C'est une tradition dans notre métier de nous tenir plus ou moins au courant d'une quantité de choses. Nous ne le sommes pas assez, toutefois, pour nous rendre utiles.

— Quoi qu'il en soit, vous m'impressionnez. Et je dois dire que ça me soulage un peu de voir qu'il y a dans le cas qui nous occupe une explication d'ordre professionnel. Je me sens moins coupable d'ignorance.

— Et vous, que faites-vous ? demanda Lucy au bout d'un moment.

— Je suis paléontologue.

— C'est la première fois que je rencontre un paléontologue. Pourriez-vous avoir la gentillesse de me dire en quoi ça consiste exactement ? »

Et c'est ce à quoi il s'employa. Elle l'écouta — il en prit note complaisamment — avec une attention soutenue. Les questions qu'elle lui posait étaient à la fois pertinentes et succinctes. Elle lui demanda de bien vouloir répéter les noms des spécimens des schistes de Burgess.

« Et la raison, si je comprends, pour laquelle ils vous paraissent tellement intéressants tient à leur énorme disparité ? Et au fait, aussi, qu'un grand nombre d'entre eux n'ont pas la moindre affinité avec les échantillons qu'on voit circuler aujourd'hui ?

— Exactement, dit Howard. La plupart d'entre eux sont, si je puis dire, des culs-de-sac évolutionnaires. Ils comptent dans leurs rangs des créatures qui se trouvent être les ancêtres des quatre espèces principales d'arthropodes modernes, mais il y en a une quantité d'autres, totalement bizarres et merveilleux, que l'on est obligé de classer comme étant des phylums disparus. Excusez-moi, je dois probablement vous raser avec mes histoires ?

— Ai-je l'air de m'ennuyer ?

— Non — mais, voyez-vous, j'ai tendance à me laisser aller pour peu qu'on veuille bien m'y encourager. J'oublie que ceux qui m'écoutent ne voient pas nécessairement le grand intérêt de tout cela. Surtout quand ils n'ont jamais eu l'occasion d'observer ce genre de créatures.

— Je pense, dit Lucy, que l'intérêt se trouve justement coïncider avec les résultats que nous enregistrons à notre époque. Avec le fait que la faune que nous connaissons aujourd'hui, y compris nous les humains, aurait pu se présenter sous un jour entièrement différent. »

Il lui adressa un regard débordant de satisfaction. « On ne saurait mieux dire. La totalité du processus auquel nous assistons devient à la fois remarquable et précaire. Un accident, en quelque sorte, de la contingence. Je ne veux pas par là sous-entendre qu'il n'aurait pas pu se manifester, ici ou là, certaines tendances d'un autre ordre, par exemple l'émergence de créatures volantes ou capables de courir à quatre pattes ou de se reproduire différemment. Et n'allons pas oublier ceux d'entre nous qui prétendent que, de toute manière, l'apparition de l'intelligence était un phénomène inéluctable. Quoi qu'il en soit, ça ne peut que donner à réfléchir.

— À vous écouter, dit Lucy, j'éprouve un véritable sentiment d'envie. J'ai connu, moi aussi, beaucoup de joies dans l'exercice de ma profession mais la vôtre me paraît tout simplement stupéfiante. Aller piocher dans des entassements de rochers étalés dans des sites enchanteurs et, à partir de là, démêler les secrets de l'univers !

— Et je ne vous ai pas dit l'essentiel, énonça Howard avec gravité. La triste vérité est que je passe le plus clair de mon temps à prodiguer mon enseignement à de jeunes étudiants dont un grand nombre ne portent que peu d'intérêt à ce que je leur raconte. Je passe aussi des heures et des heures à me chamailler avec mes collègues à propos d'horaires et de répartition de locaux.

— N'empêche que... » Lucy n'acheva pas sa phrase. « Au fait n'auriez-vous pas un favori parmi toutes ces petites bestioles ?

— En général, dit Howard, j'ai plutôt des idées préconçues. Il est normal, après tout, d'éprouver un sentiment de respect particulier pour celles de ces créatures qui n'ont pas encore été définitivement étudiées et décrites. Comme pour celles, également, dont on ne connaît que très peu d'échantillons. J'ai personnellement un faible pour un animalcule du nom de *Hallucigenia* qui a des allures à la Salvador Dalí, avec une excroissance bulbeuse à une extrémité, une tubulure à l'autre bout, des entretoises pointues sur le dessus et un alignement de tentacules par en dessous. Or figurez-vous que cette bestiole a renversé tout le monde, il y a peu, parce qu'il se trouve que la description initiale qu'on en avait faite la représentait à l'envers ! Tout se passe vraiment comme si ces mystérieuses et minuscules créatures tenaient à avoir le dernier mot.

— Et vous pensez que certaines d'entre elles vous attendent à Nairobi ?

— J'en suis absolument certain. L'un des côtés excitants de l'affaire est la manière dont elles se répandent un peu partout à la surface de la terre.

211

— Ça doit vous rendre malade d'être coincé comme nous le sommes !

— Oui, bien sûr », dit Howard avec une totale absence de conviction. Le retard, en fait, devenait plus supportable de minute en minute. « La vérité, ajouta-t-il, est que j'ai assez peu d'occasions de rencontrer des journalistes. Puis-je vous demander si c'est pour une raison professionnelle que vous vous rendez à Nairobi ?

— Oui, tout à fait. Mais je crains que ce ne soit une raison bien terre à terre ! Je me rends à Nairobi pour les besoins d'un reportage — essentiellement alimentaire, vous comprenez — sur les réserves d'animaux sauvages et ce genre de truc, pour le compte d'un journal du dimanche. Oui, je le répète, c'est essentiellement pour gagner ma croûte. Je suis un peu fauchée en ce moment et les journaux du dimanche paient bien. Il se trouve que quelqu'un a surgi du néant pour me commander ce reportage et j'ai sauté sur l'occasion.

— Il y a là quelque chose d'assez surprenant. Que considérez-vous alors dans votre métier comme n'étant pas de la catégorie terre à terre ?

— Oh, ce qu'on tient vraiment à faire par opposition à ce qu'on fait simplement pour assurer sa subsistance, oui, je crois que c'est ça.

— Par exemple ?

— Je ne sais pas, dit Lucy. Comme découvrir un fait important dont on estime qu'il est trop peu connu — ou méconnu — et alors s'efforcer de le mettre en lumière. Oui, ce genre de justification.

— Laquelle, à présent que j'y réfléchis, est en gros la raison qui me pousse à acheter mon journal. De l'information, avec, en plus, une opinion motivée. J'imagine que vous représentez l'opinion motivée...

— Oui, je le pense aussi. Bien que, formulé de cette manière, je me méfie un peu du mot "opinion". Il me paraît plutôt épineux. Avoir une opinion, d'accord. Mais, du moins je l'espère, ne pas tomber dans l'opiniâtreté !

— Il est probable que si vous tombiez dans ces genres d'errements, vos employeurs cesseraient immédiatement d'avoir recours à vos services.

— Oh pas du tout, dit Lucy. Ils me courraient après, du moins certains d'entre eux.

— Au fait, dans quels journaux écrivez-vous ? »
Elle le lui expliqua.

« Dans ce cas, j'ai sûrement dû lire de vos articles, Lucy Faulkner...

— Le public ne retient jamais le nom des échotiers à signature.

— Ah, c'est comme ça qu'on doit dire : un échotier ayant droit à la signature.

— Figurez-vous que j'ai pensé que j'étais, moi aussi, autorisée à m'exprimer dans le jargon professionnel. Vous ne vous êtes pas privé, vous, de me sortir des arthropodes, des phylums et je ne sais quoi encore !

— Oh la la, dit Howard. J'ai nettement l'impression de vous avoir *barbée*.

— Absolument pas. J'aimerais, bien au contraire, en savoir davantage.

— Je crains, hélas, que vous n'en ayez que trop l'occasion pour peu que les choses continuent à ce train. »

Ils portèrent leurs regards, au même instant, vers le corridor dont le soldat de faction gardait toujours la porte tandis que certains de leurs compagnons, exaspérés, tambourinaient sur la cloison vitrée.

« Pour en revenir une seconde à cette histoire d'" opinion ", dit Howard, vous arrive-t-il, par extraordinaire, de ne pas en avoir ?

— Non. Ou, pour être tout à fait exacte, très rarement. Ce qui ne va pas sans me poser de problèmes. Je ne suis, voyez-vous, que trop portée à conclure à la légère. Or il faut surtout se méfier d'un tel penchant. Il faut garder strictement ses distances tout au moins pendant la période où on cherche à comprendre.

— Voilà qui commence à ressembler aux méthodes de la recherche scientifique ! Et qu'est-ce qui, en fait, vous lance dans telle ou telle investigation ?

— Oh, la curiosité. Le désir d'arriver avant les autres.

— Exactement comme dans le domaine de la recherche !

— Enfin, disons jusqu'à un certain point. N'oubliez pas que des tas de journalistes manipulent la vérité et font des choses horribles avec les témoignages.

— Pas *vous* ?

— En tout cas, je m'y efforce. »

À ce moment la quiétude de leur conversation se vit menacée par le brouhaha d'un groupe familial aux voix éraillées qui était venu camper dans les environs, de telle sorte qu'ils allèrent s'asseoir à une table solitaire pourvue de deux chaises, à proximité des fenêtres voilées et poursuivirent tranquillement leur entretien, de plus en plus impénétrables à l'effervescence croissante des autres passagers. Une heure s'écoula, et puis une deuxième, au cours desquelles Howard et Lucy continuèrent d'être trop absorbés pour remarquer un premier incident qui amena une sentinelle à menacer d'un coup de crosse l'un des représentants en ordinateurs et puis un second qui demandait l'autorisation (laquelle finit, non sans peine, par lui être accordée) de se rendre aux toilettes par petits groupes sous escorte. Lorsque, finalement, Howard et Lucy se trouvèrent dérangés par deux gosses en train de se chamailler et par la tension, à présent presque explosive, qui régnait dans la pièce, on était déjà presque à la fin de l'après-midi.

« Bonté divine ! Voilà deux heures que nous sommes là ! dit Lucy.

— Effectivement. Ça a passé rudement vite.

— Peut-être devrions-nous aller nous renseigner sur la suite des événements ?

— J'ai l'impression que c'est ce qu'ils sont tous en train de faire. »

Plusieurs passagers, effectivement, s'employaient à haranguer la sentinelle plantée devant la porte mais, visiblement, sans le moindre succès. D'autres, saisis de fureur, tapaient à tour de bras sur la cloison vitrée chaque fois que circulait dans le corridor une silhouette ayant un semblant d'autorité.

« Ça commence à dépasser les bornes, dit Howard.

— Et moi, pour ne rien vous cacher, je commence à être vraiment fatiguée. »

Il lui adressa un regard plein de sollicitude. « C'est vrai ?... Voulez-vous que j'aille voir s'il reste quelque chose à boire sur le chariot ?

— Non, non, je ne suis pas encore à l'article de la mort, dit Lucy. N'allez surtout pas vous inquiéter à mon sujet. De toute manière on dirait qu'il se passe quelque chose d'important là-bas dans le fond. Regardez donc ! »

La porte, finalement, s'était ouverte et les soldats, apparemment, recevaient des ordres d'un militaire plus élevé en grade. Au bout d'un moment ils se répandirent dans la pièce, essayant de faire comprendre aux passagers qu'il leur incombait maintenant de prendre leurs affaires et de se préparer à partir.

« Où allons-nous ? » demanda Howard.

Le soldat haussa les épaules. « Dans les cars.

— Oui, mais où après ? »

Autour de la porte plusieurs passagers étaient en train de poser la même question à l'officier.

« On vous attend. Pressez-vous, s'il vous plaît.

— Nous emmenez-vous dans un hôtel ? Dans combien de temps allez-vous mettre un avion à notre disposition ?

— Des informations à ce sujet vous seront données sans tarder. »

Le groupe recommença à zigzaguer dans le corridor pour enfin déboucher derrière le bâtiment central de l'aéroport. Plusieurs autocars étaient effectivement parqués et, un peu plus loin, on apercevait des gens qui montaient dans l'un d'entre eux.

« Ce sont les Japonais », dit Lucy.

Howard émit la suggestion qu'on leur réservait peut-être un hôtel de grand luxe.

« C'est bien possible... Tout de même, c'est étrange de continuer à nous séparer comme ça ! »

Ils montèrent dans l'autocar. Les Américains venaient à leur tour de sortir du bâtiment et se dirigeaient vers d'autres véhicules. Howard aperçut Chuck Newland qui lui fit un petit signe de la main.

Le chauffeur s'installa sur son siège, le moteur s'emballa, l'engin démarra.

Ils longèrent une série de chemins d'accès à l'aéroport avant de s'engager sur une autoroute à deux voies. Le paysage était plat avec, dans le fond, une lointaine ligne noire de vallonnements. Ils côtoyaient des champs de cannes à sucre, de fèves et, de temps à autre, d'oliviers et d'orangers. À un moment ils traversèrent un village aux maisons trapues avec des murs en pisé et, de-ci de-là, quelques immeubles en ciment bon marché. La vue d'une caravane de chameaux suscita une avalanche de commentaires.

Il y avait très peu de circulation. « La seule explication qui me vienne à l'esprit pour l'instant, remarqua Howard, est qu'il semble y avoir un taux d'accidents de la circulation extraordinairement élevé dans ce pays. »

Depuis le départ de l'aéroport ils avaient effectivement aperçu une quantité de carcasses de voitures et de camions renversés sur le bord de la route, parfois totalement calcinées.

« Ça ne m'a pas échappé non plus, dit Lucy. Je suppose que nous arrivons aux abords de Marsopolis. »

Ils roulaient à présent à travers une banlieue qui donnait l'impression d'être vautrée sur elle-même. Des immeubles d'habitation, de petites villas en béton agrémentées de jardinets, des magasins et des stations d'essence... Des gens allaient et venaient, qui jetaient un coup d'œil rapide à l'autocar. Au fur et à mesure que la cité prenait de la consistance, son aspect échevelé se faisait de plus en plus marqué. Un autobus cul par-dessus tête, des débris de briques et de pierres au milieu de la route, des édifices dont les fenêtres s'étaient volatilisées...

« Je crains que vous ne soyez dans le vrai, dit Howard. Il a décidément dû se passer quelque chose de très grave par ici. »

Lucy acquiesça d'un signe de tête. La présence de l'armée continuait d'être insistante. Des soldats traînaient au coin des rues ou patrouillaient devant les entrées des maisons ou autour des arrêts d'autobus. Les gens, sans doute, vaquaient à leurs occupations mais peut-être s'y employaient-ils un peu plus hâtivement et en moins grand nombre qu'on aurait pu normalement s'y attendre. Et beaucoup de boutiques avaient baissé leurs rideaux.

Ils étaient arrivés, à présent, sur le front de mer. La route de la corniche s'étirait au-dessus d'une longue plage entièrement déserte à l'exception de quelques gosses ici et là. Les passagers de l'autocar ne manquèrent pas de contempler ce spectacle avec un vif intérêt et le climat d'expectative s'amplifia encore à mesure que les façades des grands hôtels défilaient sous leurs yeux : le *Beau-Rivage*, le *Plaza*, l'*Excelsior*. « Enfin bravo ! s'exclama quelqu'un. Voilà qui va drôlement faire notre affaire ! »

Mais l'autocar accéléra et, finalement, abandonna la route de la corniche pour s'engager dans une espèce d'hinterland minable de petites boutiques et de baraques entourées d'entrepôts, de dépôts et de modestes fabriques. Une vague de déception et de crainte déferla subitement sur le groupe.

Lucy poussa un soupir : « Ça ne va pas être, j'en ai bien peur, le *Beau-Rivage* ou le *Bella Vista*.

« — Où que ce soit, me ferez-vous le plaisir de dîner avec moi ? » demanda Howard.

Elle le regarda bien en face et sourit : « Je ne pensais pas du tout à ce genre de chose. »

L'autocar tourna pour aborder un vaste ensemble de bâtiments en béton entourés d'une clôture hérissée de fils de fer barbelés. Arrivé au centre, il alla se ranger devant l'un d'eux. Un soldat, alors, ouvrit la portière et ils commencèrent à descendre prudemment un par un, regardant autour d'eux avec appréhension. Le militaire de service, finalement, leur fit signe de se diriger vers le casernement.

« Nous voulons un hôtel ! Dites au chauffeur de nous conduire dans un hôtel !

— Ici l'hôtel, dit l'un des soldats.

— Oh, pour l'amour du ciel ! »

Les passagers étaient là à tourner en rond, échangeant des propos où grondait la révolte.

« Tout cela est ridicule. Nous devons refuser d'entrer là-dedans. Ce que nous devrions faire, c'est retourner dans le car, n'en descendre sous aucun prétexte tant qu'ils ne nous auront pas amenés dans l'un des hôtels de la corniche.

— Il faudrait surtout qu'on exige d'établir le contact avec notre ambassade.

— Mais, bon Dieu, où est passé l'équipage ? »

D'autres soldats accompagnés de civils à l'allure officielle étaient en train de sortir du bâtiment. L'autocar s'était remis en route mais en direction de la sortie. Un militaire referma la clôture derrière lui et la cadenassa soigneusement. L'un des officiels s'adressa alors à ceux du groupe qui se trouvaient le plus près de la porte.

« Qu'est-ce qu'il dit ?

— C'est quelque chose au sujet des passeports.

— Ils vont nous rendre nos passeports ?

— Après quoi, espérons-le, ils vont enfin nous emmener dans un hôtel.

— Dans ce cas, pourquoi l'autocar serait-il reparti ? »

Les passagers, peu à peu, s'éparpillèrent à l'intérieur du bâtiment tout en donnant libre cours à leurs doutes. L'officiel était debout à l'entrée. Il tenait à la main une liasse de documents et il avait l'air harassé.

« Pour quelle raison nous a-t-on amenés ici ? demanda Howard avec vivacité.

— Pour les formalités des procédures d'immigration.

— Mais enfin on aurait pu aisément régler tout cela à l'aéroport !

— Entrez, s'il vous plaît.

— Je demande instamment qu'on me permette de téléphoner à l'ambassade de Grande-Bretagne.

— Oui, dans un petit instant. Entrez, s'il vous plaît. »

Howard avait perdu le contact avec Lucy. Elle devait être quelque part en avant dans le groupe qui pénétrait à la queue leu leu dans une pièce contiguë à un vaste hall de réception uniquement meublé d'un comptoir vide et de tableaux d'affichage entièrement vides. Le désarroi que lui causait l'idée d'être séparé de la jeune femme balaya à l'arrière-plan ses démêlés avec la bureaucratie. Il planta là l'officiel et se hâta à l'intérieur du bâtiment.

La pièce attenante au grand hall, où on les avait conduits comme un troupeau de moutons, était vide elle aussi. On apercevait en tout et pour tout une table à tréteaux assortie de trois chaises. Le revêtement de béton sur le sol était nettement malpropre. Les murs pelaient. Howard se fraya un chemin à travers la cohue pour rejoindre l'endroit où se trouvait Lucy et puis, soudain, éprouva un sentiment de gêne. N'allait-elle pas se demander s'il lui courait après ? Peut-être avait-elle, sciemment, essayé de le semer ?

Lucy, en fait, avait été entraînée par le courant qui se pressait à l'entrée de la pièce et, une fois emportée par le flot, elle s'était rendu compte que Howard avait disparu. Elle avait regardé à droite et à gauche mais sans résultat et avait alors ressenti une impression de perte sans rien de commun avec la sensation de malaise généralisé où la plongeaient sa fatigue, ses inquiétudes et une alarme confuse dont les effets ne cessaient de s'accentuer. C'est absurde, s'était-elle dit. Quand je pense que je ne connais cet homme que depuis deux heures à peine.

Et voici que, subitement, il était de nouveau à côté d'elle ! Les choses, après tout, ne se présentaient pas si mal ! Ils échangèrent, elle et lui, des regards tout simplement radieux. « Je ne parvenais pas à vous retrouver, dit Howard, je... » Sur quoi il s'arrêta et commença à parler de sa passe d'armes avec le représentant de l'autorité à l'entrée du bâtiment et à spéculer sur les raisons qui pouvaient bien justifier leur incarcération.

« Les gens ont l'air de penser qu'ils vont nous rendre nos passeports. »

Et, effectivement, un soldat apparut sur ces entrefaites, porteur d'une mallette contenant un amas de documents qu'il étala en désordre sur la table à tréteaux. Les passagers, sans perdre un instant, se bousculèrent pour s'en emparer mais ils furent repoussés sur-le-champ.

« Attendre ! Tout le monde attendre ! »

L'officiel rejoignit le groupe et commença à déchiffrer une liste de noms.

« Anderson ? »

Quelqu'un s'avança.

« Prenez votre passeport, s'il vous plaît et entrez à l'intérieur. Prenez aussi vos bagages. »

Les autres passagers attendirent leur tour en grommelant. Il n'y avait en tout et pour tout qu'une dizaine de chaises dans la pièce. Et, à l'évidence, les choses allaient traîner un bon bout de temps. Il ne restait plus qu'à s'appuyer contre les murs. Ceux qui s'étaient approprié les sièges se levèrent pour offrir leur place aux personnes âgées et aux femmes enceintes.

« Nous sommes tout simplement en train de créer une solidarité de groupe, remarqua Lucy. C'est un phénomène très intéressant. Je crois que je n'avais jamais encore assisté à un mouvement spontané de ce genre. »

Le nom de Howard résonna dans la pièce. Il prit son passeport sur la table et s'achemina vers une autre salle où il n'y avait qu'un seul individu assis derrière un comptoir sur lequel trônait une pyramide de fiches dont il tendit un exemplaire au nouveau venu.

« Remplissez le formulaire, s'il vous plaît. »

Le nom du père, le nom de jeune fille de la mère. L'appartenance religieuse. La profession... Howard poussa un soupir et se mit au travail. Puis il remit la fiche dûment complétée à l'homme qui l'examina minutieusement. Quelque chose, visiblement, le mettait mal à l'aise. D'un air décidé il posa le doigt sur le document.

« Qu'est-ce que c'est que ça ?

— Paléontologue, dit Howard. C'est mon métier. Ma profession. »

L'homme fronça les sourcils. Il se leva et passa dans une pièce adjacente. Par la porte entrouverte Howard pouvait le voir en train de discuter avec ses collègues. Le formulaire passait de main en main. Finalement l'individu décrocha un téléphone et s'entretint longuement avec, allez savoir qui ! Howard en fut réduit à supposer qu'aucun membre de sa profession n'avait encore mis le pied en Callimbie.

L'homme revint, posa la fiche sur la table et toisa Howard d'un air rogue et soupçonneux.

« Quel est l'objet de votre visite à Nairobi ?

— Je ne vois vraiment pas en quoi cela vous concerne. Nous ne sommes pas, que je sache, à Nairobi.

— C'est une information indispensable pour la procédure d'immigration.

— Allons, allons, sottises que tout ça ! s'emporta Howard. Si vous tenez vraiment à le savoir, figurez-vous que je me rends là-bas pour y étudier des échantillons de fossiles dans une collection du musée. »

L'homme, avec une application laborieuse, prit des notes sur un bout de papier. Howard forma l'espoir que le mot « fossile » fût de nature à lui accorder quelque répit.

« Combien de temps avez-vous l'intention de séjourner à Nairobi ? Êtes-vous déjà venu en Égypte, en Libye, en Algérie, au Maroc ? Quelle somme en devises transportez-vous ? »

Le catéchisme administratif se poursuivit sur ce mode et, tandis qu'il se contraignait à répondre par simple sentiment du devoir, l'idée traversa l'esprit de Howard que toute cette affaire n'était rien de plus qu'une espèce de charade. Ils n'ont, à la vérité, aucune raison de nous poser toutes ces questions, se dit-il. Ils cherchent seulement à nous mettre hors de combat. Ou encore à gagner du temps. Ils se servent de nous, ça c'est sûr. Et, pour la première fois, il éprouva une sensation glaciale de malaise.

Le supplice, enfin, arriva à son terme.

« À présent, donnez vos bagages, s'il vous plaît.

— Et pourquoi donc ?

— Pour le contrôle de l'inspection des douanes.

— Oh, pour l'amour du ciel !... »

Il n'en tendit pas moins son barda à l'individu qui procéda à l'examen du contenu, fourrageant ici et là, examinant avec grand soin le rasoir électrique et feuilletant à la va-vite les bouquins. Puis il referma le sac, le rendit à Howard et fit signe à un collègue qui s'avança et se livra sur la personne de Howard à une fouille corporelle caractérisée, explorant le fond de ses poches et tâtant de haut en bas les jambes de son pantalon.

« Retournez avec les autres et attendez, s'il vous plaît.

— Et pourquoi ? et pour combien de temps ?

— Vous serez informé à bref délai. »

L'homme s'était emparé du passeport de Howard et l'examinait attentivement encore une fois. Puis il le déposa dans une corbeille à papier grillagée placée à côté de lui et où se trouvaient déjà quelques documents.

« Voudriez-vous me rendre mon passeport ?

— Impossible pour l'instant. »

Howard se leva et quitta la pièce. De retour près de Lucy, il constata qu'il tremblait de rage.

« Que s'est-il passé ? »

Il secoua la tête, essayant de retrouver son sang-froid afin de ne pas l'effrayer. « Oh, c'est simplement que ces gens-là se conduisent comme d'insupportables enquiquineurs. Ils n'arrêtent pas de vous bombarder de questions. Et ils ne vous rendent pas votre passeport. Et ils se permettent de vous fouiller, vous et vos bagages ! »

Lucy garda le silence un bref instant. « Il se passe quelque chose de très bizarre, c'est bien votre avis ?

— Je suis certain, dit-il, que ça va s'arranger. Ne vous inquiétez surtout pas ! »

Elle le regarda. « Je n'ai nullement l'intention de me laisser aller. Je m'efforce, au contraire, de rester calme.

— J'en suis persuadé », dit Howard. Chaque fois qu'il observait le visage de Lucy, il éprouvait à nouveau une inconcevable sensation de familiarité. Non point parce qu'il l'avait connu depuis toujours mais parce que, sans s'en apercevoir, il avait depuis toujours eu envie de le connaître. Comme si, en fait, un vide avait été comblé. Mais comment diable était-il possible de se sentir à la fois si rempli d'enthousiasme et si profondément inquiet ?

Les passagers s'étaient répartis à travers la pièce, avachis contre les murs ou assis par terre. L'indignation avait peu à peu cédé la place à la lassitude. On était maintenant à la fin de l'après-midi. Une lumière veloutée s'infiltrait à travers les fenêtres crasseuses mais on n'apercevait en tout et pour tout que le paysage du casernement et de la clôture de fils de fer barbelés devant laquelle une sentinelle faisait les cent pas. Les passagers, l'un après l'autre, disparaissaient dans la pièce adjacente et puis en ressortaient, les mains vides et pleins de rancœur. Les nombreux enfants étaient passés d'une nervosité sans bornes à des effusions de larmes et, dans certains cas, plus chanceux, au sommeil. Aucune nourriture n'avait été apportée. Ceux qui avaient besoin de se rendre aux toilettes ne pouvaient y aller que sous escorte — et ce pour échouer dans un seul et unique cubicule — répulsif de surcroît — situé à l'arrière du bâtiment.

Le préposé à l'immigration avait, finalement, terminé le passage au crible de la totalité du groupe. La porte donnant sur la pièce adjacente s'était refermée. Les officiels avaient disparu. Trois soldats restaient de faction devant la sortie donnant accès au corridor. Ceux des passagers que l'épuisement n'avait pas encore réduits à un état de complète apathie s'étaient rassemblés pour examiner la situation. Un leadership virtuel était en train de s'esquisser, constitué pour l'essentiel d'une femme énergique, du nom de Molly Wright laquelle, présidente d'une organisation des services de santé, se rendait à Nairobi en qualité de consultante en administration hospitalière, et d'un homme, à vrai dire plus flamboyant et plus loquace que sa partenaire, un certain James Barrow, directeur d'une société de production de films. Howard et Lucy vinrent se joindre au petit comité lequel était en train de discuter de ce qui devait — ou pouvait — être tenté. L'opinion géné-

226

rale était que leur incident de parcours les avait mêlés, bien contre leur gré, à une crise politique survenue en Callimbie.

« Ce que je crois, dit Molly Wright, c'est qu'ils sont à la recherche d'une certaine personne. D'où ces contrôles intensifs. Ils doivent probablement se figurer que cette personne voyageait à bord de notre avion. »

L'un des membres du groupe fit remarquer que ç'aurait été là une coïncidence extraordinaire étant donné que leur appareil n'avait pas pour destination la Callimbie.

« Sans doute, dit Barrow, mais pourquoi portent-ils tant d'intérêt à notre nationalité ? Ce processus de ségrégation qu'ils nous font subir, à quoi ça rime ? Il faut bien que, d'une manière ou d'une autre, ça ait une signification ! Je me perds en conjectures sur ce qui les motive réellement mais je suis convaincu que nous nous montrons beaucoup trop conciliants. »

Howard mit en avant le fait qu'ils n'avaient guère le choix de faire autrement, étant donné la présence et l'attitude de tant de militaires en armes.

« Ouais, sans doute, mais je les vois mal se décider à nous tirer dessus à bout portant, en admettant qu'il faille en arriver là !

— Ils ont déjà frappé un homme à bord de l'avion, dit Lucy. Vous avez dû voir comme moi qu'un des passagers avait le visage ensanglanté...

— Exactement, dit Molly Wright avec vivacité. Si, vous, vous voulez prendre la poudre d'escampette, après tout, ça vous regarde. Mais, de toute manière, où iriez-vous ? Non, ce qu'il faut en priorité, c'est qu'on se débrouille pour téléphoner à notre ambassade. Je me demande si, vraiment, on n'y a aucune idée de ce qui nous arrive ? »

Il faisait presque nuit à présent. On avait allumé l'électricité et un bruit de pas résonnait dans le corridor. De l'extérieur, soudainement, parvint le vacarme d'un gros véhicule qui s'arrêta devant la porte.

« Ah, ah ! dit James Barrow, voilà enfin le car climatisé qui va nous amener au *Hilton* local ! »

Une grande agitation était désormais perceptible à l'extérieur. Des allées et venues précipitées. Des ordres braillés à tue-tête. Le choc sourd d'objets balancés sur le sol de béton. Ceux des passagers qui, réduits à un état semi-comateux, somnolaient dans la salle s'agitèrent faiblement et tournèrent leurs regards vers la porte. Celle-ci s'ouvrit pour laisser passer deux ou trois hommes de peine chancelant sous le poids d'une pile de matelas.

« Oh non ! s'écria Molly Wright. C'est inimaginable ! »

Car il était clair, cette fois, que l'intention des geôliers était de transformer la pièce en dortoir. Les matelas, dont certains étaient maculés de taches déplaisantes, furent disposés irrégulièrement à même le sol. Il n'y en avait pas assez pour faire le plein. De telle sorte que le groupe se divisa entre ceux qui avaient tout de suite pris note de la pénurie et commencé à s'approprier l'un des moyens de fortune mis à leur disposition et ceux qui n'avaient plus d'autre recours que vociférer leur indignation. Ceux-là se rabattirent sur les soldats qui gardaient la porte.

« Non et non ! cria James Barrow. Nous n'en voulons pas ! Nous refusons catégoriquement de dormir ici. Allez chercher votre supérieur, compris ?

— Impossible.

« — Oh merde ! Ne me racontez pas d'idioties ! Allez chercher votre supérieur. Allez, grouillez-vous ! »

Le soldat le regarda, apparemment sans broncher. Il donnait confusément l'impression d'être sur le point d'obtempérer. Et puis, soudainement, d'un geste rapide et précis, il se saisit de l'arme qu'il portait en bandoulière et flanqua un coup de crosse en plein dans l'estomac de Barrow. Le malheureux se plia en deux, s'étreignant la poitrine.

« Est-ce que ça va ? demanda Howard.

— Oui, je crois que ça va aller... oh, mon Dieu ! »

Un petit groupe, alarmé par l'incident, s'était rassemblé autour de Barrow. Quelqu'un apporta une chaise. Barrow s'y effondra, en proie à des vomissements. De nombreux passagers, au comble de la colère, s'en prenaient au soldat, qui se contenta de hausser les épaules avant de retourner à son poste près de la porte. Molly Wright s'efforçait de convaincre Barrow de s'allonger sur un matelas. « Non, non, ça va aller mieux dans une minute. Ce bougre de salaud m'a simplement coupé le souffle... »

D'autres soldats faisaient leur apparition dans la salle. Ils étaient chargés, maintenant, de couvertures sales et il y avait aussi un chariot garni de petits pains et d'un samovar. L'horreur et l'effarement se transformèrent en une espèce de consentement épuisé. Ceux qui avaient fait main basse sur les matelas commencèrent à établir des enclaves privées dans les recoins de la pièce. On se rua sur les couvertures et le chariot, instantanément, se vida.

Lucy se rendit au lavabo, escortée par un soldat qui ne devait pas avoir plus de seize ans et qui monta farouchement la garde dehors pendant qu'elle faisait un brin de toilette. Il n'y avait en tout et pour tout qu'un unique robinet d'eau froide et une cuvette fétide. Elle se lava du mieux qu'elle put et ressortit dans le couloir. Le petit jeunot lui fit signe d'avancer.

« Comment vous appelez-vous ? » demanda-t-elle.

Il secoua la tête.

« Votre nom ? Moi, je m'appelle Lucy. Et vous ? »

Le gamin parut soudain être saisi de panique. À nouveau il lui fit signe d'avancer : « Allez, allez ! »

De retour dans la pièce, elle chercha aussitôt Howard et, une fois encore, constata qu'elle éprouvait une singulière sensation de plaisir. Voilà qui est complètement absurde, se dit-elle. Tout cela est absurde. Je ne comprends plus rien à rien.

« Je vous ai trouvé un matelas, dit Howard.

— Mais vous, alors ?

— Oh, je me débrouillerai. Je me suis procuré une couverture. De toute manière, ne vous inquiétez pas, j'ai mon anorak. »

Ils dénichèrent une petite place sous une fenêtre et s'installèrent du mieux qu'ils purent.

« Vous feriez bien de prendre ma veste en guise d'oreiller, dit Lucy. La nuit, je le crains, promet d'être plutôt horrible.

— Oh, jusqu'à un certain point ! » dit Howard.

Il ne semblait pas, effectivement, être plongé dans la consternation. Ou bien, se dit Lucy, il a un tempérament étonnamment flegmatique, ou bien alors... alors quoi ?... Ah, je m'y perds !

Elle fouilla dans son sac. « Me feriez-vous le plaisir de dîner avec moi, demanda-t-elle. Il me semble que je suis à la tête de deux paquets de chips et de quelques biscuits au chocolat. »

Trois

Très tôt le matin, Howard plongea brièvement dans un profond et ténébreux puits de sommeil avant de s'éveiller presque aussitôt dans un état de confusion mentale avancée. Il s'assit et observa les silhouettes allongées les unes contre les autres tout autour de lui, dont les ombres se dessinaient confusément à la maigre lueur d'une seule ampoule électrique qui pendait, nue, du plafond. La porte était fermée. Elle était gardée par une sentinelle armée. La pièce bruissait et murmurait. Elle était à la fois froide et étouffante et il s'en dégageait une odeur désagréable. L'ensemble avait quelque chose de cauchemardesque, on y était en proie à une sensation de menace surnaturelle et extrêmement présente. Howard tourna la tête, reconnut Lucy et s'inséra, sur-le-champ, dans une séquence concrète. Il savait maintenant, sans le moindre doute, où il était et pourquoi.

Le visage de Lucy était juste devant lui. Elle dormait, recroquevillée sur elle-même comme un fœtus. Elle avait la bouche légèrement ouverte avec, au coin des lèvres, un filament de salive et sur la joue une petite tache de saleté. Sa position donnait à penser qu'elle devait probablement souffrir du froid et, avec précaution, il posa sur elle son anorak. Lui-même était tout engourdi et raide pour avoir couché à même le sol de béton. Prenant grand soin de ne pas la déranger, il se mit, avec infiniment de peine, sur pied et se dirigea vers la fenêtre contre laquelle Barrow était appuyé.

Ils commencèrent à échanger quelques mots en prenant garde de ne pas élever la voix.

« Ce type-là, hier, vous a flanqué un sacré coup ! Vous devez avoir un bleu formidable...

— Je n'ai pas encore eu l'occasion de vérifier, dit Barrow, mais, croyez-moi, j'ai réfléchi toute la nuit à la façon dont je pourrais me venger de ce salopard. »

Le jour commençait à poindre. Le ciel, au-dessus de la clôture de fils de fer barbelés, se zébrait de gris et de jaune citron. Le casernement était éclairé par des lampes au sodium et il était totalement désert à l'exception de la présence d'un groupe de camions à l'arrêt et d'un entassement de barils de pétrole et de bidons d'essence.

« Ce que j'aimerais savoir, dit Barrow, c'est le rôle que joue là-dedans notre foutue ambassade.

— Il se peut fort bien qu'on n'y ait aucune idée de notre présence en ces lieux.

— Allons, voyons, c'est impossible ! Un avion avec son plein de passagers ne disparaît pas comme ça sans laisser de trace ! »

La porte s'ouvrit. Un soldat entra et échangea quelques mots à mi-voix avec le militaire de faction, lequel détala sans demander son reste.

« La relève de la garde », dit Barrow.

Howard s'aperçut soudain que Lucy s'était réveillée et qu'elle s'asseyait sur son matelas. Il regagna en hâte l'endroit où il avait laissé sa couverture et s'assit à côté de la jeune femme.

« Vous avez quand même pu dormir un peu ?

— Oui. Mais, si je ne me trompe, vous m'avez en plus fait cadeau de votre anorak !

— C'est vrai. C'est parce que j'ai eu l'impression que vous aviez froid.

— C'est bien aimable à vous », dit Lucy. Elle sourit et Howard en fut transporté de plaisir. Il était là, assis par terre sur une couverture crasseuse, au milieu de cette pièce horrible et il en vint à se demander s'il ne commençait pas à avoir le cerveau légèrement dérangé. Lucy avait sorti un peigne de son sac et s'efforçait de le passer dans ses cheveux. Il la contempla, ébloui.

« Je suppose que vous n'avez pas de glace sur vous ?

— Hélas, non, dit-il.

— J'ai bien peur d'avoir perdu la mienne. Après tout, tant pis ! C'est vraiment le cadet de mes soucis. Ma figure, au moins, est-elle propre ?

— À part une petite tache sur votre joue droite. »

Du bout de la langue elle humecta un kleenex et se tamponna vigoureusement la pommette.

« Voilà qui est mieux, dit Howard.

— Vous voulez que je vous dise, enchaîna Lucy. Je suis vraiment heureuse de vous avoir rencontré. Tout ce que nous subissons en ce moment me paraîtrait infiniment plus pénible sans vous. Ça j'en suis sûre.

— J'en suis heureux, moi aussi, dit Howard. Heureux au-delà de toute expression.

— Jusqu'à quel point pensez-vous que tout cela soit sérieux ?

— Qu'entendez-vous par tout cela ? demanda-t-il précautionneusement.

— Cette situation. Ces gens qui nous retiennent prisonniers ?

— Ah oui, bien sûr. » Il fit effort sur lui-même pour se ressaisir. « Très franchement je ne pense pas que ça puisse durer encore longtemps. Il est probable qu'ils vont finir par retrouver leurs esprits et nous procurer un autre avion.

— Hem... Espérons que vous êtes dans le vrai ! »

L'arrivée de l'aube réveilla ceux des passagers qui avaient réussi à trouver un peu de sommeil. La pièce, avec sa marée de matelas, de couvertures et d'occupants échevelés, ressemblait à un centre d'accueil de réfugiés. La porte restait close et elle ne s'ouvrait occasionnellement que pour laisser passer ceux qui, sous bonne escorte, se rendaient aux toilettes. Un autre soldat en armes stationnait à l'extérieur et un certain nombre de gardes patrouillaient le long du corridor. Assaillis de questions et de récriminations, ils restaient tous strictement impassibles. Vers les huit heures un chariot fit son apparition, chargé d'un grand samovar de café lavasse et d'une provision de petits pains. Le soleil tapait sur les fenêtres et le froid glacial de la nuit, peu à peu, cédait la place à une chaleur de plus en plus oppressante.

Des regroupements et des alliances s'étaient, de proche en proche, constitués à l'intérieur de l'ensemble des captifs. Les familles nombreuses, agglutinées près de la porte. Les deux représentants en ordinateurs, Jim Rankine et Tony Saubders, s'étaient

234

joints à quelques autres voyageurs de commerce et se lançaient, sans trop de conviction, dans une partie de cartes. Quatre religieuses irlandaises, qui regagnaient leur école au Kenya, formaient un petit groupe isolé. Howard et Lucy se rapprochèrent du centre de la pièce afin de voir ce qui se passait et d'envisager, au besoin, une stratégie de la riposte. Molly Wright et James Barrow avaient été rejoints par un personnage quelque peu emphatique mais, à l'évidence, réaliste et débordant d'énergie, du nom de Hugh Calloway. C'était le président d'une importante société de fournitures de produits industriels ayant de gros intérêts au Kenya.

« À mon avis, dit Calloway, nous allons être bloqués ici tant que nous ne serons pas parvenus à établir le contact avec quelqu'un disposant d'une réelle autorité. Les militaires à qui nous avons affaire en ce moment ne sont que de la piétaille. Ils ont reçu l'ordre de nous contrecarrer et, si nécessaire, de nous taper dessus.

— Je ne pense quand même pas, dit James Barrow, qu'on leur ait recommandé de provoquer un bain de sang ! Que feraient-ils, je vous le demande un peu, si on décidait de leur tomber dessus ? Si on les mettait, en quelque sorte, au pied du mur ? Si on leur annonçait que nous en avons marre de croupir dans cette étable à cochons et que nous sortions la tête haute. Je ne les vois quand même pas déclencher un massacre !

— À votre guise, dit Calloway d'un ton sec. En ce qui me concerne, je m'abstiendrais, si vous le permettez. »

Molly Wright intervint dans le débat. « Ce serait la pire des folies de se risquer à les provoquer. Ce qu'il faut, oui, je le reconnais, c'est s'adresser à l'échelon supérieur. Ce qui ne veut pas dire que nous devons nous montrer serviles. Il faut, au contraire, que nous maintenions la pression.

— Si seulement, remarqua Lucy, nous en savions davantage sur ce qui se passe dans ce pays, ça nous serait d'un grand secours. Quelle est exactement la situation politique de la Callimbie ? Y a-t-il quelqu'un qui tient les leviers de commande ou bien est-ce purement et simplement le chaos ? Si seulement l'un de nous avait un poste de radio !

— Personne n'a de radio, dit Barrow. En tout cas, plus maintenant. La fouille à laquelle ils nous ont soumis visait autant les postes de radio que les armes. Aucun d'entre nous n'avait sur lui le moindre objet contondant — ne fût-ce qu'un vieux couteau tout ébréché — mais l'un des gosses était en possession d'un transistor et, je crois aussi, deux autres personnes. On leur a tout raflé. »

Un silence s'établit. C'est comme quand il y a une coupure d'électricité, se dit Howard. Ou quand on a sa voiture qui tombe en panne. C'est la même impression de rejet. D'exclusion. Mais, cette fois, c'est nettement pire. Oui, c'est mille fois pire. Moins nous en savons, et plus nous sommes, par là même, vulnérables.

« Voilà qui ne me dit rien qui vaille, énonça Calloway. Nous pouvions jusqu'à présent nous flatter de l'illusion que ce qui vient de se passer relevait d'une simple pagaille généralisée. Ordres, contrordres et, finalement, désordre. Mais nous sommes bien forcés, maintenant, de nous rendre compte que tout cela est voulu et délibéré. Et qu'en conséquence il nous faut considérer la situation avec le plus grand sérieux. Oh mais... attention... voilà qu'il semble y avoir du nouveau. »

La porte, effectivement, venait de s'ouvrir pour laisser le passage à deux militaires portant un appareil enregistreur et un amplificateur. Un troisième individu s'inscrivait dans leur sillage, porteur, lui, d'une table. Une partie de la pièce fut, sans ménagement, débarrassée de ses matelas et de leurs occupants de manière que l'on pût mettre en place la table. L'un des soldats posa dessus l'appareil enregistreur qu'il brancha sur une prise électrique, puis il se livra à quelques manœuvres jusqu'à ce qu'une musique martiale se fit entendre.

« Seigneur Dieu, s'exclama Barrow, il ne manquait vraiment plus que ça ! »

Tout le monde, à présent, se tenait sur le qui-vive et des protestations fusaient un peu partout dans la pièce. Le soldat, apparemment satisfait, parcourut du regard les détenus puis arrêta la musique. Après quoi il se remit à tripatouiller le poste. Il s'ensuivit un brouhaha de parasites, un silence, et finalement on entendit une voix mâle parlant un anglais précis avec un rien d'accent. C'était celle que les passagers avaient déjà entendue à bord de l'avion et, par la suite, à l'aéroport.

« Bonjour. Le gouvernement de la Callimbie exprime ses regrets pour les désagréments subis par les passagers du vol 500 de la Capricorn Air Lines. Ceux-ci sont la conséquence de troubles temporaires survenus en Callimbie et qui vous imposent de rester en transit encore un certain temps avant de rejoindre votre destination. Ceci dans votre propre intérêt. Les représentants de votre gouvernement ont été informés et ont reçu l'assurance que toutes les mesures sont prises par les autorités callimbiennes pour garantir votre confort et votre sécurité. D'autres informations vous seront données dès que possible. »

Le soldat débrancha le disque et la musique martiale recommença à tonitruer à travers la pièce.

James Barrow partit en direction de la table et, montrant du doigt l'appareil, interpella le soldat : « Fermez ça, s'il vous plaît !

— Impossible.

— Ah bon ? Eh bien, moi, sacré bon Dieu, je vais vous faire voir que c'est possible... » Il avança la main pour s'emparer de la radio, mais le soldat se précipita sur lui.

Lucy fit un pas en avant : « Non, non, pas comme ça. Attendez. Laissez-moi essayer ! » Barrow marqua une hésitation et Lucy s'adressa directement au soldat tout en le gratifiant d'un sourire radieux : « S'il vous plaît. Trop de bruit. » Elle se passa la main sur le front et fit la grimace : « Pas bon. Les gens fatigués. Les enfants qui pleurent. »

Le soldat parut réfléchir. Lucy continuait à lui sourire d'un air angélique. Finalement il vint se placer devant le poste et s'employa à réduire le volume du son d'au moins plusieurs décibels.

« Eh bien, mes compliments ! dit Barrow. C'est décidément toujours la douceur qui a le dessus.

— Il devait avoir reçu l'ordre, dit Lucy, de n'éteindre la radio sous aucun prétexte mais, au besoin, de consentir à la moduler. »

Chacun, à présent, s'était mis à jacasser. Les spéculations et les interprétations virevoltaient en tous sens. La note dominante était nettement faite d'un mélange d'exaspération et de colère avec un rien de résignation vindicative. Peut-être l'aéroport était-il hors d'état de fonctionner ? Peut-être y avait-il encore des combats à l'intérieur de la ville ? Peut-être les centres de transmission avaient-ils été détruits ?

« Quelle connerie ! dit James Barrow. Vous pensez bien que, quand on a une explication raisonnable à fournir, on ne se conduit pas de cette manière-là. On prend la peine de venir la donner en personne.

— De toute façon, dit Molly Wright, en admettant que les représentants de notre gouvernement aient été informés des événements, qu'est-ce qu'ils foutent bon Dieu, je vous le demande ? Où sont-ils passés ? Pourquoi ne sont-ils pas là avec nous, à faire un foin du diable ? Eh bien, si vous tenez à le savoir, c'est parce que, selon moi, personne ne leur a dit un traître mot !

— Enfin, voyons, notre ministre des Affaires étrangères...

— Il n'est quand même pas concevable que Londres n'ait pas été...

— Ils ne peuvent pas ne pas savoir que notre avion n'est pas arrivé à destination ! »

Rien de tout cela n'est satisfaisant, pensa Lucy. « Le gouvernement de la Callimbie exprime ses regrets... » Ça ne peut que faire partie d'un processus délibéré d'atermoiement. Un stratagème pour nous museler pendant que... Au fait, pendant que quoi ? Pendant qu'ils décident ce qu'ils vont faire de nous ? Pendant que se déroule une suite d'événements dont ils préfèrent ne rien nous dire ?... Elle regarda Howard et crut lire dans l'expression de son nouvel ami des pensées et des interrogations du même ordre. « Tout ça, dit-elle à haute voix, ne me dit rien qui vaille. »

Howard posa sa main sur le bras de Lucy : « À moi non plus, mais j'aime mieux encore me leurrer de l'espoir que ces cocos-là sont plus ineptes que dangereux. »

La musique militaire continuait à déverser ses accents rauques. Un bébé s'était mis à pousser des cris stridents. Molly Wright se disputait avec une sentinelle pour obtenir l'ouverture de la fenêtre — ce à quoi, finalement, le militaire consentit. Un vent chaud s'engouffra aussitôt dans la pièce, dissipant quelque peu l'odeur oppressante.

Howard et Lucy regagnèrent leur campement.

« On va partager le matelas, dit Lucy. On va le pousser contre le mur et le plier en deux de manière à en faire une espèce de canapé. S'ils ont décidé de nous soumettre à une épreuve d'endurance, autant nous y conformer avec le maximum d'élégance. Croyez-vous que ce serait prétentieux de ma part de continuer à lire *Anna Karénine* ?

— Sûrement pas prétentieux, mais peut-être un brin antisocial.

— J'aimerais beaucoup bavarder avec vous, dit Lucy. Mais je crains que vous ne soyez trop fourbu.

— Pas autant que je le craignais.

— J'ai la conviction qu'il est essentiel de ne pas perdre le contrôle de nous-mêmes, dit Lucy. De ne pas rompre le contact avec les événements, vous comprenez. J'espère que ma mère n'est pas au courant de ce qui nous est arrivé. La pauvre, ça la rendrait folle !

— Êtes-vous mariée... ou quelque chose d'approchant ?

— Non. Ni mariée ni quelque chose d'approchant. » Elle resta silencieuse un moment. « Et vous-
même ?

— Moi non plus. »

Elle continua à observer d'un air réprobateur la
pièce pleine de turbulences et, de manière imperceptible, soupira. Molly Wright était en pleine conversation, s'affairant, semblait-il, à dresser une liste. Les
religieuses s'étaient extraites de leur isolement pour
organiser des jeux à l'intention des enfants. Je me
trouve dans un endroit où je ne serais jamais venue
de mon propre chef, pensa Lucy. Je suis, selon toute
vraisemblance, prisonnière, horriblement démunie de
tout, et pourtant... et pourtant... je me sens heureuse.

Howard soupira à son tour — involontaire manifestation de l'allégement du stress dont il avait souffert qu'il transforma en un discret toussotement. Le
mari, l'amant, le compagnon et les attaches de toutes
sortes pour lesquels il avait déjà imaginé des attributs
physiques et des modes d'existence venaient de
s'évanouir en un seul instant. Comme c'est étrange,
se dit-il. Proprement incroyable !

« L'anniversaire de ma mère tombe à la fin de
cette semaine, enchaîna Lucy. Je veux espérer que
nous serons de retour à ce moment-là !

— Mais oui, très certainement. Dieu sait pour qui
peuvent bien se prendre ces matamores ! Toutes les
télécommunications doivent être en train de s'en
donner à cœur joie et, tôt ou tard, il faudra bien
qu'ils retrouvent leur bon sens et, à ce moment-là,
nous reprendrons notre chemin.

— Et vous pourrez enfin rejoindre les fossiles qui vous attendent à Nairobi.

— Oui, je suppose, dit Howard.

— Comme si rien de tout ça n'était arrivé ?

— Bien au contraire. La suite des événements en aura été profondément affectée. Tout s'enchaîne dans la vie.

— Vous voulez dire par là que vous prêterez une attention assidue à tout ce qui se passera désormais en Callimbie et que vous vous imposerez comme une règle formelle de ne jamais aller passer vos vacances à Marsopolis ?

— Exactement. Et que mes réactions aux fanfares martiales ne seront jamais plus ce qu'elles étaient auparavant. Et je m'achèterai un autre anorak pour le cas où il me faudrait encore m'en servir en guise de couverture. Et aussi...

— Quoi donc ?

— Eh bien, il y a le fait, aussi, que si rien de tout ça ne s'était produit, je n'aurais pas eu la chance de vous rencontrer.

— Effectivement, dit Lucy d'un ton jovial, pour ne rien vous cacher, d'ailleurs, j'avais été sur le point de partir la semaine précédente. J'étais en train de réserver ma place d'avion quand je me suis rappelé l'anniversaire de ma mère et la nécessité de rentrer à temps.

— Dans ce cas, un grand merci à votre mère ! »

Ils s'adressèrent un coup d'œil furtif puis, aussitôt, détournèrent leurs regards.

« Ma mère s'est remariée récemment. Elle a...

— Une liste de doléances relatives à notre état de santé et à nos besoins diététiques, qu'est-ce que vous en pensez ? » demanda Molly Wright, se précipitant sur eux sans crier gare. « Pardonnez-moi de vous interrompre mais ça m'a semblé être une bonne idée de constituer un dossier et d'établir un inventaire de nos revendications. Nous comptons dans nos rangs un diabétique, un cardiaque, plus une jeune femme enceinte et un marmot de trois ans qui souffre de diarrhée. Les mères de famille manquent de couches-culottes et si, par hasard, l'un de vous deux se trouve avoir des antihistaminiques, je vous signale qu'un des gosses a été piqué par une abeille. Vous, par contre, vous avez l'air en excellente forme ! Mes félicitations !... Auriez-vous la gentillesse, ma chère, d'aller exercer vos charmes sur notre petit copain près de la porte et lui demander de mettre la pédale douce à cet horrible tintamarre. Les gens deviennent dingues ! »

On avait relevé la sentinelle. Le militaire qui montait la garde maintenant était un homme fluet au teint pâle dont le visage faisait penser à une icône byzantine. Tout le contraire du type aux traits mafflus et à la peau ivoirine qui l'avait précédé. Voilà qui ne manque pas d'intérêt, se dit Lucy : ce mélange de races a nécessairement une signification secrète. C'est comme un code en soi, qui implique une histoire dont le sens nous reste impénétrable. Du doigt, elle désigna au planton le haut-parleur et esquissa de grands gestes suggérant un retour à la modération : « S'il vous plaît... Musique trop bruyante... Trop fort... Trop de tapage... »

Le soldat la dévisagea et resta impassible.

Lucy décida alors de changer de tactique. « Je voudrais aller aux toilettes », dit-elle.

L'icône lui permit de passer dans le corridor et appela un collègue. L'endroit où on l'amena était tout bonnement infect : de l'urine partout par terre et la cuvette des W.-C. incrustée de matières fécales. Quand Lucy en eut terminé, elle jeta un coup d'œil par le vasistas d'où l'on avait une vue différente sur le casernement. Par-delà la clôture de barbelés s'étendait un champ où s'étiolaient quelques maigres plantations de fèves. Un bourricot trottait sur une piste, suivi d'un homme qui, nonchalamment, lui cinglait les pattes avec une badine. Quelque part, donc, à l'extérieur du camp la vie continuait comme si de rien n'était. Il y avait bel et bien des gens pour qui cette journée était quotidienne, banale, qui se tracassaient au sujet de leur travail ou des factures qui leur restaient à régler pour l'entretien du ménage.

Le militaire de faction devant la porte avait des traits aquilins, une moustache plantureuse et des yeux bruns empreints d'une relative douceur. « Combien d'habitants y a-t-il à Marsopolis ? » lui demanda Lucy.

Il secoua la tête.

« Bon, n'en parlons plus... » Elle lui montra du doigt l'endroit d'où elle venait de sortir : « Dégoûtant ! Infect ! Ouille ouille ouille ! Faudrait absolument nettoyer toute cette saleté ! »

— Demain », dit le soldat.

De retour dans la pièce, le spectacle soudain lui donna un choc. Tous ces gens entassés les uns contre les autres, ces gosses à bout de nerfs, ces visages comme vitrifiés ! Comment avait-elle pu échouer dans un endroit pareil ? Que faisait-elle là ? Elle et tous les autres ? Dans son souvenir elle revit cette même foule le jour précédent, s'affairant à dégager de son enveloppe de cellophane le plateau du repas standard, se plaçant les écouteurs sur les oreilles, feuilletant des magazines. Comment une seule journée avait-elle pu être aussi traîtresse ? Elle resta sur place, immobile et mal à l'aise, encore un long moment, essayant avec peine de se dominer. La musique martiale continuait à vociférer et le vacarme, subitement, l'emplit de fureur. Elle regarda l'appareil, repéra le bouton de contrôle du volume du son, s'avança d'un pas décidé et réduisit le tintamarre à ne plus être qu'un bruit de fond supportable.

Le soldat de faction, à la seconde même, se rua sur elle en poussant des hurlements. Il la bouscula carrément pour l'écarter du poste, remonta le volume à son niveau antérieur, menaça d'un geste courroucé la récalcitrante et repartit monter la garde.

« Bravo, ma chère, dit Molly Wright. Il faut croire que, décidément, les ordres sont les ordres ! À mon tour d'aller asticoter cet énergumène au sujet des couches pour les bébés. Et il y a aussi les boissons fraîches sans lesquelles nous allons nous déshydrater complètement. »

La journée poursuivait placidement son petit bonhomme de chemin. Vers midi on apporta un déjeuner de bric et de broc : des pains farcis de bouts de fromage secs, des œufs durs et des bouteilles d'eau gazeuse. Le soleil donnait à plein sur les fenêtres et les détenus commencèrent à transformer de leur mieux une partie des matelas en stores improvisés. De temps à autre ils percevaient les échos d'activités se déroulant à l'extérieur : des allées et venues de voitures, un bruit de bottes dans le corridor, des instructions données à tue-tête. À plusieurs reprises ils crurent percevoir un autre bruit, beaucoup plus lointain et difficile à identifier en raison des braillements du haut-parleur.

« Ce sont des coups de feu, n'est-ce pas ? demanda Lucy.

— Oui, j'en ai l'impression », dit Howard.

Les sentinelles qui se succédèrent furent soumises à un feu roulant de questions, dont la plupart n'éveillèrent aucun écho. Il y eut un peu plus tard une distribution de couches-culottes mais la permission d'aller se détendre dehors par petits groupes se heurta à un refus systématique. À la fin de l'après-midi le découragement commença à envahir les esprits devant la perspective de passer une seconde nuit sur place.

Le soir tomba. Les lampes au sodium s'allumèrent tout au long de la clôture circulaire et puis, soudain, la porte s'ouvrit et un officier donna d'un ton sec un ordre à la sentinelle qui se raidit au garde-à-vous avant de se précipiter pour débrancher le haut-parleur. L'effet produit par le silence qui s'établit à la seconde était à peine croyable.

Chacun garda les yeux fixés sur la porte restée entrouverte. Un homme, alors, fit son apparition — un civil vêtu d'un costume gris immaculé, avec une chemise blanche, des boutons de manchettes en or et une cravate en soie ornée d'une fleur de lys. Une pochette en soie blanche, soigneusement pliée en forme de triangle parfait, ornait sa poitrine. Les passagers du CAP 500 sales, échevelés, les yeux rougis par l'épuisement, rivèrent sur lui leurs regards pleins de morosité.

« Mesdames et Messieurs, bonsoir. J'ai reçu du gouvernement de la Callimbie la mission de vous souhaiter la bienvenue à Marsopolis. Nous nous trouvons malheureusement dans la nécessité de différer encore quelque peu votre départ en raison de troubles qui persistent dans notre pays et qui affectent nos possibilités de communication. Quoi qu'il en soit, je suis en mesure de vous assurer que tout sera fait pour rendre votre séjour en Callimbie aussi agréable que possible. Vous allez incessamment quitter ce centre d'accueil pour être conduits dans d'autres locaux qui, j'en suis certain, vous donneront entière satisfaction. Je vous remercie de votre attention. »

Cette allocution fut suivie d'un silence momentané puis d'un brouhaha de questions et de protestations. James Barrow ne perdit pas un instant pour se propulser au premier rang et fit face au nouveau venu.

« Vous ne nous en avez pas dit assez. Pourquoi ne nous a-t-on pas permis de prendre contact avec notre ambassade ? Voilà plus de vingt-quatre heures maintenant qu'on nous laisse croupir dans ce dépotoir dans des conditions totalement inadéquates et sans nous communiquer la moindre information. Pourquoi nous a-t-on enlevé nos passeports ? Pourquoi nous a-t-on soumis à une fouille systématique ? »

Ce fut au tour de Hugh Calloway d'intervenir. « Quel est votre statut officiel ? À quel titre représentez-vous le gouvernement de la Callimbie ?

— Je suis un interprète.

247

— Fort bien. Dans ce cas nous exigeons de parler à un représentant de votre gouvernement en présence d'un délégué de notre ambassade.

— Ce ne sera pas nécessaire, dit l'interprète. Tous les arrangements ont déjà été pris. Récupérez, s'il vous plaît, vos bagages et veuillez rejoindre les moyens de transport en attente. » Sur quoi il quitta la pièce.

Les passagers commencèrent à rassembler leurs affaires. Mille et une spéculations continuaient à courir en dépit de la lassitude générale mais une atmosphère de soulagement commençait à se faire sentir.

« On va enfin sortir de cette saloperie !

— Ce gars-là, en tout cas, a l'air de savoir de quoi il parle.

— L'essentiel c'est que, pour cette nuit, on puisse avoir un lit convenable. »

La petite foule sortit cahin-caha et se dirigea vers trois minibus. L'interprète était resté à proximité de la porte d'où il surveillait les opérations. Il écoutait avec gravité toutes les doléances et faisait inlassablement la même réponse : « Je regrette mais je ne suis pas en mesure de vous fournir l'information requise. »

Howard et Lucy s'étaient trouvés être parmi les derniers à quitter la salle commune. Ils montèrent s'installer au premier rang du troisième minibus. Un dispositif militaire avait été mis en place : à côté de chaque chauffeur, un soldat en armes était assis, fusil à la main.

L'interprète passa en revue les minibus et, finalement, vint s'asseoir à hauteur de Lucy et de Howard mais de l'autre côté de la travée. Il lança prestement un ordre au chauffeur qui démarra sur-le-champ, suivi par les deux autres véhicules.

« Où allons-nous ? demanda Howard.

— Je regrette mais je ne suis pas en mesure de vous fournir l'information requise.

— Allons-nous dans un autre endroit de Marsopolis ?

— Marsopolis est une très ancienne et très belle cité. On peut y admirer un certain nombre de ruines grecques et romaines et le port est d'un intérêt certain. Le paysage côtier est des plus plaisants. »

Le minibus traversait, à présent, une zone industrielle : des usines et des entrepôts minables entrecoupés de petits lopins de terre.

« La Callimbie moderne dispose d'une importante industrie. Ce que vous voyez ici est une fabrique de pièces détachées de voitures. Nous exportons, en outre, des quantités considérables de dattes et d'oranges, sans compter l'huile d'olive.

— Quel est approximativement le revenu moyen par individu ? demanda Lucy. Quel pourcentage d'enfants bénéficie chez vous d'une éducation secondaire ? Pratiquez-vous un système de coopératives agricoles ? »

L'interprète lui adressa un regard chargé d'étonnement : « Il est difficile, comprenez-le, de répondre à ce genre de questions. »

La zone industrielle cédait, à présent, la place à une banlieue où se succédaient immeubles d'habitation et de petites villas. Ensuite ce fut le tour d'un secteur où défilaient des rues étroites, des magasins et des bureaux. Le minibus effectua un virage à un carrefour puis s'arrêta brutalement. Un camion de l'armée lui barrait le passage. Un peu plus loin derrière lui on pouvait apercevoir une voiture encerclée par un groupe de soldats avec lequel les occupants semblaient avoir maille à partir.

Le conducteur du minibus hésita, la main crispée sur le levier de changement de vitesse. Essayant de voir ce qui se passait en regardant par-dessus son épaule, Howard et Lucy aperçurent deux jambes de pantalon d'homme suspendues, pour ainsi dire, à une des portières grande ouverte de la voiture encerclée. Les soldats extirpaient un homme du véhicule. Son visage, l'espace d'un instant, se détacha de la mêlée — il était rouge de sang. Puis, plié en deux, le malheureux fut traîné jusqu'au camion.

Le conducteur du minibus passa en marche arrière tout en faisant signe aux deux chauffeurs qui le suivaient de reculer, eux aussi. Les trois engins, de concert, rebroussèrent alors chemin.

« Nous nous étions trompés de route, expliqua l'interprète. Nous allons changer d'itinéraire. »

Howard, allongeant le cou, se rendit compte que les soldats avaient ensuite extirpé de la voiture un corps inerte qu'ils abandonnèrent dans le caniveau au bord du trottoir.

« Ces troubles dont souffre votre pays... Y a-t-il beaucoup de morts et de blessés ?

— Je ne le pense pas, dit l'interprète. Non, je puis vous assurer que tel n'est pas le cas. »

Le minibus débouchait sur un vaste boulevard bordé d'arbres et de trottoirs ombragés. La plupart des commerçants avaient baissé le rideau de leur boutique. Les chaises installées aux terrasses des cafés étaient empilées contre les tables. Dans le seul établissement apparemment encore ouvert, un seul et unique consommateur, sa tasse posée devant lui, observa avec intérêt le défilé des minibus. La circulation était extraordinairement fluide et principalement constituée de véhicules de l'armée. Un petit groupe de militaires s'affairait à enlever des détritus tombés de la façade d'un immeuble endommagé.

« Quelle a été la cause de vos ennuis ? » se risqua à demander Lucy.

L'interprète marqua une pause. Il parut être sur le point de débiter mécaniquement sa réponse de routine mais, en fin de compte, il changea d'avis. Le ton de sa voix se fit presque confidentiel : « Il y avait dans notre pays des gens qui, malheureusement, étaient hostiles aux changements. Il nous a fallu nous débarrasser de certaines personnes, ce qui n'a pas été sans causer des difficultés. Mais c'est un problème purement local et qui a été résolu de manière satisfaisante par les autorités. Ceux qui essaieraient aujourd'hui de provoquer des troubles sont hors d'état de nuire. Mais voici que... » le timbre de sa voix prit de la vivacité... « que nous entrons dans le centre-ville de Marsopolis. Vous allez pouvoir constater que nous possédons de très beaux édifices. Et, au cœur même de la cité, vous verrez la statue de la sœur de Cléopâtre, la reine Bérénice. C'est l'œuvre d'un très célèbre sculpteur français. Regardez, s'il vous plaît. Bérénice était la plus ravissante femme de son époque et elle a eu de nombreux amants, parmi lesquels Alexandre le Grand.

— Impossible, dit Lucy. Ils n'étaient pas contemporains.

— Veuillez m'excuser, dit l'interprète. Je ne suis pas tellement calé en matière d'événements historiques. Je suis un ancien élève ingénieur de l'université de Cambridge. Connaîtriez-vous, par hasard, le professeur Wilcox ?

— Non. »

L'interprète regarda attentivement Howard : « Il me semble que vous êtes vous-même professeur d'université, Mr. Bealish ?

— Mon nom est Howard Beamish. J'enseigne à Tavistock College, à Londres. »

Comment peut-il savoir qui est qui ? se demanda Howard. Ah oui, bien sûr... les passeports, ça va de soi... Ils ont dû se donner un mal de chien à décortiquer nos papiers.

« Londres a également des universités très distinguées. En ce qui me concerne, j'ai passé quatre ans à Cambridge et, ensuite, deux ans dans votre capitale. Je suis très heureux de connaître votre pays, Mr. Beamish. »

Le minibus était en train de contourner la place au centre de laquelle trônait la sœur de Cléopâtre, un sein dénudé jaillissant d'une draperie marmoréenne et une main languide posée sur un éventail de feuilles de palmier.

« Le mode de vie des Anglais n'a pas de secrets pour moi, continua l'interprète. Je trouve votre peuple extrêmement agréable. Oui, vraiment, on ne peut plus amical. Je continue d'envoyer une carte, tous les ans, à mon ancienne logeuse de Cambridge.

— Puisque vous avez une si bonne opinion de notre pays, dit Howard, ne pourriez-vous en témoigner en nous donnant des informations sans détour et en nous permettant de téléphoner à notre ambassade ?

— C'est que, voyez-vous... » l'interprète haussa délicatement les épaules « je suis dans l'obligation de respecter les ordres. Je puis, en tout cas, vous assurer que la situation est entièrement maîtrisée. Vous n'avez aucune raison de vous tourmenter et vous allez incessamment recevoir des nouvelles précises, cela je vous en donne ma parole. » Il ajusta sa cravate, fit tomber d'une pichenette une poussière égarée sur sa manche et regarda en avant de lui : « Dans une minute nous arriverons à destination. S'il vous plaît, vous voyez cette rue et, au bout là-bas, vous apercevez le drapeau qui flotte au-dessus du palais de Samara ? Eh bien, c'est la résidence du chef d'État de la nation callimbienne. » Il avait prononcé ces mots avec un immense respect.

Les minibus remontaient une grande avenue bordée de magasins, de banques et de cafés. Des rangées parallèles de tamaris convergeaient en direction d'un lointain édifice. Et puis, soudain, les bus tournèrent pour pénétrer dans l'avant-cour d'un majestueux édifice. Des soldats en faction devant se précipitèrent pour ouvrir les portières. Les passagers descendirent et leurs regards s'éclairèrent à mesure qu'ils découvraient les signes extérieurs d'un hôtel de grand luxe : le feuillage humide de pots de fleurs méticuleusement entretenus, la vaste porte à tambour, les tapis, les cuivres, le marbre, les fenêtres parées de rideaux.

« L'*Excelsior Hotel*, dit l'interprète, a été temporairement réquisitionné pour accueillir les passagers du CAP 500. »

Ceux-ci, déjà, gravissaient avec empressement les marches du perron, de telle sorte que peu d'entre eux lui prêtèrent attention.

Quatre

Il apparut tout de suite que l'*Excelsior Hotel* disposait d'une piscine (sans eau), d'un sauna (hors d'usage), d'un bar (fermé) et d'un personnel (squelettique) de serviteurs (rébarbatifs). Mais, au moins, il y avait des chambres, de la nourriture et de l'espace vital. Les naufragés du CAP 500 se jetèrent d'un seul élan sur tant de confort, emportés par une ardente reconnaissance. Comme si, pensa Lucy, la Callimbie avait, en les offrant, fait preuve de générosité.

Tous les étages de l'hôtel, sauf un, étaient vides et interdits au public. Les chambres mises à la disposition des détenus se trouvaient toutes au seul étage resté en service. On annonça aux nouveaux arrivants qu'un repas allait bientôt leur être apporté. Lucy prit un bain et se lava les cheveux. Le temps avait passé et il faisait nuit noire. Elle regarda par la fenêtre, aperçut des lampadaires allumés et, par intermittence, une voiture mais elle eut l'impression, comme déjà dans le minibus sur le chemin de l'hôtel, que la ville respirait au ralenti et que de nombreux habitants devaient s'imposer de rester cois et prudents derrière leurs portes soigneusement barricadées. Sur quoi une vague de fatigue déferla sur elle et elle contempla le lit avec envie.

De retour au rez-de-chaussée, elle retrouva l'ensemble des passagers regroupé dans la salle à manger où on avait installé une longue et unique table et où on commençait à servir le dîner. Elle s'empressa d'aller rejoindre Howard, James Barrow, Hugh Calloway et Molly Wright qui s'étaient agglutinés à l'une des extrémités et qui discutaient à l'envi de la situation. L'interprète, apparemment, avait disparu — aucun des domestiques ne savait où il pouvait bien être ni quand il reviendrait. L'hôtel était, de toutes parts, cerné par la soldatesque. Aucun téléphone ne fonctionnait. Quiconque essayait de sortir était aussitôt refoulé sans ménagement par les gardes.

« Mais, sacrédié, s'étonna James Barrow, où peuvent bien être passés les autres voyageurs ? Enfin, bon Dieu, où sont les Yankees ? Qu'ont-ils bien pu faire du reste des passagers ?

— Ils sont sans doute éparpillés dans d'autres hôtels !

— Mais pourquoi, alors, celui-ci, en dehors de nous, est-il désert ? Vous le voyez bien, complètement désert !

— Peut-être les autres ont-ils déjà quitté Marsopolis ? suggéra Howard après mûre réflexion. Peut-être ont-ils été rapatriés sans tarder ? Ou alors peut-être sont-ils repartis en direction de Nairobi ?

— Ce qu'il y a de sûr, déclara Molly Wright, c'est qu'à l'instant où je vous parle, je m'en balance totalement. Tout ce qui m'intéresse c'est de pouvoir piquer un bon roupillon. Cette salle de bains est un vrai paradis. Quant à ce cocktail de crevettes, c'est le meilleur, et de loin, que j'aie jamais mangé de ma vie ! »

Tout autour de la table l'humeur générale inclinait, non sans lassitude, à une acceptation pure et simple des faits. La plupart des convives ne perdirent pas une seconde pour regagner leur chambre dès la fin du repas. James Barrow, pour sa part, se lança dans une longue — et finalement infructueuse — discussion avec le majordome en vue de se procurer une bouteille de whisky.

« Pas même, croyez-moi si vous voulez, contre cinquante dollars ! De deux choses l'une. Ou bien ces gens-là sont sincèrement incorruptibles ou bien alors ils ont une trouille du diable !

— J'inclinerais personnellement plutôt vers la trouille, dit Hugh Calloway.

— Dans ce cas, bon sang, il ne va plus me rester que le plumard. Quand je pense que j'ai traînassé dans cette bon Dieu de boutique hors taxe à Heathrow et que, finalement comme un crétin, je me suis dit : non, ça m'encombrerait... Seigneur, vraiment ! »

Howard et Lucy prirent ensemble l'ascenseur. Comme ils en sortaient, il se tourna vers elle : « En fait, dit-il, la vérité est que j'ai bel et bien une bouteille de whisky dans mon sac. J'ai eu le sentiment, tout à l'heure, d'être indiciblement rapiat mais... franchement — et de vous à moi — une joyeuse nuit de soûlographie est bien la dernière chose qui hante mes rêves en ce moment ! Il n'en reste pas moins que, si ça vous faisait plaisir, *à vous...* »

Il eut une hésitation et son regard s'attarda sur elle. Ils se tenaient l'un contre l'autre dans le corridor vide. Lucy était en proie à un tel épuisement qu'on aurait pu croire qu'elle allait s'effondrer d'un instant à l'autre. Howard et elle semblaient être les seuls objets un peu stables dans ce décor de papiers peints striés d'or, d'enfilades de portes s'étirant à perte de vue et d'un long fleuve de moquettes à chevrons. Elle le regarda à son tour et, finalement, il glissa sa main sous son coude et la soutint un instant. « Non, dit-il, vous n'en pouvez plus. Vous allez vous coucher et dormir. Je vous verrai demain matin. »

Une fois seule, elle enleva ses vêtements et se laissa tomber sur le lit. Elle éteignit la lumière et resta dans l'obscurité, allongée sur le dos et l'esprit vide de toute forme de pensée. Elle voyait se dérouler, avec le détachement qu'inspire une extrême lassitude, une succession ininterrompue d'images, toutes de clarté égale et d'égale insistance : la languette orange d'un bout de fromage dépassant d'un morceau de pain, la lueur scintillante d'un rayon de soleil tombant sur la barbe brunâtre de Howard Beamish, le mouvement d'horlogerie des sabots d'un bourricot, un homme s'écroulant à terre, le visage en sang. Et puis, sans transition, elle plongea dans un sommeil insondable où les rêves n'avaient pas de place.

Howard, lui, rêva. Ou, du moins, eut-il l'impression de se trouver dans un climat comme on en connaît dans les rêves. Il s'éveilla dans un lit étranger, perturbé par un bruit de pas précipités résonnant dans une rue masquée par les rideaux d'une fenêtre qu'il n'avait jamais vue. Il entendit des cris. Un craquement sec. Et puis encore un autre. Il se leva, alla à la fenêtre, regarda dans la rue et, là, il vit nettement un homme qui courait à perdre haleine, éclairé par la lueur des lampadaires. Il était poursuivi par des soldats. Et soudainement, debout là dans cette chambre, il se rendit compte que ce n'était pas un rêve.

L'un des soldats fit halte, épaula son fusil et tira. Howard perçut nettement le bruit du coup de feu. L'homme traqué disparut, avalé par un espace au-delà, maintenant, du champ de vision de la chambre. Le militaire tira de nouveau. Après quoi la patrouille cessa d'avancer, parut réfléchir à la situation et finalement reprit sa marche, cette fois sans se presser. Deux ou trois des poursuivants se mirent à rire aux éclats.

Howard resta immobile près de la fenêtre jusqu'à ce que la rue fût à nouveau déserte. Juste en face de lui il y avait une pharmacie avec, à la devanture, une réclame représentant une jeune femme souriante qui, en italien, vantait les mérites d'une marque japonaise d'appareils photographiques. À côté d'elle était posé un gigantesque flacon en toc de parfum Chanel escorté d'un étalage de séchoirs à cheveux de fabrication allemande. Sur le mur voisin des posters faisaient, en langue arabe, l'éloge d'un film. Un peu plus loin un concessionnaire d'automobiles Ford exhibait ses modèles de voitures. Le reste du décor, silencieux et désert, était baigné d'une lumière neutre. Au-dessus des magasins, Howard apercevait des immeubles d'habitation prudemment abrités derrière leurs persiennes closes. Un chat étique se laissa tomber d'un rebord de fenêtre pour gagner ensuite, escorté de son ombre filiforme, le milieu de la rue. L'homme traqué, les coups de fusil des soldats, tout cela ressemblait maintenant à un mauvais rêve.

Howard retourna se coucher et consulta sa montre. Il était 4 h 30. Une brochure luxueuse posée sur la table de chevet donnait, en trois langues différentes, les explications nécessaires à l'utilisation des vidéocassettes sur un magnétoscope devenu inopérant. La chambre était pourvue de tous les accessoires familiers dans un cadre de ce genre mais, dès qu'on y regardait de plus près, on s'apercevait que tout n'était que poudre aux yeux : le minibar était vide, la radio défunte, le téléphone muet. Howard éprouva, de nouveau, l'impression d'avoir été mis de côté, projeté dans un fantasmagorique purgatoire parallèle à la réalité, et il en conçut une sensation de peur. Résolument il essaya de s'endormir. Mais quand, enfin, il y parvint, ce n'est plus à l'homme traqué qu'il pensait, mais à Lucy.

« Avez-vous entendu ce tapage dans la rue très tôt ce matin ? Des soldats dehors devant l'hôtel et puis plusieurs coups de feu ?

— Absolument pas, dit James Barrow. Il faut dire que j'étais totalement hors de combat ! »

Étant descendu tardivement pour prendre son petit déjeuner, Howard découvrit une salle à manger pleine à craquer. Lucy était assise tout au bout de la grande table et il se trouva dans l'obligation de dénicher une place n'importe où. Personne n'avait vu ou entendu quoi que ce fût à l'exception de Molly Wright qui avait vaguement perçu une espèce de pétarade. La plupart des convives, en fait, se préoc cupaient surtout de l'absence d'eau chaude dans les chambres comme, d'ailleurs, dans l'ensemble de l'hôtel et aussi de celle de lait frais. Les familles nombreuses réclamaient à grands cris la réouverture de la piscine. Le maître d'hôtel — seul personnage, apparemment, à représenter le poids de l'autorité — était submergé par un véritable torrent d'exigences et de remontrances. Hugh Calloway observait ce spectacle d'un œil proprement incrédule :

« C'est incroyable ! Voilà bientôt près de quarante-huit heures que nous avons été mis au secret et, tout à coup, les gens s'énervent parce qu'il n'y a plus que de l'eau froide et du lait en poudre !

— Je suppose que c'est là une manière comme une autre d'échapper à l'angoisse », remarqua Howard.

Calloway alla chercher dans sa poche une calculatrice et tapota dessus un petit moment : « J'ai, à l'heure où je vous parle, perdu quelque chose comme 400 000 dollars de chiffre d'affaires. Quant au prix de mon temps à moi, si ça vous intéresse, et en mettant les choses au plus bas, il se monte à une centaine de livres à l'heure !

— Il ne vous reste plus qu'à envoyer votre note au gouvernement de la Callimbie, dit James Barrow. Je suis bien certain qu'il ne manquera pas de vous accorder un règlement en toute priorité. »

Et pendant que nous sommes là à plaisanter, se dit Howard, dehors, dans cette ville dont la plupart d'entre nous ignoraient encore avant-hier jusqu'à l'existence, il y a des pauvres gens qui, à coup sûr, ont d'autres chats à fouetter que la vérification de la température de l'eau de leur bain ou le rendement financier de leur temps de travail !

Une discussion venait, à l'instant, de s'engager sur les mérites comparés, en tant qu'approches tactiques de l'adversaire, de la patience ou de la revendication. Howard, plus pratiquement, opta pour un bol de flocons d'avoine agrémenté de lait en poudre et attendit que les voisins de Lucy se fussent levés pour aller la rejoindre.

De toute évidence, l'image d'un palace en tant que tel avait, de minute en minute, tendance à se perdre dans les limbes. Les passagers britanniques du CAP 500 étaient manifestement ses seuls hôtes, limités de surcroît à l'utilisation d'un seul étage — assorti, il est vrai, d'un rez-de-chaussée composé d'une salle à manger, d'un hall et de quelques petits salons. Les rares membres du personnel encore présents n'étaient là que pour assurer les services indispensables et ils avaient, de toute évidence, reçu l'ordre d'en dire le moins possible aux occupants. La réceptionnaire, bayant aux corneilles derrière un comptoir où personne ne venait s'inscrire, n'avait rien d'autre à faire, sans téléphone et devant un écran d'ordinateur désespérément vide, qu'à essayer de se soustraire aux questions et aux réclamations. Les soldats qui montaient la garde auprès des portes demeuraient impassibles sauf si on les provoquait — auquel cas ils pouvaient se montrer extrêmement agressifs.

À mesure que s'écoulaient les heures, le groupe tendait de plus en plus à se cantonner au rez-de-chaussée. Ceux qui, périodiquement, remontaient dans leur chambre ne tardaient pas à redescendre, craignant sans doute de manquer on ne sait quelle information ou un développement inattendu de la conjoncture locale. À midi, les portes donnant sur le patio contigu au grand hall s'ouvrirent subitement, permettant ainsi aux enfants de s'ébattre en toute liberté. Certains des passagers s'empressèrent de les rejoindre, s'asseyant au soleil sur des sièges qu'ils avaient spécialement apportés avec eux. La découverte d'une colonie de lézards sur un mur prit les proportions d'un événement du plus haut intérêt. On servit au déjeuner une salade de fruits de mer assez remarquable et un bel assortiment de crèmes glacées italiennes.

« N'hésitez surtout pas à me dire, énonça Howard avec détermination, si vous avez l'impression que je cherche à vous monopoliser. Ou si, simplement, vous préférez rester seule.

— Je n'ai pas l'impression que quelqu'un d'autre recherche ma compagnie. Et la solitude ne m'attire pas outre mesure. La vérité, voyez-vous, c'est que je commence à me faire vraiment du souci.

— Dans ce cas, je n'ai plus de complexe de culpabilité. Voilà qui est réconfortant !

— Cela va de soi, dit Lucy. Ce que nous risquons — vous comme moi — n'en reste pas moins de manquer de sujets de conversation. Auquel cas nous aurions toujours la ressource de jouer aux morpions.

— Ça alors, permettez-moi d'en douter !

— Ma foi, tout considéré, nous ne nous en sommes pas trop mal tirés jusqu'ici. Et pratiquement sans le moindre accroc. Sauf à l'occasion de ce petit instant délicat où nous avons pris conscience de nos tendances respectives en politique. Je suis nettement plus à gauche que vous. Et je pense aussi que vous avez grand tort de mépriser à ce point les romans. La fiction, croyez-moi, a d'énormes qualités.

— La faute en est à l'incompétence des scientifiques, dit Howard. À leur terrifiant amour des faits concrets.

— Eh bien, voyez-vous, si nous restons assez longtemps ici, j'aurai toujours la ressource d'essayer de vous lire *Anna Karénine*.

— Je suis certain que, dans ce cas, vous gagneriez la partie.

— Avons-nous vraiment l'esprit frivole ? demanda Lucy au bout d'un moment. Parler comme nous le faisons ! Avec tout ce qui se passe autour de nous ! Quoi que ça puisse être, d'ailleurs. Et même quoi que ça puisse devenir !

— Possible. Mais nous draper dans la solennité ne nous serait d'aucun secours. Et, comme vous le dites vous-même, ça a au moins le mérite de nous distraire. Et puis... » Il la regarda... « Il faut bien que la vie continue...

— Oh, pour ça, elle ne s'en prive pas ! »

Ce fut Lucy qui, la première, détourna son regard : « Ainsi, vous avez été témoin de quelque chose, cette nuit ? Le même genre de chose, n'est-ce pas, que nous avions observé en venant ici ?

— Oui, dit-il, quelque chose de tout à fait dans ce goût-là.

— Ça paraît difficile à croire... Que nous restions tranquillement assis, là, comme ça, au beau milieu de toute cette... » Elle montra d'un geste de la main les dorures du hall, les grandes affiches dans leurs cadres recommandant de voler à bord de la TWA, de la Lufthansa, d'Air India, et aussi les membres du groupe occupés à jouer aux cartes, à bavarder, à échanger des livres de poche.

« Oui, je sais. Mais ça ne servirait à rien d'épiloguer là-dessus. Pourquoi n'essaierions-nous pas... oui, pourquoi ne me diriez-vous pas certaines des choses que j'ignore à votre sujet ?

— Voilà qui ressemble singulièrement à un ordre péremptoire ! s'exclama Lucy. Voyons, vous ne parlez pas sérieusement ! Si ?... Alors, bon, allons-y. Je suis née à Luton pour une raison qui pourra vous paraître bizarre... »

Au cours de la journée qui suivit, l'état de l'enfant de trois ans qui souffrait de diarrhée s'aggrava et les autorités de l'hôtel se virent contraintes, sous la pression inlassable de Molly Wright, d'appeler un médecin qui prescrivit les médicaments appropriés et déclara que le malade n'était pas en danger. Les parents étaient trop tourmentés pour essayer de recueillir des informations d'ordre général mais Molly réussit à coincer le praticien alors qu'il se préparait à quitter l'hôtel et à lui arracher l'aveu qu'il y avait effectivement beaucoup de troubles en Callimbie et que, pour certaines personnes, ce n'était pas drôle, non vraiment pas drôle du tout ! Après quoi il s'était tu et avait filé dare-dare. Vers la fin de l'aprèsmidi on entendit un tintamarre de véhicules dans la rue et ceux qui s'étaient précipités aux fenêtres du grand hall purent apercevoir un convoi de jeeps bourrées de soldats en armes, qui passait à grand fracas devant l'hôtel, avant d'être repoussés brutalement par une sentinelle en rage. On tira ensuite systématiquement les rideaux. À 5 heures, l'eau chaude était revenue et avait coulé juste assez longtemps pour que les plus rapides puissent s'offrir un bain. L'un des hôtes avait, tout à fait fortuitement, découvert derrière un divan une cachette où s'empilaient des magazines à la couverture affriolante — ce qui n'avait pas manqué de soulever un problème de moralité chez certains et de susciter une controverse à propos de la loyauté dans les échanges et la communication. Les alliances et les antipathies prenaient, peu à peu, un tour de plus en plus accusé. James Barrow s'était joint aux hommes d'affaires pour une partie de poker qui avait finalement dégénéré en dispute à peine voilée. Il cessa de jouer pour retourner dans le patio et exposer aux rayons du soleil un torse étonnamment poilu. Les religieuses, pour leur part, avaient entrepris de protéger une adolescente de seize ans qui voyageait seule pour rejoindre ses parents. Un certain nombre d'individus quelque peu falots avaient fini par émerger d'un relatif anonymat : un Anglais expert en matière d'enseignement des langues qui était en route pour rejoindre son poste auprès du British Council et était passé maître dans l'art d'organiser des parties de dames et de jacquet pour les enfants ; une jeune enseignante du nom de Denise Sadler ; un encore plus jeune employé de banque, Ted Wilmott, lequel, jusqu'à présent, avait été le seul membre du groupe à donner des signes alarmants de démoralisation. Il fut ragaillardi par Molly Wright, si énergiquement qu'il finit par se joindre à la partie de poker. En début de soirée on servit une tournée — très inattendue — de boissons non alcoolisées, ce qui déclencha une soif de spiritueux et fit rappliquer du patio un James Barrow qui, une fois encore, perdit son temps en pourparlers avec un majordome inflexible.

«Je suis né à Enfield, dit Howard. Un événement qui n'a pas la moindre importance.

— Quel est votre plus lointain souvenir ?

— Eh bien, je me revois en train de ramasser un fossile sur une plage quelque part dans le nord du Somerset. Je l'ai toujours, figurez-vous.

— Quelle espèce de fossile ?

— Une ammonite. De la variété *Psiloceras planorbis*. Je m'en sers en guise de butoir pour laisser la porte de mon bureau entrouverte. Quand nous serons rentrés à Londres, peut-être pourrais-je vous la montrer ?

— Ça me fera un très grand plaisir, dit Lucy. "Quand nous serons rentrés à Londres... " avez-vous dit. Ah, Seigneur Dieu, Londres !... Pour ne rien vous cacher, j'ai, voyez-vous, la sensation bizarre d'avoir été écartée de mon chemin, à moi, projetée dans une autre dimension du temps ! Pas irréelle, à strictement parler. Surréelle, peut-être ?

— Je comprends parfaitement ce que vous voulez dire. Moi aussi je me sens transformé. Enfin, d'une certaine manière. En fait, tout à l'opposé.

— Qu'entendez-vous par là ?

— Eh bien, dit-il, vous, par exemple...

— Moi... et alors ?

— Eh bien, vous, vous comprenez, vous ne me donnez pas du tout le sentiment d'être irréelle, ou

266

surréelle, ou n'importe quoi d'autre dans ce genre d'hypothèse farfelue...

— Ouf ! dit-elle. Quel soulagement !

— La vérité, c'est que j'ai l'impression de vous connaître depuis très longtemps. Oh Seigneur, quelle inconcevable platitude je viens, à l'instant, de proférer ! Je vous en prie, ne m'en tenez pas rigueur.

— Je n'en ai nullement l'intention. À vous parler franchement, tout cela m'est plutôt agréable. En fait, j'éprouve un peu le même sentiment.

— Vous pensez vraiment ce que vous venez de dire ? demanda Howard. Honnêtement ?

— Oui.

— Dans ce cas, si nous étions dans un autre endroit que celui-ci ?...

— Hem...

— Je veux dire s'il n'y avait pas tout ce ramassis de gens autour de nous...

— Et alors ? demanda-t-elle, évitant soigneusement de croiser son regard.

— Et alors rien... C'est simplement que... Enfin, bref, il se peut que, d'un certain point de vue...

— Écoutez, dit Lucy, peut-être serait-il bon que vous m'en appreniez davantage sur les circonstances de votre venue au monde à Enfield.

— J'ai bien peur d'avoir épuisé le sujet.

— Et vous estimez que ça n'a pas d'importance... Fort bien, mais le fossile, lui, il en a ?

— Oh pour ça, oui, incontestablement. C'est de lui, j'imagine, qu'a découlé l'orientation de ma vie entière, y compris, si j'y réfléchis bien, ma présence en ces lieux aujourd'hui même.

— Décidément, il est indispensable que je voie cet animal », dit Lucy.

Avec la tombée du crépuscule l'humeur du groupe se fit plus querelleuse. La jeune personne de la réception fut soumise à un harcèlement sans fin de demandes de renseignements et d'invectives à tel point qu'elle prit la fuite et fut remplacée par un apport de sang neuf : en l'occurrence un jeune homme, de toute évidence surentraîné dans l'art de parer aux doléances des touristes insatisfaits. Oui, oui, expliqua-t-il, l'interprète va revenir incessamment. Demain matin. Oui, oui, je vous l'assure, demain matin. Oui, oui, les téléphones vont tous être remis en état de marche dans les plus brefs délais. Le bar ? Oui, oui, le bar rouvrira demain. Nous avons encore quelques petits problèmes à résoudre à Marsopolis, mais tout va rentrer dans l'ordre. Oui, incessamment.

« Écoutez-moi bien, hurla James Barrow, nous n'avons aucune envie de rester plus longtemps dans votre sacrée bon Dieu de Marsopolis ! Ce que nous voulons, au contraire, c'est foutre le camp de votre sacrée bon Dieu de Marsopolis. Vous attrapez ce téléphone, là à côté de vous, et vous dites au beau monsieur qui joue les interprètes de se ramener dare-dare, compris ?

— Oui, oui. Incessamment. »

Le dîner ne fut servi qu'assez tard mais il était somptueux. Certains convives furent tellement attendris par la salade de homard et un assortiment de desserts spécialement raffinés qu'ils retombèrent dans un état de quiétude relative. D'autres, non. Ceux-là continuèrent à haranguer le personnel de l'hôtel et à débattre entre eux de la meilleure suite à donner à une action concertée. Des conflits internes avaient surgi entre ceux qui soutenaient à fond Molly Wright que son instinct portait à privilégier les discussions collectives et les décisions concertées et ceux qui, spontanément, penchaient plutôt vers des initiatives privées. Plusieurs membres du groupe — dont James Barrow et Hugh Calloway — s'efforçaient toujours de corrompre le personnel pour avoir accès à une ligne téléphonique, mais aucun d'eux n'y parvenait. Personne, en fait, n'obtenait quoi que ce fût. D'autres encore donnaient l'impression d'être traumatisés par la situation et de se réfugier dans une espèce de conformisme glacial. Ted Wilmott, l'employé de banque, et l'une des jeunes mères étaient littéralement au bord de l'hystérie.

« Serions-nous insociables ? demanda Lucy.

— C'est possible.

— Pensez-vous que ce soit important ?

— À vrai dire, ça m'est complètement égal.

— J'ai comme une idée qu'il n'est pas impossible que certaines personnes commencent à nous éviter.

— Ah oui ?

— Nous nous faisons un peu trop remarquer, si vous voyez ce que je veux dire.

— Oui, sans doute, mais je m'en bats l'œil.

— Savez-vous que nous avons parlé pendant des heures et des heures !

— Vous croyez ?

— J'en suis certaine, dit-elle. Et au déjeuner et encore au dîner ! La preuve, c'est que pas mal de gens ici pensent que nous voyageons ensemble.

— Ah vraiment ?

— En fait la jeune maman, là-bas avec le bébé — Anne... Le nom m'échappe, tant pis... elle m'a demandé si c'était notre lune de miel. Oh, flûte ! je n'aurais pas dû vous raconter toutes ces histoires, ça me fait rougir. Franchement, je ne sais plus à quels saints me vouer !

— Ça vous va à ravir, dit Howard. Une lumière rose recouvre votre visage jusqu'à vos oreilles...

— Et plus vous me regardez comme ça, et plus ça empire. De grâce, arrêtez !

— Je vais essayer, dit-il, mais je ne promets rien. »

La nuit tomba sur Marsopolis. Une nuit méditerranéenne de velours qui entraîna les occupants de l'hôtel vers le fond du grand hall. Certains s'assirent, d'autres déambulèrent à leur guise. La conversation évoluait d'un vœu ardemment professé de pouvoir enfin avoir des vêtements de rechange, ou de bénéficier d'un retour de l'eau chaude, à des propos sur les phalènes, la chaleur torride et la persistance de l'odeur de kérosène. Mais à l'arrière-plan de ces échanges de vues rôdait une angoisse farouchement tenue à l'écart. La tension ne se manifestait, de-ci de-là, qu'à l'occasion d'une réplique irritée, d'un geste fiévreux, d'un émoi provoqué par la nervosité d'un enfant. La journée avait été interminable et voici qu'à présent la soirée et la nuit semblaient être devenues statiques, tel un bloc de temps figé sur place.

Certains des passagers, en proie à un accès de morosité, remontaient dans leur chambre. D'autres se laissaient embarquer dans des divertissements pratiqués comme un défi à l'adresse du mauvais sort : parties de cartes, petits papiers, et même un absurde championnat de courses de fourmis agrémenté de paris.

« Il est presque minuit, dit Lucy.

— Eh oui. Si vous me parliez encore du petit ami de votre sœur ?

— Le petit ami de ma sœur, dit Lucy, est donc maçon et saxophoniste. Il manque un peu d'énergie dans pas mal de domaines mais c'est plutôt un bon garçon. Franchement, comment pouvez-vous vous intéresser à des faribodes pareilles ?

— Oh, je peux ! dit Howard.

— Vous savez tout maintenant sur le petit ami de ma sœur et aussi sur ma mère et mon frère et sur le déroulement de A à Z de mon existence à moi, oui je dis bien sur tout cela, sans oublier mes opinions sur des quantités de sujets. Ou bien vous êtes doué d'une résistance extraordinaire, ou bien vous êtes d'une stupéfiante courtoisie, ou bien alors...

— Alors quoi ?

— Oh, rien de particulier. Je me demande simplement si je ne ferais pas mieux d'aller me coucher. J'ai l'impression que nous devons être les toutes dernières personnes à ne pas être encore au lit.

— Ça a de l'importance ?

— Non, je me garderais d'aller jusque-là. C'est simplement que...

— Que quoi ?

— Oh, simplement que nous sommes là, tous les deux, totalement absorbés l'un par l'autre, et que, pendant ce temps-là, déferlent de toutes parts les événements qui nous entourent. Quelle que soit, d'ailleurs, la nature de ces événements. Oui, vous comprenez, toutes ces choses qui nous retiennent prisonniers dans ce piège abominable ! Ces choses qui s'abattent sur ce malheureux pays !

— Oui, je sais, dit Howard. J'y ai pensé, croyez-le, moi aussi, mais, Lucy, nous n'y pouvons rien. Enfin, voyons, nous nous battons contre un mur !

— Oui, dit-elle, c'est exactement ça. »

Et voici que, presque aussitôt, ils se retrouvèrent dans l'ascenseur, en route pour les étages supérieurs, et puis, de nouveau, sur la moquette du long corridor, totalement vide et inondé de lumière. Ils se regardèrent sans dire un seul mot. L'atmosphère, entre eux deux, paraissait bourdonner comme si elle avait frémi devant l'incertitude de l'issue.

« Bonne nuit, dit enfin Lucy.

— Eh bien, alors, bonne nuit », répliqua Howard. Il s'avança vers elle, parut hésiter, puis posa ses mains un bref instant sur les épaules de la jeune femme. « Ce que je vais vous dire maintenant est sans doute absurde et radicalement inapproprié, mais cette journée a été merveilleuse. »

Après quoi il pivota sur ses talons et suivit le corridor jusqu'à la porte de sa chambre.

Cinq

« Tout le monde quitter hôtel. Prendre bagages et quitter hôtel. Tout le monde. Vite. Transport attendre dehors ! »

On était au beau milieu du petit déjeuner. Chacun s'arrêta de manger et regarda avec stupéfaction l'officier qui venait soudain de faire son apparition à l'entrée de la grande salle servant de réfectoire. Et puis, brusquement, les langues se délièrent. On écarta les chaises de la table et on ne se soucia plus le moins du monde du repas interrompu.

« Ils ont dû finir par nous dénicher un avion. Eh bien, bon Dieu, c'est pas trop tôt !

— Pourquoi ne nous ont-ils pas prévenus hier soir ? Ça alors, c'est fort de café !

— Oui, mais voilà au moins quelque chose de concret ! »

Hugh Calloway accosta l'officier : « Où comptez-vous nous emmener ?

— Des informations vous seront données incessamment. Pour l'instant prendre bagages. Allons, pressons ! »

273

Une vingtaine de minutes plus tard, surveillés de près et comptés un par un par les militaires, ils furent tous embarqués dans un autocar qui, le moteur en marche, stationnait dans l'avant-cour de l'hôtel.

Les vitres du véhicule étaient voilées comme pour un exercice de black-out. Dès que le dernier passager se fut installé, l'officier monta à bord et procéda, de nouveau, à un décompte des occupants.

« Pourquoi les vitres sont-elles obturées ? demanda Howard d'un ton autoritaire.

— C'est mieux ainsi.

— Où allons-nous ? »

Mais l'officier était déjà reparti. On ferma les portières bruyamment et le car démarra.

« Dommage ! dit Lucy. J'aurais beaucoup aimé revoir la statue de la sœur de Cléopâtre.

— Avez-vous bien dormi ?

— Pas trop mal. Et vous-même ?

— Couci-couça », dit Howard.

Lucy et lui n'avaient eu que peu d'occasions, ce matin-là, de s'adresser la parole. Lucy — décidément elle en prenait l'habitude — était descendue tardivement et, tandis qu'elle le cherchait du regard, elle avait à nouveau ressenti ce frémissement d'émotion qu'elle connaissait bien maintenant et qui se situait à mi-chemin entre l'extase et la panique. Elle avait grignoté un melon et ils avaient échangé un sourire. Elle s'était, par la suite, efforcée de saisir ce qu'il était en train de raconter à Molly Wright, un peu plus loin autour de la table. Et c'est alors que l'officier avait fait irruption dans le réfectoire.

« Avez-vous idée de l'endroit où ils nous emmènent ?

274

— C'est ce que tout le monde se demande. À l'aéroport, il faut bien l'espérer.

— Mais, si telle est leur intention, pourquoi ne pas nous en informer ? »

Howard garda le silence et elle comprit qu'il partageait ses doutes, mais qu'il voulait s'interdire de l'inquiéter. Elle ne parvenait pas à retrouver le souvenir de la dernière occasion où quelqu'un lui avait témoigné de la sollicitude. Il faut croire, se dit-elle, qu'on finit par prendre goût à la sensation d'être l'objet d'une protection.

Le car roulait à travers la cité invisible, s'arrêtant aux feux de croisement, virant de bord ici et là. On percevait des échos de la circulation extérieure, le glapissement parfois d'une sirène et, quand le véhicule ralentissait ou s'arrêtait, un bruit de pas sur le trottoir et, éventuellement, des bribes de conversation. Dehors, à quelques mètres d'eux, des yeux devaient être en train de suivre leur progression nébuleuse. Tout près et, pourtant, à une distance incommensurablement lointaine. Lucy s'attarda à penser à ces êtres inconnus avec lesquels, un bref instant, elle se trouvait partager la même bulle de temps et d'espace.

Et puis soudain le car amorça un virage, quitta la route pour gravir, en cahotant péniblement, une espèce de rampe et, finalement, s'arrêta. Le conducteur coupa le moteur et s'empressa de sauter à terre. On entendit crépiter une rafale de commandements rauques et puis ce fut le silence. Après quoi, les alentours s'emplirent d'un bruit de bottes martelant le bitume. Un chuchotement apeuré glissa sur les lèvres de tous les passagers.

« Ce n'est pas du tout l'aéroport ! s'exclama James Barrow. Mes pauvres amis, il n'y a pas plus d'aéroport que de beurre à la cantine ! »

La portière, subitement, s'ouvrit toute grande. L'officier passa la tête à l'intérieur du car et dit : « Maintenant, tout le monde descendre ! »

Le groupe obéit et commença à défiler sur le trottoir pour découvrir avec étonnement que le but de l'expédition n'était autre qu'un imposant bâtiment de pierre dont le vaste perron aboutissait à une entrée en forme de portique. Le drapeau vert et pourpre, emblème de la Callimbie, flottait mollement sur sa hampe. Tout se passait, à vrai dire, trop rapidement pour que l'on pût se faire une idée exacte de la situation. Quoi qu'il en soit, les naufragés du CAP 500, bousculés et harcelés par la soldatesque, finirent par gravir les marches et entrèrent dans l'édifice.

Parvenus à l'intérieur, ils furent menés tambour battant, par-delà un grand hall flanqué d'escaliers à balustrades, dans une vaste salle dont le plancher était revêtu d'une moquette, le plafond décoré, et qui était littéralement ceinturée de sièges. À l'une des extrémités trônait, reluisant de splendeur, le gigantesque portrait d'un homme en tenue militaire et constellé de décorations. On avait agencé l'angle de prise de vue de telle manière que ses gros yeux bovins fussent en mesure de plonger dans ceux des spectateurs, produisant dans leur esprit un effet comparable à celui de *Big Brother**. Les passagers avaient déjà pu admirer le même tableau dominant le hall d'entrée.

* Le héros du célèbre roman de George Orwell : *1984*. (*N.d.T.*)

On referma la porte. Et les membres du groupe, debout ou assis, commencèrent à discuter de la situation.

« Il s'agit sûrement d'un bâtiment ministériel, dit Molly Wright. Un très bon signe, à coup sûr.

— Si vous voulez mon avis, dit Hugh Calloway, nous allons enfin être à même de rencontrer des représentants de l'autorité. Ils semblent avoir retrouvé leurs esprits et, bon sang de bon sang, mieux vaut tard que jamais. Je suppose qu'ils vont se répandre en excuses mais moi, je vous le promets, je serai de ceux qui leur foutront un procès en dommages et intérêts, ça vous pouvez me croire !

— Un procès contre qui ? demanda James Barrow.

— Contre le gouvernement de la Callimbie. Sans oublier un autre procès contre les responsables de la compagnie aérienne qui ont été assez ineptes pour nous débarquer dans ce foutu bled ! Ma société ne perdra pas une seconde pour évaluer le montant du dédommagement et ça, je vous le garantis, dès que j'aurai pu mettre la main sur un téléphone ! »

La porte s'ouvrit à nouveau et un soldat poussa à l'intérieur un petit groupe de personnes. Les passagers les reconnurent, à la seconde même, comme étant les membres de l'équipage du CAP 500. Ils avaient l'air aussi échevelés et déboussolés que tous les autres occupants de la pièce.

« Ma foi, dit James Barrow, vous seriez bien avisés de plaider votre cause au plus vite. Nul doute que vous ne trouviez ici un auditoire des plus compréhensifs ! »

Son injonction fut interrompue par l'arrivée de l'interprète qui fit, à ce moment précis, son entrée dans la pièce, précédé de nombreux militaires lesquels prirent position de chaque côté d'une petite table dorée placée sous le grand portrait. L'interprète s'assit, sortit de sa serviette quelques documents et laissa errer ses regards sur l'assistance. Celle-ci, comme mesmérisée, attendit la suite.

« Pour l'amour du ciel, s'écria Hugh Calloway, cette comédie n'a que trop duré. Écoutez-moi, mon bon ami... »

L'interprète se leva et fit un geste de la main. Les gardes qui l'entouraient plongèrent dans la foule des regards pleins de haine.

« Mesdames et Messieurs, bonjour. J'ai reçu la mission, au nom de Son Excellence Omar Latif, président de la république de Callimbie, commandant suprême des forces armées, de vous souhaiter la bienvenue dans notre ministère des Affaires étrangères. Je puis vous annoncer que vous serez incessamment conduits vers une nouvelle destination laquelle doit encore rester secrète, ceci dans l'intérêt même de votre sécurité. En attendant, il m'est possible... »

Personne, à présent, ne songeait plus à prendre la parole. Un silence de mort s'était abattu sur l'auditoire, totalement médusé. Un des enfants qui avait commencé à pleurnicher se vit énergiquement rappelé à l'ordre. L'interprète fronça les sourcils, s'éclaircit posément la voix et reprit pompeusement son discours :

« ... en attendant, vous disais-je, j'ai reçu pour mission de vous apporter quelques informations quant au motif pour lequel votre séjour se prolonge dans notre pays ». Il marqua une pause comme s'il avait voulu s'assurer pleinement de l'attention générale. Puis, à mesure qu'il se lançait dans son exposé, le ton de sa voix, jusque-là net et mécanique, prit des intonations quasi confidentielles, sans se départir d'une certaine sévérité : « Nous sommes actuellement confrontés à un problème créé de toutes pièces par certaines personnes qui s'efforcent de contester la légitimité de la récente élection de Son Excellence le Président. Ces personnes constituent un élément potentiellement dangereux et destructeur pour l'avenir de la Callimbie. Or le fait est que lesdites personnes ont trouvé refuge dans votre pays et vous comprendrez aisément qu'il est essentiel pour notre sauvegarde qu'elles soient remises immédiatement entre nos mains. Or, par malchance, votre gouvernement ne se montre pas des plus coopératifs en ce domaine. C'est là une attitude des plus sottes et des moins constructives. Nous nous trouvons, en conséquence, dans l'obligation de vous garder sur notre territoire — tant que votre gouvernement n'aura pas compris que ces ennemis de la Callimbie doivent être extradés à destination de Marsopolis. Cet incident est sans doute très fâcheux pour vous mais, d'un autre côté, vous devez bien comprendre que Son Excellence n'a pas le choix et qu'il lui faut, impérativement, recourir à de telles mesures dans le souci même de la sécurité de la nation callimbienne. Nous en sommes réduits, vous comme nous, à former l'espoir que le gouvernement britannique abandonnera au plus vite son attitude de refus obstiné de l'extradition de ces éléments indésirables. Ceci dans l'intérêt évident du maintien de ses relations amicales avec la Callimbie et, aussi, dans l'intérêt de ses propres ressortissants. Mesdames et Messieurs, je vous remercie. »

Pendant quelques secondes il y eut un silence absolu. L'interprète rassembla ses papiers, les disposa en bon ordre et enfouit le tout dans sa serviette. Il adressa un petit salut à son escorte militaire et puis se dirigea vers la porte. Le sens de ses paroles avait eu le temps de pénétrer dans l'esprit des auditeurs et éclata alors un véritable pandémonium. Tout le monde parlait à la fois. Ceux qui se trouvaient le plus près de lui se ruèrent dans sa direction afin de l'aborder avant qu'il n'ait disparu.

« Comment se peut-il qu'il n'y ait eu personne de notre ambassade pour venir nous voir ?

— Vous ne devriez pas oublier qu'il y a de jeunes enfants avec nous !

— Et aussi un cardiaque !

— Votre comportement est tout simplement criminel !

— Vous n'avez pas le droit de nous traiter ainsi. Non, vous n'avez pas le droit ! »

Mais l'interprète était bien décidé. Il se fraya un chemin à travers la foule des détenus dont les oripeaux maculés de taches, les survêtements, les jeans, les T-shirts, les jupes froissées juraient avec son élégance désinvolte, son costume rayé, les senteurs parfumées de lotion après-rasage qui émanaient de sa personne, le proclamant à l'évidence comme étant la seule force raisonnable dans un univers en proie au désordre. « Je regrette, dit-il. Il ne m'est pas possible de faire des exceptions. » Ou bien : « Les représentants de votre gouvernement ont été dûment informés de la situation. » Ou bien encore : « Je suis vraiment désolé mais tout autre commentaire m'est impossible. » Il parvint enfin à atteindre la porte et parut se volatiliser dans les airs. Deux des soldats de son escorte restèrent sur place à surveiller le groupe sans, apparemment, lui porter le moindre intérêt.

« Et voilà le fin mot de l'affaire ! dit James Barrow. À présent que nous savons, je peux bien vous avouer que j'avais depuis pas mal de temps comme un pressentiment de ce genre de rebondissement. »

Les captifs avaient commencé à tourner en rond, protestant à qui mieux mieux, clamant leur indignation ou courbés sous la violence du choc. Certains d'entre eux étaient manifestement au bord de la crise de nerfs. Mais la note dominante était celle de l'incrédulité. Une voix, soudain, s'éleva avec une telle véhémence qu'elle couvrit la clameur des récriminations : « Tout ça est d'une injustice inadmissible ! Quel rapport peut-il bien y avoir, je vous le demande, entre ce qui se passe dans ce pays et nous ? En quoi, véritablement, cela nous regarde-t-il ? »

Mais si, justement, se dit en son for intérieur Lucy. Mais si, justement, c'est notre problème ! Et ç'a été notre problème depuis le début. Ce qu'il y a, c'est que nous n'en avions pas conscience. Cet endroit nous attendait depuis notre plus tendre enfance. Oui, cette salle où nous nous trouvons actuellement. Ce plafond avec ses chérubins en stuc et ses roses et tout ce fatras. Ces sièges en faux style Empire avec leurs pieds torsadés. Ces tables en marbre et la photographie de cet homme qui, selon toute vraisemblance, est Son Excellence Omar Latif en personne !

Et tout ce bataclan de militaires plantés là avec leurs fusils et leurs ceinturons luisants. Oui, depuis notre âge le plus tendre nous nous sommes acheminés vers cet endroit. Lentement, lentement...

Howard était en train de lui parler.

De même, songea-t-elle, que je me suis acheminée vers Howard Beamish. Et lui vers moi...

« Excusez-moi, Howard, vous vouliez me dire quelque chose ?

— Oh, je voulais simplement vous dire que le mieux, à mon avis, est encore de prendre ce qui nous arrive avec le maximum de sérénité. Nous ne savons, en fait, que ce que ce godelureau veut bien nous raconter. Il est probable qu'il se passe des foules de choses dont nous ne savons strictement rien. Dans ce pays-ci. Mais également à Londres. Et partout dans le monde. Oui, je vous l'accorde, c'est éminemment désagréable, mais enfin...

— Howard, dit-elle, je suis journaliste comme vous le savez. J'ai forcément l'habitude de lire la presse très attentivement et j'ai souvent entendu parler d'histoires comme celle-ci. Comme d'ailleurs vous, sûrement... Et vous savez aussi bien que moi que, parfois, ça se passe au mieux. Et même très rapidement. Parfois aussi, ça finit très mal.

— O.K. », dit-il. Il la regarda longuement : « Pardonnez-moi, vous avez mille fois raison ! Je m'efforçais seulement de neutraliser par avance, si possible, l'alarme et la mélancolie. » Il saisit la main de Lucy dans la sienne : « Me permettez-vous d'avoir une telle audace ? »

Elle sentit l'étreinte de ses doigts sur les siens, chaude et pressante. « Je vous le permets, dit-elle.

— Ce qui prime tout, poursuivit Howard, c'est d'arriver à nous persuader que, là-bas, à Londres, on remue ciel et terre pour assurer au mieux notre sécurité. En ce qui nous concerne, nous ne pouvons rien faire d'autre qu'attendre en essayant de garder la tête froide. »

Il aperçut Molly Wright qui se rapprochait d'eux et il cessa d'étreindre la main de Lucy.

« Eh bien, dit Molly, nous savons enfin de quoi il retourne. Il se trouve que c'est presque un soulagement après tant et tant d'incertitudes ! J'ai le sentiment que la plupart d'entre nous ont pris la chose avec une relative modération. Sans doute y a-t-il un brin de panique chez les mères de famille et puis aussi il y a ce pauvre Ted Wilmott qui a un mal du diable à tenir le coup. Mais, dans l'ensemble, j'espère qu'on va pouvoir faire face à la situation... J'imagine qu'il va falloir, maintenant, nous accoutumer à l'idée que notre gouvernement aura sans doute besoin, non pas seulement d'un certain nombre d'heures mais de jours, avant de trouver une solution susceptible de satisfaire le salaud qui règne en ces lieux. Ah mais, attention ! Voilà, si je ne me trompe, que nous allons, encore une fois, être invités à nous mettre en route ! »

La porte, effectivement, s'était ouverte et l'officier réapparaissait. Il se mit à hurler, ordonnant à tout un chacun de se mettre en route sur-le-champ. Tandis que les malheureux franchissaient une nouvelle fois le seuil et retraversaient le hall d'entrée, Lucy observa attentivement l'ensemble du décor. Allons, ma fille, se dit-elle, garde la tête froide et enregistre les moindres détails de ce que tu vois. Surtout n'en laisse échapper aucun ! Retiens tous les événements qui t'auront frappée. Il se peut que, finalement, tu en aies besoin... Elle ne se sentait pas trop désemparée mais, au tréfonds d'elle-même, elle avait une sensation de gêne comme si elle avait eu un nœud dans la poitrine.

Une profusion de militaires s'agitaient aux alentours, escortés d'une poignée de sous-fifres en civil. Lucy remarqua, pour la deuxième fois, l'éventail significatif des types raciaux. Et puis ses pensées, subitement, se portèrent sur des détails plus réalistes et comme mécaniques : l'extravagance baroque d'un escalier d'allure, à ce qu'il semblait, française, une grande et sombre peinture à l'huile, de style italien, accrochée à un mur ; un véritable capharnaüm de meubles et d'accessoires administratifs, comme si des fonctionnaires s'y étaient récemment installés ou en étaient partis, ou les deux. La seule et unique impression de permanence provenait du bâtiment considéré en tant que tel. Autrement l'ambiance générale ne pouvait que trahir une hâte mêlée de confusion. Des individus ne cessaient de se déplacer dans la pièce, chargés de montagnes de paperasses et s'interpellant les uns les autres.

L'autocar était toujours parqué à l'extérieur. On les y reconduisit à la queue leu leu. Dès qu'ils eurent été comptés, à bord, par l'officier, le moteur se mit en marche et le véhicule démarra.

« On commence à y voir clair, dit Howard. Si nous n'avons pas rencontré à l'*Excelsior* de compagnons de voyage d'une autre nationalité, c'est tout simplement parce qu'ils sont déjà repartis de Marsopolis. On leur a permis, à eux, de quitter la Callimbie parce qu'ils ne présentaient plus d'intérêt — une fois connu le pays d'accueil des réfugiés politiques.

— Sans doute, mais que deviennent là-dedans les autres ressortissants britanniques ? Car il y en a sûrement quelques-uns en résidence ou de passage à Marsopolis ! Doit-on considérer qu'on les retient, eux aussi ?

— Ça alors, c'est une bonne question ! » Howard se replongea dans ses réflexions.

« J'imagine qu'ils ne doivent pas être tellement nombreux. Aucun sujet britannique n'était vraiment *persona grata* dans ce pays depuis pas mal de temps. Mais enfin il doit quand même en rester quelques-uns.

— Eh bien, ma foi, on ne devrait pas tarder à le savoir ! » Howard consulta sa montre : « 10 h 15. On va bien voir combien de temps ça va prendre pour aller là où, bon Dieu, ils ont décidé de nous emmener. » Il glissa ses doigts entre ceux de Lucy et la regarda : « Ça va ?

— Pas trop mal, dit-elle. Enfin, en long, en large et en travers et toutes choses égales d'ailleurs ! »

L'autocar, une fois encore, trépidait dans un bruit de crécelle à travers la cité invisible. Lucy apercevait, par-dessus les sièges alignés d'un bout à l'autre du véhicule, les nuques des passagers parmi lesquelles elle reconnaissait la caboche déplumée de Hugh Calloway de même que le cresson grisonnant et mal peigné de Molly Wright. Un univers devenu familier, un cadre de références porteuses de réconfort, eh oui, voilà où en était venu cet assemblage de personnes relativement étrangères. Au-delà s'étendait un monde de substitution, fruste et instable, dont le code était inaccessible et les intentions obscures. C'était comme si on était passé sans transition d'un terrain ferme à une fondrière marécageuse. On était un vendredi. Le lundi précédent, elle s'était attardée dans son appartement londonien à écrire un article sur les immigrants turcs travaillant en Allemagne. L'employé de l'électricité était venu relever le compteur. Sa mère avait téléphoné, et ensuite un confrère et puis quelqu'un de la B.B.C. Dans la soirée elle était allée dîner avec des amis. Et voici qu'à présent rien de tout cela n'était plus accessible. C'était totalement hors de portée. Elle en était réduite à l'imaginer. Quelque chose d'irréel s'était interposé. Ou, plus exactement, la réalité s'était transmuée en cet autocar plongé dans le *black-out* et ces visages d'étrangers devenus quotidiens. Et aussi, il est vrai, en Howard Beamish. Il lui vint soudain à l'esprit qu'elle serait heureuse de partager avec lui certaines de ses réflexions :

« Croyez-vous en Dieu ? » lui demanda-t-elle.

Howard se tourna pour la considérer. Il avait une expression circonspecte où se lisaient la surprise, la gêne et le fervent espoir qu'elle n'allât point prononcer des mots irréparables qui l'obligeraient à ne plus pouvoir être amoureux d'elle.

« Bien sûr que non. Et vous... ?

— Non, non. Pas du tout. Mais il faut avouer que, si on croit en lui, ça doit rendre les choses singulièrement plus faciles.

— Vous voulez dire : plus simples ? s'enquit Howard, savourant le soulagement qu'il éprouvait.

— Eh bien, oui... La certitude d'une volonté divine peut, je le suppose, apporter une manière de consolation. Et puis il y a la perspective d'un avenir meilleur dans la vie qui nous attend par-delà la tombe.

— Allons, voyons, je ne pense pas que notre situation soit devenue à ce point dramatique !

— Ce n'est pas du tout ce que je voulais dire. Je pensais plutôt au destin, quel que soit le nom qu'il vous plaise de lui donner. Le fait, si vous voulez, que l'enchaînement des hasards se soit produit dans tel sens plutôt que dans tel autre. Le fait, par exemple, que nous ayons atterri dans ce pays-ci.

— Je crois comprendre ce que vous voulez dire. En ce qui me concerne personnellement, j'ai toujours mieux accepté l'hypothèse d'un hasard totalement imprévisible que celle d'un dessein plus ou moins mystérieux. Je dois cependant reconnaître que, jusqu'à aujourd'hui, le hasard ne s'était jamais montré imprévisible avec autant de perversité.

— Les sœurs sont en train de prier, dit Lucy. Doucement mais tout de même assez fort pour qu'on les entende. Là, dans le fond, derrière nous. »

Howard tourna la tête. Les sœurs, effectivement, priaient. « Pour ne rien vous cacher, dit-il, je préférerais de beaucoup qu'elles s'en abstiennent. Elles vont nous saper le moral !

— J'imagine que ça les détend.

— Sans doute. Mais ça ne fait qu'accuser le caractère égoïste de ce genre d'activité.

— Il est probable qu'elles ne voient pas du tout les choses sous ce jour-là car, enfin, en admettant que

Dieu intervienne, ce ne sera pas seulement à leur profit mais au bénéfice de tous.

— Et alors ? dit Howard un peu agacé, est-ce envers elles que nous devrons nous sentir redevables, ou envers je ne sais quel dieu ? »

Les nonnes en prières l'avaient vraiment indigné. Il retomba dans le silence. Puis l'accès de colère s'estompa et, en y réfléchissant, il y décela un signe de bonne santé. Il réagissait aux événements d'une manière qui, se disait-il, était normale et conforme à son tempérament. Il gardait, tout compte fait, le contrôle de la situation. Et puis voici que son esprit commença à virevolter, à jongler avec les faits qui s'étaient déroulés depuis ces dernières vingt-quatre heures, avec aussi les virtualités qu'ils impliquaient, les développements possibles, les hypothétiques conséquences collatérales. Pourquoi l'équipage de l'avion était-il soudainement réapparu ? Pourquoi l'avait-on tenu à l'écart jusqu'à aujourd'hui ? Pouvait-on ajouter foi aux paroles de l'interprète ? Que pensait-on et que faisait-on à Londres ? Quelle serait la meilleure attitude à adopter dans leurs rapports avec leurs ravisseurs ? Quel sort leur réservait-on ?

Les doigts de Lucy étaient toujours enlacés dans les siens. L'idée lui vint subitement que si jamais quelqu'un s'avisait de faire du mal à la jeune femme, ne fût-ce qu'en la touchant, en la menaçant, en gesticulant à son encontre, il ne perdrait pas un seul instant pour... Pour quoi, au fait ?... N'étant pas porté par sa nature à réagir avec violence, il se trouva à court de répliques cinglantes. Il se contenta de rester assis à côté d'elle jusqu'au moment où il eut recouvré son sang-froid et où il lui fut possible de se concentrer sur le moment présent — sur ce qui, incontestablement, était en train de se passer. Lucy retira sa main avec, au coin des lèvres, un petit sourire comme si elle avait voulu s'excuser puis elle sortit de son sac un carnet de notes et un stylo.

Le car semblait s'être éloigné du centre-ville. Les arrêts devant les feux de signalisation aux croisements des rues avaient tendance à s'espacer, de même que les échos de la circulation. Une longue route droite se présenta à nouveau, sur laquelle le véhicule s'élança dans un fracas de tonnerre. L'obturation des vitres empêchait totalement de s'y reconnaître. On perdait nécessairement le sens de la distance et de l'orientation, état de fait qui correspondait sans doute à une intention délibérée. S'agissait-il de les empêcher de voir ou d'empêcher qu'il fût possible de les voir ?

« C'est bizarre, dit Lucy. J'ai très mal au cœur et, cependant, je tuerais père et mère pour boire une tasse de café. Comment comprendre une chose pareille ?

— Je pense qu'il s'agit d'une réaction du système nerveux, dit Howard. Il n'y a là rien d'inquiétant.

— Oui, sans doute. C'est pour cela qu'on doit faire boire du thé aux personnes qui viennent de recevoir un choc... Seulement, voilà, il n'y a pas âme qui vive ici pour songer à nous offrir une tasse de thé... ou de café ! » Elle commença à fouiller dans son sac à main : « Je crois que j'ai encore des pastilles de menthe. Vous en voulez ?

— Merci beaucoup.

— Vous comprenez, il y a cet extraordinaire sentiment d'irréalité. Une partie de moi-même ne croit pas vraiment à ce qui nous arrive, mais l'autre moitié sait pertinemment, bon Dieu, que c'est vrai !

— Ce qui me trouble le plus, dit Howard, c'est l'incertitude des hypothèses. Le fait d'être dans l'incapacité de reconnaître ce qui est incontestable et ce qui n'est que suppositions. »

Lucy resta silencieuse un bref instant. « Ils ne peuvent quand même pas accepter d'extrader ces malheureux ! Ils — notre gouvernement, je veux dire.

— Je crois que le plus sage est de ne pas nous perdre en conjectures. Ou, plus exactement, pas encore. Pas avant que nous soyons à même d'être mieux informés. »

Le car venait de ralentir et, sans aucun doute, était en train de s'écarter de la route pour entrer dans un espace clos. On entendait un bruit d'allées et venues, d'ordres lancés à tue-tête, de portes claquées à grand fracas, de bottes martelant des gravillons.

« Nous sommes arrivés, dit Lucy. Où, ça c'est une autre histoire ! »

˙On les fit descendre de l'autocar. Le bâtiment dans lequel on les engouffra se présentait sous l'aspect d'une vaste construction, en pierre lisse, de deux étages surmontés de mansardes et dont les fenêtres avaient sans exception leurs persiennes fermées. Ç'aurait pu être la résidence d'un notaire, ou d'un docteur, au gousset bien garni, comme on en voit dans les villes de province en France. Elle se dressait à l'écart de la route, protégée par de hautes murailles dérobant à la vue une large allée réservée aux voitures avec, tout au bout, une zone de parking circulaire. Les deux entrées visibles de l'édifice étaient gardées par des hommes en armes. Un groupe plus compact de sentinelles stationnait devant le porche central à travers lequel commençaient à défiler les détenus.

À l'intérieur s'offrait un long corridor dallé, flanqué de chaque côté par toute une enfilade de portes. Une odeur de phénol et d'encaustique flottait dans l'air — une espèce de relent institutionnel vaguement rassurant en tant que tel, mais dont il était difficile d'identifier immédiatement la nature. Le groupe longea le corridor puis, tout au bout, pénétra dans une grande pièce nue. Chemin faisant, Howard avait noté avec stupéfaction un certain nombre de textes religieux, encadrés, et rédigés en français, une gravure de la Vierge à l'Enfant datant du XIXe siècle et couverte de chiures de mouches avec, en outre, une criarde crucifixion peinte sur bois.

La pièce dans laquelle les détenus venaient d'être introduits était nue et blanchie à la chaux. Une longue table, comme on en voit dans les réfectoires, avait été poussée contre le mur et les chaises empilées les unes par-dessus les autres. Un crucifix en bois, suspendu à l'extrémité de la salle, surplombait un lutrin sur lequel reposait une volumineuse bible reliée en cuir et toute bosselée. De hautes fenêtres donnaient sur un cloître où poussaient tant bien que mal deux ou trois orangers poussiéreux.

« Un couvent, dit Lucy. Ça, alors ! »

Howard concentra son attention sur la vaste salle et remarqua, cette fois, un panneau de feutrine verte littéralement clouté de punaises, un grand tableau noir, encadré, recouvrant à peu de chose près la totalité d'une des parois latérales et un amoncellement de pupitres relégués dans un coin. « Une école, qui plus est ! dit-il. Je suppose que les sœurs ne manqueront pas de voir là une réponse quelque peu conforme à leurs prières ! »

Lucy lui décocha un regard : « Vous, au moins, on peut dire que vous gardez votre sens de l'humour !

— En fait, dit Howard, je ne plaisantais pas le moins du monde. »

À peine les captifs avaient-ils fini d'opérer leur rassemblement, les mains crispées sur leurs bagages, angoissés ou sereins, bruyants ou silencieux selon leur disposition d'esprit qu'un officier entra dans la pièce. Un officier d'un tout autre style : un gros bonhomme corpulent, qui paraissait avoir une maîtrise de la langue anglaise plus poussée que celle de son prédécesseur. Il réclama d'emblée le silence, puis débita à la va-comme-je-te-pousse toute une série d'instructions et d'informations. Personne n'était autorisé à quitter le bâtiment sauf pour aller prendre un peu d'exercice dans le cloître. Les deux étages de l'établissement étaient mis à la disposition des arrivants, étant entendu que le plus élevé ferait office de dortoir. Les repas seraient servis à 8 heures, à 13 heures et à 19 heures. L'approvisionnement en produits médicaux de première nécessité serait assuré en permanence, de même que l'utilisation des commodités d'ordre sanitaire. Les appareils photographiques et le matériel d'enregistrement devraient être remis, sans délai, aux autorités. Une fouille systématique des bagages serait pratiquée incessamment.

L'officier avait terminé son discours. Il éructa alors un ordre à l'intention d'un de ses subordonnés, lequel commença à arpenter la pièce pour faire main basse sur les appareils de photo. La plupart des auditeurs avaient encaissé la tirade avec une morne résignation mais certains d'entre eux tenaient à en savoir plus et ils se lancèrent dans une série de questions ou d'objections lesquelles se voyaient toutes rejeter avec dédain ou passer sous silence par l'officier, qui ne bougeait pas de la porte, se tapotant la cuisse avec son stick et vérifiant la confiscation des appareils.

C'est alors que Ted Wilmott craqua.

Il s'était tenu à l'écart des palabres, le visage livide et — ainsi que Howard l'avait vaguement remarqué — agité d'un léger tremblement. Le militaire venait d'arriver à sa hauteur et allait s'emparer de l'appareil qu'il portait en bandoulière lorsque Ted fut saisi d'une explosion de fureur. Il perdit tout contrôle de lui-même et sa voix suraiguë résonna subitement d'un bout à l'autre de la salle :

« Nom de Dieu, vous n'avez pas le droit ! Laissez-moi tranquille ! Nom de Dieu, foutez-moi la paix ! »

Le militaire hésita. L'officier, alors, se déplaça en direction de Ted, le dévisagea un bref instant et, finalement, le frappa avec violence. Il lui assena un grand coup de poing en pleine figure, puis il tourna les talons et regagna la porte.

Ted chancela. Le sang lui coulait à flots et du nez et de la bouche. Quelqu'un se mit à hurler. Des enfants gémissaient.

Un petit groupe se forma autour de la victime à qui on avança une chaise. Le soldat acheva de récupérer les appareils de photo et les empila sur la table du réfectoire. L'officier échangea quelques propos avec lui avant de quitter la pièce. Le soldat reprit sa faction devant la porte, observant d'un air détaché les gens qui s'affairaient autour du jeune homme au T-shirt ensanglanté.

Et Howard, embrassant d'un regard fasciné l'ensemble de la scène, enregistra tout à la fois le tableau noir strié de craie, les pupitres couverts de taches d'encre, le crucifix en bois et le masque écarlate et luisant de Ted Wilmott. Puis il passa son bras autour des épaules de Lucy.

Six

« Il a perdu quelques dents, dit Molly Wright. Et son nez coulait comme une fontaine. Mais je ne pense pas qu'il souffre de quelque chose de plus grave qu'une simple contusion. Il aurait très bien pu, en plus du reste, écoper d'une fracture de la mâchoire ! »

L'incident avait mis fin à toute velléité de résistance. Ceux qui n'étaient pas trop démoralisés avaient commencé à explorer le bâtiment et à en évaluer peu ou prou les ressources. Le rez-de-chaussée abritait la vaste pièce qui, apparemment, servait de salle de cours et de réfectoire aux élèves de l'école, ainsi que quelques autres pièces dont deux étaient occupées par la soldatesque. À l'étage au-dessus étaient installés plusieurs dortoirs équipés de lits alignés comme à la parade, plus une demi-douzaine d'espèces de petites cellules. Il y avait en outre une salle de bains et des cabinets de toilette en plus des w.-c. du rez-de-chaussée. Les cuisines étaient condamnées et, de toute manière, elles étaient hors d'usage. La nourriture, de toute évidence, serait apportée de l'extérieur. À quoi il fallait ajouter l'espace alloué à la cour du couvent, que bordaient sur trois côtés la maison et ses dépendances et, sur le quatrième, une haute muraille coiffée de fils de fer barbelés. À l'un des angles étaient plantés des poteaux et, à un autre, on pouvait voir des orangers maigrichons et un banc en bois.

On avait confié Ted Wilmott aux bons soins des religieuses dont l'une, par chance, se trouvait avoir fait des études d'infirmière. Molly Wright s'était chargée de l'inspection minutieuse de la bâtisse, à la suite de quoi elle avait proposé que les chambres individuelles de l'étage supérieur fussent réservées aux familles et que le reste de la compagnie voulût bien accepter de se répartir en deux dortoirs séparés : l'un pour les hommes ; l'autre pour les femmes. Lucy déposa son fourre-tout sur un lit en fer muni d'un maigre matelas et de deux couvertures. Sur le mur, derrière le lit, une main enfantine s'était appliquée à dessiner un visage souriant, aux cheveux nattés, avec pour simple légende : *Marie-Hélène est ma copine**.

« Ça m'ennuie pour vous deux, dit Molly Wright. Ce n'est vraiment pas de chance d'être séparés. Mais j'ai pensé qu'il serait plus équitable de réserver les chambres aux couples avec enfants.

— Nous ne sommes pas un couple, dit Lucy. Nous ne nous connaissions même pas avant de venir ici.

— Oh Seigneur, voilà que j'ai encore mis les pieds dans le plat ! Ça devient vraiment une habitude ! Je vous en prie, pardonnez-moi, ma chère ! C'est simplement que j'avais cru comprendre... Quoi qu'il en soit, vous voyez sûrement ce que je veux dire. Les familles seront, de la sorte, mieux à même d'empêcher les gosses de brailler. Quant aux autres, ils se débrouilleront sûrement pour se retrouver. La salle de bains est, cela va de soi, un élément essentiel mais je persiste à penser que, si nous parvenons à organiser un bon service de rotation, au total on se tirera d'affaire. »

Comme si, se dit Lucy, on avait été dans un camp de scouts ! Mais, non, je suis injuste. Molly Wright est une femme remarquable, qui ne cherche qu'à rendre service à la communauté et dont l'énergie sans limites est exactement le ressort dont nous avons besoin. Car, inutile de se leurrer, c'est ça, ou bien alors la panique et le désespoir.

« Je redescends au rez-de-chaussée, poursuivit Molly. Mon idée est de convoquer une assemblée générale dans le réfectoire dès que tout le monde en aura fini de s'installer dans les chambres du haut. On y verra plus clair en confrontant nos points de vue et comme ça, on pourra mettre au point un plan d'action. Au fait, c'est Hugh Calloway qui présidera la séance — présidera, enfin, si l'on peut dire ! Notre objectif, je le répète, est de maintenir le calme dans toute la mesure du possible. »

Lucy alla jusqu'à la fenêtre. Les persiennes étaient mi-closes mais on pouvait, par l'interstice, apercevoir la cour du couvent où un soldat, armé d'un fusil, faisait les cent pas. Par-delà la haute muraille elle ne voyait que des arbres entrecoupés de toitures. À l'horizon s'étirait une ligne de hauteurs. Elle pouvait aussi distinguer les fils du réseau téléphonique, une antenne de télévision perchée sur une maison, un feu de signalisation entre deux palmiers. Ce devait être, se dit-elle, une banlieue peu habitée. Le soldat interrompit soudain sa marche, alluma une cigarette et leva les yeux vers la fenêtre. Lucy s'en écarta aussitôt et revint à l'intérieur de la pièce où les autres femmes étaient en train d'inspecter d'un air lugubre les lits bas aux pieds montés sur roulettes et de ranger tant bien que mal leurs affaires. Denise, la jeune enseignante, était assise sur le lit contigu à celui de Lucy, la tête enfouie dans ses mains. « Ça ne va pas ? demanda Lucy.

— Non, ça ne va pas très fort. Je viens tout juste d'avoir un malaise.

— Accompagnez-moi au rez-de-chaussée. On va y tenir une espèce de rassemblement. Ça vous fera sûrement du bien d'être obligée de vous intéresser à quelque chose. »

« Je ne pense pas que ça serait tellement payant, dit Hugh Calloway, mais je suis prêt à en discuter si quelqu'un d'autre estime que ce serait une politique efficace. »

Mais personne n'était de cet avis. La suggestion de faire une grève sélective de la faim était venue d'un couple entre deux âges qui se rendait en Afrique pour participer à un safari. Ils avaient été jusqu'à proposer de donner l'exemple.

Nous tournons en rond, se dit Lucy. Avancer des idées absurdes, comme celle-là ! Et on ressasse sans cesse les mêmes clichés : ils se comportent avec nous d'une façon criminelle... les problèmes de la Callimbie ne nous concernent en rien... les Nations unies... notre ministère des Affaires étrangères..., etc. Mais je suppose que ça leur détend les nerfs. Et, finalement, que pouvons-nous faire d'autre ?

La discussion, pour l'instant, se concentrait, une nouvelle fois, sur les hypothèses relatives à une éventuelle réaction du gouvernement britannique. « Ils ne peuvent quand même pas extrader ces pauvres bougres ! s'exclama Howard. C'est véritablement impensable...

— Attendez une minute, rétorqua Hugh Calloway. En principe, oui, je le reconnais, c'est impensable. Mais dans la pratique, eh bien, ma foi, il ne serait pas du tout impossible qu'ils trouvent un accommodement... Des garanties de jugement équitable... la supervision de l'O.N.U.

— Ça alors, si vous croyez encore à des histoires pareilles ! » s'exclama Howard.

Le représentant en appareils électroniques intervint à son tour : « La manière dont, moi, je vois les choses, c'est ou bien c'est ces types-là, ou bien c'est nous, hein, c'est aussi simple que ça. Et, sacré bordel de Dieu, après tout, c'est leur pays à eux, pas le nôtre. Et si les crétins en question se sont mis dans de mauvais draps, franchement c'est à eux d'en tirer les conséquences !

— À cette nuance près, dit Howard d'un ton sec, que ce sont les conséquences qui se chargeront de "tirer". Le peloton d'exécution, hein, vous m'avez compris.

— Bon, bon, je n'insiste pas. Après tout, si ça vous amuse de prendre leur parti ! Mais, sacré bon Dieu, ne comptez pas sur moi pour en faire autant, ça je vous le garantis !

— Ce genre de discussion ne nous mènera nulle part, dit Hugh Calloway. Mon impression est qu'aucun d'entre nous n'a envie d'endurer le martyre au nom d'un état de fait qui ne nous concerne en rien. L'ennui, c'est que l'issue ne dépend pas de nous — que ça nous plaise ou non. Il nous faut donc mettre au point la manière la plus sensée de réagir en attendant que les autorités responsables de notre sauvegarde aient trouvé le moyen de nous sortir de là. »

Au début de la réunion Calloway avait invité le capitaine Soames, commandant de bord du CAP 500, à présenter à l'auditoire sa version des événements. Au moment où celui-ci avait pris la parole, l'atmosphère générale lui était visiblement hostile. « Toi, mon gars, avait dit le représentant en appareils électroniques, et ce dans un registre dépassant nettement les délicatesses du *sotto voce*, c'est toi qui nous as amenés ici. Tu ferais bien de t'expliquer clairement ! »

Le pilote de l'avion était un petit rouquin à la moustache bien nette. Pas du tout, se dit Lucy, le genre de titan qu'on s'imagine devoir être aux commandes d'un léviathan des airs. Mais les suspicions manifestes de l'assistance ne tardèrent pas à se calmer à mesure que, sur un ton direct et réaliste, il expliquait la situation. Le problème technique qui s'était posé à lui était assez préoccupant pour qu'il dût, impérativement, atterrir en moins d'une heure. Or Marsopolis se trouvait être le plus proche aéroport doté d'une piste acceptable. Il y aurait bien eu, comme alternative, la Crète ou Le Caire mais ces deux emplacements se situaient juste au-delà de la distance qu'il estimait ne pas pouvoir dépasser. La tour de contrôle de Marsopolis, après avoir hésité un bon moment, avait fini par donner son accord pour un atterrissage forcé. Il avait, bien entendu, informé

Londres de ses ennuis et de sa décision et on ne lui avait opposé aucune objection. En y réfléchissant après coup, il se rendait compte qu'il aurait dû accorder plus d'importance aux réticences initiales de la tour de contrôle de Marsopolis. Il y avait eu une espèce de réponse calculée, de chassé-croisé d'ordres et de contrordres, mais il les avait alors interprétés comme étant les réactions conflictuelles d'un aéroport peu familier. Il faut dire aussi, à sa décharge, qu'à cet instant précis, son souci majeur était de se poser sans accident. Il avait pris ce qu'il considérait comme la décision la plus opportune. Hélas, comme ils le savaient tous maintenant, elle ne l'était pas.

Et c'est ainsi, pensa Lucy, qu'il s'en est fallu d'un rien que nous ne soyons en ce moment à nous plaindre de notre retard dans un hôtel crétois. Ou déjà à Nairobi, dispersés à droite et à gauche, ne pensant même plus à l'incident de parcours et au temps perdu. Oui, il s'en est fallu d'un rien que le maître — quel qu'il soit — qui règne en ces lieux ne soit privé de cette intéressante opportunité de créer les conditions d'un chantage lucratif. Elle parcourut du regard la vaste salle de réunion, cet aggloméré de pauvres hères tourmentés par l'angoisse, ce soldat qui traînassait près de la porte et, l'espace d'une seconde, elle n'en crut pas ses yeux.

Les autorités callimbiennes avaient retenu les membres de l'équipage du CAP 500 dans ce que ceux-ci avaient pensé être le quartier général des forces armées. Ils avaient reçu l'ordre de remettre aux officiels la liste des passagers ainsi que tous les documents de bord. Après quoi on leur avait donné à manger et à boire pour, finalement, les abandonner à leur triste sort. Ils avaient observé de nombreuses allées et venues à l'intérieur du bâtiment et noté une atmosphère de tension extrême. Leurs questions et leurs protestations s'étaient heurtées à un véritable mur d'échappatoires. En y repensant, avait dit le capitaine Soames, il se rendait compte à présent que leurs geôliers devaient être dans l'attente d'informations susceptibles de leur préciser le pays où leurs opposants politiques s'étaient réfugiés pour y invoquer le droit d'asile. Ils voulaient connaître la nationalité des passagers qu'ils décideraient de retenir et de ceux qu'ils laisseraient repartir. Dès qu'ils seraient renseignés, ils passeraient à l'action.

Ce récit sobre et logique eut pour effet tout ensemble de calmer les nerfs et d'abaisser la température émotionnelle. Soames cessa, sur-le-champ, d'être un objet de suspicion pour se muer en un personnage digne de respect. Quant à la discussion générale, elle ne pouvait que finir en queue de poisson dès que certaines décisions d'ordre pratique eurent été prises pour assurer la meilleure utilisation des maigres ressources offertes par le couvent. On était maintenant au début de l'après-midi et une certaine activité se manifestait dans le corridor extérieur. Les gardes s'affairaient à réceptionner un chargement de vivres lequel, entassé sur des chariots, fit presque immédiatement son entrée dans la grande salle. L'assemblée générale, alors, se disloqua et la journée, à pas comptés, poursuivit son petit bonhomme de chemin à mesure que les détenus, s'amalgamant peu à peu à leur nouvel environnement, abandonnaient le réfectoire ou leurs chambres du premier étage pour se transporter dans la cour inondée de soleil où les enfants jouaient dans la poussière et où les adultes palabraient autour des orangers ou sur le banc de bois. On eût dit qu'un processus accéléré de contraignante identification les avait adaptés à leur décor, de telle sorte qu'en fin d'après-midi l'endroit où ils se trouvaient avait revêtu une sorte de familiarité — comme si, de toute éternité, ils avaient connu ces chambres aux volets clos, ces parquets nus craquant sous leurs pas, ces murs de plâtre écaillés, ces escaliers de pierre et ces longs couloirs remplis d'échos, ces relents de produits sanitaires et ce rassemblement d'icônes au regard fixe, ces Vierges, ce Christ, ces anges...

Lucy profita de la tombée du crépuscule pour venir s'asseoir avec Howard sur le banc dans la cour. Leurs compagnons de détention avaient, maintenant, pris l'habitude de se regrouper, dès que la possibilité leur en était offerte, en noyaux familiaux désireux qu'ils étaient instinctivement d'échapper aux servitudes de l'étroite proximité avec tant et tant d'individus. Leur humeur était versatile. Des explosions de gaieté frénétique fusaient tout à coup ici et là, accompagnées d'excès de bravade caractérisés et puis, sans transition, c'était la rechute dans une espèce de mélancolie insidieuse qui vous mettait les nerfs à vif. Certains captifs donnaient l'impression d'être littéralement anesthésiés par le choc, alors que d'autres se dépensaient continûment en formes d'action désordonnées, allaient et venaient dans la cour, discutaient, spéculaient, entraient en rage. Lucy passait beaucoup de temps à prendre des notes. Elle enregistrait soigneusement les opinions et les réactions. En tant qu'activité objective tout cela, bien entendu, relevait de la thérapeutique mais, considéré sous un autre angle, assurément pas.

« L'une des pires conséquences de la situation où nous sommes, dit-elle, va certainement être la promiscuité.

— Jusqu'à un certain point... » Et Howard s'empara des mains de Lucy.

« J'étais loin de penser à vous ! dit-elle vivement.

— J'y compte bien.

— Quoi qu'il en soit, ne parlons plus de tout ça ! On en a assez parlé toute la journée. Ce qu'on pouvait penser là-dessus a été dit et redit.

— Je le reconnais volontiers. Mais, vous, Lucy, comment vous sentez-vous ? »

Elle réfléchit : « Comment dire ?... Plutôt lasse. À bout de nerfs. Craintive aussi. Voyez-vous, ça me tracasse de penser que ma mère doit certainement, au jour où nous sommes, être au courant de notre mésaventure. Oui, vraiment, ça m'ennuie beaucoup. Mais, vous-même, Howard, y a-t-il quelqu'un qui se fait du souci à votre sujet ?

— Mes parents, certainement. » Il marqua un temps d'arrêt. « Quant à la personne avec laquelle je vivais il y a encore peu de temps, j'imagine qu'elle s'intéressera vaguement à la situation mais je doute qu'elle en perde le sommeil.

— Pourquoi avez-vous cessé de vivre avec elle ?

— Parce que, pour ne rien vous cacher, nous n'avions guère d'affection l'un pour l'autre. Il m'a fallu pas mal de temps pour m'en apercevoir.

— Ah, vraiment ? dit Lucy. Je pense en effet que c'est là une raison suffisante. »

Ils restèrent silencieux, assis l'un près de l'autre, la main de Howard étreignant celle de la jeune femme. À quelques pas de là James Barrow s'entretenait bruyamment avec les membres de l'équipage. Les enfants couraient en tous sens. Le soldat de garde continuait à faire les cent pas.

« Et vous ? dit Howard. N'y a-t-il que votre mère ?

— Il y a aussi mon frère. Et ma sœur. Et aussi, je suppose, un petit ami à l'occasion. Voilà, c'est à peu près tout. Je n'ai jamais vécu avec qui que ce soit. » Elle pensa soudain à Will et rectifia aussitôt : « Du moins jamais de manière très positive.

— Quand tout cela sera fini, dit Howard, j'espère que vous n'estimerez pas que c'est vrai aussi en ce qui me concerne. Je veux dire que vous ne penserez pas qu'il y a lieu de me liquider avec tout le reste...

— Oh ça non, je ne crois pas ! En fait, je suis absolument sûre que non. Dites-moi, elle aura bien une fin, cette histoire, un beau jour ?

— Oui, dit Howard avec assurance, elle aura une fin et une fin heureuse. » Du bout de son pouce il caressa le dessus de la main de Lucy puis glissa l'un de ses doigts entre deux des siens.

« Bravo, dit Lucy. Je me sens déjà un peu mieux. Voyez-vous, je me faisais beaucoup de souci.

— Ne vous inquiétez surtout pas. Nous devons absolument nous concentrer si nous voulons rester maîtres de nos moyens. Vous n'avez pas froid ? Je peux très aisément aller vous chercher mon anorak ?

— Non, je me sens vraiment très bien. Quelle belle nuit ! Les étoiles, par ici, sont magnifiques, c'est au moins ça de gagné. Au fait de quelles étoiles s'agit-il ? Vous vous y connaissez, vous, en étoiles ?

— Je ne connais que les principales, dit Howard. Le Chariot, que d'ailleurs je ne vois nulle part. Celle-ci pourrait bien être Orion — vous voyez, là juste au-dessus de l'antenne de télévision sur le toit d'à côté. J'avais pris l'habitude d'observer les étoiles au cours de mes excursions, jadis, en Colombie-Britannique, mais tout à fait en amateur. Ça me donnait l'occasion d'une espèce de communion plus poussée avec la nature, vous voyez ce que je veux dire...

— Ça, par exemple ! Vous, un scientifique !

— Oui, je sais. Je devrais avoir honte !

— On prétend que les astres ont un pouvoir lénifiant. En raison, sans doute, de leur permanence. Mais, pour l'instant, j'ai du mal à croire qu'ils puissent me rendre la vie plus supportable. Et vous, quel effet ça vous fait ?

— Aucun, dit Howard au bout d'un moment. Franchement, aucun. Par contre, vous, ça n'est pas la même chose. Vous, vous me la rendez infiniment plus supportable, la vie...

— Eh bien, tant mieux ! » Et voilà qu'ayant dit ces mots, Lucy, à l'instant même, se rendit compte qu'elle était incapable de poursuivre, inhibée qu'elle était par un tourbillon de sentiments et impuissante à penser à quoi que ce fût qui échappât à l'inconvenance ou à l'ineptie. Ses émotions dansaient la farandole dans sa tête ; l'angoisse s'y confrontait à quelque chose de proprement indescriptible et finalement inavouable. Sa main reposait, inerte, dans celle de Howard. « Écoutez, dit-elle au bout d'un moment, je crois que je vais remonter là-haut pour essayer de trouver un peu de sommeil. »

Mais, ainsi qu'il fallait s'y attendre, elle n'en trouva même pas l'ombre. Vers les 2 heures du matin elle était toujours allongée sur le dos sur son matelas noueux, les yeux rivés au plafond. Tout autour d'elle les gens s'agitaient, soupiraient, respiraient bruyamment. Elle avait l'impression d'avoir toujours été là, dans cette pénombre à l'odeur de renfermé, mêlée à cette masse d'étrangers, dans cet endroit qui lui était inconnu et résolument hostile.

Elle se rendit compte qu'il lui fallait impérativement s'accrocher à un monde connu. Elle commença à recréer dans son esprit le paysage intimement quotidien de la chambre de son appartement de Londres. Elle en fit le tour, mêlant dans ses souvenirs la coiffeuse et le petit tapis artisanal des Philippines, sa brosse à cheveux et son peigne, ses bocaux et ses flacons, la glace au-dessus de la garde-robe qui reflétait la lueur dorée des rideaux, l'abat-jour en papier de la lampe de chevet, sa robe de chambre verte sur le bras du fauteuil. Un véritable exercice mnémonique. Lequel, en une certaine mesure, était réconfortant.

Et puis, soudain, voici qu'émergea au centre même de sa vision le visage d'Howard Beamish. Son nez, ses lèvres, sa barbe, son regard plongé dans le sien. Lui aussi avait pris une allure d'éternelle familiarité mais d'une manière totalement différente. Elle pensa alors que, quoi qu'il pût lui arriver dans la suite de cette aventure, et même si celle-ci devait tourner mal, elle aurait au moins appris ce que c'était que l'amour.

Howard, non plus, n'arrivait pas à dormir. Il lui semblait que ses compagnons n'arrêtaient pas d'aller et venir dans tous les coins. Ils faisaient une incursion dans la salle de bains ou, alors, se plantaient contre la porte pour palabrer à voix basse. Ted Wilmott avait fait un cauchemar et s'était mis à hurler. Un autre avait fumé sans désemparer.

Howard entreprit de se concentrer sur une appréciation rationnelle de la situation. Il passa en revue les diverses options dont étaient sans doute en train de débattre les autorités de Londres lesquelles, il l'espérait vivement, devaient, elles aussi, passer des nuits blanches. Mais ce genre de supputation n'avait, forcément, qu'une portée limitée, étant donné qu'il n'avait pas la moindre idée de l'étendue des informations dont disposaient les responsables du Foreign Office. Ils devaient savoir des choses que, lui, Howard, ne connaissait pas. Il n'avait, de surcroît, aucun moyen de mesurer le degré d'exactitude de ce que l'interprète leur avait raconté. Il leur avait expliqué qu'ils étaient retenus à Marsopolis à titre de monnaie d'échange contre le rapatriement d'un certain nombre — d'ailleurs non spécifié — d'adversaires politiques de la Callimbie, dont on savait maintenant qu'ils s'étaient réfugiés en Grande-Bretagne. Il lui semblait, à première vue, qu'on pouvait tenir ce récit pour authentique. À quoi, dans le cas contraire, aurait-il servi ? On aurait très bien pu, en y réfléchissant, les laisser dans l'ignorance des données du problème... Mais, peut-être se réservait-on la possibilité de les amener, à un moment donné, à exercer une pression sur les diplomates britanniques avec lesquels négociait le gouvernement de la Callimbie ?

Auquel cas il était devenu nécessaire de les mettre au courant de ce qui s'était produit ?... Il n'en restait pas moins tout un ensemble d'éventualités connexes au sujet desquelles eux, les otages, en étaient réduits aux spéculations. Un tel exercice ne pouvait être que décevant et, en fin de compte, radicalement inutile car à quoi bon reconstituer une série de manœuvres et de contre-manœuvres, alors que, selon toute vraisemblance, ils ignoraient un facteur déterminant, pour ne pas dire crucial ?

Howard renonça à poursuivre dans cette direction et tourna ses pensées vers Lucy — démarche qui allégea sa tension et son angoisse mais qui, rapidement, se mua en une frustration de même nature. Il essaya alors de se concentrer sur son travail. Il évoqua dans son souvenir l'animal qui avait retenu son attention quelques semaines auparavant, arracha au néant l'intense imbroglio de l'anatomie du sujet et s'efforça d'y trouver un sens. Il jongla avec des segments de tronc, des appendices nourriciers, une bouche, des ouïes et des yeux. Il revoyait tout cela très nettement, mais il ne parvenait pas à s'y intéresser. Il pensa à ses parents qui, sans doute eux aussi, étaient éveillés et inquiets. Il songea à son autre lui-même, à cet innocent et ignorant *alter ego* de la semaine précédente, s'interrogeant sur les vêtements à emporter, claquant la porte de l'appartement, circulant dans un métro archicomble, se présentant au comptoir de la British Capricorn, avalant une tasse de café au bar de la salle d'attente. Et puis son attention se détourna des images de ces points fixes de son existence pour se reporter sur les autres passagers de l'avion et les imaginer tels qu'ils devaient être à présent qu'on les avait rendus, eux, à leur train-train normal et qu'ils vaquaient tranquillement à leurs occupations de toujours : l'enseignant de l'école de la mission américaine houspillant les gosses sur un terrain de foot ; le *pater familias* indien réinstallé derrière le comptoir de son magasin et enregistrant une vente sur son tiroir-caisse ; les Japonais examinant leurs pellicules fraîchement développées, dont certaines devaient offrir une vue de l'intérieur de l'avion de la CAP 500 avec peut-être, qui sait ? une photo de Howard en personne. Il se représenta tous ces ex-compagnons de voyage en train de brancher leur radio, de feuilleter un journal, de suivre avec effroi, mais aussi avec un détachement non dénué d'une pointe de mansuétude, le déroulement d'une crise qui ne les concernait plus. Ils avaient eu leur part d'un événement de notoriété publique. Ils avaient, un instant, basculé dans ses remous et puis ils avaient eu la chance de s'en sortir indemnes. Ils savaient maintenant, et Howard avec eux, lequel des deux destins l'emportait sur l'autre.

« Où est donc passé le reste de la troupe ? demanda-t-il soudain à Ted Wilmott intrigué.

— En bas. On vient d'apporter de la nourriture. » Les paroles de Ted n'étaient pas très distinctes en raison de la perte de quelques-unes de ses dents. Il était assis sur le bord de son lit et Howard eut la nette impression qu'il était encore en état de choc.

« Vous avez du mal à manger ? demanda-t-il avec sympathie.

— De toute manière, je n'ai pas faim.

— Vous devriez essayer. Prendre au moins une tasse de café. Je vais aller vous en chercher une. »

Ted secoua la tête. C'était un garçon fluet et blafard, souffrant d'acné — problème qui, sans doute, avait dû jusqu'à ce jour constituer l'essentiel de ses tourments. Il aurait dû, en toute justice, s'affairer actuellement à encaisser des chèques à la banque de Nairobi où il trônerait derrière un guichet. Au lieu de cela il avait perdu plusieurs dents et il se retrouvait, traumatisé, dans un pays dont il ignorait tout.

Howard prit la décision de signaler la condition de Ted aux religieuses et à Molly Wright et sortit du dortoir. Il fit un brin de toilette dans la salle de bains où s'alignaient plusieurs lavabos et dont les appareils de douches étaient incrustés de rouille. Sur l'une des parois s'étalait une notice écrite à la main et plus ou moins en lambeaux, dont l'objet était de recommander aux usagers de ne pas gaspiller l'eau et de respecter scrupuleusement les *heures de silence**. À l'intérieur des cubicules on pouvait admirer des graffiti enfantins : *Zut pour les bonnes sœurs !**, un palmier, un chien, une grille de jeu de morpions. Un bref instant, il se demanda qui avaient pu être les occupants de ces lieux. Étaient-ils partis depuis longtemps ? Ou venait-on de les éjecter brutalement au cours des dernières journées ? Non, ce n'était sûrement pas le cas. Le bâtiment semblait avoir été abandonné depuis une période de temps considérable.

Il se décida finalement à descendre au réfectoire. Les murs, ce matin-là, semblaient littéralement flamboyer de tous les scintillements des totems de l'édifice : la Vierge au teint rosâtre dont le sourire à la saccharine l'accueillit au tournant de l'escalier, le Christ ressuscité émergeant d'un feu de joie couleur safran, pour s'élancer vers les cieux ; les crucifixions

311

maculées de sang ; le Sacré-Cœur pourpre et charnu ; les troupes d'angelots débordants de souriantes minauderies. Il pénétra dans la salle et aperçut Lucy, assise seule à l'extrémité d'une table.

« Je ne me suis jamais, dit-il, senti à ce point au bord de l'iconoclastie. Mais parlons de vous ! Avez-vous fini par trouver le sommeil ?

— Ah oui, vous faites allusion à toutes ces images pieuses ! Mais, peut-être après tout finirons-nous par nous y habituer. Non, je n'ai guère dormi. Et vous, comment ça s'est passé ? Ah, il reste du café dans cette espèce de samovar. Et j'ai mis de côté deux petits pains à votre intention. »

Howard alla se servir un peu de café, échangea quelques mots avec Molly Wright à propos de Ted Wilmott et rejoignit Lucy. Les gens tournaient en rond dans la pièce. Les portes-fenêtres donnant sur la cour avaient été ouvertes toutes grandes, si bien qu'à l'extérieur, suspendues sur des cordes à linge improvisées, séchaient maintenant des guirlandes de chemises, de culottes, de vêtements d'enfants.

« Dans la plupart des cas, remarqua Howard, je parviens à adopter une attitude plus ou moins tolérante à l'égard de toute religion établie. Mais, de temps à autre, l'acceptation de ce genre de chose me paraît parfaitement scandaleuse. C'est ce qui m'arrive en ce moment.

— Réagissiez-vous de cette manière avant de devenir un homme de science ?

— Oh oui, bien avant ! » Il avala une gorgée de café tout en observant ce qui se passait dans la cour. « Les choses, finalement, dit-il, prennent une allure très domestique. Regardez plutôt ce déploiement de linge ! Nos gardiens vont penser que nous avons accepté la situation.

— Il faut quand même bien que les gens lavent leurs affaires, dit Lucy. Ils n'ont pas le choix.

— Je suppose que non. » Howard, cessant de mettre à contribution la lessive, passa à un autre sujet. « Pour autant que je puisse m'en souvenir, dit-il, je devais avoir une dizaine d'années quand j'ai commencé à m'interroger sur le caractère dogmatique du credo, et quatorze ans ou quelque quand je me suis insurgé. Il faut dire qu'à ce moment-là j'avais appris un peu d'histoire et que j'avais entendu parler de l'évolution.

— Laquelle des deux influences a été la plus nocive ?

— Oh, les deux à la fois, j'imagine. La malveillance du destin, d'une part, et l'énigme de la création, de l'autre. Oui, c'est ça : les deux en même temps. Et puis, quand je suis devenu paléontologue, un nouvel élément est intervenu, à savoir la manipulation de la discipline. L'homme, traditionnellement, a été, bien entendu, considéré comme créé à l'image de Dieu. C'est pourquoi les premiers paléontologues ont été obligés de discerner dans l'évolution un progrès vers des formes de vie de plus en plus élevées culminant dans l'*Homo sapiens*.

— Et si on allait imaginer que Dieu est quelque chose de tout à fait différent ? demanda Lucy. À supposer, bien sûr, qu'il y ait un Dieu...

— Eh oui, précisément. Je me suis souvent, moi-même, posé la question. Car, si c'est le cas Il (ou Elle ou Ça) doit s'en tenir les côtes. Et à juste titre, en constatant que nous nous sommes depuis toujours

fourvoyés de A à Z ! » Il se passa la main sur le visage :
« Comment pouvons-nous discuter de choses pareilles ?
En plein milieu de ce gâchis ?

— Parce que, dit Lucy, c'est la seule attitude raisonnable. Parce que, de cette manière, nous parvien-
drons, peut-être, à ne pas perdre la tête. »

Howard la regarda bien en face : « De toute
manière, dit-il, vous, vous êtes là.

— C'est vrai, dit Lucy. Je suis là.

— Je n'ai cessé d'y réfléchir tout au long de la
nuit. Et cette pensée a accompli des miracles. »

Lucy s'abstint de donner suite à la remarque de
Howard mais sa main se prit à vagabonder sur la surface rugueuse et maculée d'encre de la table pour,
finalement, venir un instant frôler celle de son compagnon. La sensation provoquée par ce contact furtif
s'attarda sur l'épiderme de Howard mais Lucy se
garda de lever les yeux vers lui, se contentant de fixer
ses regards sur la tasse vide.

« Ce pauvre bougre de Ted, dit-il, est dans un état
lamentable. Surtout moralement.

— Oh, mon Dieu j'avais justement peur que ça
n'évolue dans ce sens-là. Denise, elle aussi, est dans
une sale passe. Elle est tout le temps sujette à des
nausées. Il n'est pas impossible que ce soit dû à la
nourriture. Des tas de gens, ici, souffrent de troubles
digestifs. Molly Wright n'arrête pas de distribuer de
l'Imodium à droite et à gauche.

— Entre nous il n'y a rien d'étonnant à ce qu'une
cinquantaine de personnes ne puissent toutes rester
en bonne santé après ce que nous subissons. Voulez-
vous que j'aille vous chercher un peu plus de café ?

— Non merci. Il ne vaut rien. Je me demande

comment j'ai pu en avaler une tasse ? On dirait du gravier, purement et simplement ! » Subitement elle lui adressa un sourire radieux :

« Voilà qui est mieux, dit-il. Quand vous souriez, c'est comme s'il y avait un lever de soleil... C'est stupéfiant. Ça me remet d'aplomb instantanément. S'il vous plaît, pourriez-vous recommencer ?

— Certainement pas sur commande ! D'ailleurs nous n'allons pas tarder à avoir de la compagnie... »

James Barrow s'extrayait du fond de la pièce et s'avançait dans leur direction. Il s'affala devant eux : « Bien le bonjour ! Alors, comment ça va, vous deux ?

— Pas trop mal », dit Lucy. Quant à Howard, il se contenta de pousser un grognement puis de se lever pour aller se chercher un petit pain. Il faut dire que James Barrow était l'un de ceux qui, au cours de la nuit, s'étaient employés à déranger au maximum les dormeurs, fumant sans interruption et chuchotant à perdre haleine. Au point de vous rendre maboul ! Quand Howard regagna son siège, James avait adopté une attitude nettement plus agressive à l'égard de leurs geôliers.

« Qu'est-ce que nous faisons d'autre, sacré bon Dieu de bon Dieu, que de nous coucher à plat ventre devant eux. Hein, c'est bien ça ? Personne ne sait ce qui se passe à Londres et, si j'en crois mon expérience, les gars du Foreign Office ne sont qu'une bande d'abrutis. Des bons à rien de bureaucrates. Mais nous, bon Dieu, qu'est-ce qui nous empêche de prendre directement les choses en main au lieu de rester là à croupir sur place comme de malheureux réfugiés anéantis par les bombardements ? Non mais, regardez donc un peu autour de vous ! »

Il montra du doigt la cour du couvent où l'un des soldats était en train d'expliquer aux plus âgés des gosses comment jouer à une espèce de marelle. Il était assis sur ses talons et, à l'aide d'un bâton, traçait dans la poussière une figure géométrique disposée en carrés. Les enfants s'étaient massés autour de lui. L'homme, à un moment, jeta un caillou dans l'une des cases et se mit à sauter à cloche-pied. Il avait un teint olivâtre, des cheveux frisés et il paraissait avoir vingt ans. Les gosses hurlaient pour avoir le droit de participer au jeu. Ils sautaient à leur tour à cloche-pied et braillaient à tue-tête. L'officier supérieur de service, sans se presser outre mesure, fit son apparition dans la cour, observa quelques instants la scène avec bienveillance puis repartit d'un pas tranquille.

« C'est exactement ce qu'on raconte dans les histoires de prises d'otages, s'exclama James Barrow. Les pauvres malheureux finissent par s'identifier à leurs ravisseurs. Vous verrez que, pour peu qu'on reste encore quelques jours avec eux, on sera mûrs pour leur dire merci quand ils nous serviront les rations. On se roulera par terre, les pattes en l'air.

— On ne peut quand même pas interdire aux enfants de s'amuser, dit Lucy.

— Oh, Dieu du ciel, ce n'est pas du tout ce que je voulais dire !... Je pense seulement que nous sommes en train d'oublier que nous avons, purement et simplement, été enlevés par une bande de voyous et non pas par une association de philanthropes qui, dans leur bonté d'âme, se seraient décarcassés pour nous trouver un refuge. Ce que je crains, c'est que nous ne présentions un cas d'hypertrophie de la sensibilité. »

Howard lui adressa un regard courroucé. « Et alors, qu'est-ce que vous proposez ? Un soulèvement en masse ?... À mon avis, la priorité des priorités en ce qui nous concerne est de nous arranger pour que personne d'entre nous ne risque d'être blessé. Enfin, bon Dieu, un comportement sensé, ça existe aussi, vous ne croyez pas ?

— On peut aussi qualifier ça de lâcheté !

— C'est absurde, trancha Howard. Il s'agit simplement d'envisager les choses de manière raisonnable... »

Lucy intervint : « Discuter comme nous le faisons ne sert à rien. Nous sommes bel et bien forcés de composer avec eux. Ce qui ne veut pas dire que nous les approuvons. »

James Barrow céda du terrain : « D'accord, d'accord ! J'admets en principe votre point de vue. C'est simplement, bon Dieu, que je ne peux pas supporter l'idée de faire preuve d'autant d'impuissance. Par nature, voyez-vous, je suis un battant. En ce moment même, je devrais en mettre un coup au Kenya. Graisser toutes ces foutues pattes et régler leur compte à tous les mecs qui essaieraient de me contrecarrer. C'est ça mon boulot partout où je vais. Je débarque quelque part, je repère le système et je me débrouille pour qu'on puisse foncer de l'avant et tourner notre film. Mais ici, dans ce pétrin, c'est comme si on m'avait coupé les couilles ! »

Il n'y a que lui à se mettre dans un état pareil, pensa Howard non sans amertume. Il le regarda attentivement tout en gardant le silence. Un bonhomme trapu, compact comme un punching-ball, volubile et accrocheur, se jetant sur vous avec l'impudence aveugle de quelqu'un qui ne connaît d'autres soucis que les siens propres. Il avait changé radicalement de sujet, à présent, et s'employait, tambour battant, à gratifier Lucy des péripéties d'un de ses projets de films. Barre-toi, s'entendit murmurer Howard en son for intérieur. Avant que je ne recommence à perdre mon sang-froid.

James Barrow, finalement, se retira. Lucy se tourna pour observer la réaction de Howard. « Allons, dit-elle, il n'a pas tellement tort. Vous-même, ne vous êtes pas inquiété de ce déploiement de linge en train de sécher ?

— C'est vrai. J'ai simplement eu l'impression que la dernière goutte d'eau allait faire déborder le vase.

— Dans ce cas j'ai bien peur qu'il n'y ait une réserve de gouttes d'eau à notre service ! »

Il était dix heures du matin. Dans la cour les gosses continuaient à jouer à la marelle. Les membres de l'équipage avaient déniché un palet qu'ils se lançaient à la ronde sans excès d'enthousiasme. Quelqu'un faisait des pompes. Un autre étendait sur une corde une chemise et des chaussettes mouillées. Au premier étage un bébé poussait des hurlements. De l'extérieur parvenaient le crissement des insectes et le pépiement ininterrompu des moineaux. Dans le corridor deux des gardes se répandaient en bruyantes apostrophes et en éclats de rire. Denise Sadler, livide, assise à une table, contemplait fixement une tasse de café.

« Jour cinq ! dit Lucy. Oui, le cinquième jour. Combien nous faudra-t-il en vivre encore ? »

Sept

Le temps et l'espace devinrent, dès lors, les deux
supplices majeurs : les heures interminables et la
claustrophobie devenue inséparable de l'enferme-
ment. Enchaînés au déroulement de chacune des
journées, les captifs se voyaient plongés dans une
incontournable intimité avec le moindre des détails
marquants de leur environnement : le goût de rouille
de l'eau du robinet, l'écho des pas sur les marches de
l'escalier de pierre, le mouvement des ombres arpen-
tant la cour du couvent. Sans oublier ces fameuses sta-
tues... Il leur fallait, en outre, subir une familiarité de
plus en plus étroite et, le plus souvent, bien au-delà
de leur potentiel de curiosité, avec la voix perçante
de celui-ci, avec les gesticulations constamment prévi-
sibles de celui-là, avec les marottes et les névroses de
tout un conglomérat d'étrangers. Leurs gardiens
eux-mêmes avaient fini par acquérir une certaine
individualité. Ils avaient cessé d'être les maillons
interchangeables d'une chaîne d'inconnus. Il y avait
maintenant le grand blond à la taille bien prise et
puis celui qui louchait et puis le jeunot aux cheveux

frisés et puis le fumeur invétéré. Il est vrai que les infortunés n'avaient d'autre occupation qu'une sempiternelle attente, et cette attente elle-même en venait à ne plus être qu'une cause supplémentaire de traumatismes, alourdissant le morne poids des heures et renforçant le choc en retour de tout ce qu'ils voyaient et entendaient. Ils étaient, de manière imperceptible, passés dans un autre système de références : les confins de l'édifice, ses divers occupants, le progrès des aiguilles de l'horloge installée à l'une des extrémités du réfectoire. Une horloge toute ronde et ornée de chiffres romains — le verre maculé de chiures de mouches et le nom du fabricant inscrit en bas en lettres penchées : *J. Bompierre et Cie, Lyon**.

Le moindre incident, dans ces conditions, prenait l'allure d'un événement. Molly Wright s'était disputée avec l'officier de jour à propos de la carence d'un certain nombre d'articles pourtant promis, tels que des couches-culottes, du savon, du papier hygiénique. Un gosse était tombé dans la cour et s'était ouvert le genou, un repas de midi avait consisté en un mélange de riz, de fèves et de soja et une espèce de ragougnasse aqueuse accompagnés d'un plateau de bananes et de dattes pour le dessert. L'un des membres de l'équipage du CAP 500 avait escaladé le mur de clôture pour voir ce qui se passait de l'autre côté — initiative qui lui avait valu une sévère réprimande de la part de la sentinelle.

Lucy et Howard, parfois, restaient ensemble au réfectoire ou, alors, ils allaient s'asseoir contre le mur dans la cour. Après quoi, mus par un réflexe d'autosacrifice, ils se séparaient pour aller bavarder avec un tel ou une telle. C'est ainsi que Howard avait passé un moment avec le mari et la femme partis en vacances pour participer à un safari afin, apprit-il, de célébrer leurs noces d'argent et qui, à présent, se faisaient un sang d'encre, non pas tant pour eux-mêmes que pour leur fille qui, attendant un enfant, devait se tracasser terriblement à leur sujet. « La seule chose dont je me souvienne, avait dit en soupirant l'épouse, c'est qu'il s'en est fallu d'un cheveu qu'on prenne un autre avion. On a hésité jusqu'au dernier moment entre ce maudit safari et un séjour aux Antilles ! » Le mari, lui, était un homme sec et stoïque. Il passait ses journées à faire des réussites, étalant les cartes sur la table du réfectoire et sifflotant entre ses dents tandis que sa main planait au-dessus du jeu. « On finira bien par s'en sortir, dit-elle. D'une manière ou d'une autre. En ce qui me concerne j'aurais de beaucoup préféré qu'on bouscule un peu ce ramassis de propres-à-rien. Fay et moi continuons à penser qu'une grève de la faim aurait eu de sérieuses chances de les impressionner mais puisque personne n'en veut, eh bien, tant pis, nous nous en tiendrons à la décision de la majorité. »

Vers le milieu de l'après-midi, Lucy remonta au dortoir où elle consigna quelques notes sur son agenda et engagea la conversation avec Paula et Jill, deux des hôtesses de la British Capricorn. « On a drôlement le cafard, dit Paula. Jill a attrapé une espèce de gros furoncle sur le cou et, moi, j'ai les nerfs en pelote. On a le moral à zéro, à vivre en bande comme ça ! Et le vôtre, où en est-il ? Votre moral, naturellement, c'est ça que je veux dire...

— Oh, couci-couça.

— Je crois qu'on a la trouille depuis qu'on les a vus casser la gueule à ce pauvre type. Ça m'a mise dans le trente-sixième dessous. Oui, franchement ça me rend malade ! Se rendre compte, tout d'un coup, qu'on est à la merci de ces... » Elle tressaillit et détourna son regard. Elle avait un visage blafard, avec des cernes sombres sous les yeux. Lucy se la remémora à bord de l'avion, la taille bien pincée dans son uniforme de la compagnie aérienne, la mine délurée, exhibant un radieux sourire passe-partout.

« Vous arrive-t-il de penser à ce genre de calamité quand vous êtes de service ?

— Oh, mon Dieu, non. Enfin, vous comprenez, on sait très bien que notre destin est tracé d'avance — on peut s'écrabouiller d'une minute à l'autre, avoir n'importe quel pépin, mais on croit toujours que c'est pour les autres, pas pour soi-même. Si je vous disais qu'aujourd'hui encore j'ai du mal à me persuader que ce qui s'est produit nous est vraiment arrivé... Une moitié de moi-même, en tout cas, s'y refuse absolument.

— Qu'est-ce que vous faites dans la vie ? demanda l'autre hôtesse.

— Je suis journaliste.

— Je suppose alors, dit Jill, que vous avez des idées sur cet endroit, sur cette Callimbie ?

— Non, pas tellement. En tout cas, pas suffisamment. Je regrette sincèrement de ne pas m'y être intéressée davantage.

— Oh, à quoi bon ? » Jill haussa les épaules. « Rien de tout cela ne nous regarde vraiment, hein, vous n'êtes pas de mon avis ? Je veux dire tout ce qui se passe ici... N'empêche qu'on en bave drôlement !

Pour vous dire le fond de ma pensée, j'estime que notre gouvernement devrait illico leur rendre les zèbres en question — et alors qu'on nous foute la paix ! Car, enfin qu'allons-nous devenir ? Ces cocos-là, après tout, se sont mis dans leur tort — pas nous ! » Sa main alla effleurer son cou. « Cette saloperie de furoncle commence à me faire un mal de chien.

— N'y touche pas ! ça ne fera qu'empirer ! lui lança Paula. Mais, moi, je vais vous dire une bonne chose. Au cours de ces dernières années j'ai circulé un peu partout dans le monde. Citez-moi n'importe quel pays au hasard — j'y ai été. Mais, en fait, qu'est-ce que ça signifie ? Qu'on a été se prélasser au bord d'une piscine ? Ou qu'on a profité du change et des trucs hors douane ? Et qu'alors, bien sûr, on en connaît un sacré bout ? Qu'on est, en quelque sorte, orfèvre en la matière ? Le Sri Lanka ? oui, bien sûr, j'y ai été. Mexico, Johannesburg, Bangkok, mais bien entendu, je connais, et de fond en comble !... Mais, en réalité, qu'est-ce qu'on connaît ? Je vais vous le dire : peau de balle. Et, après la tuile qui vient de nous arriver, je n'ai plus du tout envie de bouger. Je me contenterai désormais d'Ealing, oui merci bien. Si, du moins, je dois jamais revoir Ealing !

— Bien sûr que vous reverrez Ealing », dit Lucy.

Un bruit de bottes, tout à coup, résonna dans l'escalier et l'un des gardes — celui qui avait une coquetterie dans l'œil — apparut dans l'encadrement de la porte. Il secoua la tête dans leur direction. « Vous, là, venir... »

Elles le dévisagèrent, éberluées. Paula se leva, d'un pas mal assuré.

« Venir où ça ? demanda Lucy.

— Venir en bas.

— Mais pourquoi ?

— Officier dire vous venir. »

Le garde finit par les houspiller et leur fit descendre l'escalier en les poussant devant lui. L'interprète se tenait dans le corridor, accompagné de l'officier de jour et d'un planton. Il paraissait très agité. Comme elles approchaient, il se retourna et échangea quelques mots avec l'officier tout en désignant Lucy du doigt. Puis il s'adressa directement à elle :

« Vous devez venir avec moi, s'il vous plaît.

— Mais pourquoi ?

— Vous êtes bien miss Faulkner ?

— Oui, mais quel rapport ?

— Où avez-vous l'intention de l'emmener ? demanda Paula intervenant d'une voix stridente. Que se passe-t-il ? Vous n'avez quand même pas le droit de... »

L'interprète coupa court à sa protestation :

« Et Personne d'autre n'est en cause. S'il vous plaît, suivez-moi, miss Faulkner... Par ici. Une voiture nous attend. » Il commença à entraîner Lucy vers les portes du couvent, sa main lui serrant fortement le bras.

Lucy se dégagea brutalement. « Non, dit-elle, s'appuyant contre le mur. Où avez-vous l'intention de m'emmener ? Et, de toute façon, pourquoi moi ?

— Croyez-moi, vous n'avez aucune raison de vous inquiéter.

— C'est à moi d'en juger, dit Lucy. Et je dois vous dire que je m'inquiète énormément.

— Il n'y en a que pour un moment. Je vous ramènerai ici moi-même incessamment.

— Peut-être, mais je préfère de beaucoup ne pas partir du tout. »

Jill et Paula avaient disparu. L'interprète hésita. L'officier, avec vivacité, lui adressa quelques mots à voix basse et se dirigea vers Lucy mais l'interprète lui fit signe de ne pas aller plus avant et, à voix basse à son tour : « J'ai reçu, dit-il, l'ordre de vous conduire au palais de Samara. »

Lucy le regarda, interdite : « Mais pourquoi ? »

L'interprète s'éclaircit la voix : « Vous allez être reçue par Son Excellence le Président.

— Mais pourquoi moi ?

— Son Excellence le Président a exprimé le vœu de vous rencontrer. C'est un très grand honneur.

— Mais pourquoi veut-il me rencontrer ?

— Voici une question des plus intéressantes », dit l'interprète. Il toussota à nouveau et tripota son nœud de cravate. Son regard s'attarda sur le visage de Lucy avant de s'en détourner brusquement. « Il se trouve, dit-il enfin, que Son Excellence a remarqué votre photographie sur votre passeport et il apparaît qu'elle lui a rappelé sa mère. »

Howard tournait en rond dans la cour d'un air morose, se demandant où pouvait bien être Lucy et s'il lui était décemment permis d'aller la chercher lorsque, tout à coup, les deux hôtesses de l'air surgirent à ses côtés, parlant en même temps comme des forcenées à tel point qu'il lui fut d'abord impossible de comprendre un traître mot de ce qu'elles lui disaient. Et puis, soudain, la lumière se fit dans son esprit et il se précipita à corps perdu à travers le réfectoire, fonça

dans le corridor et finit par tomber sur Lucy, l'interprète, l'officier et la sentinelle. Lucy s'appuyait contre
le mur, l'interprète était en train de lui parler.

Howard s'interposa. « Où est le problème ?
demanda-t-il.

— Il n'y a pas de problème, répliqua l'interprète.
Laissez-nous, s'il vous plaît. J'ai seulement reçu
l'ordre de m'occuper de miss Faulkner.

— Mais pourquoi ? Et à quel sujet ?

— Ça ne vous regarde en aucune manière. S'il
vous plaît, laissez-nous.

— Pour quelle raison voulez-vous l'emmener ?

— Si vous ne partez pas de votre plein gré, je vais
être obligé...

— Il dit qu'il doit me conduire chez le Président,
expliqua Lucy.

— Mais pourquoi ?

— À l'en croire, le Président dit que je lui rappelle sa mère.

— Tout ça est ridicule, dit Howard.

— Vous manquez totalement de respect, dit
l'interprète d'un ton courroucé. Je vous interdis de
parler de la sorte !

— Comment votre Président pourrait-il avoir la
moindre idée de la ressemblance de...

— Ma photo sur le passeport », dit Lucy.

L'officier, excédé à l'évidence de son rôle de com-
parse, commença à interpeller Howard. Il lui montra
le poing et s'avança dans sa direction.

« Écoutez, dit Lucy, si je dois vraiment y aller, comprenez au moins que...

— Si vous l'emmenez, vous m'emmènerez aussi,
et où que ce soit ! annonça Howard.

— Ça ne vous concerne en aucune manière ! tranchа l'interprète.

— Oh, mais si, ça me concerne ! Elle est ma femme ! » Les mots lui avaient échappé, comme jaillis d'un élan de pure inspiration.

L'interprète en resta coi. Il dévisagea Howard puis finit par retrouver ses esprits. « C'est faux ! déclara-t-il. Vous ne portez pas le même nom.

— Bien entendu que nous ne portons pas le même nom ! dit Howard. Nous nous sommes mariés sous le régime de droit coutumier. Je croyais que vous aviez séjourné assez longtemps en Angleterre. Si vous connaissez un tant soit peu notre pays, vous ne pouvez ignorer que les mariages selon le droit coutumier y sont devenus la règle aujourd'hui. »

L'interprète parut désorienté. Il se débattait visiblement entre le doute et la réticence.

« Dans notre pays il est considéré comme des plus offensants de séparer une épouse de son mari. Je supposais que cela ne vous aurait pas échappé. J'imagine que votre Président doit s'attendre qu'en votre qualité de spécialiste vous soyez au courant de nos usages ! »

L'interprète regarda tour à tour Howard et Lucy. Puis il s'entretint un moment avec l'officier. Les deux hommes, apparemment, n'étaient pas d'accord. Soudainement l'officier haussa les épaules. Faites comme vous l'entendez, semblait-il dire. Après tout c'est à vous qu'il appartient de décider... L'interprète, finalement, se tourna une nouvelle fois vers Howard et Lucy. Il avait plus ou moins retrouvé son sang-froid :

« Je vous accorde l'autorisation d'accompagner votre épouse, dit-il. Je connais très bien, voyez-vous,

327

les coutumes anglaises. J'ai vécu de nombreuses années dans votre pays. S'il vous plaît, veuillez me suivre. »

Le conducteur de la voiture était un militaire. Un autre soldat était assis à côté de lui. Howard, Lucy et l'interprète s'installèrent à l'arrière. Le chauffeur amorça un virage à la sortie du couvent pour s'engager sur une voie suburbaine. Des villas, des jardins plantés de palmiers. Un alignement de lauriers-roses. Ils filèrent à vive allure tout au long d'avenues du même type puis, au bout de quelques minutes, pénétrèrent dans un quartier fait de petites rues étroites bordées d'immeubles miteux hérissés de linge en train de sécher. De modestes boutiques étalaient une abondance de fruits et de légumes jusque sur le trottoir. Le chauffeur, contraint de ralentir, klaxonnait furieusement à l'adresse des voitures et des piétons.

« Ce ne sont pas les plus beaux quartiers de la ville », dit l'interprète, ses doigts tambourinaient impatiemment sur ses genoux. Il se pencha en avant pour morigéner le conducteur. Une carriole traînée par un bourricot bloquait le passage. Le chauffeur écrasa sa main sur l'avertisseur et Howard en profita pour échanger quelques mots avec Lucy.

« Vous ne m'en voulez pas ?

— Non, dit-elle d'une voix étouffée, non, je ne vous en veux pas.

— Voici maintenant que j'ai des remords affreux. Mais je ne pouvais vraiment pas vous laisser emmener comme ça.

— Non, je vous assure, je ne vous en veux nulle-ment. »

Le conducteur avait bondi sur le trottoir et repoussait brutalement un groupe de piétons sous une porte cochère. L'interprète se recula sur son siège. « Je suis désolé de ce retard. J'avais dit au chauffeur de prendre un autre itinéraire mais il m'a expliqué qu'il y avait des problèmes de circulation. » Il consulta sa montre et hocha la tête avec irritation.

« Pourquoi tant de hâte ? demanda Lucy.

— Son Excellence nous attend.

— Comment se peut-il que je ressemble à sa mère ?

— Voici une question très intéressante, dit l'interprète. La mère de Son Excellence, à ce qu'on m'a dit, était anglaise.

— Eh bien, alors, Son Excellence s'imagine-t-elle par hasard que sa mère approuve la façon dont on nous traite ? demanda Howard sèchement.

— Je crois savoir que la mère de Son Excellence est morte depuis pas mal de temps.

— Ce qui arrange bien les choses, pas vrai ?

— Je ne comprends pas », dit l'interprète.

La voiture, dans un crissement de pneus, prit un virage serré, l'arrière allant heurter un lampadaire, puis se fraya un chemin au long d'une allée étroite avant de déboucher sur un grand boulevard.

« Dans quelques instants nous arriverons au palais de Samara. S'il vous plaît, regardez sur votre droite. Vous apercevrez les ruines du temple grec. Un très célèbre spécimen d'architecture de l'Antiquité. Vous intéressez-vous aux antiquités, miss Faulkner ?

— Pas pour l'instant », dit Lucy.

La circulation était redevenue très fluide. Le véhicule filait à plein régime sur une allée bordée de tamaris en fleur. Les colonnes disloquées du temple grec surgirent brusquement sur le côté de la route entre une station d'essence et un parc de voitures d'occasion.

Le véhicule, finalement, atteignit un rond-point qu'il contourna pour s'engager sur un autre boulevard.

« À présent, dit l'interprète, vous pouvez voir le palais de Samara. C'est un très élégant édifice construit, si je ne me trompe, en 1925. »

Le palais, effectivement, se présentait juste en face d'eux. C'était moins, à vrai dire, un édifice cohérent qu'une espèce de lubie architecturale en vertu de laquelle on avait encadré des fenêtres gothiques de châssis à deux battants de l'époque des Tudors ; cependant que des balcons mauresques s'alignaient sous une ligne de faîte où les crénelures le disputaient à des dômes bulbeux et des flèches jaillies d'on ne sait quel minaret. Le bâtiment tout entier semblait, sans rime ni raison, se projeter dans toutes les directions.

La voiture s'arrêta devant une porte latérale. Howard et Lucy se virent entraîner, sans perdre un instant, à travers des enfilades de corridors. Le bâtiment tout entier grouillait de soldatesque. À un moment l'interprète s'engouffra dans une pièce à l'intérieur de laquelle il conféra avec des collègues invisibles.

« Tout a l'air, murmura Lucy, de se passer comme s'il nous avait dit la vérité. Est-il possible que nous devions vraiment voir cet homme ?

— Apparemment oui.

— Qu'est-ce qu'on fait ?

— On joue le jeu.

— Comment ça ?

— En parlant. En posant des questions. En discutant avec lui.

— Je préférerais cent fois lui cracher au visage ! s'emporta Lucy.

— Ça alors, je vous le déconseille vivement ! »

L'interprète, tout à coup, les rejoignit : « Son Excellence, annonça-t-il, va vous recevoir incessamment. »

Howard et Lucy étaient assis l'un près de l'autre sur un sofa doré aux pieds fuselés. Son Excellence Omar Latif, président de la république de Callimbie, trônait derrière un immense bureau recouvert de cuir. L'interprète était perché sur un siège à côté de lui. De temps à autre Omar se désintéressait totalement de ses visiteurs pour s'entretenir au téléphone avec un correspondant ou recevoir des mains d'un de ses assistants une liasse de documents qu'il feuilletait à la hâte avant de les écarter. On leur avait servi du café turc. Les allées et venues se succédaient dans la pièce : des soldats, des valets. Des téléphones sonnaient sans interruption.

Omar Latif était gras. C'était un véritable bloc de chair. Il donnait l'impression d'emplir à lui seul toute la pièce et la pièce n'était elle-même qu'une sorte d'exposition de tapis d'Orient et de murs incrustés d'or devant lesquels s'alignaient des successions de vitrines et de sièges tendus de satin. Omar Latif imposait l'attention. Il était l'incarnation du

triomphe d'une vie. Ses traits eux-mêmes paraissaient exagérés : le nez aventureux, la vaste bouche
aux dents éblouissantes, les grands yeux d'un brun
confinant au noir qu'il se plaisait à poser sur Howard
et Lucy — spécialement sur Lucy — chaque fois que
son intérêt venait se fixer, à nouveau, sur eux deux.
Il débitait des sortes de harangues avec une vélocité
de mitrailleuse. La version de l'interprète semblait
toujours être plus succincte.

« Son Excellence dit qu'à présent qu'Elle vous voit
en personne, la ressemblance avec Sa mère lui paraît
moins frappante. Son Excellence voudrait savoir si
vous avez des frères et des sœurs.

— Non », dit Lucy au bout d'un moment.

L'interprète rendit compte de sa réponse.

« Je n'ai jamais dit tout ça ! coupa Lucy. J'ai simplement dit " non ".

— Il n'est pas convenable de parler à Son Excellence de cette façon. »

Howard intervint : « Voudriez-vous demander à
Son Excellence pour quelle raison nous n'avons pas
encore obtenu l'autorisation de nous entretenir avec
les représentants de notre ambassade ?

— Son Excellence a déjà indiqué qu'elle n'avait
pas la possibilité de discuter de ce genre d'affaires.

— Voilà qui m'est complètement égal, dit Howard.
Je vous demande instamment de lui reposer ma
question. Vous avez entendu ? Je vous demande instamment de lui reposer ma question ! »

Omar leva les yeux. Il venait d'apposer sa signature — une signature éminemment décorative — au
bas de quelques paperasses et voici que, maintenant,
il adressait à Howard un large sourire sarcastique

tout en énonçant : « "Je demande instamment " *ça ne biche pas.*

— Quoi ? Comment ? » bredouilla Howard. La formule en fin de phrase n'avait pas immédiatement revêtu de signification pour lui, travestie qu'elle était de surcroît par le débit haché du personnage.

Le sourire d'Omar céda la place à un froncement de sourcils et à une volée de paroles lancées en direction de l'interprète.

« Son Excellence dit que ceux qui se permettent de faire des demandes "instantes " n'obtiennent pas toujours satisfaction. Elle dit aussi qu'Elle croyait que la langue anglaise n'avait pas de secrets pour vous.

— Je viens seulement de comprendre, dit Howard avec une froideur marquée. La formule, au début, m'avait échappé. Je n'avais plus entendu dire "Ça biche " depuis ma plus tendre enfance. »

L'humeur du président changeait à nouveau. Il se tapota les dents de devant avec la pointe de son stylo en or, apparemment perdu dans ses pensées. Puis il pointa l'objet en direction de Howard et reprit la parole :

« M'sieur-j'm'en-fiche est allé s'faire fiche. M'sieur-j'm'en-fiche a été mis dans une marmite et on l'a fait cuire à feu doux ! » Ayant dit, il se cala dans son fauteuil en se tenant les côtes. L'interprète émit un gloussement étouffé.

Omar, tout en continuant à rire, contempla ses visiteurs. Puis, apparemment, une nouvelle association d'idées lui traversa l'esprit. Il se pencha en avant, s'empara du téléphone posé sur son bureau et égrena bruyamment une kyrielle d'instructions. Il avait, tout à coup, l'air d'un bon bougre bien intentionné et quasiment chaleureux, sur le point de s'abandonner à un moment de détente inoffensive. Il se tourna vers l'interprète et lui tint un petit discours tout en continuant à s'esclaffer spasmodiquement. L'expression de ce dernier donnait à penser qu'il éprouvait un sentiment de gêne qui se noya finalement dans une soumission servile. Il s'adressa à son tour aux deux visiteurs :

« Son Excellence dit qu'elle s'est rappelé que les Anglais aiment bien s'adonner à des petits jeux de société. Elle a en sa possession un certain nombre de divertissements très amusants. Elle vient de donner l'ordre qu'on vous les apporte.

— Quel genre de divertissements ? » demanda Lucy au bout d'un moment.

L'interprète hésita : « Je ne sais pas très bien.

— Pour la troisième fois, dit Howard, puis-je vous demander d'avoir l'obligeance de l'interroger sur ses intentions quant à nos rapports avec notre ambassade ?

— C'est impossible.

— Mais pourquoi ?

— Son Excellence a déjà expliqué qu'elle ne pouvait répondre à une question de ce genre. Il ne s'agit présentement que d'une réception mondaine.

— Écoutez, dit Howard, nous ne souhaitons rien d'autre que de pouvoir discuter tout à fait objectivement et sans le moindre préjugé.

— Vous n'avez pas le droit de vous exprimer de la sorte. En présence de Son Excellence on n'est autorisé à s'entretenir qu'avec Son Excellence.

— Mais c'est très exactement ce que je m'évertue à obtenir ! »

Omar s'était lancé dans une conversation téléphonique. Il s'interrompit pour agiter un doigt courroucé en direction de Howard.

Celui-ci abandonna la partie : « Tout cela est insensé, murmura-t-il.

— Mieux vaut rester tranquilles, dit Lucy. Nous finirons peut-être par trouver un moyen...

— Mais il est complètement dingue !

— Oui, sans doute. Mais, nous, nous ne sommes pas fous. C'est même là notre seul avantage. »

L'interprète commençait à donner des signes d'agitation. « Il n'est pas permis de s'entretenir en aparté lors des audiences accordées par Son Excellence. »

Omar en avait terminé avec sa conversation téléphonique. Et il devenait, très visiblement, nerveux. Il fit claquer ses doigts d'un air furibond, dépêcha deux ou trois sbires à l'extérieur, puis échangea quelques mots avec l'interprète. Finalement un soldat entra dans la pièce, chargé d'une pile de petites boîtes qu'il posa sur le bureau devant le président, dont le visage s'éclaira instantanément. Il fit signe à Howard et à Lucy de s'approcher.

« Son Excellence, dit l'interprète, désire que vous vous avanciez. »

Ils obtempérèrent. Et, une fois levés, ils n'en crurent pas leurs yeux.

Serpents et Éhelles *... *Monopoly... Ludo.* Toute une pile de boîtes jaunies et bosselées, dont certaines étaient

---

* *Snakes and Ladders.* Jeu de hasard très populaire outre-Manche. Les coups de dés vous mènent soit sur un serpent, ce qui entrave votre progression, soit sur une échelle, qui vous mène vers les sommets. *(N.d.T.)*

recouvertes de gribouillages. Omar farfouilla dans le tas jusqu'à ce qu'il ait trouvé un échantillon sur lequel s'étalait une reproduction en couleurs de ce qui semblait bien être une guerre de tranchées : À L'ASSAUT !... Il souleva le couvercle. À l'intérieur on pouvait distinguer une planchette découpée en carrés et tout un assortiment de petits rectangles en carton dont une face était vierge et l'autre ornée d'une image de militaire en uniforme et en armes : un simple soldat, un capitaine, un colonel, un général. Ces cartons étaient taillés de manière qu'on pût les introduire dans de petits étuis en métal, ce qui leur permettait ensuite de tenir debout. Omar, la bouche fendue d'un sourire indulgent, commença à rassembler les pièces du jeu et à les disposer sur son bureau tout en continuant à pérorer avec ardeur, ne s'arrêtant que pour permettre à l'interprète de le rattraper.

« C'est un jeu extrêmement amusant. L'armée anglaise est opposée à l'armée française. Les deux armées sont placées l'une en face de l'autre. Les combattants sont disposés de manière que les joueurs ne puissent connaître les arrangements des forces adverses. Ils ne voient que la face vierge des pions. Ceux-ci sont avancés de façon à se mesurer directement avec un militaire de l'armée ennemie. Et il est entendu que c'est toujours le plus haut gradé des deux qui a raison de son opposant. Le général élimine tout le monde et il n'y a que l'espion qui soit en mesure de le tuer. Mais attention ! Si, par malheur on tombe sur une mine, il n'y a de quartier pour personne. À noter que les mines sont les seuls éléments du jeu à ne pouvoir être déplacés. L'objectif majeur est de surprendre le général ennemi grâce à votre espion mais celui-ci peut être mis hors de combat par n'importe lequel des autres pions, y compris les simples soldats. Comme vous le voyez, c'est très ingénieux. Vraiment, très amusant. »

Omar continuait imperturbablement à trier ses pions. À un moment il fit signe à l'un de ses aides de camp d'apporter des sièges pour Howard et Lucy.

« Non, dit Lucy.

— Son Excellence désire jouer avec vous.

— Moi pas. Expliquez-lui que je suis une pacifiste. »

L'interprète fronça les sourcils et murmura quelque chose à Omar qui secoua la tête négativement.

« Nous nous heurtons à un problème de traduction, dit l'interprète. Le terme que vous venez d'employer est peu familier à Son Excellence.

— Tout ceci est grotesque ! » dit Howard.

Lucy, subitement, se leva. « Bon, bon ! Après tout, nous ferions aussi bien de... »

Omar tapa sur son bureau avec allégresse. Il acheva de rassembler et de trier ses pions puis commença à pousser les unités de son armée anglaise à la rencontre des troupes de Howard et de Lucy tout en leur prodiguant des instructions. Après quoi et, ayant mûrement réfléchi, il commença à disposer ses pions sur l'échiquier.

« Son Excellence dit qu'un seul d'entre vous est autorisé à jouer. Elle vous permet toutefois de vous consulter, pour tenir compte du fait que vous êtes novices en la matière. » Omar, visiblement d'excellente humeur, leur décocha un regard rapide. Puis il plaça un pion mais changea d'avis et le plaça ailleurs.

Howard commença à disposer les troupes françaises en ligne de bataille.

« Non, dit Lucy après avoir réfléchi. Pas comme ça. Je pense qu'il vaudrait mieux mettre en première ligne les militaires de rang inférieur de telle sorte qu'il puisse les éliminer dès le début de la partie — ce qui nous permettrait, dans une certaine mesure, de tâter le terrain. D'avoir une idée, vous comprenez, des éléments qu'il a placés à l'avant-garde. Je serais d'avis de mettre le général plutôt à l'arrière, avec les mines à proximité.

— Je croyais que vous étiez pacifiste, dit Howard.

— Assurément mais puisqu'il nous oblige à jouer à ce jeu idiot, eh bien, bon Dieu, on va tout faire pour gagner ! »

Omar avança l'un des pions. « À l'assaut ! cria-t-il.

— Ah non, pas comme ça ! dit l'interprète. Votre pion à vous n'est qu'un simple éclaireur alors que Son Excellence a joué un capitaine. Donc vous êtes mort. Vous devez, en conséquence, enlever votre pion de l'échiquier. Bien. À présent, c'est à vous de jouer. »

Howard avança un colonel, éliminant ainsi le capitaine d'Omar. Au coup suivant, malheureusement, le colonel tomba sur une mine. Omar s'esclaffa bruyamment.

« C'est un jeu on ne peut plus amusant », dit l'interprète.

Au bout de quelques minutes les lignes avancées des deux armées avaient été complètement liquidées. Omar, les bras croisés, observait la scène avec une extrême attention. Il perdit deux simples soldats et, en plus, un lieutenant que rafla un capitaine, si bien que son air absorbé se changea en une expression renfrognée et menaçante.

« Nous savons maintenant où sont trois de ses mines, chuchota Lucy. Et je pense que son espion se cache dans ce coin, là-haut, à droite. Il ne touche jamais à ces pions-là. Avancez donc le colonel dans cette direction. »

Omar éructa une protestation.

« Ah non, pas comme ça, dit l'interprète. Je regrette mais il n'est pas permis d'avancer un colonel de quatre cases à la fois. Vous n'avez droit qu'à trois. En conséquence vous avez perdu votre tour.

— C'est la première fois que nous entendons parler de cette clause du règlement, dit Lucy.

— Malheureusement il en va ainsi. »

Omar avança son général, provoquant un carnage considérable. « Son Excellence est particulièrement habile à ce jeu, commenta l'interprète.

— C'est là une bien curieuse conception de l'habileté, rétorqua Howard.

— Je vous demande pardon ?

— Oh, aucune importance.

— Je crois que, sous peu, toutes vos forces auront été éliminées, déclara l'interprète avec une évidente jubilation.

— Nous verrons bien, dit Lucy. En attendant, *à l'assaut*! »

Omar, d'un air maussade, enleva de l'échiquier son deuxième colonel.

« Il sait à présent où se trouve notre général, remarqua Howard.

— Effectivement. Ce qui devrait liquider son espion.

— Vous dire que je m'en balance serait très en dessous de la vérité !

— Je n'en doute pas. Mais nous n'allons quand même pas lui permettre de nous écrabouiller ! »

L'interprète intervint :

« Vous avez seulement l'autorisation de discuter du coup suivant.

— C'est exactement ce que nous sommes en train de faire, dit Lucy.

— Excusez-moi. J'avais dû mal entendre. »

Les deux armées, à présent, avaient perdu une grande partie de leurs effectifs. Omar regardait fixement l'échiquier. Il prit une cigarette dans le coffret en argent posé à côté de lui, l'alluma et but une gorgée de café. Puis, gloussant de rire, il se remit à parler.

« Son Excellence dit qu'elle est enchantée de jouer à ce jeu si amusant. Son Excellence avait oublié ce genre de divertissements et c'est votre arrivée qui lui a donné l'occasion de se les remettre en mémoire. Son Excellence avait appris ces jeux avec sa mère, vous comprenez ?

— Parfaitement, dit Howard. Voudriez-vous, alors, informer Son Excellence que nous sommes ravis du plaisir qu'elle éprouve et que nous lui serions infiniment reconnaissants, quand la partie sera terminée, de bien vouloir répondre aux questions que nous avons essayé de lui poser.

— Je ne le pense pas.

— Vous ne pensez pas quoi ? » s'exclama Howard, ne parvenant plus à surmonter sa colère.

À cet instant le téléphone sonna. Omar saisit l'appareil avec irritation et s'enquit sèchement de l'origine de l'appel. Il écouta attentivement et son visage s'assombrit. Il se retourna, la tête penchée sur le récepteur. De temps à autre il grommelait une demande d'éclaircissement. L'interprète, apeuré, s'agitait sur son siège. Omar venait de se lancer dans un long discours empli de fureur. Le regard de l'interprète se posa, avec une gêne évidente, sur Howard et Lucy. Omar écouta de nouveau, tonitrua quelques brèves directives et reposa brutalement l'appareil. Il considéra distraitement l'échiquier, mais il était clair qu'un important et dramatique incident venait de bouleverser la situation. D'un mouvement brusque Omar tira le téléphone vers lui, renversant au passage plusieurs pions. Howard et Lucy purent constater que son espion, maintenant à découvert, occupait la case exacte où Lucy avait cru pouvoir le situer. Omar décrocha l'écouteur et entreprit de mener de front une conversation avec l'extérieur et une autre avec l'interprète à qui il fit signe de congédier Howard et Lucy. Celui-ci se leva d'un bond : « Son Excellence, dit-il, doit s'absenter de toute urgence. L'audience est terminée.

— J'insiste, cria Howard, pour que nous ayons enfin la possibilité de...

— Impossible. L'audience est terminée ! » L'interprète empoigna Howard par le bras et l'entraîna violemment.

« Il n'y a pas eu d'audience. Tout ceci n'est que...

— Venez. Nous partons...

— Écoutez, insista Howard, la moindre des choses serait que nous puissions... »

Deux des soldats de la suite d'Omar vinrent prêter main-forte à l'interprète, bousculant les visiteurs en direction de la sortie. Derrière eux Son Excellence continuait à pousser des braillements dans le téléphone. Dans le corridor les allées et venues étaient incessantes.

« Nous avons reçu de très mauvaises nouvelles »,
dit l'interprète d'un ton accusateur. Il regarda
Howard avec sévérité. « Votre gouvernement est vraiment stupide. Il fait preuve d'un manque de coopération total.

— Quel genre de nouvelles ?

— Je ne suis pas en mesure de répondre.

— Mais pourquoi ? »

Les gardes leur firent dégringoler les escaliers
quatre à quatre.

« Qu'a dit notre gouvernement ?

— Je ne suis pas en mesure de discuter de ce
genre de chose.

— Si seulement le président consentait à nous
donner... ? »

L'interprète fit halte. Il débordait, semblait-il, de
vertueuse indignation : « Votre gouvernement, dit-il,
est on ne peut plus arrogant et inconséquent. J'ai
bien peur que les répercussions ne puissent être que
funestes. » Il les regarda bien en face.

« Si on nous cache tout, dit Lucy, comment voulez-
vous ?...

— Je ne puis discuter plus avant. Allons, cette fois,
pressez-vous !... » Les lèvres crispées, il partit d'un
pas précipité. Les deux gardes reprirent position derrière Howard et Lucy et le petit groupe fonça de
l'avant, descendant au galop d'autres escaliers et
enfilant d'autres corridors jusqu'au moment où le
véhicule qui les attendait fut en vue. L'interprète
s'assit à côté du conducteur et se cantonna dans un
silence hostile tandis que, cahin-caha, ils parcou-
raient de nouveau les rues de Marsopolis avec pour
objectif le couvent.

Huit

« Il est fou, dit Lucy avec lassitude. C'est tout ce que nous pouvons vous dire. »

Ils avaient raconté leur histoire à l'ensemble des détenus — qu'on avait, d'urgence, convoqués dans le réfectoire en séance extraordinaire. Et ils la ressassaient, maintenant, devant un auditoire plus clairsemé composé de James Barrow, Hugh Calloway et Molly Wright.

« Pour ma part, dit Howard, il se trouve que j'ai mené jusqu'ici une existence où je n'ai pas eu besoin de me protéger contre les politiciens. C'est, en fait, la toute première fois où je me suis vu confronté à l'un d'entre eux. Mais, bien que je n'aie pas de point de comparaison, je ne puis imaginer qu'une rencontre avec un président, disons, des États-Unis ou un chancelier allemand ou je ne sais quel responsable français ou, en fait, n'importe quel potentat à la surface du globe, ait jamais pu ressembler en quoi que ce soit à celle qui nous a été réservée.

— Mais, enfin, ce bonhomme, à quoi *ressemble-t-il*? demanda Molly Wright.

— Il est fou ! » répéta Lucy. Puis, se reprenant :
« Non, à vrai dire, ce n'est pas tout à fait exact. Ce
serait trop simpliste. » Elle revit dans son souvenir la
grande salle du palais de Samara toute vibrante de
cette présence si envahissante qu'elle faisait davantage penser à un facteur climatique qu'à un être
humain. Quelque chose d'élémentaire et d'incoer-
cible. « Il est impossible de le décrire, dit-elle finalement. C'est comme si on était mis en présence d'un
spécimen d'individu entièrement nouveau.

— Pour vous peut-être, dit Hugh Calloway. Mais
sûrement pas — nous devons, en tout cas, nous efforcer de le présumer — pour nos diplomates.

— J'espère que vous êtes dans le vrai ! » dit Howard
d'un ton lugubre.

Un silence s'établit que rompit, finalement, Molly
Wright, s'employant comme toujours à introduire
dans l'ambiance générale une note de réconfort.
« Quoi qu'il en soit, le ciel soit loué d'avoir permis
que Lucy n'ait pas eu à subir seule un tel calvaire.
On peut dire, mon cher Howard, que vous avez été
bigrement bien inspiré ! »

James Barrow se mit à rire : « Bonté divine, avec
tout ce remue-ménage, nous n'avons pas encore eu
l'occasion de vous féliciter, vous deux. Alors, bonheur et prospérité pour votre conjungo ! Et quand
aurons-nous le plaisir d'entendre résonner les pas de
mignons petits ripatons ? »

Howard se leva. « Oh vous, la ferme, espèce de
vieux crétin ! » s'exclama-t-il. Sur quoi il quitta la
salle du réfectoire et sortit dans la cour.

Arrivé à hauteur des orangers desséchés il s'assit lourdement par terre au pied du mur d'enceinte. Il s'employa à décourager les tentatives de conversation, d'abord des hôtesses de l'air et puis de beaucoup d'autres encore. Finalement, ce fut Lucy qui le rejoignit. « Je n'aurais pas dû me conduire comme je l'ai fait, dit-il. Je vous demande pardon.

— Non, non. Vous étiez parfaitement dans votre bon droit. Ce type était vraiment insupportable !

— Ce qu'il y a, c'est que je n'ai pas encore eu la possibilité de vous présenter mes excuses. Je n'aurais jamais dû vous mettre dans une situation pareille. C'était, je m'en rends compte maintenant, quelque chose d'épouvantable ! Enfin, d'un certain point de vue. Mais, sur le moment, croyez-moi, tout ce qui m'est venu à l'idée, c'est qu'en aucune façon je ne leur permettrais de vous emmener toute seule. Oui, je vous le jure, en aucune façon. Et je ne sais pourquoi cette solution-là m'a sauté à l'esprit et, par miracle, ça a marché ! Mais, en y réfléchissant maintenant, je suis consterné. Tout ce qui me reste à vous dire, c'est à quel point je m'en veux !

— Vraiment ? dit Lucy. Mais, moi, je ne vous en veux nullement. »

Il la regarda. « C'est vrai ? Vous ne m'en tenez pas rigueur ?

— Pas le moins du monde. »

Elle était assise dans la poussière à côté de lui, ses mains serrées sur ses genoux. Les rayons du soleil tombaient à plein sur son visage tourné de profil et il apercevait un fin duvet de cheveux dorés. Il voyait aussi la courbe pure de la narine, le contour de son pied, l'éclat lustré de ses ongles. Il sentait son odeur, il percevait la chaleur qui se dégageait d'elle. Les paroles qu'elle venait de prononcer s'attardaient dans sa tête. L'idée lui vint que c'était là, sans doute, le moment le plus chargé de signification qu'il ait jamais connu de toute son existence.

« Vous savez, dit-il, je vous aime.

— Oui, je m'en doutais un peu.

— Et... y aurait-il une chance que...

— Oui, dit-elle. Moi aussi, je vous aime. »

Howard soupira. Il avait l'impression de voguer dans les airs, de s'être arraché au temps et à l'espace, de ne plus être lié qu'à cette unique et exquise sensation de ravissement. Quoi qu'il puisse m'arriver, pensa-t-il, j'aurai vécu cela.

« J'ai une furieuse envie de vous embrasser, dit-il finalement.

— Ça me plairait beaucoup aussi.

— Oui mais voilà, si je m'y risque, il y aura une vingtaine de personnes à nous regarder.

— Pour ça, oui !

— Et je ne vois aucun autre endroit où nous puissions nous réfugier.

— Non, dit-elle, aucun.

— Il nous faudra donc attendre, dit Howard. J'y penserai énormément. Je ne sais pas du tout si ça améliorera les choses ou si ça les aggravera.

— Les deux, si vous voulez mon avis.

— Cela veut-il dire que vous y penserez, vous aussi ?

— Oui, sûrement.

— Je penserai encore à beaucoup d'autres choses. Pas seulement à vous embrasser. J'inventerai des scénarios complets. Je vous aime, Lucy. Puissiez-vous ne jamais vous lasser de m'entendre vous le répéter ! »

Je rêve ou quoi ? Oh oui, sûrement, je dois rêver. Redites-moi ce que vous venez de me dire. Redites-le-moi encore. Et encore...

Les mains de Howard reposaient sur son genou. Elle les regardait, de même que les faux plis incrustés de saleté de son pantalon et, aussi, une minuscule fourmi dont il n'avait probablement pas conscience et qui cheminait opiniâtrement à travers ses doigts. Je reverrai toujours cette fourmi, pensa-t-elle, de même que l'écorchure sur son pouce. Et je sentirai à tout jamais l'odeur des feuilles d'oranger et de la fumée de cigarette et de la sueur. Et j'entendrai à tout jamais les mots qu'il vient de me dire.

« Quel genre de scénarios ?

— Oh, je ne pense pas que je puisse entrer dans ces détails, dit-il. En tout cas, pas maintenant.

— Quelque chose de très étrange est en train de se produire, dit-elle. Je n'ai plus du tout le sentiment que nous sommes à l'endroit où nous nous trouvons. J'ai, au contraire, l'impression étonnante que, d'une manière ou d'une autre, nous avons réussi à nous en échapper. C'est comme si nous nous étions situés à un autre niveau.

— Assez bizarrement aussi, je comprends parfaitement ce que vous éprouvez.

— Une illusion est pourtant quelque chose de très difficile à partager.

— Ce n'en est pas moins un excellent point de départ, vous ne trouvez pas ?

— C'est le point de départ parfait, dit-elle. En tout cas, vu les circonstances. J'aimerais m'y cramponner, m'y blottir. Pas vous ?

— Oui et non. Car je ressens en même temps, voyez-vous, un besoin dévorant d'aller de l'avant. La vie à venir ne m'a jamais semblé aussi fascinante.

— Pour l'instant, hélas, aller de l'avant nous est strictement interdit.

— J'espère que d'autres personnages ne se privent pas, eux, de bouger. Et ceci dans notre intérêt !

— Je vois ce que voulez dire, enchaîna Lucy. Des personnages en costume sombre dans les bureaux de Whitehall. Je ne parviens pas à me les représenter. Ils me paraissent encore plus incroyables que le soldat qui monte la garde à côté de nous. Vous savez ? celui qui n'arrête pas de fumer. Ou encore que Son Excellence le Président. »

Howard se tourna pour la regarder de face. Il lui prit la main et la serra dans les siennes, s'enhardissant à profiter de l'infime et poussiéreux espace d'intimité à leur disposition. À deux pas de là, la sentinelle terminait sans grande conviction son inspection du mur de clôture, écrasait un mégot puis faisait demi-tour pour reprendre sa tournée en sens inverse. Un gosse s'amusait à lancer un palet. Quelques prisonniers, non loin de là, parlaient entre eux — chaque mot se détachant, parfaitement audible et intelligible, et cependant englouti dans un silence compact. Elle discernait l'ardente lueur des yeux de Howard et la configuration détaillée de son visage, toutes deux infiniment familières et constamment surprenantes.

« Ne leur accordez aucune pensée, dit Howard. À aucun d'entre eux. Juste pour l'instant. Ils n'existent pas. Vous êtes d'accord ?

— Entièrement d'accord », dit-elle.

À 3 h 20, le lendemain matin, elle émergea péniblement d'un brillant et confus paysage à l'intérieur duquel des ombres de militaires chaussés de grandes bottes déambulaient au long d'avenues bordées d'arbres en fleurs. Retombant sur le dur matelas du dortoir du couvent, elle eut conscience, avant même d'avoir pu reconnaître son environnement, d'être au cœur de quelque chose d'affreux et, pourtant, de sublime. Elle s'abandonna, un bref instant, à l'étreinte irrépressible d'une suite de sensations confinant à la schizophrénie et puis, peu à peu, ses idées s'éclaircirent, et elle sut où elle était et se souvint de tout. L'émotion dans laquelle elle se débattait se mêlait à une perception rigoureuse du décor : elle voyait avec netteté les contours des lits voisins, elle entendait les bruits que faisaient ses compagnes, le bruit traînant de pas venant du corridor, l'écoulement d'une chasse d'eau qu'on était en train de tirer. Dans sa tête se bousculaient les images violemment contrastées du palais de Samara, de la vaste salle où elle était, de la présence délirante d'Omar, de sa voix râpeuse... et de Howard.

À une dizaine de mètres de là, une fois franchies deux barrières de cloisons, Howard devait, lui aussi, être réveillé. Elle se concentra sur cette pensée tandis qu'en son for intérieur la panique continuait de l'assaillir. Que va-t-il se passer ? Que se préparent-ils à nous faire subir ? Combien de temps encore ?

Se réveillant à nouveau, beaucoup plus tard, dans une lumière éclatante, elle constata que la sensation de peur panique qui l'avait envahie s'était, une fois de plus, diluée dans un état — à présent devenu presque chronique — de malaise latent. Mais, sous l'effet, sans doute, d'une espèce de prouesse émotive et un tantinet exotique, le malaise s'était maintenant laissé étouffer dans les replis d'une sorte de précaire allégresse. Elle se leva, s'habilla, prit son tour dans la file d'attente devant la salle d'eau puis descendit au réfectoire où le premier des repas de la journée était déjà servi. Elle aperçut Howard à l'autre bout de la pièce et resta silencieuse, savourant leurs retrouvailles.

À mesure que la journée s'avançait, la tension, d'une manière flagrante, ne fit que s'accroître d'heure en heure. Les prisonniers avaient eu le temps de digérer et de supputer les implications de ce que leur avaient rapporté Howard et Lucy. Ils ne pouvaient plus ignorer qu'ils étaient à la merci du caprice d'un dément — constatation qui leur donnait froid dans le dos et les inclinait à perdre la tête. Le moral était donc tombé au plus bas, et ce avec des répercussions diverses : certains s'engloutissant dans une détresse proprement catatonique, d'autres s'abandonnant à une pulsion grégaire pour discuter sans fin de choix possibles et d'éventualités. Pour couronner le tout, il y avait maintenant de nombreux cas d'ennuis de santé, notamment d'inflammation des bronches et de diarrhée — tous les w.-c., sans exception, empestaient. Le cardiaque donnait des signes de fatigue ; Ted Wilmott avait du mal à remonter la pente ; quant à Denise, la jeune enseignante, elle semblait être sur le point de craquer.

Certaines femmes manquaient de tampons et de serviettes hygiéniques mais quand Molly Wright en réclama, de concert avec d'autres fournitures, elle eut droit à une bordée d'injures de la part de l'officier de jour. Tout se passait comme si un changement lourd de menaces s'était produit dans le comportement des geôliers. La phase antérieure d'indifférence, parfois tempérée de manifestations d'amitié, avait cédé la place à une hostilité déclarée. Le jeune blondinet frisé qui avait joué à la marelle avec les gosses entrait désormais dans une vive colère quand un des enfants se risquait à lui lancer un ballon. L'une des hôtesses de l'air avait été délibérément houspillée et malmenée par une autre sentinelle.

« Qu'est-ce que ça peut bien signifier ? demanda Hugh Calloway. Des instructions venues des hautes sphères ?

— On leur a appris quelque chose. Oui, certainement, ils savent des choses que, nous, nous ignorons, sur ce qui se trame dans la coulisse ou, du moins, ils le croient et on leur a donné l'ordre de nous traiter comme des boucs émissaires. » Tel avait été le commentaire de James Barrow. Mais, quel que fût le diagnostic, tout le monde avait peur maintenant devant cette nouvelle et alarmante manifestation de versatilité. On se méfiait systématiquement des réactions des gardes. Il n'y avait rien d'autre à faire, malheureusement, que courber l'échine, laisser passer l'orage et espérer que la crise d'agressivité ne durerait pas éternellement.

La nourriture qu'on leur servit au repas de la mi-journée se révéla encore plus mauvaise qu'à l'accoutumée. L'un des convives qui, par hasard, avait laissé tomber par terre une assiette qui s'était fracassée avait dû subir un véritable réquisitoire de la part de l'officier de jour lequel, finalement, avait pris la décision de l'exclure du réfectoire, et ce pendant toute la durée du repas.

Dans le milieu de l'après-midi Howard et Lucy se retrouvèrent assis l'un près de l'autre dans la cour du couvent. Ceux des otages qui continuaient à prendre un peu d'exercice tournaient en rond mécaniquement, comme si de rien n'était — ce qui ne manquait pas de créer l'illusion peu confortable d'un séjour entre les murs d'une prison.

« Ça va ? demanda Howard.

— Une moitié de moi-même va on ne peut mieux. L'autre moitié s'efforce de survivre.

— Pareil chez moi. Une fission émotionnelle. Je n'aurais jamais cru que ça puisse m'arriver. J'ai pensé à vous toute la nuit. Des pensées indécentes, Lucy...

— Ah, vraiment ?

— En d'autres circonstances, j'essaierais, à l'instant même, de faire l'amour avec vous.

— Ah, vraiment ?... Oui, oui, je comprends.

— Je me demande comment vous réagiriez.

— Donnez-moi le temps d'y réfléchir. Eh bien, ma foi, je crois que, tout compte fait, je réagirais on ne peut plus favorablement. »

Howard soupira.

« Je suppose qu'il faudrait pour ça que je me déshabille », dit-elle au bout d'un moment.

Il la regarda.

« Le T-shirt, d'abord, j'imagine.

— Oui, dit-il, le T-shirt. Et puis après ? »

Lucy s'examina, passant en revue dans sa tête la suite logique des événements.

« Le jean ensuite, je suppose.

— Oui, sûrement, le jean.

— Non, non, attendez ! Non, non, pas le jean. Les chaussures, je les avais oubliées ! Alors, rayez tout cela Il faut qu'on reparte de zéro. Les chaussures, d'abord. Ensuite le T-shirt. Après quoi, le jean.

— Oui, je vois.

— Ensuite, le soutien-gorge, j'imagine.

— Oui, le soutien-gorge, dit Howard.

— Il est blanc. Il vient de chez Marks & Spencer. Enfin, disons qu'il était blanc. J'ai bien peur qu'à présent il ne soit plutôt crasseux.

— Je ne pense pas que ce serait de nature à m'empêcher de...

— Récapitulons. Sauf erreur, il ne reste plus que le slip ? Oui, c'est ça. C'est son tour. D'accord ?

— Oui, dit-il, c'est son tour.

— Il est rouge », dit Lucy.

Howard poussa un gémissement. « J'ai peur de ne pas pouvoir en supporter davantage.

— De toute manière, dit Lucy, il va bien falloir que nous cessions de jouer à ce petit jeu. Nous pourrions parler de quelque chose de tout à fait différent. Quelque chose de rassurant. Comme, par exemple...

— Je ne vois vraiment rien qui soit de nature à nous rassurer pleinement, dit Howard.

— Mais si, voyons. Le temps qu'il fait. Le temps est toujours une excellente solution de rechange. Convenez avec moi qu'il fait nettement plus chaud.

— Vous croyez ? Je dois vous avouer que je n'avais rien remarqué de pareil.

— Mais si, mais si, il fait nettement plus chaud. Le soleil est brûlant. Quelle ironie, quand on y pense de se dire qu'on va bronzer ! »

Howard la regarda attentivement. « À présent que vous me parlez de ça, je constate en effet, mais oui, que votre nez a légèrement rosi.

— Flûte alors ! Il va se mettre à peler. Il n'y a rien de plus désagréable !

— Je dois avoir encore un peu de crème solaire dans mon sac. Vous voulez que j'aille la chercher ?

— Excellente idée, dit-elle. Oui, merci bien. »

Elle le regarda traverser la cour du couvent en direction de la porte du réfectoire et, tandis qu'elle le suivait des yeux, elle eut l'impression qu'il se passait quelque chose d'anormal à l'intérieur du bâtiment. Un rassemblement de soldats. Une silhouette supplémentaire. Elle s'avança de quelques pas et constata que la silhouette en question était celle de l'interprète. D'autres détenus commençaient, eux aussi, à s'intéresser à la scène. James Barrow qui, jusque-là, était resté assis sagement non loin d'elle, se leva et s'achemina vers l'entrée du réfectoire. Ted Wilmott qui venait, à cet instant précis, de faire son apparition dans la cour, s'arrêta net puis se retourna, cherchant visiblement à comprendre ce qui était en train de se produire. C'est à cet instant que Howard atteignit la porte.

L'interprète était dans tous ses états. On aurait pu croire qu'il avait perdu la raison. Flanqué d'une cohorte de soldats, il s'était planté en bas des marches de l'escalier. L'officier de jour le suivait comme son ombre. Tout à coup, l'interprète se mit à parler à toute vitesse, l'officier l'approuvant par des hochements de tête. L'interprète gesticulait surabondamment puis, il se mit, par de petits mouvements agressifs de son index pointé vers eux, à désigner, au petit bonheur et tout à fait fortuitement, cinq détenus parmi ceux qui se trouvaient le plus près de lui : James Barrow, Ted Wilmott, l'un des plus jeunes pères de famille, l'un des stewards de l'avion, Howard.

Les soldats, aussitôt, serrèrent les rangs et s'emparèrent des cinq hommes qui venaient d'être sélectionnés. Ted Wilmott essaya bien de se défiler mais le garde qui le tenait lui tordit le bras jusqu'à ce qu'il se mette à hurler.

Tout cela s'était produit à une vitesse stupéfiante. James Barrow qui, comme à l'habitude, protestait de toutes ses forces et ne cessait de poser des questions, fut embarqué *manu militari* et disparut sur-le-champ. Les soldats s'interpellaient à grands cris. Lucy, par la suite, crut se rappeler que Howard avait dit quelque chose et s'efforça désespérément de reconstituer ses paroles. Mais, sur le moment, elle resta un long moment comme pétrifiée avant de se précipiter dans le réfectoire et puis, plus loin, dans le corridor. D'autres détenus, à présent, tournaient en tous sens, complètement égarés. « Que se passe-t-il ? cria-t-elle. Qu'est-ce qu'ils sont en train de leur faire ? » L'épouse du jeune père de famille qui avait été emmené était en proie à une crise de nerfs. L'officier, resté debout près des portes du couvent grandes ouvertes, criait aux gens, littéralement affolés, de se tenir à distance. Plus loin encore, dans l'avant-cour, Lucy aperçut un véhicule ressemblant à un grand car de police dans lequel un soldat enfournait une silhouette trébuchante.

L'officier claqua les portes. Les captifs s'agglutinaient autour de lui, l'assaillant de questions. Mais il se contenta de brailler de plus belle et des soldats, aussitôt, se précipitèrent à la rescousse. « Où sont-ils partis ? cria Lucy. Qu'est-ce que vous leur voulez ? » Cela, ou autre chose... car, à dater de ce moment, elle n'entendit même plus ce qu'elle disait, étourdie qu'elle était par les vociférations de l'officier déchaîné. L'un des soldats s'avança vers elle et la repoussa si violemment qu'elle tomba de biais sur le carrelage de pierre et resta, une minute ou deux, affalée au bas du mur, totalement hébétée, cependant que Hugh Calloway se penchait sur elle et que, regagnant enfin ses quartiers à grandes enjambées, l'officier disparaissait à l'autre bout du corridor.

Tout, à présent, se passait comme si elle était entrée dans un nouveau et cauchemardesque mode de vie. Trois minutes seulement venaient de s'écouler depuis que Howard s'était tourné vers elle, là, dans la cour du couvent, pour lui proposer d'aller lui chercher de la crème solaire, mais ce n'était plus maintenant que le souvenir d'un havre de normalité, de sécurité, désormais inaccessible. Son corps lui-même avait réagi. Il s'était fragilisé. Il avait perdu une part si importante de sa stabilité naturelle que ses jambes vacillaient sous son poids et qu'il lui semblait être pétrie d'une substance spongieuse. Elle errait de l'un à l'autre des petits groupes minés par l'angoisse et rien de ce qu'elle entendait n'était fait pour lui apporter la moindre parcelle de réconfort. En réalité elle n'entendait pratiquement pas ce qu'on lui disait et, si elle se mêlait à la conversation, c'était comme mécaniquement. Elle consultait périodiquement sa montre — pour une raison obscure, le passage du temps avait revêtu à ses yeux une signification de la plus haute importance — et elle s'apercevait, chaque fois, que les aiguilles du cadran n'avaient avancé que d'une manière infime.

Elle alla s'asseoir dans la cour — à l'endroit même où, la veille, elle se trouvait en conciliabule avec Howard à côté des orangers. Elle avait l'impression de flotter dans les airs, d'avoir rapetissé, rétréci, de ne presque plus avoir de corps. Elle ne cessait de revoir Howard, encore et encore : son visage, ses cheveux, ses attitudes, ses gestes. Elle entendait sa voix, elle écoutait les paroles qu'il avait prononcées. Elle jeta un coup d'œil à sa montre. 15 h 41. Elle observa une fourmi qui traversait une feuille tombée à terre. L'insecte échappa à sa vue en contournant le rebord de l'obstacle puis fit, plus loin, sa réapparition. Elle avait remarqué une autre fourmi, la veille, dans une existence incroyablement différente. Quelqu'un s'approcha d'elle et lui adressa deux ou trois mots auxquels elle répondit distraitement. Elle regarda sa montre. 15 h 43.

Ils vont le tuer, se dit-elle. Ils sont en train de le tuer en ce moment même. Ils l'ont déjà tué. Il est mort. Et moi pas.

15 h 44.

Elle se rendait compte soudainement que tout ce qu'il leur avait fallu subir jusque-là avait été, finalement, supportable. Il s'était agi, au pire, de garder son sang-froid, de raisonner logiquement et de savoir prendre le temps comme il venait. Mais cette

357

fois c'était totalement différent. Ils étaient entrés dans une autre dimension. Le reste n'avait été qu'une mise en train.

Mais enfin, Lucy, tu ne connais cet homme que depuis cinq jours !

Elle se leva et commença à errer dans la cour du couvent. Elle échangea quelques propos avec Molly Wright : « Cette pauvre jeune femme, dit Molly, se fait un sang d'encre pour son mari. Elle essaie de tenir le coup mais, à la vérité, elle est très mal en point. Elle est enceinte, vous comprenez ! Je ne m'en étais pas rendu compte jusqu'à aujourd'hui. »

Lucy entra au réfectoire. Les sœurs, regroupées dans un coin, laissaient s'échapper un doux murmure. Elles étaient en prières. Lucy les dépassa, gagna le corridor, commença à gravir les escaliers.

Elle alla jusqu'à la salle d'eau malodorante puis s'allongea sur son lit. Elle resta là un temps qui lui parut très long et pourtant, quand elle consulta sa montre, elle vit qu'il ne s'était, en tout et pour tout, écoulé que douze minutes.

Tant qu'on ne sait rien de définitif, alors rien de définitif n'a pu leur arriver. Tant que nous ne saurons pas que quelque chose de funeste s'est produit, alors rien de funeste ne se sera produit.

Cinq jours. Cinq jours sur vingt-neuf ans, dix mois et une ou deux semaines. Une éternité au cours de laquelle je n'ai jamais encore souffert de son absence.

Elle s'assit sur son lit, sortit son bloc-notes et se mit à écrire. Elle essaya de coucher sur le papier la suite des événements. Elle s'exprimait de manière concise dans un langage qui, par comparaison avec les instants fiévreux qu'elle venait de vivre, lui paraissait être une parodie, d'une telle faiblesse qu'elle en perdait patience. « Conversation avec Howard B. dans la cour vers 15 h 30. Il est parti chercher quelque chose à l'intérieur du bâtiment. Comme il allait entrer dans le réfectoire, des soldats se sont interposés. L'interprète a fait son apparition. Voici les noms de ceux qui ont été appréhendés et emmenés hors d'ici : Howard Beamish, James Barrow, Ted Wilmott, Paul Morrison, Clive Stirling. » Elle cessa d'écrire un instant, les yeux fixés sur la page et tout le processus se déroula à nouveau dans son souvenir. Les hommes malmenés et entraînés par les soldats, l'interprète vociférant et désignant du doigt les victimes, Howard se retournant pour lui adresser un dernier adieu. Elle termina son compte rendu puis feuilleta les pages précédentes et relut soigneusement ce qu'elle avait écrit la veille. Elle y apporta une correction et développa deux ou trois passages. Elle remit alors le bloc-notes à sa place et consulta sa montre. 16 h 15.

Elle descendit au rez-de-chaussée, passa devant la Vierge pleurnicheuse au tournant de l'escalier, devant le Christ ensanglanté, et puis devant les anges au sourire niais. « Je ne me suis jamais senti à ce point au bord de l'iconoclastie », avait dit Howard. Ni moi, se dit Lucy. Ni moi !

Elle arriva en bas des escaliers à l'instant précis où l'officier de jour sortait de la pièce réservée à l'usage des gardiens.

Elle se planta carrément en face de lui : « Où sont Mr. Barrow, et Mr. Beamish, et les autres ? »

Il la découragea d'un mouvement de tête.

« Où les avez-vous emmenés ? Quand comptez-vous les ramener ? »

Il essaya de se dégager mais elle se faufila en avant de lui et le dévisagea. C'était un homme assez corpulent. Elle leva les yeux vers lui, fixant ses regards sur le buisson noir de sa moustache et respirant malgré elle son haleine où s'attardaient les relents de son déjeuner.

« Où... sont... ils ? »

Il l'invectiva violemment : « Ça ne vous regarde pas. Ces hommes ont été transférés ailleurs. »

Il s'efforça alors de l'écarter de son chemin mais elle fit un pas de côté et parvint à se maintenir juste en face de lui. Elle avait perdu toute notion de sagesse, elle était tout entière en proie à une tornade de colère et d'angoisse. « Vous n'êtes qu'un tas de merdeux, vous et vos maîtres, cria-t-elle. Oui, voilà ce que vous êtes. De sales merdeux ! »

D'un grand coup de poing il la plaqua contre le mur au pied duquel elle s'affala, chancelante. L'espace d'un instant elle eut l'impression qu'il allait la rouer de coups mais, au lieu de cela, il lui cracha en pleine figure. Un jet de salive l'atteignit à la joue avant de dégouliner sur son T-shirt. Et il se mit à l'injurier à tue-tête. Des mots dont le sens lui échappait totalement. Après quoi il se précipita dans le corridor.

Elle fit volte-face et monta l'escalier au galop. Une fois dans le dortoir, elle enleva précipitamment son T-shirt, en enfila un autre et se rua dans la salle de bains. Elle mit le T-shirt souillé sous le robinet, le tordit et le retordit vigoureusement puis revint l'étendre sur son lit. Elle tremblait de la tête aux pieds et était à deux doigts de fondre en larmes. Elle resta assise jusqu'à ce que le tremblement ait cessé. Et elle serra les dents pour s'empêcher de sangloter.

Molly Wright, subitement, fit son entrée : « Comment ça va, Lucy ? Quelqu'un m'a dit, en bas, qu'on vous en faisait voir de toutes les couleurs !

— Oh ça va. J'avais simplement essayé de savoir ce qui se passait.

— Hugh a vraiment fait tout ce qu'il pouvait. Moi aussi, j'ai essayé. D'autres encore ont fait de leur mieux. Mais on se heurte à un mur.

— Ce sont des merdeux, dit Lucy. Des sales cons ! »

Molly lui mit la main sur l'épaule. « Venez, Lucy. Descendez avec moi. Ne restez pas là à vous ronger les sangs. Ça ne sert à rien.

— D'accord. Donnez-moi une minute. »

Effectivement elle descendit presque aussitôt. Par la porte entrouverte de la salle de garde elle aperçut l'officier de jour et pressa le pas.

Elle sortit dans la cour du couvent. Puis elle revint au réfectoire. Elle était parfois seule, parfois rejointe par d'autres compagnons d'infortune. À travers les branches d'un arbre du jardin voisin elle voyait le soleil, pris au cœur d'un réseau d'antennes de télévision, décliner insensiblement. L'instant d'après elle vit que le bord du disque de feu avait touché le toit d'un immeuble peu élevé. 17 h 30.

Peut-être regarde-t-il, lui aussi, le soleil descendre à l'horizon ? Peut-être ne voit-il plus rien. À tout jamais plus rien...

Cinq jours.

Le soleil s'abîma derrière l'immeuble. Le ciel, à l'instant même, prit l'allure fragile et comme meurtrie qui caractérise la tombée du soir. L'endroit était particulièrement calme. Les gens parlaient à voix basse ou demeuraient silencieux. 18 h 20.

Lucy, une fois encore, réintégra le réfectoire. Une fois encore elle fit les cent pas au premier étage et puis se décida à redescendre. Et c'est alors que, subitement, elle eut conscience d'une vive agitation dans l'avant-cour du bâtiment. La portière d'un véhicule claqua à grand bruit. Glacée, elle resta immobile, debout en haut de l'escalier.

La porte s'ouvrit. Un soldat fit son entrée et se planta dans l'encoignure. James Barrow apparut. Le steward de l'avion. Le jeune papa. Ted Wilmott.

Howard.

Tout le monde se précipita vers eux. « Je crois, dit Howard, qu'il serait urgent de s'occuper de Ted. Il a passé un sale quart d'heure. »

« Il a été pris de vomissements, rien de plus, le pauvre vieux, mais ça a suffi pour qu'ils se mettent à le tabasser. Et ce n'est pas tout !... Je vous raconterai tout ça plus tard, de manière plus cohérente, quand j'aurai commencé à retrouver mes esprits.

— Oui, oui, dit-elle. Prenez votre temps. Ça suffit pour le moment.

— Oh, je me sens bien. Enfin, disons : un peu abruti, mais rien de plus. Bon Dieu, est-ce que c'est vraiment l'heure ? Ça m'a paru durer des journées entières, vous savez ! Pas seulement deux heures...

— Ma parole ! vous avez reçu un coup sur la joue, s'écria Lucy.

— Ah vraiment ? Je suppose que j'ai dû attraper ça quand ils nous ont empilés dans la fourgonnette.

362

Il n'y avait strictement rien pour s'asseoir et ils n'étaient pas d'humeur tendre ! Je suis tombé. Ils étaient deux ou trois à nous surveiller. Des types particulièrement déplaisants, qui nous flanquaient de grands coups de crosse dès qu'on se permettait d'ouvrir la bouche. Alors, naturellement, on la bouclait. Et ils nous ont trimbalés à n'en plus finir. Dieu seul sait le temps que nous avons mis à parcourir ces kilomètres qui n'en finissaient pas ! Assez, en tout cas, pour qu'on commence à s'interroger sérieusement sur ce qui allait bien pouvoir nous arriver, ça je vous le garantis. Non, franchement, ça n'avait rien de rassurant... Je me suis dit, naturellement, qu'ils avaient dans l'idée de se servir de nous pour montrer aux gens de Londres qu'ils ne plaisantaient pas. Ou quelque chose dans ce goût-là. Après tout, ç'aurait été de bonne guerre !

— J'imagine, dit Lucy, que pas mal d'entre nous l'ont pensé aussi.

— Et puis, dans mes très rares moments d'optimisme, je me disais : non, ce qu'ils veulent, c'est d'une manière ou d'une autre se servir de nous pour faire pression sur Londres. Ce qui, d'ailleurs, n'était guère plus rassurant. Et puis j'ai cessé de me poser des questions en essayant de me persuader que le mieux était encore de s'accommoder de la situation. Et tout à coup, on est arrivés. La voiture s'est arrêtée et ils se sont mis à brailler et à s'agiter dans toutes les directions. Après quoi ils nous ont débarqués sans ménagement et nous ont engouffrés dans une espèce de bâtiment tout en longueur. Une caserne à ce qu'il m'a semblé. Ce que je vous raconte s'est passé dans une telle bousculade qu'il était impossible de se faire une idée, même vague, de l'endroit où on se trouvait mais il se peut bien que ç'ait été en dehors de la ville. On avait une impression confuse d'espace. Quoi qu'il en soit, ils nous ont enfermés dans une pièce avec des barreaux aux fenêtres qui faisait penser à une salle de garde ou, plus encore, à une cellule de prison. Rien d'autre, en tout et pour tout, qu'un sol en ciment, un banc et un seau hygiénique dans un coin. Je dois vous dire que ç'a été un sale moment à passer. Avec, en plus, une espèce d'ostrogoth planté dans le couloir, qui nous espionnait par le judas et nous menaçait de nous taper dessus si on se parlait, si bien qu'on osait à peine chuchoter quelques mots entre nous et que le moral était à zéro. Parce que enfin on allait peut-être moisir là pendant des jours, qui sait ? pendant des semaines... Mais, au lieu de cela, une demi-heure plus tard, la porte s'est ouverte et on nous a transbahutés ailleurs, dans une grande pièce, cette fois, entièrement vide avec seulement un bureau au milieu. On pouvait voir des portraits de notre ami Son Excellence accrochés au mur. Et il y avait un militaire derrière le bureau — un militaire de haut grade, m'a-t-il semblé, avec des boutons de cuivre et des galons dorés. Et puis aussi, tenez-vous bien, l'interprète.

— Ah, celui-là ! dit Lucy.

— Exactement. Ah, celui-là !... L'archi-apparatchik, en quelque sorte ! Parce que, j'en suis tout à fait convaincu maintenant, c'est le rôle précis dont il est chargé. Je m'étais plusieurs fois déjà demandé s'il n'occupait pas une position plus importante qu'il n'y paraissait mais, à présent, j'en suis certain : c'est lui qui décide de tout. Donc il était là, à faire le beau à coté de cette grosse légume de l'armée. Et à s'acquitter de son boulot, car ladite grosse légume s'est mise à nous haranguer aussi sec. Une bordée d'injures à l'égard de notre gouvernement. Des ennemis de la Callimbie, ces officiels de Londres, qui ne tarderaient pas à comprendre que le temps était révolu où ils pouvaient se permettre d'agir avec autant d'arrogance ! Et, si on nous avait amenés là, c'était pour que nous puissions voir à quel point le gouvernement de la Callimbie était puissant et déterminé. Et patati. Et patata... L'interprète avait un mal fou à ne pas perdre le fil de cette diatribe. C'était vraiment pénible, je vous assure, d'écouter un tel chapelet d'insanités ! Nous en avons conclu que les négociations devaient être dans une drôle d'impasse. Quoi qu'il en soit, quand le haut gradé a repris haleine, j'ai essayé de lui expliquer qu'il serait certainement avantageux pour les deux parties que nous puissions en savoir davantage car nous serions alors en mesure de nous montrer plus coopératifs, et ainsi de suite et ainsi de suite... Mais il s'est mis à vociférer de plus belle et l'interprète est intervenu : "Vous n'êtes pas là, a-t-il dit, pour discuter, mais simplement pour apprécier la gravité de la situation." Barrow a, alors, essayé de faire comprendre à l'officier que, vu les circonstances, nous n'en avions jamais douté mais l'interprète lui a coupé la parole : "Aucun d'entre vous, a-t-il tranché, n'a le droit de s'exprimer." De telle sorte que le gros bonnet de l'armée a recommencé à pérorer. Et puis, subitement, il s'est arrêté et il a quitté la salle. "À présent, a dit l'interprète, vous allez être conduits dans un endroit que vous ne manquerez pas, j'en suis sûr, de trouver intéressant."

Sur quoi il est parti à son tour. » Howard cessa de parler. Il cilla et hocha la tête.

« Ne poursuivez pas, si vous n'en avez pas envie, dit Lucy. Vous avez l'air épuisé. »

Mais Howard ne tint pas compte de ce qu'elle venait de lui dire : « Les soldats, donc, poursuivit-il, nous sont retombés dessus. Et il y en avait des tas, plus une espèce d'officier — et on est remontés dans la fourgonnette. Mais on n'a pas été loin, ce coup-là. Ça a pris à peine quelques minutes. Et, alors, on s'est retrouvés dans une autre espèce de caserne, ou de prison, ou de quelque chose de cet acabit. Des enfilades de couloirs de béton, voilà l'impression que ça donnait. Des relents on ne peut plus désagréables. Une marche forcée au long d'interminables portes en fer hermétiquement closes. À un moment nous avons entendu gémir quelqu'un. C'est du moins ce qu'on a cru. Et puis on a franchi un seuil et on a débouché dans un vaste enclos dominé par une haute muraille hérissée de fils de fer barbelés. On est restés là, pantois. On ne comprenait rien à ce qui nous arrivait. Il y avait cet enclos rectangulaire et cette haute muraille, et puis c'est tout. Les soldats ne nous perdaient pas de vue. Et nous restions là, debout, à regarder vaguement autour de nous. Et puis, peu à peu, on a commencé à y voir plus clair. Le sol de l'enclos avait été entièrement recouvert de sable et ce sable était d'une couleur bizarre. Il était trempé de sang. On avait mis le sable par-dessus pour le masquer mais le sang était remonté à la surface.

— Peut-être, dit Lucy au bout d'un moment, était-ce du sang d'animaux. Un abattoir ou quelque chose d'approchant. Pour vous donner à réfléchir...

366

— C'est possible », dit Howard d'un air lugubre.

Quelques instants plus tard, il reprit son récit : « Quand ils ont été sûrs qu'on avait enregistré la scène — qu'on avait bien pris note de ce qu'on avait vu — ils nous ont fait rebrousser chemin. Et c'est alors que Ted Wilmott a été pris de nausées. Il a vomi par terre. L'un des gardes lui a flanqué un grand coup de crosse et puis après ils l'ont forcé à se mettre à quatre pattes et à avaler sa vomissure. On s'est insurgés mais Barrow, à son tour, en a pris pour son grade ! Après quoi ils ont laissé Ted se remettre sur pied et ils nous ont poussés dehors. J'étais, je vous l'avoue, plus ou moins en état de choc et je ne voyais plus les choses qu'à moitié. Je me rappelle qu'ils nous ont conduits dans une autre salle où il y avait encore partout des taches sombres sur le sol et sur les murs. À un moment nous sommes tombés sur un bonhomme étalé par terre dans un couloir. Je crois bien qu'il était mort... Pour ne rien vous cacher, j'ai bien cru que j'allais vomir à mon tour ou inonder mon pantalon. Et puis, soudain, ç'a été la fin. Ils en ont eu marre ou alors ils ont changé d'avis — toujours est-il qu'ils nous ont ramenés dehors et empilés, une fois de plus, dans la fourgonnette. Je n'avais plus la moindre notion de ce que nous risquions encore de subir. Ç'aurait pu être n'importe quoi ! Je me suis effondré dans mon coin, secoué comme un prunier. Le conducteur filait comme un dératé — et puis, tout d'un coup, on s'est arrêtés pile. Ils nous ont sortis de la bagnole et j'ai constaté que nous étions de retour au couvent. Ou, plus exactement, c'est seulement maintenant que je viens de m'en rendre compte. Oui, c'est vrai, nous sommes reve-

nus. Je vous revois. Une des choses dont je me souviens avec certitude, la seule pensée claire dont je ne
puisse douter, c'est de m'être dit, quand j'ai envisagé
le pire, que je ne vous reverrais plus jamais. Et alors
j'ai réfléchi que je ne vous connaissais que depuis
cinq jours, et ça m'a paru impossible. »

Neuf

« C'est sûr qu'ils ont voulu nous foutre les jetons, dit Hugh Calloway, mais dans quel but ? »

Car, vingt-quatre heures plus tard, rien de nouveau ne s'était produit. Tout au moins sur le plan des informations relatives aux événements extérieurs. Dans l'univers de claustrophobie du couvent, en revanche, les choses bougeaient. Et vite. Ted Wilmott était à deux doigts de l'anéantissement. Et non seulement son état de santé exigeait de la part des sœurs et de Molly Wright des soins incessants, mais sa dépression était telle qu'elle en devenait contagieuse, à tel point que plusieurs autres détenus menaçaient, à leur tour, de perdre leur équilibre mental. Il n'y avait eu aucun rapport d'ensemble sur les infortunes des cinq « sélectionnés » mais chacun savait, de source directe ou par des rumeurs, ce qu'on leur avait fait subir, et l'ambiance générale était glaciale.

C'était comme si, se disait Lucy, une fissure s'était produite dans la paroi d'une porte et que, par l'interstice, on ait vu quelque chose d'horrible se passer de l'autre côté.

Ceux des captifs qui avaient gardé intacte leur faculté de raisonnement ne cessaient de se reporter aux événements de la veille pour essayer d'y trouver des indices.

« Ce que je peux vous dire, précisa Howard, c'est que nous sommes les seuls Britanniques à être retenus prisonniers. Le gros bonnet de l'armée callimbienne nous l'a laissé clairement entendre lorsqu'il s'est répandu en invectives contre les iniquités de nos concitoyens. "Aucun de vos compatriotes n'est *persona grata* dans ce pays. Tous, à présent, doivent partir, etc." Nous avons eu l'impression très nette que les Britanniques, quels qu'ils soient, avaient reçu l'ordre de quitter la Callimbie sans délai.

— Je suppose que ce genre de déclaration devrait nous soulager, dit Hugh Calloway.

— Dans l'abstrait, oui sans doute mais, pratiquement, ils n'ont pu s'empêcher de penser que, plus ils garderaient de gens contre leur gré, plus il leur serait difficile de les maintenir sous leur coupe ! »

L'une des pommettes de James Barrow était balafrée d'une meurtrissure livide, séquelle du coup violent qu'il avait reçu la veille. On aurait dit que le choc l'avait mis complètement hors de combat. Il restait là, écroulé sur le banc dans la cour du couvent, entouré d'un petit groupe de badauds qui s'attardaient près de lui en ce début de crépuscule. Le seul élément quelque peu réconfortant provenait du changement d'attitude des gardes, lequel semblait, au cours des heures, avoir suivi un processus d'adoucissement. Ils avaient cessé de les injurier. Il y avait même eu une distribution de savons, de couches et de serviettes hygiéniques.

« Mais pourquoi n'essaient-ils pas de nous intimider tous autant que nous sommes, remarqua Hugh Calloway. Que ferions-nous, je vous le demande, si la démonstration d'hier n'était qu'un avant-goût de quelque chose de plus sérieux ? Si, après nous avoir flanqué la trouille, ils exigeaient que nous intervenions, d'une manière ou d'une autre, auprès des autorités de Londres ? Ça, ou une autre démarche du même tabac.

— En vérité, ce n'est pas exclu », dit Howard.

La journée, toutefois, se passa sans incident marquant. Le couvent replongea dans son silence et dans cette espèce de torpeur au cours de laquelle les gens dormaient ou ne dormaient pas, où les signes d'activité se réduisaient à un piétinement sourd d'allées et venues autour des toilettes et à l'incessant remue-ménage de ceux pour qui le sommeil était hors de question.

Lucy se débattait dans un état bizarre. Le soulagement et la peur le disputaient dans son esprit à des accès de panique pure et simple. Il lui arrivait curieusement de déborder d'optimisme. Tout, se disait-elle, s'est finalement bien passé ; aucun d'entre nous n'a été sérieusement blessé ; Howard est revenu ; tout cela connaîtra un dénouement heureux. Et puis, soudain, la terreur s'installait. Elle se rappelait le récit de Howard et elle revoyait les images qu'il avait évoquées. Une porte s'ouvrait, dévoilant des horreurs. Quelque part, en dehors du couvent, se répétait-elle, à deux pas de nous, des êtres humains sont en proie à des souffrances infiniment pires que les nôtres. Des citoyens de la Callimbie. Des individus pour qui la semaine précédente n'est plus qu'un paradis perdu de normalité. Exactement comme pour nous. Des êtres qu'on a sciemment plongés dans un univers de cauchemar.

Allongée sur son lit, elle ressassait toutes ces pensées. Dehors, dans la nuit, des inconnus hurlaient, mouraient. Non pas les blafardes silhouettes lointaines des victimes de catastrophes comme on en voit à la une des journaux ou dans un feuilleton spectaculaire de télévision, mais des êtres en chair et en os et parfaitement concevables avec lesquels elle partageait l'espace et le temps. Elle n'avait aucune difficulté à leur apposer des traits, à retrouver en eux tout un défilé significatif de faciès divers comme elle en avait vu tous ces jours-ci parader autour d'elle... Des visages sortis tout droit d'une icône, ou byzantins, négroïdes, pâles, basanés... Des gens qui étaient les héritiers directs de tout ce qui s'était produit dans ce pays et qui payaient maintenant le prix de leur présence, là, au mauvais moment et dans un climat d'intense hostilité. Elle se trouvait, en fait (elle s'en apercevait avec étonnement) alors même qu'elle n'en pouvait plus, en mesure d'éprouver une manière de communauté d'esprit avec ces invisibles étrangers. Et elle sentait surgir en elle un subtil regain de force.

Telles étaient ses pensées dominantes lorsque, le lendemain, elle retrouva Howard. Ils étaient assis, face à face, à une table du réfectoire. Il pressa, un instant, ses mains entre les siennes : « Bonjour ! »

— Je suis littéralement obsédée, dit-elle, par tout ce que vous avez vu.

— Peut-être aurais-je mieux fait de ne pas vous en parler.

— Oh non, sûrement pas.

— Moi aussi, j'y ai repensé pendant la plus grande partie de la nuit. Je suppose que c'était fatal. Et j'ai imaginé tout ce qui avait pu se passer à cet endroit. À ces infortunés, quels qu'ils aient pu être. De pauvres malheureux à la dérive, sans doute, condamnés d'avance par des références accusatrices.

— C'est comme si quelque chose de hideux était sorti en rampant du fond des âges, dit Lucy. On a beau savoir que ça a existé, on n'y pense pas. On n'y croit pas vraiment.

— C'est le règne de la dépravation, dit Howard. Le triomphe du tyran démentiel. Ah, comme on aurait voulu ne jamais avoir à croiser son chemin ! Pour autant, bien sûr, qu'on en ait envisagé la possibilité ! Nous ne pouvons que souffrir davantage, aujourd'hui, d'avoir eu le privilège de vivre jusqu'ici dans un climat politique d'une relative stabilité.

— Et moi, quand je pense que j'écrivais des articles furibonds sur l'irrespect des normes de la planification ! Que je m'indignais de l'obligation où on était de déclarer son chien !

— Nous avons eu le tort de vivre dans la surabondance, dit Howard. Par comparaison, du moins, avec la plupart des autres individus.

— Mais, enfin, ce type-là est à moitié anglais ! Ça veut dire que des cocos comme lui peuvent se manifester n'importe où !

— Certainement. Quand les temps sont mûrs...

— Je voudrais me permettre une remarque, dit Lucy. Au début de cette aventure j'ai estimé qu'elle ne me concernait véritablement en rien. Elle ne manquait pas d'intérêt, mais je la jugeais, au fond, plutôt déplacée. Comme, d'ailleurs, la plupart des événements qui agitent le monde. Mais, à présent, je ne le pense plus du tout.

— Il est vrai, dit Howard, qu'en un sens nous avons vieilli et mûri. On aurait quand même pu souhaiter ne pas avoir à subir une expérience aussi traumatisante.

— Je suis tellement lasse ! dit-elle. Tout d'un coup, je n'aspire plus qu'à rentrer à la maison. Dites-moi, je ne vais pas craquer, au moins ? »

Il s'empara à nouveau de sa main : « Non, dit-il, je vous le promets ! »

Vers la fin de la matinée, l'état d'un enfant en bas âge, atteint d'une affection des bronches, empira soudainement. Molly Wright se lança dans une âpre discussion avec l'officier de jour pour obtenir qu'on fasse venir un médecin. L'intransigeance méprisante du début de l'empoignade finit, de manière assez inattendue, par se transformer en un accord plus ou moins consenti du bout des lèvres, mais tout de même suffisant pour que, quelques heures plus tard, un personnage taciturne mais, sembla-t-il, compétent fît son apparition sur les lieux muni d'antibiotiques et d'un arsenal complémentaire de médicaments. Il s'occupa de l'enfant et jeta un coup d'œil sur d'autres membres de la communauté souffrant de maux divers. Son comportement témoignait d'une dextérité professionnelle nettement teintée d'embarras : toutes les tentatives de conversation se heurtaient, de sa part, à un refus systématique. Il aurait, à l'évidence, souhaité ne pas se voir confier une mission de cet ordre et n'avait visiblement en tête qu'un impérieux désir de s'en acquitter au plus vite.

« De toute manière, dit Molly, le petit devrait maintenant se rétablir. Le fait qu'ils aient permis à un médecin de venir nous assister me paraît être un bon signe, ce n'est pas votre avis ?

— La seule chose que ça prouve, dit James Barrow, c'est qu'ils ont du mal à accepter l'idée que nous puissions souhaiter mourir. M'est avis qu'ils doivent avoir d'autres vues sur la question. »

Molly Wright, contrairement à son habitude, explosa d'un seul coup. « Bon Dieu, cria-t-elle, ne parlez pas comme ça. C'est irresponsable et défaitiste ! »

Semblables prises de bec étaient devenues monnaie courante à l'intérieur du couvent. L'indifférence (ou la politesse indifférente) due à des étrangers de passage avait cédé la place à l'attention vigilante propre à des sociétés. Il y avait des empoignades soudaines, suivies d'aussi soudaines réconciliations. Chacun donnait l'impression d'avoir, pour ainsi dire, rétrogradé. Le bâtiment où ils séjournaient n'était plus qu'une grotesque allégorie de lieu de travail et de cour de récréation. Ceux-là mêmes qui, jusque-là, n'avaient échangé que quelques mots avec leurs compagnons semblaient à présent vivre avec eux sur un pied d'intimité. On assistait à la naissance d'alliances indéfinissables ou d'irrationnelles animosités. Lucy se rendait compte — quelle que pût être la coloration des lendemains — qu'elle garderait à tout jamais le souvenir de ces personnages : la façon de s'exprimer de cette femme, les gestes de cet homme, la physionomie de cet enfant.

Dans le courant de l'après-midi l'un des membres de l'équipage inventa un jeu à l'intention des gamins, dans lequel s'affrontaient un chasseur rapace et des proies frénétiquement en quête de refuges aux quatre coins de la cour du couvent. Quelques adultes avaient fini par se mêler au divertissement, de telle sorte que s'était instaurée une période de gaieté fébrile. Les sentinelles, impassibles, observaient la scène. Et puis, l'interlude s'était terminé. On servit le dîner. Le soir était descendu. Une autre nuit s'amorçait avec tout ce que cela impliquait d'insomnie et de méditation solitaire. Pour la plupart des otages, c'était de loin la période la plus éprouvante de toute la journée, et ils s'ingéniaient à retarder le plus possible le moment où il leur fallait regagner les dortoirs. La cour s'emplissait de silhouettes errantes et de petits groupes échangeant des bribes de conversation décousue. Les gardes, parfois, s'impatientaient et refoulaient les égarés à l'intérieur du couvent, les poursuivant parfois même jusqu'en haut des escaliers.

Et c'est ainsi que, ce soir-là, quand les soldats firent irruption dans le bâtiment, braillant des ordres incompréhensibles, personne d'abord n'y prêta attention. « Voilà maintenant qu'ils ont décrété le couvre-feu, s'insurgea Hugh Calloway, ah ! les salauds, les salauds ! » Lucy, pour sa part, rassembla ses forces à l'idée d'affronter encore plus tôt ce lit, cette pièce, ces heures qui n'en finissaient pas. Et puis soudain elle comprit que rien de tout cela n'était conforme à la normale, qu'il ne s'agissait en rien de simple routine.

« Ce ne sont pas les gardes habituels, dit-elle à Howard. Ils sont tous nouveaux.

— Oui, effectivement. La relève, sans doute ?

— Non, je ne crois pas. Regardez : ils font sortir les gens au lieu de les pousser à l'intérieur. »

Car — ils s'en aperçurent soudain — c'était bien là, en effet, l'objet des vociférations beuglées par la soldatesque. Ceux des captifs qui traînaient encore dans le réfectoire étaient brutalement projetés dans la cour. Et les hurlements ne faisaient que redoubler à l'intérieur du couvent. Ceux des détenus qui s'étaient repliés au premier étage réapparaissaient, à demi vêtus et anxieux. Certains d'entre eux portaient dans leurs bras des enfants larmoyants.

« Oh, mon Dieu, s'écria Molly Wright. Que se passe-t-il ? Que peut-il bien nous arriver à une heure pareille ? »

D'autres captifs, complètement surexcités, se complaisaient à imaginer une fin possible de l'aventure. Cette fois, ça y est, ils nous renvoient chez nous ! L'un des soldats, effectivement, avait annoncé que des cars attendaient dans la rue. Mais cette note d'optimisme se dissipa rapidement lorsqu'il devint manifeste que tout ce remue-ménage avait un autre sens. Car certains des détenus étaient acheminés vers le réfectoire alors que d'autres étaient regroupés dans la cour. Un tri ostensiblement systématique.

« Ils séparent les hommes des femmes ! s'exclama Lucy. Voilà qui ne me plaît guère. »

Tandis qu'elle s'adressait à Howard, un militaire s'avança vers eux.

« Allez, allez... Toutes les femmes par ici.

— Non, dit-elle. Et pourquoi ça ? Où avez-vous l'intention de nous emmener ? »

Howard lui avait pris le bras. Il interpella le soldat : « Écoutez-moi, dit-il sur un ton respectueux et modéré, écoutez, je vous prie, pourriez-vous nous dire pourquoi il est nécessaire de nous...

— Allez, allez ! » Le soldat l'écarta violemment puis entraîna de force Lucy. Quelque part, plus loin, retentit soudain un bruit sourd de coups que suivit un cri strident accompagné de braillements suraigus. Un enfant se mit à hurler. Lucy entendit Howard lui dire : « Ne vous inquiétez pas... on se reverra bientôt. » Elle se retourna et l'aperçut en train de se débattre avec un autre soldat qui le poussait vers le mur. Par-dessus l'épaule du militaire elle put voir le visage attentif de Howard et retenir l'expression de ses traits. Ce fragment de temps lui parut durer une éternité : Howard la contemplait de loin. Puis le tintamarre généralisé s'amplifia, elle vit un malheureux allongé par terre et entendit quelqu'un pousser des gémissements hystériques... Soudain, elle se retrouva devant les portes du réfectoire en compagnie de Denise, des hôtesses de l'air et de toutes les autres femmes qu'on s'activait à pousser à l'intérieur du bâtiment. Impossible, désormais, d'entrevoir Howard. Il n'y avait plus que des silhouettes perdues dans la pénombre évoluant ici et là.

« Ils ont assommé ce pauvre type, dit Paula. Oui, tout bonnement ! Il essayait de rejoindre sa femme et ils l'ont froidement assommé. » Un officier était planté près de la porte et il y avait partout des sentinelles et des hommes de troupe. Molly Wright discutait avec l'officier et, une fois de retour, elle expliqua qu'il allait falloir, de nouveau, plier bagage. À l'évidence, on allait les emmener ailleurs. La jeune femme dont le mari avait été assommé pleurait toutes les larmes de son corps. Molly, pour sa part, s'efforçait de dissiper les inquiétudes. « Si j'ai bien compris, expliquait-elle, les hommes voyagent à part, ça alors, Dieu sait pourquoi. Ce que nous avons de mieux à faire, c'est de nous adapter à la situation. Sinon il y aura sûrement de nouvelles violences. »

Lucy monta au dortoir et empila ses affaires dans son sac de voyage. Chacune des autres femmes, autour d'elle, s'employait à la même besogne. Peu de paroles étaient échangées. « Au moins, dit l'une d'entre elles, nous en aurons fini avec cet endroit ! » L'une des religieuses psalmodiait inlassablement : « Bien-aimé Seigneur... Béni soit notre Père. » Lucy l'écouta un moment puis tira à elle la persienne et regarda dans la cour. On ne distinguait que des soldats s'agitant en tous sens. Pas de Howard. Elle s'écarta de la fenêtre et descendit l'escalier en compagnie des autres.

Deux minibus les attendaient. Elles montèrent à l'intérieur. L'officier, alors, s'avança, une liste à la main, et commença à faire l'appel.

« Où allons-nous ? demanda Lucy.

— Vous recevrez bientôt des informations.

— Quand les hommes reviendront-ils ?

— Bientôt. »

Le visage de l'officier n'était pas familier. Il n'appartenait visiblement pas au contingent habituel. Il la regarda froidement tout en cochant son nom sur sa liste.

« Vous ne vous en tirerez pas comme ça ! » dit Lucy. Avec force. Avec violence. D'un bout à l'autre de la voiture les têtes se tournèrent dans sa direction. L'officier ne tint aucun compte de son intervention. Il se contenta d'interpeller Molly qui était assise au rang suivant. « Votre nom ? »

Lucy se leva et bloqua carrément le passage : « Vous savez parfaitement, dit-elle, où vous nous conduisez. Vous le savez nécessairement, c'est évident. Vous savez également où on a emmené les hommes. Alors, où ça ?

— Informations plus tard.

— Non. Informations *tout de suite* ! »

L'officier l'écarta de son chemin, lui marchant sur le pied au passage. Lorsque, son contrôle effectué, il revint sur ses pas, elle se mit à hurler : « Pour quelle raison nous a-t-on séparés ? Oui, *pourquoi* ? » Il fit comme s'il n'avait pas entendu et se hâta vers la sortie.

Les minibus foncèrent dans la nuit. Les fenêtres, pour une fois, n'avaient pas été voilées. Tiens, tiens, se dit Lucy, ça leur est égal qu'on puisse nous voir ou que nous puissions, nous, voir ce qui se passe. Qu'est-ce que ça signifie, en admettant que ça signifie quelque chose ?

« Il y a vraiment de quoi se tourmenter, dit Molly Wright. Être séparés comme ça ! » Elle jeta un coup d'œil furtif à Lucy. « Ça doit être terrible pour vous deux, ma chère ! J'ai cru comprendre que vous et Howard... Oh, pardon, je ne voulais pas être indiscrète.

— Il n'y a pas de mal », dit Lucy. Elle gratta le carreau de la vitre, scrutant l'obscurité et les lumières qui défilaient le long des rues. Dans quelle direction les emmenait-on ? À ce qu'il semblait, vers le centre-ville : les immeubles se serraient progressivement les uns contre les autres, les rues étaient mieux éclairées. On apercevait même de-ci de-là quelques passants. Et un café était encore ouvert.

« Peut-être n'est-ce pas là un mauvais signe, dit Molly. Il se peut bien que, finalement, ils aient décidé de nous ramener à la maison. D'où cette espèce de redistribution administrative. Rien, tout compte fait, de vraiment sinistre. »

Les minibus, à présent, contournaient un rond-point. Il y avait de l'espace. De la verdure. Des illuminations. Je sais où nous sommes, pensa soudain Lucy. La voici qui réapparaît. Oui, c'est elle. La sœur de Cléopâtre.

Un sein de marbre blanc se détachant de profil sur un ciel indigo. Regardez, s'il vous plaît, c'est l'œuvre d'un très célèbre sculpteur français. Une dame grecque. Un sculpteur français. Du marbre d'Italie, aucun doute là-dessus. Très intéressant. Continue à réfléchir à ce genre de choses, se dit-elle. Ça occupe l'esprit. Comment donc s'appelait-elle ? La reine Bérénice. Oui, c'est ça.

Je ne me sens pas très bien.

Bérénice !... Quand je pense qu'il y a quelques jours encore je ne savais rien d'elle ! J'ignorais que Cléopâtre avait une sœur. Il est probable que ça a créé un problème à l'époque. Elle devait lui faire de l'ombre. Une rivalité classique entre frangines.

Howard.

À présent nous allons la voir de l'autre côté quand nous aurons fini de contourner le rond-point. Ma parole, on nous offre une visite *in extenso* de la sœur de Cléopâtre ! Son manteau de marbre est agrafé par une grande broche en marbre. Il y a des fleurs de marbre dans sa chevelure de marbre. Pour peu qu'elle ait vraiment existé ! Qu'elle ait eu des sentiments et des pensées comme tout le monde. Comme chacune de nous dans ce minibus, comme cet homme qui passe dans la rue, comme tous ceux qui ont vécu ici depuis le début des âges.

Comme ces infortunés qu'ils ont montrés à Howard.

« Réflexion faite, dit Molly Wright, j'ai bien peur qu'ils ne nous mènent pas à l'aéroport. »

Howard, pensa Lucy. Howard.

Les minibus s'éloignaient à toute vitesse de la grande place centrale. Ils s'engageaient dans une large artère, filaient vers la route de la corniche.

« Nous sommes déjà passées par ici, hein, je ne me trompe pas ? dit Molly. Nous voici revenues à la case départ.

— Oui.

— Oh, mon Dieu, je me demande si...

— Oui, dit Lucy, je me le demande aussi... »

Cinq minutes plus tard elles surent à quoi s'en tenir. Les minibus s'étaient brutalement écartés de la route. Elles avaient devant elles un bâtiment genre caserne qu'elles ne connaissaient que trop bien : cet enclos vide à l'exception d'une ribambelle de barils de pétrole... « Oh non, s'écria l'une d'entre elles, nous voici revenues dans le local du début ! »

On les fit descendre pour les conduire à l'intérieur du bâtiment. Elles étaient renfrognées, désespérées, parfois révoltées. Lucy, de nouveau, affronta l'officier : « Combien de temps allons-nous rester ici ? Quand les hommes vont-ils nous rejoindre ? » Elle perçut le son de sa propre voix, haut perchée, vibrante de colère et d'angoisse.

« Pas d'informations pour l'instant. Demain...

— Vous êtes un beau salaud ! » dit-elle froidement.

La grande salle les attendait. La même salle. Les mêmes matelas empilés dans un coin.

Il était minuit passé. Péniblement elles commencèrent à s'installer. Elles déplièrent les matelas. Lucy alla se planter dans la file d'attente devant les toilettes dégoûtantes au bout du corridor. Elle regarda par la fenêtre et s'aperçut que l'obscurité était trouée par une lampe au sodium perchée au-dessus de l'enceinte circulaire. Six jours plus tôt, se rappelat-elle, elle avait vu, de là, un bourricot trottinant dans un champ.

D'une façon ou d'une autre les malheureuses femmes finirent par se caser. On éteignit l'électricité. Les enfants pleuraient, se calmaient, repartaient de plus belle. Lucy sortit son bloc-notes et se força à écrire. Puis elle s'allongea sur le côté, sa veste pliée sous sa nuque en guise d'oreiller. Elle avait froid. Howard l'avait recouverte de son anorak, ce soir-là. Et elle s'était réveillée le lendemain, pour constater qu'il la contemplait. Entre ces moments-là et aujourd'hui il s'était écoulé, lui semblait-il, un laps de temps incommensurable. De temps et d'expérience. Je suis quelqu'un d'autre, se dit-elle. Quelqu'un de différent. Je ne pourrai jamais redevenir celle que j'étais auparavant. Il en va toujours ainsi, bien entendu, je le sais parfaitement. Mais, cette fois-ci, c'est plus important, décisif. Beaucoup plus, en tout cas, que je ne l'aurais jamais cru possible.

Elle était là, étendue, seule, dans cette pièce archicomble. Elle plongeait, par instants, dans une somnolence fébrile, et puis elle émergeait à nouveau d'une succession de montagnes russes de confiance, de présages funestes, d'optimisme et de désespoir.

On les obligea à se rassembler à l'une des extrémités de la cour. Les soldats patrouillaient en permanence, menaçant quiconque osait esquisser un mouvement. Celui des détenus qui avait été assommé s'était blessé au genou. Il avait essayé d'aller s'asseoir sur le banc mais on lui avait donné l'ordre de rester debout. Il s'appuyait contre le mur, grimaçant de douleur et jurant ses grands dieux.

Howard concentrait son attention sur les fenêtres du couvent. Toutes les lampes étaient allumées et on pouvait voir des silhouettes s'agiter ici et là. Et puis, à un moment, une persienne s'ouvrit et il vit distinctement Lucy, le visage tourné vers la cour, explorant les ténèbres à droite et à gauche. Il leva le bras et lui fit de grands signes. Mais, déjà, elle était repartie et, bien qu'il continuât à scruter du regard le bâtiment, il devint bientôt évident que toute activité avait cessé à l'intérieur. « Je pense qu'ils les ont emmenées, dit Hugh Calloway, qui se tenait à côté de lui. Les femmes, je veux dire. J'ai l'impression qu'il n'y a plus âme qui vive là-dedans. »

On les laissa poireauter encore un bon bout de temps. Quand il consulta sa montre, Howard constata qu'il était minuit passé mais il ne savait plus trop quand tout cela avait commencé.

L'officier sortit du couvent, une liste de noms à la main. Une nouvelle fois on les invita à décliner leur identité et il ne fut tenu aucun compte du feu nourri de leurs questions pas plus que de leurs protestations. « Vous serez informés sans tarder. » Quiconque insistait trop ou criait trop fort était immédiatement menacé d'un coup de crosse. L'officier disparut, les laissant plantés là. À maintes reprises ils entendirent sonner le téléphone à l'intérieur du couvent.

« Sacré bon Dieu, dit James Barrow, c'est le plus sale coup qu'ils nous aient encore fait ! Ils mijotent sûrement quelque saloperie. »

Et puis soudain l'interprète fit son apparition. On le vit arriver, traversant la cour à grands pas, suivi d'une escorte de militaires, tenant à la main une liasse de papiers qui paraissait lui donner du souci. Il fit halte et échangea quelques propos assez vifs avec l'officier. Il envoya alors un soldat chercher au trot un supplément de paperasses. Enfin, il daigna concentrer son intérêt sur le groupe d'hommes qui, debout, attendaient.

« Et maintenant, à l'appel. Anderson ?

— Tout a déjà été fait, dit Hugh Calloway. Nous sommes tous là et tout est en ordre. Alors voudriez-vous, s'il vous plaît, nous dire pourquoi nous sommes traités de cette façon et quel est le sort réservé à nos compagnes.

— Il est interdit de m'interrompre. Barrow ?

— Présent. Autrement dit, nous n'avons pas le choix...

— Beamish ?

— Où avez-vous emmené les autres ? demanda Howard avec insistance.

— Je ne puis vous donner aucune information pour l'instant. Vous devez répondre, je vous prie, à l'appel de votre nom.

— Oh, allez vous faire foutre !

— Calloway ? Davies ?... » Laborieusement l'interprète vint au bout de sa tâche. Il s'entretint de nouveau avec l'officier, lequel fit demi-tour et regagna en toute hâte le bâtiment.

L'interprète, soudain, se planta devant les détenus et haussa le ton : «Je vous demande instamment toute votre attention, dit-il. J'ai à vous transmettre des instructions de la plus haute importance.

— Oh, ça va !...

— Quel est celui d'entre vous qui vient de parler ? Quiconque se permettra d'intervenir sera puni sévèrement. J'ai des instructions très importantes à vous communiquer au nom du gouvernement de notre pays. J'ai reçu mission de vous informer que votre gouvernement s'obstine à adopter une attitude extrêmement arrogante et hostile. C'est on ne peut plus malchanceux pour vous. Il est devenu nécessaire, afin que votre gouvernement comprenne enfin que la Callimbie ne peut tolérer un comportement de cet ordre de prendre certaines mesures appropriées. »

Les hommes se figèrent. «Oh, Seigneur Dieu ! murmura James Barrow.

— Les femmes ont été transférées dans d'autres locaux. Les hommes doivent rester ici. Mais... à une exception près. »

Il marqua une pause et tous les regards se tournèrent vers lui.

« L'exception concernera une certaine personne. Ceci afin que votre gouvernement comprenne qu'il doit se montrer plus coopératif. Il nous est donc nécessaire de faire un exemple et une personne doit être châtiée. » Il marqua une nouvelle pause et les regarda. Personne ne souffla mot.

«Une personne va être désignée pour le châtiment. Cette désignation résultera d'un processus très équitable.

— C'est de la barbarie, dit Hugh Calloway. Et de quelle sorte de châtiment s'agit-il ?

— Un châtiment sévère. C'est la faute de votre gouvernement. Le gouvernement de la Callimbie en est sincèrement au regret. Malheureusement il n'y a pas d'autre solution. À présent je vais vous expliquer comment s'opérera cette sélection.

— J'étais certain, dit Barrow qu'un jour ou l'autre les choses tourneraient comme ça. Ah ! les salauds ! »

L'officier sortit précipitamment du couvent. L'interprète se tourna vers lui et les deux hommes, alors, se penchèrent sur un objet que le nouveau venu avait apporté avec lui. Ils s'absorbèrent tous les deux dans une besogne qui, apparemment, exigeait une attention des plus scrupuleuses. À plusieurs reprises ils échangèrent des propos tendus. L'interprète, à l'évidence, donnait des signes d'énervement. Puis, tout à coup, il retrouva son calme et s'adressa aux détenus : « Afin de permettre la sélection, vous serez appelés, à tour de rôle, à tirer une paille parmi celles que je vous présenterai. Ce seront toutes de longues pailles sauf une. Celui qui tirera la courte paille sera désigné pour le châtiment.

— Pour l'amour de Dieu, dit le commandant de bord, vous n'avez pas le droit de faire une chose pareille !

— C'est horrible, dit Calloway. Je ne peux pas croire que vous parlez sérieusement. »

Mais, moi, je le crois, pensa Howard. Oui, malheureusement, je le crois. Il vit alors l'objet que tenait l'officier. Une bible. La grosse bible noire qui se trouvait sur le lutrin dans le réfectoire.

« Ce mode de sélection est des plus équitables. Tout à fait traditionnel. Chaque personne a une chance égale et la sélection dépend uniquement du destin. C'est vraiment très équitable et il n'y a aucune injustice. À présent nous allons procéder à la sélection. Il y a cinq pailles à l'intérieur de ce livre. Je vous le présenterai et les cinq premiers appelés tireront chacun une paille. Si aucun d'entre eux n'a tiré la plus courte, cinq autres d'entre vous prendront la suite. »

Il lança sèchement un ordre. Des soldats se précipitèrent et cinq hommes qui se trouvaient au premier rang furent sortis sans ménagement du groupe et poussés en avant : le commandant de bord de la Capricorn, James Barrow, trois autres.

« Je me refuse à prendre part à ce jeu, dit le commandant de bord.

— Voilà qui est très stupide, dit l'interprète. Tirez une paille, s'il vous plaît.

— Non. »

L'interprète fit signe à l'un des soldats. Celui-ci sortit un revolver de sa ceinture et frappa d'un coup de barillet le commandant en pleine mâchoire. Le commandant recula en chancelant. « Cet homme tirera la paille plus tard, dit l'interprète. À présent, c'est votre tour... » Il désigna du doigt James Barrow.

Barrow hésita. L'interprète lui présenta la bible. Le volume était relié en cuir noir et la couverture était toute bosselée. Entre les pages au rebord doré jaillissaient cinq bouts de paille en plastique comme on en sert dans les cafés et dont l'extérieur était strié de spirales rose bonbon.

Barrow avança la main et tira une paille. Howard entendit le soupir qu'il poussa avant de rentrer dans le rang.

« Le suivant, s'il vous plaît. »

Un silence total s'était appesanti sur le groupe. « Aucun d'entre vous, dit l'interprète, n'a encore tiré la courte paille. Nous continuons donc. » Il se tourna de côté et l'officier se hâta de venir l'assister. Le commandant de bord assis par terre se tenait le visage à deux mains.

L'interprète, à nouveau, était prêt : « Cinq autres personnes doivent tirer maintenant. »

Les soldats se massèrent une nouvelle fois autour des hommes. Celui qui poussait Howard le bouscula avec tant de violence qu'il faillit tomber. La bible que lui tendit l'interprète était presque à la hauteur de ses yeux.

« Tirez, s'il vous plaît ! »

À peine avait-il commencé à la dégager qu'il sut que cette paille-là était la plus courte. Elle sortait trop aisément.

Naturellement, se dit-il. Naturellement ce devait être moi. C'était couru depuis le début. Il regarda la paille. Une seule spirale rose bonbon. Courte. Infiniment courte.

« Il est superflu de continuer le jeu, dit l'interprète. Mr. Beamish, malheureusement pour lui, a tiré la courte paille. La sélection est terminée. »

Dix

Howard était assis sur la banquette arrière, l'interprète à côté de lui. Le véhicule fonçait dans la nuit.

Au début toutes ses pensées s'étaient traduites sous la forme d'obscénités. Il n'était pourtant pas le genre d'homme à s'exprimer en un langage ordurier mais, cette fois, un véritable torrent d'injures innommables se déversait dans sa tête. Il ignorait jusqu'alors qu'il possédait autant de termes de cet acabit... Et puis, par-ci par-là, quelques radeaux de clarté et de raison étaient apparus sur les eaux tempétueuses. Pourquoi ne lui avait-on pas fait subir le châtiment, là tout de suite, devant les autres ? Où m'emmènent-ils ? Que vont-ils me faire et combien de temps ça va-t-il durer ?

L'interprète ne lui adressait pas la parole. Une fois ou deux il échangea quelques mots rapides avec le chauffeur ou avec le soldat assis à l'avant.

Subitement Howard eut un début de nausée. Il décida de rompre le silence, ne fût-ce que pour dissiper le malaise qui commençait à se manifester. « Savez-vous ce que vos employeurs ont l'intention de me faire ?

— Pardon ?

— Oh, pour l'amour du ciel, mon vieux ! Oui, qu'est-ce qu'ils ont l'intention de me faire ?

— Je ne sais pas exactement. Peut-être serait-il préférable de ne pas parler de ce genre de choses. C'est on ne peut plus malheureux. Vous devriez être très irrité de la stupidité de votre gouvernement qui oblige les autorités de la Callimbie à prendre de telles mesures !

— Quelles que soient leurs intentions, dit Howard, elles pourraient parfaitement être évitées. Je devrais, de toute façon, avoir au moins la possibilité de m'entretenir avec un représentant de mon gouvernement. »

L'interprète resta silencieux et Howard se prit à contempler l'arrière de la tête du chauffeur. Il nota la forme de la nuque, les reflets des cheveux, le détail intime offert par une piqûre d'insecte. Il avait conscience, aussi, du paysage ténébreux qui défilait au-dehors, d'une silhouette d'arbre se détachant sur un fond de ciel, d'un édifice brillamment illuminé.

« Je me demande, dit-il, si vous vous rendez compte de l'absurdité des mesures que vous prenez si légèrement... » Il s'exprimait avec douceur comme s'il n'avait dialogué qu'avec lui-même.

« Pardon ?

— Oh, aucune importance...

— Je suis obligé d'exécuter les ordres, dit l'interprète. Rien de plus.

— On connaît la chanson, dit Howard.

— C'est dommage pour votre femme », dit l'interprète. Le ton de sa voix ne trahissait aucune émotion. Il lissa sa cravate et consulta sa montre.

Howard se tourna sur son siège pour mieux observer le paysage. Il avait à peine entendu la remarque de son voisin. Apparemment ils s'éloignaient du centre de la ville. Les lampadaires bordant les rues et les scintillements des édifices avaient cédé la place à l'obscurité. Ses nausées s'étaient calmées et il n'éprouvait plus qu'une glaciale et profonde mélancolie dont il n'aurait jamais pensé qu'elle pût exister. Il lui vint à l'esprit que, s'il devait être passé par les armes, le processus serait, sans doute, exempt de souffrance. Il serait tué sur le coup. La souffrance, le tourment n'avaient de place que dans la phase préliminaire. Celle qu'en fait il traversait maintenant. Avec, selon toute vraisemblance, pis encore à venir. La sentence. Les préparatifs physiques.

Il pensa à Lucy. Il se la représenta assise près de lui sur la banquette de la voiture, sa main dans la sienne. Nous allons être si heureux ensemble, vous et moi, lui dit-il. Sur quoi une telle pensée lui devint tellement intolérable qu'il s'en détacha.

Il pensa à ses parents. De braves gens inoffensifs qui ne méritaient pas un tel tourment. Il pensa à son travail. Il pensa, l'espace d'une minute, au plaisir inaccessible, et à présent presque inconcevable, qu'il éprouvait à plonger son regard dans l'univers élégant et paisible des *Hallucigenia*, des *Marrella*, des *Ayshaia*. Ce qui souleva en lui une tempête de folle colère. Non, se dit-il. Non, non et non !

Et puis soudain il perçut l'écho d'une voix qui venait du fin fond du passé, de son enfance eût-on dit, de l'époque d'avant ses études et qui murmurait : « Je vous en prie, mon Dieu... oh, mon Dieu, je vous en prie... protégez-moi. Faites, mon Dieu, que rien de tout ceci ne m'arrive !... »

Il fit taire cette voix, il l'étouffa. Mieux valaient encore les obscénités !

Le véhicule, à présent, filait à toute allure sur une large autoroute. Il n'y avait aucun signe de circulation. Les phares creusaient un chenal à travers les ténèbres, inondant de lumière les clous de métal luisants au centre de la voie et les arbres alignés sur le côté. Puis, brusquement, il vira à droite. Howard entrevit une haute clôture hérissée de fils de fer barbelés, une barrière en travers du chemin, un corps de garde en béton d'où sortirent des soldats.

Cet endroit-là ! Bien sûr, se dit-il, bien sûr que je l'ai toujours su... c'était là qu'on devait me ramener. Mais il avait atteint la limite du désespoir. Il s'abîma dans un gouffre opaque, sombrant dans une espèce d'anesthésie. Il sortit de la voiture et se laissa conduire vers l'entrée du bâtiment. Il avait vaguement conscience de la présence de la voûte céleste toute scintillante d'étoiles et soudain il fut pris d'une envie irrésistible de rester, là, dehors, où il pourrait continuer à voir le ciel. Il esquissa quelques pas en arrière mais des mains le poussèrent violemment en avant.

Ils entrèrent dans le bâtiment. Des lumières. Des soldats. On le dirigea vers un couloir. Une porte était ouverte. Il aperçut une pièce sans fenêtres, avec un banc. Il émergea alors de l'abîme de son désespoir et dit : « Permettez-moi de m'entretenir avec un représentant de mon gouvernement. » Il entendit le son de sa propre voix, haut perchée et pleine de courroux, et il en éprouva de la surprise. Il lui sembla que quelqu'un d'autre venait de s'exprimer.

L'interprète était sur le point de partir. Il s'immobilisa et dit : « Je pense que c'est impossible. » L'un des soldats poussa Howard à l'intérieur de la cellule et ferma la porte. Il y eut le déclic d'un verrou.

Il resta debout un long moment. Puis il finit par s'asseoir sur le banc, en grande partie parce qu'il avait du mal à tenir sur ses jambes. Il y avait un seau dans un coin, qui dégageait une odeur nauséabonde. Il regarda ce qu'il y avait dedans. Quelqu'un d'autre s'était trouvé là, lui aussi, à attendre, lui aussi. Et un autre individu, ou le même qui sait ? avait tracé un petit dessin sur le plâtre maculé de la paroi. Il observa l'image un certain temps sans véritablement la voir, si ce n'est sous la forme d'un objet abstrait : un cercle d'où rayonnait une ceinture d'épines. Le soleil — oui, bien sûr, le soleil !

Il se hissa, une nouvelle fois, hors de l'abîme. Depuis que j'attends, se dit-il, rien n'est encore arrivé. Et tant que rien ne sera arrivé, il se pourra que rien n'arrive jamais. Tout espoir n'est pas perdu. Nous sommes déjà venus dans cette pièce, cette prison, ou, si ce n'est pas la même, dans une autre tout à fait identique. Oui, nous étions là, tous les cinq et nous en sommes ressortis pour revenir au couvent et j'ai retrouvé Lucy.

Mais, cette fois-ci, c'était différent. Ils n'avaient pas dit alors ce qu'ils avaient dit aujourd'hui.

Rien de ce qu'ils disent n'a de valeur.

Alors pourquoi m'ont-ils amené ici ?

Il se leva et commença à marcher pour voir où en étaient ses jambes. Quatre pas à droite, quatre pas à gauche. Il lui semblait percevoir d'incessantes allées et venues de l'autre côté de la porte, des gens se

hâtant ici et là, des bribes de conversations précipitées. Que peuvent-ils bien se raconter ?

Il s'assit à nouveau. Il supposa qu'ils ne tarderaient
plus à venir le chercher. Ou, qui sait, qu'ils pren-
draient tout leur temps. Mais ils finiraient par venir,
aucun doute là-dessus. Et alors ils le traîneraient
ailleurs et leurs desseins, quels qu'ils fussent, s'ac-
compliraient. Le châtiment !

Un mot susceptible d'une vaste interprétation.

En bonne logique on pouvait imaginer qu'ils
tenaient à montrer qu'ils ne plaisantaient pas. Ils
voulaient montrer aux gens de Londres un cadavre
afin d'exercer le maximum de pression.

Ou, peut-être, à défaut de cadavre, un corps sauva-
gement brutalisé.

À l'instant même il commença à paniquer. Son
cœur battait à tout rompre, il se sentit pris de faiblesse.
Il se força à se lever et à arpenter, une fois encore, sa
cellule, comptant le nombre de ses pas. Quarante pas
pour son âge, neuf pour le mois — septembre, vingt-
quatre pour le jour — ou était-on le vingt-cinq ? Et puis
encore une centaine, pour faire bonne mesure.

Il se sentit mieux. Un tout petit peu mieux. Maintenant, allons nous rasseoir.

L'idée lui vint qu'il fallait avant tout ne pas se résigner. Personne n'est jamais totalement réduit à l'impuissance. Il avait au moins la possibilité de parler. Il
devait continuer à protester, à exiger un contact avec
Londres, à rappeler à ces gens-là qu'ils se condui-
saient de façon criminelle.

Pour autant que cela eut une chance d'aboutir !

Il lui fallait aussi se pénétrer de l'idée, à chaque
instant, à chaque seconde, que si l'attente était un

supplice, elle était également porteuse d'espoir. Puis il eut un sursaut d'incrédulité indignée. Ce genre de chose ne pouvait pas lui arriver. Non, pas à lui ! Ou à qui que ce soit d'autre !

Des bruits de pas dans le couloir. Des pas encore et qui, encore, s'éloignent.

Qu'ont-ils bien pu faire des autres détenus ? Qu'ont-ils fait de Lucy ?

Et puis, d'une certaine manière, il commença à dériver. Sous l'effet de l'épuisement, peut-être, ou du choc nerveux. Il cessa de percevoir les bruits de l'autre côté de la porte et entra dans une phase de flottement où se pressaient dans sa tête des images de lieux familiers : son appartement, son bureau à l'université, le labo, la salle de conférences. Il habitait simultanément tous ces endroits divers, se rappelait la place des objets qu'il aimait. Il entrevoyait également des visages. Ses parents. Des collègues, Vivian, Lucy, Lucy surtout. Tout se passait comme si une bienveillante faculté de l'esprit était entrée en jeu, submergeant la réalité, le mettant à l'abri de ce qui se déroulait ou allait, ou pourrait, se dérouler. Il avait l'impression d'osciller au hasard. Son corps continuait à rester assis sur le banc, nauséeux et frissonnant, mais ses pensées, elles, s'ébattaient en quête de définitions de son identité. À chaque instant il sentait la panique l'envahir et il se battait contre elle, il se ruait sur elle, et puis finalement se repliait sur cette rassurante parade de références domestiques. Il en retirait même une certaine fierté, comme s'il avait réussi à mener à bien un redoutable examen de passage.

Il avait perdu la notion du temps, accaparé qu'il était par ses efforts de volonté. Il se lança à la poursuite de questions futiles. Où son père était-il né ? Quels étaient les prénoms de sa grand-mère ? Dans quelles disciplines avait-il obtenu de très bonnes notes ? Combien le classeur de son bureau avait-il de tiroirs ?

De quelle couleur étaient les yeux de Lucy ?

Les heures s'écoulaient, ou peut-être n'étaient-ce que des minutes ? De temps à autre il avait conscience des bruits de pas et des éclats de voix dans le corridor et une certaine partie de lui-même réagissait aussitôt avec violence. Il avait un haut-le-cœur et son regard angoissé se rivait sur la porte.

Et puis, alors que ses yeux étaient fixés sur les dalles de sa cellule, reconstruisant les contours d'imaginaires *opabinia,* la porte s'ouvrit d'un seul coup et un soldat fit son apparition.

Il portait un plateau. Un plateau chargé de nourriture. De la viande et du riz dans une assiette. Une tasse de café. Une serviette en papier pliée en triangle. L'homme tendit le plateau à Howard.

Howard le regarda, médusé : « Je n'en veux pas », dit-il.

Le soldat continuait à offrir son plateau et Howard secoua la tête. L'homme, alors, haussa les épaules. Il posa son chargement sur le banc à côté de Howard et quitta la pièce. Le verrou, de nouveau, claqua.

Howard contempla la nourriture. Elle lui donnait davantage encore envie de vomir. Il poussa le plateau plus loin sur le banc et, pour la première fois, consulta sa montre. Il constata qu'il était 5 h 15 et il en fut médusé.

Qu'est-ce que tout cela pouvait bien signifier ? De la nourriture ! Donnait-on à manger à quelqu'un qu'on était sur le point d'exécuter ? Oui, sans doute, c'était dans la tradition. Mais, se dit-il, pas dans des endroits comme celui-ci ! Qu'est-ce que cela pouvait bien vouloir dire ? Il examina à nouveau le plateau. C'eût été le bon sens même, pensa-t-il, de se jeter dessus, mais c'était là quelque chose de proprement impensable.

À présent, de toute évidence, l'activité redoublait dans le corridor. On entendait un incessant bruit de bottes et quelqu'un braillait des ordres. Il tendit l'oreille, saisi d'une terreur grandissante. Les minutes s'égrenèrent. Cinq, dix... le temps s'était remis en marche. De manière désordonnée. Douze minutes. Vingt...

Une fois encore la porte s'ouvrit. Un autre soldat. En fait un officier, remarqua-t-il, plongé dans une espèce de brume nauséeuse.

Le militaire maintenait la porte ouverte. Il fit signe à Howard d'avancer. Celui-ci se leva lentement, fit quelques pas et remarqua qu'une petite phalange de soldats attendait au-dehors. Ils étaient trois qui se mirent en marche aussitôt, en le suivant de près.

Lucy regarda poindre le jour. Elle nota très nettement l'instant précis où la clarté commença à imprégner le sombre rectangle de ciel encadré par la fenêtre. Elle la vit progressivement baigner l'ensemble bleu nuit, le muant en gris tacheté de jaune. Il était 5 h 15.

Elle se leva et alla jeter un coup d'œil à l'extérieur, en se déplaçant avec précaution. Certaines femmes étaient encore endormies. Elle était toujours aux aguets quand elle entendit le fracas d'un lourd véhicule en train de manœuvrer dans l'enclos, quelque part hors de sa vue. Elle entendit, elle enregistra, mais ne fit aucun effort — hébétée par le manque de sommeil et le désespoir — pour réagir de quelque manière que ce fût. Elle observa un oiseau qui voletait lentement dans le ciel abricot, se déplaçant sur une ligne exactement parallèle au sommet des fils de fer barbelés. Derrière elle, un bébé s'était mis à pleurnicher ; des femmes s'agitaient et chuchotaient.

Et puis tout se précipita à une vitesse extraordinaire. La pièce s'emplit soudain d'une cohorte de soldats enjoignant aux occupantes du dortoir de se lever immédiatement. « Partir, criaient-ils. Partir tout de suite. Partir dans le car ! » Épuisées, hagardes, les malheureuses trébuchaient à droite et à gauche, s'efforçant de rassembler leurs affaires. Elles sortirent du dortoir, suivirent le corridor et se retrouvèrent dans la calme fraîcheur du matin. Un car attendait dans la cour. Elles y montèrent, les unes derrière les autres, encore tout éberluées, ne sachant trop comment réagir. Était-ce bon signe, mauvais signe ?... Rien de toute manière ne pouvait être pire que l'endroit d'où elles venaient. Tout cela s'était produit si rapidement ! « Allez... allez ! » Aller où ?

Le car s'ébranla. Des routes désertes. La corniche. Elles regardaient à travers les vitres, sans rien dire. Lucy essaya de comprendre dans quelle direction on les emmenait. C'est, pensa-t-elle, oui c'est sûrement par là que nous sommes arrivés. Au tout début. J'ai déjà vu ces bâtiments. Ce rond-point. Est-il concevable qu'on nous reconduise à l'aéroport ?

Howard regarda l'interprète d'un air incrédule : « Répétez ce que vous venez de me dire. »

Ils étaient assis à l'arrière de la voiture. La même voiture. Ils étaient en train de rejoindre l'autoroute par laquelle ils étaient venus de nuit. À présent il faisait jour. Howard remarqua des champs broussailleux, une station-service, des collines dans le lointain.

« Répétez ce que vous venez de me dire. Redites-moi où nous allons.

— Je vous emmène à l'aéroport. Il s'est produit un développement des plus intéressants. Le gouvernement de la Callimbie est à présent en mesure de prendre les dispositions nécessaires à votre rapatriement. Et à celui de tous vos compagnons : Je suis très heureux de vous annoncer cette nouvelle.

— Pourquoi devrais-je vous croire ? demanda Howard au bout d'un moment.

— Pourquoi serait-il nécessaire que je vous raconte des mensonges ? demanda vivement l'interprète. J'ai reçu mes instructions des plus hautes autorités. L'événement en question est très récent. Nous avons eu des nouvelles il y a quelques instants de Londres.

— Qu'entendez-vous par là ? dit Howard. Voulez-vous insinuer que notre gouvernement vous a remis les personnes dont vous exigiez le transfert ? » Il était saisi de tremblements et devait faire un effort pour parler.

« J'ai l'impression que ce n'est pas cela. Je pense qu'en fait ces gens ont cessé de poser un problème.

— Je ne comprends pas.

— Le gouvernement de la Callimbie a réussi à conclure un arrangement en vertu duquel les gens en question ne seront plus une menace pour la sécurité intérieure de notre pays. Certaines mesures ont été prises. Dans votre propre pays. Il y a chez vous des personnes amies de la Callimbie, et tout à fait coopératives, qui ont pris certaines mesures. Nous en avons été très satisfaits. Vous devriez, vous aussi, en être très contents. À présent vous allez pouvoir rentrer chez vous. »

Howard demeura silencieux. Puis il demanda : «Dois-je comprendre, que ces personnes ont été assassinées ? Assassinées en Angleterre ? »

L'interprète sursauta, comme si Howard venait de proférer une énormité. «Ce sont des gens extrêmement dangereux. Il était nécessaire, pour la sécurité de notre pays de les mettre hors d'état de continuer leurs opérations. »

La tête de Howard lui tournait. Il était partagé entre tant d'émotions contradictoires qu'il lui semblait être sur le point de se volatiliser. L'exaltation. La satisfaction (nous nous en sommes tirés ; d'autres pas). Le soulagement. Le doute (y a-t-il un seul mot de vrai dans toute cette histoire ?). Il s'efforçait de mettre un peu d'ordre dans cette confusion et de raisonner objectivement. Oui, il est probable que tout cela est vrai : ça tient debout et, autrement, pourquoi m'avoir sorti de cet endroit et me conduire dans un autre, quel qu'il puisse être ? Mais je ne serai vraiment rassuré que lorsque je verrai l'aéroport.

Il essaya de dominer l'exaltation et le soulagement et se concentra sur le paysage, y cherchant des points de repère. Le soleil se levait devant eux. Ils se diri-

401

geaient donc vers l'est... Mais cela ne l'éclairait pas beaucoup.

« Je suis certain que votre femme sera ravie de vous revoir », dit l'interprète d'une voix pleine de mansuétude.

Howard fit comme s'il n'avait pas entendu. En fait, il n'entendait pratiquement pas ce que lui disait ce personnage qui lui apparaissait maintenant sous l'aspect d'un répugnant insecte. Il ne pensait plus qu'à la nécessité de se rendre maître de ses propres sentiments, lesquels débordaient de partout, de s'empêcher de céder à la surexcitation. Pas encore. Non, pas encore. Il se pouvait que ce fût un nouveau et cruel stratagème. Mélancoliquement il lutta contre l'optimisme qui l'envahissait et contempla à nouveau le paysage. À présent la voiture s'éloignait de l'autoroute, s'engageant sur une voie moins large mais encore importante. Et il aperçut un panneau de signalisation : sept kilomètres avant d'atteindre un endroit dont le nom ne lui disait absolument rien.

Le soldat assis à côté du conducteur se tourna vers l'interprète et lui adressa quelques mots. L'interprète lui répondit d'un ton distrait. Il paraissait préoccupé, comme si une idée venait de lui passer par l'esprit. Il fouilla dans sa poche, en sortit un volumineux carnet de notes en cuir noir, doré aux coins, et, apparemment, se mit en quête d'une indication quelconque. Il plongea ensuite dans une autre poche, en sortit un bloc-notes, et y écrivit quelques mots. Puis il se tourna vers Howard : « Peut-être pourrais-je vous demander une petite faveur, Mr. Beamish ? »

Howard se pencha, fixant l'horizon entre les têtes du conducteur et du soldat. Il venait d'apercevoir un autre panneau de signalisation un peu plus loin devant eux. Un panneau agrémenté d'un logo représentant un petit avion à la silhouette stylisée. Son cœur se mit à battre précipitamment et il eut comme un vertige. « Tournez à gauche pour l'aéroport », indiquait le panneau. La voiture tourna à gauche.

« Mr. Beamish, peut-être me sera-t-il permis de vous demander une faveur ? »

Howard, involontairement, poussa un profond soupir. Il se sentait soudain parfaitement calme. « Dites-moi, si les choses n'avaient pas évolué comme vous prétendez qu'elles l'ont fait, que serait-il exactement advenu de moi ? »

L'interprète fit comme s'il ne comprenait pas : « Je vous demande pardon ? demanda-t-il.

— Allons, allons, insista Howard. Vous comprenez parfaitement de quoi je veux parler. Était-il dans vos intentions de me fusiller ? Ou quelque chose d'approchant ? »

L'interprète, de toute évidence, était extrêmement embarrassé. Il s'éclaircit la voix et consulta, de manière ostentatoire, le cadran de sa montre. « Très bientôt, maintenant, nous arriverons à l'aéroport...

— Allons, allons, que projetiez-vous de me faire ? »

L'homme évita le regard de Howard. « Je ne sais pas. Je crois que, malheureusement, il aurait peut-être été nécessaire de... Personnellement je suis très heureux qu'on ait pu ne pas en venir là. Ç'a été une excellente nouvelle... »

La voiture s'était engagée sur une petite route. On apercevait un autre panneau signalant l'approche d'un aéroport. Et encore un autre. Dans les lointains Howard distingua la ligne basse d'un hangar.

« Mr. Beamish, pourrais-je vous demander...

— C'est tout ce que je voulais savoir, dit Howard. À présent, voudriez-vous fermer votre clapet ? » Il s'absorba dans la contemplation des bâtiments qui se rapprochaient, la tour de contrôle, d'autres hangars, des petits avions bien alignés, un gros appareil qui luisait sous les rayons vermeils du soleil levant...

L'interprète paraissait piqué au vif. « Je crains que vous ne m'ayez pas compris, Mr. Beamish. J'ai personnellement beaucoup d'amitié pour votre pays. Je n'ai fait qu'obéir aux instructions de mon gouvernement. Ce n'est en rien une affaire personnelle. »

La voiture filait maintenant à toute allure en direction du bâtiment central et s'arrêta pile devant. Howard sortit le premier. L'interprète se hâta derrière lui en bredouillant quelque chose. Howard se dirigea vers la porte d'entrée.

Le groupe était assemblé à l'autre bout du hall central. Il aperçut James Calloway, Molly Wright, les hôtesses de l'air. Quelqu'un le vit et se mit à pousser des grands cris. Et puis enfin il aperçut Lucy. Elle lui tournait le dos mais, brusquement elle fit volte-face et le regarda. Elle resta comme clouée au sol. Il commença alors la longue marche qui le mènerait vers elle.

On les avait éparpillés à travers l'avion, un 747, beaucoup trop grand pour eux. Certains s'étaient étendus de tout leur long sur plusieurs sièges à la fois et dormaient profondément. La plupart témoignaient d'une euphorie incontrôlable. Ils déambulaient d'un bout à l'autre de l'appareil, jacassaient, éclataient de rire, exploraient les porte-bagages. Où ils découvraient, de-ci de-là, des ordinateurs portables bien emballés, ainsi qu'une profusion d'appareils photo Instamatic équipés d'un zoom. Ces objets surprenants avaient fait leur apparition, empilés sur des chariots juste à l'instant où ils se dirigeaient vers la porte d'embarquement. L'interprète s'était précipité pour expliquer que le gouvernement de la Callimbie avait tenu à offrir un cadeau à chaque passager du vol 500 de la Capricorn en guise de dédommagement pour les ennuis qui leur avaient été infligés. Il y avait là un choix très intéressant de beaux ordinateurs et d'appareils de photo, pour les dames. Tous avaient d'abord paru trop éberlués pour réagir. Et puis certains avaient commencé à rire. Et d'autres à montrer un vif intérêt.

« Celui-là, remarqua le représentant en électronique, c'est le *IS.86*. Un appareil de tout premier ordre. Nous ne parvenons pas à nous en procurer suffisamment. »

Il y en eut qui hésitèrent un moment et puis, finalement, se décidèrent à faire leur choix. Paula s'empara d'un appareil de photo et déclara, d'un air de défi : « Il y a des siècles que j'avais envie d'un appareil convenable. Et ceux-ci coûtent les yeux de la tête. Eh bien, au moins cette aventure aura servi à quelque chose. »

L'interprète semblait surpris que tout le monde n'en fît pas de même. « Servez-vous, dit-il à James Barrow. Servez-vous, je vous en prie. Ce sont vraiment des ordinateurs de tout premier ordre.

— Voulez-vous me faire le plaisir de foutre le camp ! » se contenta de répondre Barrow.

Comme Howard et Lucy arrivaient à sa hauteur, l'interprète s'avança vers eux : « Vous ne voulez rien ?

— Non, dit Howard, nous ne voulons rien.

— Mr. Beamish, puis-je vous demander une petite faveur ? » Il fouilla dans sa poche et en sortit un bout de papier sur lequel étaient inscrits un nom et une adresse. « Puis-je vous demander si vous auriez l'amabilité de remettre cet appareil de photo à mon ancienne logeuse à Cambridge ? Ça lui fera sûrement un très grand plaisir. »

Howard, complètement médusé, le dévisagea un moment puis il passa sa main sous le coude de Lucy et reprit sa marche en direction de l'avion. Quand il se retourna, l'interprète était toujours en train d'offrir ses appareils électroniques avec un air de générosité offensée.

Howard, à présent, était assis à côté de Lucy. Elle s'était endormie. Elle avait commencé à écrire quelques lignes sur son carnet et puis, tandis qu'il la regardait attentivement, son stylo lui était tombé des doigts. Elle occupait le siège près de la fenêtre et avait la tête tournée vers lui, le menton enfoncé dans le creux de son épaule. Lorsque son coude dérapa sur le bras du fauteuil, il se saisit d'un coussin pour lui donner un peu plus de confort. Il était là, à veiller sur elle avec une joie indicible. Il explorait ses traits : une intéressante irrégularité des narines (l'une était plus large que l'autre), un petit grain de beauté en haut de la joue gauche, et toutes ces taches de rousseur...

De temps à autre il regardait à l'extérieur. L'avion avait maintenant atteint sa vitesse de croisière et se maintenait entre l'édredon de nuages et les hauteurs bleutées du ciel. Howard avait vu la côte se réduire à une onduleuse ligne dorée frangée de blanc. Marsopolis avait disparu, ainsi d'ailleurs que l'*Excelsior*, le couvent, l'abominable cellule, le terrain d'exécution. Omar. L'interprète. Ils avaient changé de nature. Ils devenaient déjà des souvenirs.

Howard se projeta dans le futur. Il essaya de se représenter les semaines à venir. Irait-il à Nairobi ? Lucy irait-elle à Nairobi ? Iraient-ils ensemble à Nairobi ? Mais Lucy, sans doute, étant donné son genre de travail, devrait se consacrer à une conjoncture plus urgente. Il envisagea l'avenir immédiat, auquel il n'avait jusque-là accordé aucune attention. Auquel, en fait, il n'avait pas eu le courage d'accorder la moindre attention. Tout le bruit que leur aventure allait faire ! Les journaux ! Il refusait d'être mêlé en quoi que ce fût à tout ce tapage ! Il n'avait vraiment aucune envie d'entendre les versions opposées de ce qui s'était passé, les explications, les justifications, les détails supplémentaires qui expliqueraient mieux les raisons de leur « séjour » à Marsopolis. Qui montreraient pourquoi les autorités de la Callimbie avaient agi de la sorte à tel moment pour se comporter de manière différente à tel autre. Howard préférait de beaucoup laisser les choses en l'état, telles qu'elles s'étaient déroulées, irrationnelles et incompréhensibles. Il se rendait compte de ce qu'il y avait de pervers, peut-être, dans son attitude. Mais ce qu'il éprouvait maintenant se ramenait à une conviction absolue que toutes les explications et toutes les révélations éventuelles n'auraient rien à voir avec ce qui s'était réellement produit. Il réfléchit à nouveau au déroulement de ces événements. Il en décomposa les éléments et les examina de près, se rendant compte qu'ils auraient pu, à tout instant, s'orienter dans une direction différente, étonné de constater la précarité de toute l'aventure. Cette aventure qui lui avait offert Lucy et qui, de la même façon, se chargerait peut-être de la lui enlever. Comment, en effet, aurait-il pu savoir si n'allait pas surgir dans la suite de l'intrigue quelque détour fatal déjà inclus dans l'enchaînement des chapitres ? Il réfléchit, un instant encore, aux caprices possibles du destin puis il cessa d'y penser. Il regarda Lucy. Elle s'éveilla. Elle lui sourit.

DU MÊME AUTEUR

Aux Éditions Denoël

LE CERCEAU DES JOURS
LA TOUR DE CRISTAL
UN ÉTÉ AU BOUT-DU-MONDE

Aux Éditions Stock

SERPENT DE LUNE

COLLECTION FOLIO

Dernières parutions

2941. Christophe Bourdin   *Le fil.*
2942. Guy de Maupassant   *Yvette.*
2943. Simone de Beauvoir   *L'Amérique au jour le jour, 1947.*
2944. Victor Hugo   *Choses vues, 1830-1848.*
2945. Victor Hugo   *Choses vues, 1849-1885.*
2946. Carlos Fuentes   *L'oranger.*
2947. Roger Grenier   *Regardez la neige qui tombe.*
2948. Charles Juliet   *Lambeaux.*
2949. J.M.G. Le Clézio   *Voyage à Rodrigues.*
2950. Pierre Magnan   *La Folie Forcalquier.*
2951. Amoz Oz   *Toucher l'eau, toucher le vent.*
2952. Jean-Marie Rouart   *Morny, un voluptueux au pouvoir.*
2953. Pierre Salinger   *De mémoire.*
2954. Shi Nai-an   *Au bord de l'eau I.*
2955. Shi Nai-an   *Au bord de l'eau II.*
2956. Marivaux   *La Vie de Marianne.*
2957. Kent Anderson   *Sympathy for the Devil.*
2958. André Malraux   *Espoir — Sierra de Teruel.*
2959. Christian Bobin   *La folle allure.*
2960. Nicolas Bréhal   *Le parfait amour.*
2961. Serge Brussolo   *Hurlemort.*
2962. Hervé Guibert   *La piqûre d'amour* et autres textes.

2963. Ernest Hemingway — *Le chaud et le froid.*
2964. James Joyce — *Finnegans Wake.*
2965. Gilbert Sinoué — *Le Livre de saphir.*
2966. Junichirô Tanizaki — *Quatre sœurs.*
2967. Jeroen Brouwers — *Rouge décanté.*
2968. Forrest Carter — *Pleure, Géronimo.*
2971. Didier Daeninckx — *Métropolice.*
2972. Franz-Olivier Giesbert — *Le vieil homme et la mort.*
2973. Jean-Marie Laclavetine — *Demain la veille.*
2974. J.M.G. Le Clézio — *La quarantaine.*
2975. Régine Pernoud — *Jeanne d'Arc.*
2976. Pascal Quignard — *Petits traités I.*
2977. Pascal Quignard — *Petits traités II.*
2978. Geneviève Brisac — *Les filles.*
2979. Stendhal — *Promenades dans Rome.*
2980. Virgile — *Bucoliques. Géorgiques.*
2981. Milan Kundera — *La lenteur.*
2982. Odon Vallet — *L'affaire Oscar Wilde.*
2983. Marguerite Yourcenar — *Lettres à ses amis et quelques autres.*
2984. Vassili Axionov — *Une saga moscovite I.*
2985. Vassili Axionov — *Une saga moscovite II.*
2986. Jean-Philippe Arrou-Vignod — *Le conseil d'indiscipline.*
2987. Julian Barnes — *Metroland.*
2988. Daniel Boulanger — *Caporal supérieur.*
2989. Pierre Bourgeade — *Éros mécanique.*
2990. Louis Calaferte — *Satori.*
2991. Michel Del Castillo — *Mon frère l'Idiot.*
2992. Jonathan Coe — *Testament à l'anglaise.*
2993. Marguerite Duras — *Des journées entières dans les arbres.*
2994. Nathalie Sarraute — *Ici.*
2995. Isaac Bashevis Singer — *Meshugah.*
2996. William Faulkner — *Parabole.*
2997. André Malraux — *Les noyers de l'Altenburg.*
2998. Collectif — *Théologiens et mystiques au Moyen Âge.*
2999. Jean-Jacques Rousseau — *Les Confessions (Livres I à IV).*
3000. Daniel Pennac — *Monsieur Malaussène.*
3001. Louis Aragon — *Le mentir-vrai.*

3002. Boileau-Narcejac — *Schuss.*
3003. LeRoi Jones — *Le peuple du blues.*
3004. Joseph Kessel — *Vent de sable.*
3005. Patrick Modiano — *Du plus loin de l'oubli.*
3006. Daniel Prévost — *Le pont de la Révolte.*
3007. Pascal Quignard — *Rhétorique spéculative.*
3008. Pascal Quignard — *La haine de la musique.*
3009. Laurent de Wilde — *Monk.*
3010. Paul Clément — *Exit.*
3011. Léon Tolstoï — *La Mort d'Ivan Ilitch.*
3012. Pierre Bergounioux — *La mort de Brune.*
3013. Jean-Denis Bredin — *Encore un peu de temps.*
3014. Régis Debray — *Contre Venise.*
3015. Romain Gary — *Charge d'âme.*
3016. Sylvie Germain — *Éclats de sel.*
3017. Jean Lacouture — *Une adolescence du siècle Jacques Rivière et la N.R.F.*

3018. Richard Millet — *La gloire des Pythre.*
3019. Raymond Queneau — *Les derniers jours.*
3020. Mario Vargas Llosa — *Lituma dans les Andes.*